Anne Mai

PFAUENSCHREIE IN TREVERIS

Roman über die römische Kaiserstadt Trier

Trier, das spätrömische Treveris, 380 n. Chr.:

Die bedeutendste Stadt nördlich der Alpen ist die Residenz des jungen Westkaisers Gratian. Hier treffen Macht und Religion, Liebe und Intrigen aufeinander. Nach glanzvollen Jahren fürchtet der Dichter und Politiker Ausonius um Gratians Sicherheit und um das friedliche Leben an der Mosella. Auch der städtische Magistrat Armitari und seine Gemahlin Julia ahnen die bevorstehende Zeitenwende.

Kann das Augustusfest die Kaisertreue stärken?

Da geschieht etwas Ungeheuerliches.

Der Roman taucht tief ein in die großartige Historie der Moselstadt und in das Dasein einiger Menschen, die hier um ihre Zukunft und ihr Glück kämpfen. Unterdessen verdrängt das Christentum die alten Religionen und die Völkerwanderung kündigt sich an.

Die Autorin Anne Mai lebt im Saarland und beschäftigt sich seit langem mit der römischen Kultur im deutschen Südwesten.

Veröffentlichungen: Orte am Stein, Geistkirch Verlag; wortlose Gedichte, Athena Verlag; weitere Veröffentlichungen in Anthologien und Literaturzeitschriften.

Anne Mai

PFAUENSCHREIE IN TREVERIS

Roman über die römische Kaiserstadt Trier

Bibliografische Information der Deutschen Nationalbibliothek: Die Deutsche Nationalbibliothek verzeichnet diese Publikation in der Deutschen Nationalbibliografie; detaillierte bibliografische Daten sind im Internet über http://dnb.dnb.de abrufbar.

Covergestaltung: Conny Würtz, Ottweiler
Lektorat: L. und H. Pies, Kasel

Herstellung und Verlag: BoD – Books on Demand, Norderstedt

ISBN: 978-3-7543-1310-7

INHALTSVERZEICHNIS

Ergänzt das Wissen über den historischen Hintergrund und historische Personen. Erste Erwähnung im Romantext kursiv.

Im Romantext kursiv.

Salve, magne parens frugumque virumque, Mosella.

Heil dir, Mosella, mächtige Mutter
von Früchten und Menschen.

Decimus Magnus Ausonius
(Mosella, Vers 381)

Der Prinzenerzieher

Konsular Decimus Magnus *Ausonius*, der kaiserliche Präfekt von Gallien, war erleichtert. *Gratian* weilte in seiner Residenz und würde bis zum Frühling in *Treveris* bleiben, fern von *Mediolanum* und Bischof *Ambrosius*. Ein Klopfen unterbrach seinen Gedankenfluss. Anstelle seines Dieners Hilarius trat Bissula ein und brachte ein Tablett mit Wein und Quellwasser, Fladenbrot und *Moretum*. Sie sah Ausonius' Überraschung und bemerkte mit einem Lächeln:
»Ich brauchte einen Grund, Euch zu sehen, lieber Ausonius. Allerdings hat mir Hilarius seine Aufgabe nur ungern überlassen.«
»Das will ich glauben.«
Der *Konsular* schmunzelte, als er sich seinen langjährigen Diener vorstellte, wie er das ihm obliegende Zeremoniell vor der eigenwilligen Bissula verteidigte.
Während sie den spritzigen *Albus* einer Steillage einschenkte, betrachtete er ihren biegsamen Körper und tätschelte danach wohlgefällig ihren Arm.
»Findet Ihr heute Nachmittag ein wenig Zeit für mich?«, fragte sie hoffnungsvoll.
»Leider nein, mein Täubchen. Der Kaiser will viele Dinge erledigt wissen. Du könntest den sonnigen Herbstnachmittag nutzen, um einen Spaziergang mit Ada zu machen.«
Bissula verzog ihren Mund.
»Schade, dass Gratian Euch so wenig Zeit lässt. Ich hoffe, wenigstens Ada wird die Gelegenheit schätzen. Sie könnte Ausschau nach frischen Kräutern halten.«
Nach dieser Bemerkung verließ sie das häusliche Arbeitszimmer. Zurück blieb ein gereizter Ausonius. Bissula hatte ihn zu

dieser Ablehnung genötigt und ihm ein schlechtes Gewissen verschafft, obwohl sie um seinen Zeitmangel wusste. Dabei diente er keinem Geringeren als dem Westkaiser des römischen Imperiums. Er kostete den Mosellawein und las auf dem gekühlten Terrakottakrug die Aufschrift *AMO TE*.

»Deshalb hat mein blondes Täubchen ihn ausgewählt«, dachte er versöhnlich und schob das Tablett zur Seite, denn am Abend würde er mit Magistrat Armitari speisen.

Er erhob sich und trat ans geöffnete Fenster. Draußen spannte sich ein lichter Oktoberhimmel über die Stadt und den Fluss mit seinen steilen Rebenhängen. Seit Gratians Rückkehr erschien Treveris Ausonius noch glanzvoller, aber am heutigen Nachmittag stimmte ihn die herbstliche Landschaft melancholisch. Er schloss das Fenster und näherte sich einer Vase mit späten Rosen aus dem Garten von Julia Armitari, um mit geschlossenen Augen den Duft einzuatmen, der im Raum schwebte wie eine Erinnerung an den Sommer. Danach nahm er erneut Platz, um sich dem Defizit der Staatskasse zu widmen.

Die nächsten Monate würden sich um den einundzwanzigjährigen Kaiser drehen, der trotz seiner Jagdleidenschaft Zeit für die anstehenden Regierungsaufgaben finden sollte. Zudem erwarteten die Bürger sein öffentliches Auftreten. Sie waren beunruhigt, weil Gratian die Rhenusgrenze zugunsten seiner Aufenthalte im Süden vernachlässigte, was Franken und andere Germanenstämme zu Beutezügen in Gallien ermunterte.

Vor allem freute sich Kaiserin Maxima Faustina *Constantia* über die Anwesenheit ihres Gemahls. Die Enkelin des Großen Konstantin und Tochter des vor ihrer Geburt verstorbenen Ostkaisers Constantius II. war vor sechs Jahren als Dreizehnjährige von Konstantinopolis nach Treveris gereist, um die Ehe mit dem Kaisersohn Flavius Gratianus zu schließen, die machtpolitische Verbindung zweier Dynastien. Das noch kinderlose Kaiserpaar bot einen schönen Anblick, die dunkelhaarige Constantia mit ihrer weißen Haut und den schwarzen Augen und der braunlockige Gratian mit der Aura eines Auserkorenen.

Ausonius rief sich den neunjährigen Kronprinzen ins Gedächtnis, wie er ihn zum ersten Mal gesehen hatte: ein hübscher Junge von gewinnender Art und hellem Verstand. Es war eine Ehre, dem Thronfolger des Westreiches als Erzieher zu dienen.

Vor seiner Berufung an den Kaiserhof lehrte der damals siebenundfünfzigjährige Witwer als Rhetorikprofessor an der Hochschule von *Burdigala* und beabsichtigte, sich zugunsten seiner Dichtkunst ins Privatleben zurückzuziehen. Sein Alterswerk sollte ihm einen Platz unter den bedeutenden Dichtern und Philosophen sichern. Dann erhielt er den unverhofften Ruf Kaiser *Valentinians* und tauschte das beschauliche Leben gegen die neue Herausforderung in *Gallia Belgica*. Aufgrund seines Alters entschied sich Ausonius mit zwiespältigen Gefühlen für die späte Möglichkeit, der Provinz zu entkommen, doch das Vertrauen des Kaisers wirkte wie ein verjüngendes Elixier.

Zu Beginn leitete er die Studien des Thronfolgers während dessen Teilnahme am Feldzug seines Vaters Valentinian gegen den aufständischen Germanenstamm der *Alamannen*. Zwar war der Prinz nicht in die Kampfhandlungen einbezogen, lernte jedoch das Kriegshandwerk aus eigener Anschauung kennen, während sein Erzieher gleichzeitig als kaiserlicher Berichterstatter fungierte. Diese Aufgabe galt als Kriegsdienst, der wiederum Voraussetzung für den Aufstieg in hohe Staatsämter war.

Mit einem väterlichen Lächeln dachte Ausonius an das Alamannenmädchen Bissula zurück, das nach Kaiser Valentinians Sieg zu den Gefangenen gehörte. Der Achtjährigen stand ein Verkauf auf dem Sklavenmarkt zugunsten der Staatskasse bevor. Man hatte die Tochter eines Landadeligen von ihrer Familie getrennt, da aufgrund ihrer Herkunft und Jugend mit einem hohen Erlös zu rechnen war. Aber dann machte der Kaiser das Mädchen Ausonius zum Geschenk, als Dank und Auszeichnung für dessen Dienst im Kriegsgebiet. Ausonius seinerseits gab Bissula die Freiheit zurück und nahm sie als Ziehtochter auf, weil er Mitleid verspürte und sie ihn an seine im Kindesalter verstorbene Tochter Clementia erinnerte. So wuchs Bissula im Haus des Konsulars zur Frau heran, die eine tiefe Zuneigung zu ihrem römischen Wohltäter fasste. Darin lösten sich Ausonius' Bedenken gegen die spätere Liebesbeziehung auf. Bissulas Jugend hielt ihm das Alter fern. Nach dem Ende der Feldzüge reiste er zum Kastell *Bingium*, einem Militärstützpunkt an der germanischen Grenze. Hier mündete die von den dünn besiedelten Höhen herabfließende *Nava* in den Rhenus. Ausonius passierte die Navabrücke in einer Kutsche und fuhr auf der Militärstraße über das unwirtliche Bergland hinab zur Mosella, einem linken Nebenfluss des Rhenus. Von der Festung *Noviomagus* mit ihren dreizehn Rundtürmen brachte ihn ein Schiff flussaufwärts durch das liebliche Tal nach Treveris. Die prächtige Residenzstadt bekräftigte seine Entscheidung. Ausonius betrat das Zentrum der weströmischen Macht.

In den folgenden Jahren gelang ihm neben seiner Aufgabe als Prinzenerzieher eine steile politische Karriere. Er wurde zum *Comes* und zum *Quästor* ernannt und stieg zum *Prätoriumspräfekt* von Gallien, Britannien und *Hispanien* auf. Schließlich leitete er die Verwaltung des römisch eroberten Gebietes vom westlichen Atlantik bis zur Rhenusgrenze im Osten. Für das Jahr 379 verlieh ihm Kaiser Gratian das Konsulat. Das höchste römische Verwaltungsamt währte stets ein Jahr, welches den Namen des betreffenden *Konsuls* erhielt. Danach durfte sich dieser bis zum Lebensende als *Konsular* bezeichnen.

Jetzt, ein Jahr später, befand sich der fast siebzigjährige Präfekt noch immer an den Schaltstellen der Macht. Die Gunst der Fortuna hatte ihm das Wohlwollen Altkaiser Valentinians beschert sowie die anhängliche Wertschätzung Gratians, der seit dem Tod seines Vaters vor fünf Jahren das westliche Imperium regierte.

Obgleich das Reich geordnet erschien, verspürte der Konsular eine diffuse Bedrohung. Früher hatte er in solchen Situationen seine Schlüsse aus Pinas Weissagungen gezogen. So prophezeite sie ihm Valentinians zweite Ehe mit *Justina* und dessen unerwarteten Tod sowie den schnellen Aufstieg des Ostkaisers *Theodosius*. Zu Ausonius' Leidwesen lehnte die alte Seherin seit einiger Zeit den Blick in die Zukunft als Frevel ab.

Zwar hatte Valentinian seinem Sohn ein gesichertes Westreich hinterlassen, doch die Grenzverletzungen germanischer Stämme, ihrerseits bedrängt von östlichen Steppenvölkern, häuften sich. Die römische Eroberung Germaniens war endgültig gescheitert. Man musste die *Limesgrenze* an Rhenus und Donau zurückverlegen, noch dazu neue Dämme und Kastelle errichten. Hier versahen Ufersoldaten und Kastellani ihren Dienst. Nicht in jedem Fall gelang es ihnen, die einfallenden Horden zu vertreiben. Diese wüteten dann im Land, bis Heeressoldaten oder die Palastarmee eintrafen.

»Es ist, als seien plötzlich alle östlichen Völker auf der Suche nach Beute oder Siedlungsraum«, wunderte sich Ausonius.

Dabei hatte der neunzehnjährige Gratian vor zwei Jahren mit Hilfe seines genialen fränkischen Heerführers *Merobaudes* die germanischen *Lentienser* geschlagen. Deren König war mit dreißigtausend seiner Soldaten bei *Argentovaria* gefallen. Um das Ostreich zu sichern, erkannte Gratian auf Ausonius' Rat hin widerstrebend den hispanischen Heerführer Theodosius als neuen römischen Ostkaiser an. Während dieser in Konstantinopolis an Bedeutung gewann, vernachlässigte Gratian die Regierungsgeschäfte zugunsten der Jagd. Noch dazu zeigte er sich bei kindischen Militärspielen in der Soldatentracht seiner skythischen Leibwache, was ihm den Spott und die Verachtung seiner römischstämmigen Soldaten eintrug.

Die horrenden Kosten der Grenzsicherung minderten die Gelder für andere Staatsaufgaben. Prosperierende Orte verfielen. Der Unmut über den sinkenden Wohlstand bei steigenden Abgaben wuchs. Sogar die Reichen bangten um ihre Vermögen und das fehlende Vertrauen in den Staat verhinderte Investitionen. Die Schuld gab man den politisch Verantwortlichen. Gratian büßte das Ansehen seiner ersten Regierungszeit ein. Trotz dieser Entwicklung behielt Treveris seine Anziehungskraft, wie gewohnt strömten Händler und Arbeitssuchende in die Stadt. Allerdings mischte sich in die Zuversicht etwas Lähmendes. Geschäftsleute sorgten sich um zahlungsfähige Kundschaft, alteingesessene Läden schlossen, das Warenangebot reduzierte sich und die Menschenschlange vor den Armenspeisungen wuchs. Setzte sich der Niedergang fort, würde die Residenz ihren Glanz als imperialer Stern verlieren. In dieser Abwärtsspirale zog es Gratian verstärkt an den Hof von Mediolanum und in die Nähe des mächtigen christlichen Bischofs Ambrosius. Der in Treveris geborene Kirchenlehrer war ein beeindruckender Denker und *Rhetor*. Ausonius sah mit Sorge, dass dessen Einfluss auf den Kaiser wuchs.

Inzwischen hatte der Konsular Maßnahmen für den Wiederaufschwung eingeleitet. Schließlich ging es um die Macht, die Gratian auch durch das Dreikaiser-Edikt *Cunctos populos* aufs Spiel setzte. Erst im Februar hatte er das Edikt zusammen mit seinem noch unmündigen Halbbruder *Valentinian II.* sowie Ostkaiser Theodosius erlassen und darin das trinitarische Christentum zur alleinigen Staatsreligion erhoben. Nur noch das Judentum wurde geduldet, die Angehörigen anderer Religionen mussten ihrem Glauben entsagen. Der Wegfall der Religionsfreiheit zugunsten des Christentums spaltete das Volk, dabei hatte Kaiser Konstantin I. die Ausübung dieser Religion erst vor siebenundsechzig Jahren erlaubt.

Der Konsular war beunruhigt, weil das Edikt Gratians Rückhalt im Heer und in der Bevölkerung schmälerte. Ausonius hielt

14

religiöse Toleranz für eine tragende Säule des Reiches. Obwohl seit langem ein Christ, bedeutete ihm der alte Götterglaube etwas. Seine Mutter entstammte dem Adelsgeschlecht der keltischen Häduer. Ihre Vorstellung über die jenseitige Welt lebte in Ausonius fort, überlagert von christlicher Gesinnung und wissenschaftlicher Bildung. So bedauerte er den Wegfall seines *Larenaltars,* an welchem er, wie in römischen Häusern früher üblich, den Schutzgeistern kleine Opfer dargebracht hatte. Allerdings untersagte Ausonius weder Bissula noch ihrer Gesellschafterin Ada die Verehrung ihrer vertrauten Götter, solange dies nicht öffentlich geschah.

Im Eingangsbereich hörte man Stimmen. Bestimmt war der Seidenhändler und Gestütsbesitzer Proxius Lucullus Armitari eingetroffen. Der Magistrat für die Märkte und Spiele der Stadt unterbreitete Ausonius regelmäßig eine Einschätzung der wirtschaftlichen Lage sowie seine Sicht auf die politische Entwicklung. Gewöhnlich fanden ihre Unterredungen in der Kanzlei auf dem *Forum* statt, heute jedoch, verbunden mit der Einladung zu einem Mahl, in der Villa Sabina. Ausonius hatte sein Stadthaus in Treveris nach seiner in Burdigala verstorbenen Frau benannt. Der stets gut informierte Magistrat schätzte den Roten von der *Garumna,* der ihn zur Freude des Konsulars redselig machte. Außerdem liebte er die Poesie, insbesondere *Ovids* Verse aus den Metamorphosen.

Bissula und Ada

»Du wirkst so verdrießlich, Bissula. Ist etwas mit dir?«

»Ach Ada, ständig störe ich Ausonius. An diesem sonnigen Herbsttag hatte ich auf einen gemeinsamen Besuch der Via Rosa oder einen Ausflug mit der Kutsche gehofft. Stattdessen sollen wir beide wie so oft spazieren gehen. Seit Gratian zurück ist, dreht sich alles um ihn. Für den Konsular ist der Kaiser der wichtigste Mensch auf der Welt.«

Bissula wartete auf Zustimmung, aber die Freundin wich aus. »In gewisser Weise ist Gratian das für uns alle. Über ihm steht nur Gott. Der Kaiser ist so schön, dass er selbst ein Gott sein könnte. Man jubelt ihm gerne zu.«

»Obwohl er sich nur selten zeigt«, meinte Bissula mürrisch. »Ausonius muss ihn viel zu oft vertreten. Dabei hoffte ich, der Konsular würde sich aus der Politik zurückziehen. Er hat doch alles erreicht. Ich muss meine Zeit ohne ihn verbringen, bin weder seine Gemahlin noch hat sich mein Wunsch nach einem Kind erfüllt. Er stellt sich taub, was meine Anliegen betrifft.«

Am liebsten hätte Bissula aus Enttäuschung geweint, aber Ada nahm sie tröstend in den Arm und sagte:

»Uns beiden geht es doch gut. Selbst wenn du dies nicht wahrhaben willst: Du wirst von Konsular Ausonius geliebt. Während viele Menschen Not leiden, müssen wir uns um nichts sorgen. Alles ist reichlich vorhanden, sogar Bücher.«

»Du mit deinen staubigen Büchern. Als wären sie wirklich wichtig. Sie enthalten nur die Gedanken anderer Menschen. Man kann das, was sie beschreiben, nicht sehen, geschweige denn selbst erleben.«

Nach einer kleinen Pause fuhr sie fort: »Wenigstens befindet sich deine Familie in Sicherheit, während ich seit meiner Gefangennahme im Ungewissen bin. Wenn es um den Konsular geht, gibst du mir nie recht, Ada. Dabei ist er für Gratian gar nicht mehr wichtig. Der Kaiser hört jetzt auf den Bischof und hier jagt er lieber Hirsche oder Bären, statt seine Zeit mit Constantia zu verbringen oder zu regieren. Weil ihm die Steinböcke in einem wilden Tal bei Noviomagus nicht genügen, transportiert man Löwen aus Afrika in das Gehege hinter der *Langmauer*, damit Gratian sie mit seinem *parthischen Bogen* erlegen kann. Jedes Tier kostet ein Vermögen, obwohl die Staatskasse leer ist. Ausonius klagt darüber.«

»Das mit den Löwen kann ich nicht glauben, Bissula!«

»Es stimmt aber. Viele Menschen halten unseren Kaiser für einen Verschwender.« Sie stockte und meinte dann mit einem kleinen Lächeln: »Ohne Gratians Jagdleidenschaft wäre diese unglaubliche Geschichte mit dir nicht passiert. Wir beide hätten uns niemals kennengelernt.«

»Das ist wahr«, pflichtete Ada ihr bei und schlug vor: »Lass uns zuerst eine Kleinigkeit essen und anschließend in den kaiserlichen Park gehen. Vielleicht fliegen deine Gedanken von dort zu deinen Lieben und trösten sie.«

Bald darauf servierte eine griechische Dienerin den erbetenen Imbiss in einem mit Wandmalereien ausgestatteten Speisezimmer. Die jungen Frauen ließen die *Klinen* unberührt und nahmen lieber auf Hockern Platz.

Bissulas honigfarbene Haarpracht war in Zöpfen aufgesteckt. Noch immer spiegelten die blauen Augen ihre niedergeschlagene Stimmung und um den verführerischen Mund zeigte sich ein enttäuschter Zug. Ihre türkisfarbene *Tunika* betonte die grazile Figur mit einem Taillenband. Die anmutige Germanin zog die Blicke auf sich. Schon deshalb setzten sie die Damen der guten Gesellschaft ungern auf die Gästeliste und nannten sie hinter vorgehaltener Hand »die blonde Barbarin«. In der Hierarchie der Residenzstadt war die ehemalige Kriegsgefangene eine Außenseiterin.

Enttäuscht äußerte Bissula einmal gegenüber Ada: »Ich lache über diese eingebildeten Frauenzimmer. Schließlich gehöre ich

17

zu Konsular Ausonius. Keine dieser Damen wird wie ich von Kaiserin Constantia empfangen.«

Obwohl Bissula im Kindesalter nach Treveris gekommen war, blieb ihr die Stadt fremd. Sie verklärte die Erinnerung an ihre verlorene Familie und fragte sich jeden Tag, ob ihre Eltern und Geschwister als Sklaven leben mussten oder den Tod gefunden hatten. Einerseits liebte sie Konsular Ausonius als ihren Wohltäter, andererseits machte sie ihm den Vorwurf, sein Volk habe ihr alles genommen. Sie gab ihm eine Mitschuld an ihrer Heimatlosigkeit und grollte, weil er ihr die Heirat verweigerte. Dabei kannte sie die Gründe. Es war nicht nur der große Altersunterschied. Altkaiser Valentinian hatte seiner höfischen Elite untersagt, die Frauen eroberter Barbarenstämme zu ehelichen. Unter Gratian wurde das Verbot zwar durchlässiger, aber eine solche Verbindung galt als Tabubruch und zerstörte die Karriere.

Als das zwölfjährige Keltenmädchen Ada vor sechs Jahren auf Gratians Wunsch von Konsular Ausonius aufgenommen wurde, reagierte die um ein Jahr ältere Bissula abweisend. Zunächst war Ada auf Gesten angewiesen, denn niemand verstand ihren rauen Dialekt, und sie wurde zum Gespött der Dienstboten, bis der Konsular einschritt. Allerdings wusste dieser zuerst selbst nicht, wie Adas Stellung in seinem Hause aussehen sollte. Zwischen ihrer Heimat Dornberg und der Kaiserstadt lagen zwar nur fünfzehn *Leugen,* jedoch eine große kulturelle Distanz. Das Dorf, in dem Adas Familie ansässig war, befand sich rechts der Mosella auf einem Hügelplateau im kaiserlichen Jagdrevier und war geschützt von einem *Gebück* aus Dornenhecken. Das keltische Mädchen lernte schnell und warb um Bissulas Wohlwollen, bis diese ihren Widerstand aufgab. Trotz ihrer räumlichen Trennung von Dornberg fühlte sich Ada wohl und glaubte, dass eine glückliche Fügung ihr diese neue Welt eröffnet hatte. Der Konsular seinerseits wies den Hauslehrer an, das wissbegierige Keltenmädchen ebenfalls zu unterrichten, und war erleichtert, als Bissula in ihr eine Gesellschafterin fand, die bescheiden blieb und gerne kleine Aufgaben übernahm. Inzwischen im heiratsfähigen Alter, sorgte sich Ada um die Zukunft. Wie sollte diese aussehen? Eine Rückkehr in das einfache Leben ihres Heimatdorfes, in dem niemand lesen oder schreiben konnte, wollte sie sich nicht vorstellen. Manchmal dachte sie an Edwin, den älteren Bruder ihrer Freundin Fabala. Dieser lebte seit Jahren in Treveris und war, glaubte man Fabala, auf einem erfolgreichen Weg.

Als sie ihre Mahlzeit einnahmen, meinte Ada mit nachdenklichem Gesicht:»Ach Bissula, meine Zukunft ist noch viel ungewisser als deine.«

Diese betrachtete die Gefährtin. Ada war größer als sie und ihre seelenvollen Augen verrieten Klugheit. Ihre Haut neigte zu Sommersprossen, das kupferfarbene Haar war zu einem Zopf geflochten.

»Was wünschst du dir denn, Ada?«

Die Freundin errötete.»Einen fürsorglichen Mann mit einem auskömmlichen Beruf, gesunde Kinder und ein Leben in der Kaiserstadt. Ich weiß, dass ich nicht für alle Zeiten in der Villa Sabina bleiben kann. Eines Tages wird der Konsular mit dir nach Burdigala zurückkehren.«

»Zuvor sollte er mir einen Heiratsantrag machen«, schmollte Bissula,»er darf nicht glauben, dass ich mich so einfach abweisen lasse.«

Ada zeigte auf einen Zinnteller mit Walnüssen:»Lassen wir die Zukunft kommen. Noch steckt sie in der Schale wie diese Nüsse.«

Zu guter Letzt lachte Bissula doch noch und Ada stimmte ein.

Die Stadt der Verheißung

Die einzigen weiblichen Wesen, die Proxius Lucullus Armitari streichelte, waren seine weißen Zwerghündinnen Clio und Erato. Gerne bezeichnete er sie mit einem Augenzwinkern als seine Gesellschaftsdamen. Einst hatte ihn Erato mit ihren dunklen Knopfaugen aus dem Welpenkorb eines Züchters angeschaut. Als sie ihr Flaumköpfchen vertrauensvoll in seine Hand schmiegte, war es um Proxius geschehen. Erato blieb sein Liebling, obwohl sie im Gegensatz zur robusten Clio kränkelte. Darüber hinaus begeisterte sich Proxius für Pferde. Die erotische Seite seiner Zuneigung gehörte den glutäugigen Jünglingen, obgleich der Magistrat mit einer der schönsten Frauen von Treveris verheiratet war und mit Julia zum Kreis der Hofgesellschaft zählte.

Proxius entstammte einer Dynastie von römischen Seidenhändlern. Neben einem herrschaftlichen Gebäude am Tiber besaß die Familie eine Niederlassung sowie einen Landsitz in *Baiae* am Golf von *Neapolis* mit einem herrlichen Blick auf die dortige Meeresbucht. In dem ebenso verrufenen wie luxuriösen Badeort mit heißen Schwefelquellen lebten er und Julia nach ihrer Eheschließung. Dann führte Proxius' Geschäftssinn sie ins nordöstliche Gallien, wo das Familienunternehmen eine weitere Filiale in der Hauptstadt Treveris unterhielt.

Mit seiner Entscheidung für die Kaiserstadt des Weströmischen Reiches war Proxius nicht allein. Zu jener Zeit machten sich viele auf den Weg über die Alpen, angelockt von der glanzvollen Residenz, deren Strahlkraft der Dichter und Politiker Ausonius in seinem Versepos *Mosella* gepriesen hatte. Darin erschien Treveris als eine Stadt der Verheißung in der fruchtbaren Talweite eines lieblichen Flusses, umgeben von Weinbergen und prächtigen Villen. Die Stadt wurde sogar als ein Abbild von

Baiae bezeichnet, wenn auch bescheidener und ohne dessen sprichwörtliche Verschwendungssucht. Trotz dieser Lobeshymnen wurde Proxius von einem Geschäftsfreund gewarnt. »Lass dich nicht von schmeichelnder Poesie täuschen. Der Verfasser ist der Erzieher des Kronprinzen. Die Dichtung ist eine Werbung im Auftrag des Altkaisers und soll vermögende Bürger nach Norden locken, damit der römische Senat weiterhin die immensen Kosten der gallischen Grenzsicherung genehmigt. Deshalb schildert Ausonius das rückständige Gebiet als einen Paradiesgarten. Wahr ist, dass sich unsere hochentwickelte Kultur außerhalb der treverischen Stadtmauer wenig verbreitet hat. Die Gallier genießen römisches Bürgerrecht, sprechen aber kaum Latein, geschweige denn Griechisch.«

Proxius winkte ab. »Überholte Gerüchte. Das Gebiet ist reich an Bodenschätzen und Wäldern, während der Süden abgeholzt ist. Jeder weiß, wie sehr unsere Fabriken und Heizungen darauf angewiesen sind.«

»Das mag stimmen, dafür zerstören einfallende Germanenstämme die römischen Höfe und Villen. Schon *Tacitus* hat nichts Gutes über diese Barbaren geschrieben. Du wirst die Austern vom ›Goldenen Strand der Venus‹ vermissen, den *Falerner* und die Nähe zu Rom. Der nördliche Winter wird dir und deiner reizenden Julia zusetzen.«

Diese Dialoge wiederholten sich, bis Proxius die Warner zum Schweigen brachte. »Gallien ist im Aufbruch, Fabriken sprießen aus dem Boden und unsere Filiale macht gute Geschäfte mit chinesischer Seide. Die Nähe zum Kaiserhof verlangt nach nobler Kleidung. Nicht umsonst nennt man die Stadt das ›Rom des Nordens‹."

Proxius startete sein Leben in der Kaiserstadt mit großer Zuversicht. Mit ihren fast hunderttausend Einwohnern war sie eine pulsierende Metropole. Der wesentliche Teil der Bürger lebte innerhalb der Stadtmauer rechts der Mosella. Obgleich sich dort der Palastbezirk sowie das Filialgebäude des Seidenhandels befanden, entschied sich Proxius für eine erhöht liegende *Villa urbana* am ruhigen Westufer im Schutz der Sandsteinwände des Marcusbergs. In den darauffolgenden Jahren hielt die Schönheit von Treveris die Sehnsucht nach dem Süden in Grenzen. Die Filiale blühte auf und Proxius erfüllte sich einen Lebenstraum, indem er ein kleines Gestüt in der Nähe seiner Villa erwarb. Er stellte einen erfahrenen Verwalter ein und hoffte, in absehbarer Zukunft mit seinen Pferden an den Rennen im Circus teilnehmen zu können. Diese Großereignisse standen unter der Schirmherrschaft des Kaisers.

Nach einigen Jahren gehörte Proxius zu den Mitgliedern des Städtischen Rates. Das einflussreiche Amt eines Magistrats hatte er vor allem seiner und Julias Spendenfreudigkeit zu verdanken sowie der Fürsprache des kaiserlichen Präfekten, Konsular Ausonius. Heute Abend würde er dessen Gast sein. Der ehemalige Rhetorikprofessor mit dem phänomenalen Gedächtnis war ein universell gebildeter Gesprächspartner.

Wie immer hatte sich der Magistrat bestens vorbereitet, denn er kannte die insistierenden Fragen des Konsulars. Was die zu erwartenden Speisen anging, rechnete Proxius nicht mit der von ihm geschätzten Opulenz. Freunde nannten ihn aus diesem Grund »unseren *Apicius*«. Dieser seit langem verstorbene Feinschmecker hatte ein Kochbuch verfasst, das in der Küche der Villa Armitari als Anregung diente. Der beneidenswert schlanke Konsular bevorzugte eher leichte Kost. Allerdings rechnete Proxius heute zumindest mit Austern, weil spätestens ab Oktober der gekühlte Transport von der Kanalküste in die Kaiserstadt einsetzte.

Der Konsular, der um die Aussagekraft von Zahlen wusste, hatte um eine aktuelle Gegenüberstellung von städtischen Ein-

22

nahmen und Ausgaben gebeten. Wegen der angespannten Wirtschaftslage würde er neue Vorschläge erwarten, außerdem Zuschüsse aus den städtischen Steuerquellen.

Vor dem Weg über die Brücke zur Innenstadt blieb Proxius Zeit, die Aussichtsterrasse seines Anwesens aufzusuchen. Heute trug er über seiner knöchellangen Seidentunika einen elfenbeinfarbenen Überwurf aus feiner Schurwolle, hergestellt in einer städtischen Tuchfabrik. Er verlieh seiner untersetzten Gestalt Vornehmheit. Die Silberfäden in seinen kurzen Locken zeigten, dass der Magistrat sein vierzigstes Jahr überschritten hatte. Erato auf dem Arm und Clio zu Füßen, richtete er den Blick auf das gegenüberliegende Panorama der Innenstadt.

Die mächtige Stadtmauer gab ihr die Form eines länglich gerundeten Blattes, aus dem an der südlich gelegenen *Porta Media* der *Cardo maximus* wie ein Stängel hinausführte, vorbei an Webereien, Glas- und Waffenfabriken, Töpferwerkstätten und weiteren Handwerksbetrieben. Ihnen folgten die südlichen Gräberfelder. Innerhalb der Mauer war Treveris nach dem Vorbild Roms in rechtwinklige *Insulae* gegliedert.

Jetzt lag die Residenz im Herbstlicht. Die Weinlese hatte einen passablen Jahrgang beschert, Obst und Gemüse, Nüsse und Pilze waren geerntet. Bald würde der kalte Wind von den Höhen eintreffen oder der berüchtigte Nebel, der sich gerne in der Talweitung festsetzte. Dann reizte der Holzrauch die Augen, denn Thermen, Wärmestuben und die Wohnhäuser der Wohlhabenden wurden beheizt.

Der Magistrat hatte seinen Holzvorrat bereits auffüllen lassen. Der Preis war noch höher gewesen als erwartet, weil der einzige Brennstoff über immer längere Distanzen herbeigeschafft werden musste, denn die Wälder um Treveris waren verschwunden. Die meisten Wohnungen würden im Winter kalt bleiben. Nur wenige der mehrstöckigen Mietshäuser besaßen eine Warmluftheizung. Die überdachten Kochstellen lagen in den zugigen Innenhöfen. Der Magistrat wollte sich für weitere Wärmestuben und Armenspeisungen einsetzen.

Heute schien die kalte Zeit fern. Proxius' Blick wanderte liebevoll über die gallische Hauptstadt, für deren Wohl er mitverantwortlich war. Er glitt von der Pfaueninsel zur Steinbrücke und weiter über die fünftorige Stadtmauer zur Innenstadt. Diese wurde zwischen Nord und Süd vom Cardo maximus und zwischen Ost und West vom breiten *Decumanus maximus* in vier Teile geteilt. Auf dem Hafengelände am rechten Flussufer befanden sich zwei große Speichergebäude sowie die Verkaufshallen und Laderampen. Die *Horrea* und die Verladeplätze mit den Lastkränen waren eine anrüchige Gegend und das Reich des zwielichtigen Petronius. Schließlich verweilten Proxius' Augen auf dem stillgelegten Tempel des *Asklepios*. Sogar der Gott der Heilkunst war von der unerbittlichen Religionspolitik Gratians gestürzt worden.

Imposante, mit farbigen Anstrichen oder Malereien versehene Bauten lenkten die Aufmerksamkeit auf sich, ebenso die nach Kaiser *Augustus* benannte riesige Thermenanlage hinter der Brücke. Das Forum und die *Curia* lagen im Zentrum, in der Nähe der Kaiserlichen Hochschule und der Bibliothek. Mit ihrer Erweiterung wollte sich der Konsular ein Denkmal setzen. Von Osten brachte eine sechs Leugen lange Leitung, unterirdisch oder über Aquädukte, das Wasser aus dem Tal der *Erubris* in die städtischen Verteilerbecken. In dieses Versorgungssystem waren die umliegenden Quellen und Bäche eingebunden.

»Eine Meisterleistung dank des universellen *Opus caementitium*«, stellte Proxius bewundernd fest.

Ferner befanden sich im Osten die *Aula Palatina*, der Circus und das *Amphitheater* sowie die nicht vollendeten *Kaiserthermen*. Statt ihrer Fertigstellung hatte Valentinian auf dem Gelände einen neuen Palast errichten lassen sowie eine Kaserne für seine

Leibgarde. An den kaiserlichen Park grenzte auch das Anwesen des Konsulars. »Der Präfekt hat ein Gespür für das Besondere«, murmelte Proxius anerkennd. Die Eleganz der Villa Sabina, die ihren Eigentümer als Ästheten auswies, beeindruckte Proxius, obwohl er selbst sich zum Leidwesen seiner Gemahlin gerne mit Pomp umgab. Er und Julia sahen Treveris als Herausforderung in einer nördlichen Region, deren Realität den euphorischen Mosella-Versen in einigen Punkten widersprach. In der Stadt existierte sehr wohl Armut. Proxius wusste, dass Julias soziales Engagement sein Ansehen als Magistrat stärkte. Er bedauerte, für seine Gemahlin nur Freundschaft empfinden zu können, und sah darüber hinweg, dass sie ihr eigenes Leben führte. Dazu gehörte, dass sein keltischer Verwalter nicht nur Julias Einsatz für das Gestüt unterstützte. Inzwischen heimste der Rennstall Armitari beachtliche Preisgelder ein. Überhaupt verdankte das Gestüt seine Erfolge im Wesentlichen dem Pferdewissen des jungen Edwin.

Unabhängig von seinem abgelegten Götterglauben und seiner neuen christlichen Religion vertraute der Magistrat in erster Linie auf das Diesseits. Er schätzte die guten Dinge des Lebens, ähnlich wie *Lukrez* und *Epikur,* deren Schriften er mit Begeisterung gelesen hatte. Der römische Dichter *Horaz* hatte diese Einstellung mit seinem *carpe diem* auf den Punkt gebracht.

Ebenso wie Konsular Ausonius hielt Proxius »Ovids Metamorphosen« für die größte Dichtung. Diese Schöpfungsgeschichte anhand griechischer und römischer Göttersagen hatte ihn bereits als Schüler fasziniert, insbesondere das Schicksal des hochfliegenden Jünglings Ikarus, der aus Selbstüberschätzung ins Meer stürzte. Das erinnerte ihn an den jungen Kaiser, der in Proxius' Augen zunehmend die Bodenhaftung verlor. Leider hatte der Präfekt seinen Einfluss auf Gratian eingebüßt. Nun wollte Ausonius der wirtschaftlichen Stagnation mit Investitionen begegnen, außerdem Steuererleichterungen auf Grundnahrungsmittel gewähren. Hoffentlich konnte er Gratian überzeugen, den Gold- und Silbergehalt der Münzen erneut zu senken. Wozu gehörte Treveris zu den *Hauptmünzstätten* des Reiches? Proxius dachte an seinen wichtigsten Wahlspruch: Der *Denar* muss kreisen!

Die Sonne sank hinter die westlichen Höhen. In die milde Herbstluft mischten sich kühle Feuchtigkeit und der Geruch gärender Rückstände aus den Kelteranlagen. Der Magistrat fröstelte. Eratos Köpfchen kraulend, beobachtete er einen Krähenschwarm, der mit heiseren Rufen am Flussufer aufstieg, und fragte sich, wie sonnenwarm der heutige Abend in Baiae sein mochte. Er wandte sich zum Gehen und entdeckte Julia an einem der oberen Fenster. Sie machte eine grüßende Bewegung.

Die römische Rose

Während sich Proxius auf Konsular Ausonius einstimmte, blickte Julia aus einem Fenster des Obergeschosses über den Fluss zum Palastbezirk und dachte:»Endlich wird die Residenz wieder zum Leben erwachen, der Kaiser ist zurück. Die Herbst- und Winterfeste werden stattfinden und wir Frauen können die neueste Mode zeigen.«

Sie lächelte, als sie ihren Gemahl auf der Terrasse entdeckte. Proxius wurde rundlich. Wie sein verstorbener Namensvetter Lucullus war er ein Genießer üppiger Mahlzeiten. Früher hatte er den täglichen Ausritt auf Hector geschätzt, inzwischen benutzte er die Sänfte und ließ sein schwarzes Lieblingspferd von einem Stallmeister bewegen.

Die kluge Römerin war als Tochter eines Professors der Rechtswissenschaften aufgewachsen, der nicht nur seine Söhne, sondern auch Julia von ausgezeichneten Lehrern unterrichten ließ. Gerne erinnerte sie sich an die Lebensweisheiten, die ihr Vater zum Besten gegeben hatte, so Senecas:»Der Geist, nicht die Truhe, muss gefüllt werden.«

Sie dachte an ihre Heirat in Rom.»Warum wurde aus Proxius und mir ein Paar?«, fragte sie sich und kannte doch die Antwort. Der Wunsch ihrer Familien hatte sie zusammengeführt, weil Vermögen und Stammbaum sich bestens ergänzten. Eine solche Verbindung festigte die gesellschaftliche Stellung. Darüber hinaus galt der junge Armitari als geschäftstüchtig und liebenswürdig. Nach der Hochzeit folgte ihm Julia nach Baiae. In diesem Badeort der Reichen und Schönen, nahe dem vor dreihundert Jahren unter Asche begrabenen *Pompeji,* drehte sich alles um die Freuden der Liebe und des guten Lebens. Schon der römische Dichter Ovid beschrieb die Stadt als einen Ort für Liebesspiele und der römische Philosoph *Seneca* nannte sie ein Rasthaus der

Laster. Bald gehörte Julia zu den Schönheiten der mondänen Gesellschaft und das erotische Desinteresse ihres Gatten führte dazu, dass ein Liebhaber nicht auf sich warten ließ.

Dessen ungeachtet begleitete sie Proxius in die Hauptstadt des nördlichen Imperiums, die plötzlich in aller Munde war. Dort teilte sie seine Begeisterung für die Pferderennen im Circus, welche in der Kaiserstadt eine gesellschaftliche Bühne darstellten, vor allem in Anwesenheit des Kaisers. Inzwischen überstieg das Ansehen der ruhmreichen Wagenlenker dasjenige der Gladiatoren, was der christlichen Ausrichtung des Kaiserhauses entsprach. Damit Proxius genügend Zeit für den Seidenhandel und seine Magistratstätigkeit blieb, ließ sich Julia in die Belange des Gestüts einbinden. Seit der keltische Verwalter Edwin ihr das Reiten auf einem *Vierhornsattel* nahegebracht hatte, ritt sie gerne aus. Julia verehrte die Pferdegöttin Epona. Ihr zu Ehren befand sich am Eingangstor des Gestüts ein Sandstein, geschmückt mit dem Relief der Göttin im Sattel, in den Händen eine Schale mit Früchten. Zu Julias Leidwesen dachte Proxius die Entfernung des Kultsteines an, weil sein Gestüt dem christlichen Kaiserhaus geschäftlich verbunden war.

Julia verließ ihren stilvollen Wohnbereich und erreichte über eine ausladende Marmortreppe die Speise- und Repräsentationsräume im Erdgeschoss. Vom *Atrium* gelangte man zum *Tablinum* und weiter zum großen Hof des *Peristyls,* dessen Säulengänge mit Mosaiken und bemalten Marmorstatuen geschmückt waren. In der Mitte lag ein Ziergarten, darin das *Nymphäum* mit Springbrunnen und Wasserbecken. In diesem geschützten Außenbereich blühten Julias Duftrosen bis weit in den Herbst. An das imposante Wohngebäude grenzte ein weitläufiger Garten, den sie nun aufsuchte. Hier, inmitten von verwilderten Pflanzen und Bäumen, hatte sie ihre Passion entdeckt und einen Gartenarchitekten mit der Umgestaltung beauftragt. Danach wurden Rosenstöcke gepflanzt, Brunnen und Teiche angelegt, Blumenbeete entstanden sowie ein Nutz- und Kräutergarten. Zur Überwinterung empfindlicher Pflanzen kam ein heizbares Gebäude hinzu. Bald nannte man Julia, die mit der Veredelung ihrer Rosen experimentieren ließ, »die römische Rose«. Wer Ende Mai oder Anfang Juni mit einem Bukett aus der Villa Armitari bedacht wurde, war zum Rosenfest eingeladen und zählte sich zur guten Gesellschaft von Treveris.

Jetzt im Oktober warfen die Gehölze erstes Laub ab. »So wie Proxius seine Hunde und Pferde umsorgt, so liebevoll gestalte ich meinen Garten«, dachte Julia beim Anblick der bunten Astern, die mit den jetzt goldfarbenen Pappeln kontrastierten.

Sie nahm den kürzesten Rückweg und passierte die Stelle, an der im Frühling ein gläsernes Gewächshaus entstehen sollte, ganz nach dem Vorbild der herrschaftlichen Villen Italiens. Julias Gartenpläne wurden von Proxius unterstützt. Weiter hatte er auf ihren Vorschlag hin die öffentlichen Plätze der Stadt mit Rosenbeeten oder Pflanzkübeln bereichern lassen sowie die Hauseigentümer in den Ladenstraßen ermuntert, die jeweilige Fassade mit einem Rosengewächs zu schmücken. Diese Anregung fand begeisterte Nachahmer.

Julia erreichte das Tablinum und nahm Platz. Der Raum diente als Statussymbol und war durch hölzerne Schiebeelemente mit dem Atrium verbunden. Seine Wände waren mit Fresken und Steinbüsten geschmückt, der Fußboden mit Mosaiken. Durch die Fenster konnte man zum Nymphäum blicken. Auf dem Rand des Brunnenbeckens saß ein pausbäckiger Amor aus weißem Marmor und zielte mit seinem zierlichen Bogen auf einen steinernen Delfin. Julia lächelte, nicht zuletzt, weil Edwins Besuch bevorstand. Ihre Beziehung mit dem selbstbewussten Kelten hatte vor einem Jahr begonnen, als er ihr verletztes Pferd heilen konnte.

Eine Dienerin trat ein und meldete die Ankunft des Verwalters. Julia erhob sich und begab sich in das vorbereitete Speisezimmer.

Ein Schmied aus Belginum

Edwin verließ die *Augustustherme* wohlig erfrischt. »Welch ein Tag«, murmelte er und blinzelte in die Sonne des Herbstnachmittags. Nach einigen Schritten blickte er auf das riesige Wasserparadies zurück und dachte an seinen ersten Besuch. Die Therme lag am breiten Decumanus maximus nahe der Mosellabrücke und stand allen Bürgern offen. Eine ähnlich imposante Anlage befand sich nur in Rom. Dieser der Körperpflege gewidmete Palast von Treveris besaß einen hohen technischen Wissensstand und erforderte eine unvorstellbare Menge an Wasser und Brennstoff, außerdem ein Sklavenheer für die Befeuerung der Heißluftheizung. Neben der Körperhygiene diente die Augustustherme als beliebter Treffpunkt. Läden boten Kosmetika, Genusswaren sowie Getränke an, und eine kleine Bibliothek stellte einige Schriften zur Verfügung, in denen man unter Aufsicht lesen konnte.

Vor mehr als zehn Jahren hatte Edwin hier die römischen Bäderrituale erkundet. Der Wechsel zwischen Kalt- und Warmwasser-Anwendungen, vor allem die Sportangebote in den Trainingsräumen und auf der gesandeten *Palaestra,* begeisterten ihn. Die gesamte riesige Einrichtung erfüllte ihn mit Ehrfurcht, ihre hohen Tageslichträume mit den Wasserbecken, die Mosaike, der Marmor, die Statuen in den Nischen. Sogar die Latrine ließ ihn staunen. Man saß, getrennt nach Geschlechtern, über einer Wasserrinne auf hölzernen Sitzflächen mit runden Einschnitten. Die Reinigung erfolgte mit einem Stockschwamm, die Ausscheidungen wurden in die Kanalisation gespült.

Heute hatte Edwin die Augustustherme ebenso routiniert absolviert wie ein damit aufgewachsener Römer. Nun blieb ihm auf seinem Weg zu Julia Armitari etwas Zeit. Er freute sich auf den Besuch, der nicht nur der Entscheidung über anstehende Fohlenverkäufe diente, und passierte die Wechselstuben an der

Brücke. In einigen konnte man Geld anlegen oder leihen. Ein Wächter an der Zollstelle der *Porta Inclyta* winkte ihn mit einer lässigen Bewegung durch. Im Herbst waren die Münztaucher auf der Brücke verschwunden. In seinem ersten Sommer in der Kaiserstadt war auch Edwin hier in den Fluss gesprungen, wenn ein Bürger ein Geldstück ins Wasser warf, um sich an den Tauchgängen und Balgereien der Burschen zu belustigen, und war stolz gewesen, eine Münze unter Beifall in die Höhe zu halten. An der Brücke war die Mosella sauber, die Abwässer strömten an anderer Stelle ein. Plötzlich näherten sich im Laufschritt zwei kräftige Träger mit einer geschlossenen Sänfte und wichen den Kuhfladen und Pferdeäpfeln auf dem glatten Buckelpflaster aus. Edwin deutete eine Verbeugung an, ohne zu wissen, ob sein Gestütsherr im Innern der Sänfte ihn wahrgenommen hatte.

»Proxius lässt sich wieder einmal tragen«, dachte er belustigt, zugleich erleichtert, dass der Magistrat offensichtlich zu einer Verabredung eilte. Um diese Zeit würde sie mit einem anschließenden Essen verbunden sein, was eine ungestörte Zweisamkeit mit Julia versprach.

Auf der linken Seite der Mosella lag unterhalb des Marcusbergs der Lenus-Mars-Tempel. Mittlerweile war der Bezirk um die Kultstätte einschließlich Theater und Pilgerherbergen verwaist und wurde als Steinbruch benutzt. Weiter südlich befand sich eine Arbeitersiedlung, darin ein vierstöckiges Mietshaus mit verwinkelten Treppen und engen Wohnungen, zum Teil mit winzigen Balkonen. Das Gebäude gehörte Petronius und besaß innen keine Wasserversorgung. Diese lag bei den Kochstellen im Hof, ebenso ein Lebensmittelladen. Im Erdgeschoss befanden sich die heizbaren Räume, aber Edwin kam im dritten Stock ohne diesen Komfort aus. Er verpflegte sich an den Garküchen oder bei seiner Schwester Fabala, manchmal versorgten ihn die Küchensklaven von Petronius. Seit Edwin zum Gestütsverwalter aufgestiegen war, nutzte er tagsüber ein Kontor im Verwaltungsgebäude. Stand ein Abfohlen an oder war eines der Tiere erkrankt, konnte er dort übernachten.

Der junge Kelte war der Sohn eines Schmieds aus Dornberg. Nach dem Tod der Mutter blieb seine jüngere Schwester Fabala bei einer Tante in Dornberg, der neunjährige Edwin folgte seinem Vater in die Marktsiedlung *Belginum,* wo dieser eine Huf- und Wagenschmiede eröffnete. Die Raststation lag auf einem Hochplateau an der römischen Militärstraße von Bingium nach Treveris. Der kräftige Junge ging seinem Vater zur Hand oder trieb sich in den Werkstätten und Gassen herum. In den Unterkünften rasteten Händler aus aller Welt und berichteten von der nahen Residenzstadt.

In den folgenden Jahren wurde aus Edwin ein versierter Schmied, der ein außergewöhnliches Geschick mit Pferden entwickelte. So verstand er sich wie kein Zweiter auf deren Hufpflege mit Baumharz und experimentierte mit Salbenverbänden. Seine Erfolge wurden bekannt und so sprach der Geschäftsmann Petronius den Fünfzehnjährigen eines Tages an:

»In Treveris können die Tüchtigen es weit bringen. Du glaubst nicht, was unsere Hauptstadt alles bietet. Die großen Rennen im Circus würden dir gefallen. Du wüsstest schnell, auf welchen Wagenlenker man setzen muss oder welches Gespann den Sieg holen wird. Treveris ist reich, denn der Kaiser sorgt gut für seine Residenz. Meine Geschäfte liegen im Hafen. Ich könnte dich zwar gut gebrauchen, aber da du so viel von Pferden verstehst, wäre ein Gestüt besser für dich.«

Beim nächsten Aufenthalt wurde Petronius deutlicher.

»Komm in die Kaiserstadt, Edwin. Du könntest im Gestüt Armitari anfangen, obendrein ein paar Dinge für mich erledigen. Dein Vater wird dir sicher nicht im Weg stehen.«

Als Petronius berichtete, Magistrat Armitari habe mit dem Aufbau eines Rennstalls begonnen, verließ Edwin die Schmiede.

Man wünschte dem tüchtigen Burschen viel Glück, denn die Kaiserstadt galt als hartes Pflaster für Neuankömmlinge.

In seiner ersten Zeit in Treveris übernachtete Edwin in der Baracke für die Stallburschen oder in einem Schuppen auf dem Hafengelände, welcher Petronius gehörte. Da der ehemalige Schmied nur das Rechnen beherrschte, sorgte Magistrat Armitari für weiterführenden Unterricht durch einen griechischen Sklaven. Nach einigen Jahren wurde Edwin zum Stallmeister befördert. Als der alte Verwalter starb, trat er dessen Nachfolge an. Der ehemalige Schmied war für den aufstrebenden Rennstall unverzichtbar geworden.

In Treveris bewegte sich der junge Dornberger im Umfeld geschäftstüchtiger Männer. Von Petronius erhielt er Einblick ins Hafenmilieu und überbrachte in dessen Auftrag so manche Bestechungsgabe. Später organisierte Edwin die beliebten, jedoch verbotenen Hundekämpfe und war an den Wetteinnahmen beteiligt. Die Kämpfe fanden in Lagerschuppen statt, in denen Petronius für Ordnung sorgen ließ. Einträglich waren auch die Schwarzmarktgeschäfte, darunter solche mit dem hoch besteuerten Kaiserpilz, im Volksmund Fliegenpilz genannt. Neben seiner schmerzstillenden Wirkung schätzte man ihn als Rausch- und Potenzmittel. Er konnte Ekstase, Aggressionen und Halluzinationen hervorrufen, aber auch zu spirituellen Erkenntnissen beitragen. So erzählte man von einem Pilzsud, mit dem die Druiden ihre Sinne schärften. Ein *Legionär* wiederum war überzeugt, der Pilz werde im Heer gegen die Angst eingesetzt. Edwin kannte die Plätze in den kaiserlichen Jagdwäldern, an denen er von Juni bis Oktober reichlich wuchs, und ließ ihn von eingeweihten Helfern sammeln und trocknen. Petronius sorgte für das Verteilernetz und strich den größten Profit ein.

Ausgerechnet er mahnte Edwin: »Sorge für deine Zukunft und zeige dich großzügig gegenüber Mitwissern. Treveris ist ein Teich mit dünnem Eis.«

Petronius war ein gerissener Geschäftsmann und besaß die Vormachtstellung im Hafen. Edwin folgte dem Rat und brachte sein Geld zu einem Bankier.

Der ehemalige Schmied blieb nicht der einzige Dornberger, der in Treveris Fuß fasste, denn inzwischen waren auch seine Schwester Fabala und Jugendfreund Baard eingetroffen. Seit ihrer ersten Begegnung empfand Edwin Bewunderung für die Gemahlin seines Dienstherrn. Die schöne Römerin, die von einem Hauch Sinnlichkeit umgeben war, konnte sowohl liebenswürdig sein als auch auf überlegene Art abstrafen. Edwins Aufstieg im Gestüt geschah mit Julias Unterstützung. Sie vertraute ihm, obwohl sie ihm an Status und Bildung weit überlegen war, und hatte dem jungen Dornberger den Blick für eine andere Sichtweise der römischen Eroberung Galliens geweitet. Erst diese habe den langen Frieden unter den verfeindeten einheimischen Stämmen ermöglicht. Allerdings stellte Edwin in Belginum und auf den Pferdemärkten zunehmend fest, dass sich das Vertrauen in eine sichere Zukunft auflöste. Im April war er im Auftrag des Magistrats nach *Lugdunum* gereist, denn die wichtige Handelsstadt besaß wie Treveris einen Circus mit Rennbahn. Im südlichen Gallien wurde ebenfalls deutlich, wie sehr das römische Imperium aus dem Reichtum seiner eroberten Provinzen schöpfte.

Mittlerweile, nach zehn Jahren in der kaiserlichen Residenzstadt, war Edwin stolz auf das von ihm Erreichte, verlor aber das Ziel der finanziellen Unabhängigkeit nicht aus den Augen.

»Am liebsten wäre ich mein eigener Herr«, überlegte er auf dem Weg von der Therme zur Villa Armitari. Kehrte Proxius nach Italien zurück, blieben nur die dubiosen Aufträge für Petronius. Außerdem besaß Edwin einige Pferde, die sein Vater in Belginum einsetzte. Auf den rauen Höhen war ein gutes Auskommen möglich. Er könnte dort Pferde für das Militär züchten, an Reisende vermieten oder verkaufen. Aber ein solches Dasein wäre kein Vergleich zu seinem jetzigen Leben in der Kaiserstadt mit ihren großen Pferderennen. Mittlerweile gehörte Edwin zu dieser faszinierenden Gemeinschaft und genoss deren Anerkennung. Er erreichte die Villa Armitari kurz vor der Dämmerung. Eine Dienerin geleitete ihn in einen mit Duftlampen vorbereiteten Raum. Edwin nahm Platz und betrachtete mit Herzklopfen die auf einer Anrichte stehenden Gläser, einen mit Wein gefüllten Krug sowie ein Tablett mit kalten Speisen. Auf einem Beistelltisch lag eine Schiefertafel mit den Namen einiger Fohlen. Julia sprach nicht nur mit großem Sachverstand über ihren Garten, sondern auch über die Erfordernisse des Gestüts.

Als sie bald darauf erschien, erhob er sich und verharrte in atemloser Bewunderung. Unter Julias seidener Tunika zeichneten sich ihre zierliche Taille und der wohlproportionierte Busen ab.

Sie platzierte eine schmale Vase und fragte mit strahlendem Lächeln:»Ist diese späte Rose nicht herrlich? Sie bringt uns heute Abend den Sommer zurück.«

Er trat auf sie zu.»Aber du bist die Schönste von allen.«

Die Mosaizisten

»Salve Baard! Dir gefällt's wohl, im Morgengrauen zu arbeiten. Im Herbst könntest du ruhig etwas länger schlafen.«

Der Begrüßte blickte erstaunt auf seinen Meister Alexandro, der soeben die Eingangshalle der Gestütsverwaltung Armitari betreten hatte. So früh zeigte sich der Inhaber der Mosaikwerkstatt nur selten. Jetzt blickte der schlanke Ägypter auf seinen besten Handwerker, der am Boden kniend mit Setzwaage, Schnur und Glättbrett hantierte. Mit einundzwanzig Jahren erinnerte Baard noch immer an einen mageren Jungen. Das herzförmige Gesicht mit der hohen Stirn und den graublauen Augen wirkte ein wenig mädchenhaft. Dieser Eindruck verstärkte sich durch die blonden, von einem Stoffband gehaltenen Haare. Baard arbeitete an einer Bordüre, deren komplizierte Muster er zuvor in die jüngste Schicht des Unterbaus geritzt hatte. Sie gehörte zu dem Auftrag, den Eingangsbereich der Halle mit einem Mosaik zu gestalten, ähnlich dem *Polydusmosaik* in einem Empfangsgebäude des Palastes. Darauf war der berühmte Wagenlenker mit Peitsche, Ehrenkranz und Siegespalme dargestellt. Seine vier Pferde mit verzierten Brustgurten waren lediglich angeschirrt und der in schwarzen Steinbuchstaben verewigte Name des längst verstorbenen Helden der Rennbahn erinnerte daran, dass er einst zusammen mit seinem Leithengst Compressor die Massen in den Circus gelockt hatte. Angelehnt an das von Magistrat Armitari bewunderte Kunstwerk fertigte Baard in einem Setzkasten aus Marmor das *Emblema,* den wertvollsten Teil eines Mosaiks. Dieses hier stellte Rufus dar, den besten Wagenlenker des Gestüts Armitari, und befand sich zurzeit auf einem Tisch in bequemer Arbeitshöhe. Nach der Fertigstellung würde Baard den Setzkasten in das Bodenmosaik einlassen.

Alexandro scherzte mit Blick auf das unvollendete Emblema: »Denk daran, Rufus' Leitpferd heißt Pegasos, nach dem geflügelten Hengst der griechischen Mythologie. Am liebsten sähe sich unser Auftraggeber selbst als Rennfahrer. Dann könntest du diesen mit grauen Löckchen statt mit einem Messinghelm darstellen. Vielleicht möchte auch dein Freund Edwin einmal Wagenlenker sein. Man sagt, ohne den Dornberger wäre Rufus nicht halb so erfolgreich.«

Baard freute sich, dass sein Meister guter Laune war, und meinte: »Ohne Edwin wären die Pferde der Armitaris gewiss nicht so oft unter den Siegern. Er ist ein Pferdeversteher. Niemand bereitet die Tiere besser auf die Rennen vor als er. Rufus vergöttert ihn.«

»Genau wie du, Baard. Dabei dreht sich im Renngeschäft alles um den Sieg und die Preisgelder. Handelt dieser Edwin nicht auch mit dem Kaiserpilz? Solch ein Rausch gleicht einem Besuch im Reich der Götter. Ich spreche aus Erfahrung.«

»Aber Meister, keiner von uns Sterblichen kennt das Jenseits«, lachte Baard.

Alexandro wurde unerwartet ernst: »Durch Gratians Gesetz müssen wir nun alle an den Christengott glauben, sozusagen auf kaiserlichen Befehl. Ein Wunder, dass Eponas Weihestein noch am Eingang belassen wurde. Der Magistrat steht im Blick der Öffentlichkeit und gilt zudem als Opportunist. Wir müssen umdenken und uns auf mehr christliche Motive einstellen. Mir liegt ein lukrativer Auftrag für die Bischofskirche vor. *Britto* schätzt unsere Kunst und weiß, dass ein Mosaik für die Ewigkeit gemacht ist, weil es nicht verwittert oder verblasst wie die Fresken. Früher finanzierten die Reichen die Bibliotheken, jetzt stiften sie Kirchen, in denen die Mosaikkunst zelebriert wird. Die Spenden an die Christengemeinden fließen, an oberster Stelle diejenigen aus der kaiserlichen Schatulle. Gratian hat die Kirche samt ihren Priestern von der Steuerpflicht befreit. Beneidenswert. Dafür müssen jetzt andere umso mehr zahlen, wir Handwerker zum Beispiel.«

Baard, der wusste, wie sehr sich Alexandro über Steuern und Abgaben entrüsten konnte, startete ein Ablenkungsmanöver. »Freuen wir uns über neue Aufträge, Meister. Möglicherweise ist der christliche Gott ja der richtige. Wie verwundert war ich zu Beginn meiner Zeit in Treveris über die Anzahl der römischen Götter. Für mich ist *Sirona* am wichtigsten. Unsere keltische Heilgöttin beschützt uns zusammen mit *Apollo Grannus*. Noch etwas zu meinem Freund Edwin: Der Magistrat hat ihm die Leitung des Rennstalls übertragen.«

»Ich weiß. Dafür hat sich nicht zuletzt dessen verführerische Gemahlin eingesetzt.« Alexandro grinste vielsagend, als er hinzufügte: »Dein Freund ist tatsächlich zu beneiden.«

»Edwin ist in Ordnung«, verteidigte ihn Baard. »Schließlich habe ich die Arbeit in Eurer Werkstatt durch seine Fürsprache erhalten. Sonst wäre ich ein Köhler geblieben, ein rußiger Waldschwarzer.«

Er erhob sich vom Boden, um seinen Körper zu dehnen, als sein Meister ihm zufrieden auf die Schulter klopfte.

»Ich bin froh, in dir einen so talentierten Handwerker gefunden zu haben. Bald wirst du dank meiner Unterweisungen und deiner Ausdauer zum Meister ernannt gemäß dem Wahlspruch ›Genie ist stetes Streben‹. Deine Ideen in unseren Musterbüchern überzeugen. Hoffentlich untersagen die neuen Religionsgesetze nicht die Darstellungen der alten Götterwelt samt ihren reizenden Musentöchtern. Welcher Kunde will nur fromme Motive sehen? Man entscheidet sich immer öfter für unverfängliche Obstschalen und niedliche Täubchen. Dabei zeigt erst die Gestaltung von Gesicht und Körper das wahre Können.«

»Ihr habt recht, Meister, und das Schönste ist ein lächelndes Mädchen«, bestätigte Baard, bevor sich Alexandro verabschiedete.

Bei seiner Bemerkung hatte Baard Ada vor Augen, die im Hause des Präfekten lebte, so nahe und doch ein ferner Traum. Seit Baards Kindertagen in Dornberg war sie sein Idealbild. Begegnete er ihr auf dem Forum oder bei Fabala, fand Ada stets ein paar freundliche Worte. Dann spürte Baard eine Glutwelle der Verlegenheit und Ada senkte den Blick, damit er nicht ins Stottern geriet.

Der Köhlerjunge hatte sich ein Leben in Treveris nicht vorstellen können, wenn man in Dornberg von der Stadt berichtete. Als Baards Vater starb, besorgte Edwin seinem kaum dreizehnjährigen Freund aus der gemeinsamen Kinderzeit eine Hilfsarbeit in Alexandros Werkstatt einschließlich einer täglichen Mahlzeit und Strohsack. Von da an war der schmächtige Junge frühmorgens auf der Baustelle. Zunächst kümmerte er sich um die Bereitstellung von Material, damit die Handwerker zügig beginnen konnten. Ein Glück, dass Alexandro ihn förderte und gelegentlich eine der kostenlosen Lateinschulen besuchen ließ. Am höchsten schätzte Baard den Zeichenunterricht. Bereits im Wald hatte er Muster und Figuren auf Schiefersteine gemalt. Nun entstanden Schleifen und Knoten aus Marmor, Granit, Porphyr oder Glas. Ihnen folgten Gegenstände und Tiere, zu guter Letzt die Disziplin der menschlichen Abbildung.

Das Morgenlicht war heller geworden und Baard wechselte zu seinem Arbeitstisch.

»Eines Tages wird mir ein Mädchen gelingen, das die Menschen zum Träumen bringt«, sagte er leise zu sich selbst.

***

Alexandro erreichte den Brunnen des Gestüts Armitari und trank das mineralische Wasser. Danach benetzte er sein Gesicht und hielt es in die Herbstluft. Erste Sonnenstrahlen lösten den Hochnebel auf. Bald würden zwei Helfer eintreffen und die großen musterarmen Flächen fügen, während sein Meisterschüler bei bestem Licht am Bildnis des Rennfahrers arbeitete. Am Ende würde Baard die Darstellung mit einem eigens entworfenen Rahmen schmücken: ein rotes Schlingenmuster um Palmzweige als Zeichen des Sieges. Den wertvollen rötlichen Marmor bezog Alexandro von der *Laugona.*

»Mein Geselle brennt für die Mosaikkunst. Diese Flamme will genährt sein«, dachte er, unzufrieden mit sich selbst. Zwar besaß er die Routine eines erfahrenen Meisters, aber das flatterhafte Leben störte seine Inspiration. Alexandro wusste um die Anziehungskraft seiner dunklen Samtstimme und seiner feurigen Augen. Sein Einfühlungsvermögen und sein kultiviertes Benehmen machten ihn zu einem Liebling der Frauen, doch bisher war eine feste Bindung an Alexandros Freiheitsliebe gescheitert.

»Eine Frau nimmt dir die Unabhängigkeit und bürdet dir Haus und Kinder auf. Das freie Leben wäre vorbei.«

So oder ähnlich argumentierte er unter dem Beifall seiner Freunde, selbst wenn diese ihr Familienleben hochschätzten. Niemals hätte Alexandro eingestanden, dass er ein behagliches Zuhause vermisste.

Der Mosaikmeister stammte aus einer angesehenen Familie im römischen *Alexandria* und war stolz auf seine blühende Heimatstadt, die Alexander der Große vor siebenhundert Jahren gegründet hatte. Väterlicherseits besaß der Ägypter sowohl griechische als auch jüdische Vorfahren. Nach Abschluss der Schule absolvierte er eine Ausbildung zum Freskomaler und Mosaikgestalter. Neugierig auf fremde Handwerkskunst reiste er mit Wandmalern und *Mosaizisten* nach Ravenna und *Aquileia,* Mediolanum und *Lutetia.* Die Steinkunst faszinierte ihn so sehr, dass er begann, die von ihm entworfenen Motive selbst zu fügen. Schließlich erreichte er Treveris, wo vermögende Bürger und christliche Kirchen lukrative Aufträge vergaben.

Des Umherziehens müde, ignorierte er den Gedanken an eine Rückkehr in die südliche Heimat, zumal die Kaiserstadt viele

Annehmlichkeiten bot. Obwohl die Aufträge nach Musterbüchern erteilt wurden, bestand seitens der Kunden Interesse an frischen Ideen. Alexandro wurde zum Meister ernannt und gründete seine Werkstatt. Die Geschäftsbücher überließ er einem steuerkundigen Buchhalter, so dass nach Abzug von Materialkosten und Löhnen ein ansehnlicher Gewinn verblieb.

Lange Zeit hielt sich Alexandro für einen Liebling der Götter, bis sich eine diffuse Unzufriedenheit einstellte. Jetzt nahm er sich vor, ihr auf den Grund zu gehen. Als er den Brunnen verließ, summte er eine Melodie.

Damals in Dornberg

Seit zwei Jahren hatte Fabala ihr Heimatdorf nicht mehr besucht. Dornberg fehlte ihr. Dennoch dachte sie nicht einmal im Traum an eine Rückkehr. Im Februar war sie zum zweiten Mal Mutter geworden und gönnte sich selbst nach der Geburt keine Ruhe. Jetzt, im Oktober, wurde die neue Ernte gekeltert. Um Platz zu schaffen, war der größte Teil des ausgereiften Weines mit einem Fuhrwerk zu Kunden oder zu den Anlegestellen der Weinschiffe gebracht worden. Sie hatte ihren Mann Siretos davon überzeugt, die Steingutamphoren durch Eichen- und Kastanienfässer zu ersetzen. Diese wurden von Küfern in den Walddörfern hergestellt und verfügten über so viel Volumen, dass zwei Männer gerade noch eines tragen konnten. In ihnen reifte der Wein langsamer und entwickelte mehr Alkohol, was ihn deutlich haltbarer machte. Während Siretos sich in den *Tabernae* aufhielt, beaufsichtigte Fabala die Arbeiten und war froh, fleißige Helfer zu haben. Fast alle würden vor Wintereinbruch in ihre Dörfer zurückkehren.

Siretos war erst kurz vor Pettias Geburt bereit gewesen, Fabala zu heiraten, obwohl er bereits der Vater ihres vierjährigen Sohnes Pentoris war. Der verwitwete Winzer dachte lieber die Ehe mit einer vermögenden Frau an, um eine weitere Steillage erwerben zu können. Erst als Fabalas Bruder Edwin ihn unter Druck setzte, gab Siretos nach, nicht zuletzt, weil er auf die Geburt eines weiteren Sohnes hoffte.

Vor sechs Jahren war das hübsche Mädchen aus Dornberg als Küchenhilfe auf den Winzerhof gekommen. Siretos stellte ihr ebenso nach wie seinen übrigen Mägden, entwickelte aber bald eine Vorliebe für Fabalas zupackende und heitere Art. Ihr wiederum gefiel eine gewisse Gutmütigkeit, die er an den Tag legen konnte. Aufgrund ihrer Tüchtigkeit wurde die junge Frau bald zur ordnenden Kraft des Haushaltes, erst recht nach dem Tod von Siretos' kränkelnder Ehefrau. Fabala besaß Selbstvertrauen und wusste, dass das Leben ihr nichts schenken würde. Zu ihrem Verdruss zehrte Siretos' übermäßiger Weingenuss an seiner Gesundheit. Die Geburt seiner Tochter Pettia enttäuschte ihn sehr, zumal ihm aus seiner ersten Ehe nur die zwölfjährige Mira geblieben war. Zum Glück hatte Kaiser Valentinian die Tötung und Aussetzung von Neugeborenen verboten. Vorher war es üblich, vor allem behinderte und weibliche Säuglinge zu töten oder an einem Dunghaufen auszusetzen. Die Väter entschieden als *Pater familias* von Rechts wegen über das Schicksal der Neugeborenen, indem sie den ihnen dargebotenen Säugling aufhoben und als Kind annahmen. Andernfalls fand das Menschlein nicht immer eine barmherzige Pflegefamilie, sondern den Tod oder die Sklaverei. Jeder Finder konnte das wehrlose Kind an sich nehmen wie eine Sache.

In diesem Herbst meldete sich bei Fabala, die ihre Tochter noch stillte, der Wunsch, im nächsten Jahr mit ihrer Freundin Ada nach Dornberg zu reisen, denn diese sehnte sich ebenfalls nach einem Besuch. Wie farbenprächtig waren dort die herbstlichen Wälder und wie rein die Luft im Vergleich zu den städtischen Ausdünstungen. In den Dörfern auf den Höhen über dem Mosellatal begann bald der Winter mit Spinnen und Weben, Holzschnitzen und Korbflechten. Während die Natur in Grautönen erstarrte, wurden die Abende in den Spinnstuben bunt, wenn die Älteren ihre Geschichten erzählten. Fabala erinnerte sich an das Feuer unter dem Rauchfang. Züngelten die Flämmchen, verlor das knisternde Holz seine letzte Feuchtigkeit. War es abgebrannt, ordnete man das Glutbett mit einem Eisenhaken und legte achtsam nach, um Funkenflug zu vermeiden. Die Kinder erhielten warme Ziegenmilch, die Frauen heißen Beerenwein und die Männer tranken das selbstgebraute bittere Bier.

Am Nachmittag wollte Ada kommen. Sie besuchte den Winzerhof regelmäßig und nahm gerne Anteil am Gedeihen der kleinen Pettia.

Fabala hatte Ada ein Körbchen mit Kräutern aus den Weinbergen bereitstellen lassen, denn die Freundin befasste sich seit Kindertagen mit Pflanzen und besaß darin ein beachtliches Wissen.

»Hoffentlich findet sie einen guten Mann, bevor ihre Zeit im Haus des Präfekten vorüber ist«, überlegte Fabala nicht zum ersten Mal. In ihrer Vorstellung war die oberste Aufgabe einer Frau die Sorge für die Familie, obwohl ihr durch Siretos' Verhalten immer mehr Verantwortung für den Weinhandel zufiel. Fabala besaß zwar keine Schulbildung, hatte sich aber das Notwendige an Rechnen und Schreiben beibringen lassen.

»Siretos hat die richtige Frau gefunden«, sagte man über sie und meinte ihre Umsicht und pragmatische Schaffensfreude sowie Fabalas herzliche Art. Dabei konnte die Dornbergerin resolut durchgreifen, wenn sie dies für angebracht hielt.

Als Fabala in Gedanken bei den Vorzügen des neuen Jahrgangs angekommen war, läutete die Türglocke. Draußen stand die Freundin in einer zartblauen Tunika und strahlte Wiedersehensfreude aus. Die Begrüßung fand in der rauen Sprache des Berglandes statt. Während Ada im Haus des Präfekten Hochlatein sprach, war Fabala darin unwissend.

»Ruh dich erst einmal aus. Schade, dass du jedes Mal diesen umständlichen Weg nehmen musst. Uns fehlt ein Stadttor im Nordosten«, scherzte Fabala und zeigte auf die Eichenbank an der Hauswand, auf der zwei Kissen und eine Decke bereitlagen.

Gut gestimmt nahmen sie Platz.

»Ich bin kein bisschen müde. Du weißt, wie gerne ich mich zu Fuß bewege. Darin bin ich anders als viele Römerinnen. Erst recht liebe ich den Blick auf die Weinberge und den Fluss, besonders im Herbst. Wir leben in einer großartigen Stadt.«

»Das stimmt«, bestätigte Fabala. »Treveris ist einmalig. Trotzdem fehlt mir ein Besuch in unserem Heimatdorf. Erst vorhin habe ich an die Abende in der Spinnstube gedacht. Erinnerst du dich, wie wir am Feuer saßen und deine Großmutter uns ermahnte, nicht durch Flüstern oder Kichern zu stören? Und diese köstliche Ziegenmilch ...«

Sie verdrehte genüsslich die Augen, während Ada die Erinnerungen bereitwillig fortsetzte:»Wir trugen unsere Kapuzenkleider aus dem kratzenden Winterstoff, der reinste Flickenteppich, und Kira spitzte die Ohren, als verstünde sie jedes Wort.«

»Lebt deine Hündin noch?«

»Hoffentlich. Ich wünschte, der Weg nach Dornberg wäre nicht so beschwerlich.«

»Ich habe eine Idee, Ada. Was hältst du davon, wenn wir im nächsten Sommer unser Dorf gemeinsam besuchen? Vielleicht nimmt uns ein Karren mit. Mein Bruder kennt einige Bauern und Händler.«

Fabala bemerkte Adas eigentümlichen Blick, als sie Edwin erwähnte. Doch die Freundin stimmte ihr zu.

»Ein guter Vorschlag. Der Präfekt und Bissula haben sicher nichts dagegen, wenn ich einige Tage zu meiner Familie reise. Er erzählt oft von Burdigala, und Bissula sehnt sich ebenfalls nach ihrer einstigen Heimat.«

Fabala war über das Einverständnis erfreut und meinte:»Trotzdem bin ich dankbar, dass wir in Treveris leben dürfen. Keine von uns beiden hätte dies damals in Dornberg vermutet.« Nach einer kleinen Pause stellte sie fest: "Leider erkennt Siretos meinen Fleiß nicht an. Dabei habe ich schon mit fünfzehn sein Kind erwartet, weil er mir nachgestellt hat. Wenn wenigstens seine Trunksucht nicht wäre. Mir wächst die Arbeit über den Kopf, obgleich sie mir gefällt."

Plötzlich war Fabala wütend.

Ada bedachte sie mit einem verständnisvollen Blick.»Siretos kann von Glück sagen, dass er dich gefunden hat, und weiß dies ebenso wie die anderen. Nichts Unerledigtes entgeht dir, du bist die Stütze des Winzerhofes, dazu immer proper anzusehen.«

Fabala lächelte:»Zumindest haben mir die Burschen hinterher gepfiffen. Aber du, Ada, bist eine richtige Schönheit geworden. Edwin stellte dies erst neulich fest.«

Ada winkte verlegen ab:»Ach, dein Bruder interessiert sich viel eher für die von allen bewunderte Julia Armitari.«

Fabala hörte die Eifersucht in Adas Stimme und bedauerte, in Gegenwart der Freundin nicht mehr unbefangen über ihren Bruder reden zu können. Es war nicht ihre Schuld, wenn seine blauen Augen den Frauen gefielen.

»Es wird viel geredet. Die Königin der Rosen würde niemals ihren reichen Mann verlassen. Immerhin sieht Edwin deutlich besser aus als der rundliche Seidenhändler und ist zudem jünger, sogar jünger als Julia. Mein Bruder spricht stets mit Hochachtung von ihr und will auf keinen Fall seine dortige Stellung gefährden.«

Ada nickte kaum merklich und Fabala fügte hinzu:

»Du hast Edwin bereits in unserer Kinderzeit angehimmelt, wenn er aus Belginum zu Besuch kam. Ich glaube, dass mein Bruder nicht sonderlich zur Ehe taugt. Dabei kann er sehr fürsorglich sein. Er hat meine kleine Pettia ins Herz geschlossen und darauf bestanden, ihr den Namen unserer verstorbenen Mutter zu geben.«

Ada überlegte, bevor sie sagte:»Für die Römer bedeuten die Söhne alles. Außerdem repräsentieren sie den Status der Familie. Allerdings erhalten auch manche Töchter eine gute Bildung und werden geliebt. Der Konsular trauert noch immer um seine Tochter Clementia.«

Fabala blieb skeptisch.»Vielleicht ist das bei einigen Wohlhabenden und Gebildeten so. Wo wir von den Mädchen reden … Lass uns kurz nach Pettia schauen. Mein kleiner Pentoris hilft gerade bei den Kelterarbeiten.

Später saßen sie erneut auf der Bank.

»Ich bin froh über diese kleine Auszeit mit dir«, sagte Fabala und drückte Adas Hand. »Erinnerst du dich an diesen Mittsommerabend am Dornbach, als wir Sirona unsere Blütenkränze geopfert haben, während unsere Kleider unter einer Trauerweide lagen? Baard hat uns damals beobachtet, ich habe seinen Schatten weghuschen sehen.«

Ada schüttelte den Kopf. »Das kann ich nicht glauben. Ein solches Verhalten passt nicht zu seiner scheuen Art.«

Fabala schwieg mit einem vielsagenden Lächeln und blickte zum Fluss. Dort stieg Nebel auf. Er mischte sich in die Herbstfarben und in den süßlichen Geruch aus den Kelteranlagen.

Der Mond über Belgica Prima

Die Tage wurden kürzer. Bereits am Nachmittag verwischte ein trüber Dunst die Linien der Landschaft. Im November hinterließen Regentage nasskalten Nebel, in welchem sich der Holzrauch festsetzte. Wenn sich auf den Höhen die Sonne zeigte, blieb das Flusstal grau wie die Stimmung der Menschen. Erst Mitte Dezember brachte der Wind eisige Klarheit.

An 25. Tag feierten die Christen Jesu Geburt. Aus diesem Anlass besuchte Kaiser Gratian mit seiner Gemahlin Constantia den von Bischof Britto zelebrierten Gottesdienst. Seit Julius Cäsar den 25. Dezember als Geburt der Sonne festgelegt hatte, galt der Tag als offizielle Wintersonnenwende. An diesem Datum konnten die Anhänger des römischen Sonnengottes *Sol Invictus* seiner Geburt nur noch heimlich gedenken, ebenso die Verehrer des orientalischen Soldatengottes *Mithras*. Beide waren an der Wintersonnenwende von einer Jungfrau geboren worden.

Auf den Höhen über dem Mosellatal, so in Dornberg und Belginum, begrüßte man die Wiederkehr des Lichts noch immer mit Fackeln und Feuern. In den folgenden zwölf Tagen und ihren Raunächten, die im Volksglauben als magische Zeit galten, fiel reichlich Schnee. Sogar in der Stadt dämpfte seine weiße Decke die alltäglichen Geräusche. Als das Schneien aufhörte, trieb klirrender Frost die Menschen in die Wärmestuben und Thermen. Allerdings mussten einige dieser Einrichtungen aus Mangel an Brennholz oder Holzkohle schließen.

Mitte Januar rundete sich der Mond. Er wirkte im nächtlichen Sternenhimmel größer als sonst und flutete das von den Römern *Belgica Prima* genannte Land mit leuchtender Stille.

Im ummauerten Vicus Bingium, der an der strategisch wichtigen Mündung der Nava in den Rhenus lag, zechten städtische Milizen in der Weinstube »Zur Sonne«. Anschließend opferten sie aus Zorn über die neuen Religionsgesetze Kaiser Gratians ihrem verbotenen Soldatengott Mithras eine Amphore mit Wein und warfen das Gefäß mitsamt dem moussierenden Getränk in den 35 *Passus* tiefen Neptunbrunnen auf dem Kastellhügel. Sein Aufschlagen im Grundwasser wurde frenetisch beklatscht.

Flussaufwärts der Nava stand der Mond über dem Huhinstein, einem mächtigen Doppelfelsen am rechten Ufer einer Flussbiegung. Auf der gegenüberliegenden Seite erhob sich eine Steilwand, die an klaren Sommerabenden aufleuchtete wie ein riesiges Feuer. In dieser Einsamkeit trafen sich die Druiden, obwohl ihre Zusammenkünfte seit der römischen Eroberung verboten waren. Diese Auserwählten bewahrten das ungeschriebene Volkswissen. Eine Überlieferung besagte, dass höchstens drei von ihnen wussten, an welcher Stelle des Navalandes sich das Gold der Treverer befand. Aus Gestein und Bächen gewaschen, lagerte es angeblich in einer Sandsteinhöhle, deren Eingang mit einer passgenauen Felsplatte geschützt war. Der zweite Zugang über ein unterirdisches Labyrinth war für Unbefugte mit einem Fluch belegt. Viele Treverer des Berglandes glaubten seit Jahrhunderten an diesen Schatz.

Das Mondlicht erhellte auch den Vicus Belginum und die Hügel der umliegenden Gräberfelder. Vor dem östlichen Eingangstor des Marktortes ragte die riesige *Taraniseiche* in den Himmel. Sie war dem keltischen Wettergott geweiht und hatte im letzten Jahr einen Ast durch Blitzschlag verloren. Jetzt wirkte ihre Kahlheit gespenstisch. Die Unterkünfte der Händler und Handwerker standen leer, ebenso die Ställe der Zugtiere. Die Verkaufsbuden waren geschlossen und die Brunnen bis auf einen abgedeckt. Nur die Herberge mit der Taberna des dicken Tonno blieb im Winter geöffnet. Die in Belginum lebenden Handwerker, so Edwins Vater, fanden nun Zeit für die Eisenringe der Fassdauben und die Herstellung von schmiedeeisernen Werkzeugen. Ab März wurde aus Belginum erneut ein geschäftiger Markt für Waren und Tiere. Selbst Zukunftsdeutungen und Liebesdienste waren dann zu haben. Händler und Handwerker, Gelehrte und Heiler, Bauern und Soldaten trafen hier zusammen und teilten ihre Informationen über den Zustand der Welt. Dazu gehörte das Christentum mit seiner Vorstellung von Gut und Böse. In der Bevölkerung regte sich Widerstand. So berichtete man von erschlagenen Missionaren, weil diese die Bauern am Opfer für die verbotenen Erntegötter hindern wollten. Bis zu Kaiser Konstantin I. selbst verfolgt, traktierten jetzt ihrerseits einige fanatische Christen die Altgläubigen und zerstörten deren Weihestätten. Die hasserfüllten Auseinandersetzungen belasteten das Miteinander, ebenso der staatliche Zwang zum Christentum. Die Altgläubigen zweifelten an der Allmacht des Christengottes, weil dessen Sohn am Kreuz gestorben war, und wollten nicht glauben, dass die Geburt des Jesuskindes ebenfalls an der Wintersonnenwende stattgefunden hatte.

Das auf einem Hügelplateau hinter einer Heckenmauer versteckte Dornberg war von religiösem Unfrieden verschont geblieben. Durch die dornige Umfriedung führte eine Einfahrt für Fuhrwerke. Der Schnee war beidseitig der Wege hochgeschaufelt, unterbrochen von schmalen Zugängen zu den niedrigen Fachwerkhäusern und Schuppen. Aus der Schneedecke der mondhellen Weiden ragten die dunklen Pfahlspitzen der Zäune. Der steile Pfad zum Dornbach am Fuß des Hügels war nicht zu erkennen. Die Bank unter der doppelstämmigen Buche trug Schneepolster, ebenso der Weihestein der Göttin Sirona. Auf seinem breiten Sockel hatten zwei Menschen ihre Handflächen in den Schnee gedrückt und gefrorene Schlehenbeeren abgelegt. Einige Schritte weiter ergoss sich die Sironaquelle in ein Sandsteinbecken, das mit zahlreichen Eiszapfen besetzt war. Der Bach trug ebenfalls eine Eisdecke, welche die Biber behinderte. Deshalb bestand ihre Nahrung aus vorsorglich im Bau angehäuften Zweigen. Die Tiere wurden heimlich gejagt, denn Fleisch und Felle waren auf dem Schwarzmarkt begehrt.

Der Mond streute sein Licht auch auf die Kaiserstadt mit dem Palastbezirk, auf das *Domus* des Konsulars und die Villa Armitari auf der linken Flussseite. Er erhellte das Handwerkerviertel, in dem sich Alexandros Mosaikwerkstatt befand, und die Porta Inclyta an der Mosellabrücke, die die Ankommenden mit ihrer prächtigen Außenfassade beeindruckte. Vor der nordwestlichen Stadtmauer lag die Pfaueninsel mit den winterlich kahlen Maronenbäumen. Auf dieser Mosellainsel lebten die kaiserlichen Pfauenvögel, die den Christen als Symbol der Auferstehung galten.

Nicht alle Menschen lebten in einem religiösen Zwiespalt, sondern fanden im Christentum neue Zuversicht. Andere lösten die Glaubensfrage, indem sie sich offiziell zur katholischen Kirche bekannten und insgeheim ihre altvertrauten Götter verehrten. Für sie war der Mond eine mächtige Göttin, der sie seit unzähligen Generationen huldigten.

Die Weissagung

Anfang Februar brach ein Sturm von den Höhen und sorgte für Starkregen, entwurzelte Bäume und beschädigte Dächer. Die schnelle Schneeschmelze ließ die Bäche anschwellen. Der Aufruhr der Natur fand sein Echo in den Menschen. Abgeschlossen Geglaubtes stieg empor und erzeugte innere Unruhe. In Ausonius war dies die Angst, der Kaiser sei in Gefahr. Der Konsular wusste, wie sehr sich viele Bürger nach einem starken Herrscher sehnten, der ihnen die Glaubensfreiheit zurückbrachte und die Armee begeisterte. Endlich fand die Natur zur Ruhe. An einem frühen Märzmorgen lauschte der Konsular dem Gesang der Vögel. In der Stunde vor Sonnenaufgang beschäftigte er sich gerne mit seiner Dichtung. Dann stand ihm das Versmaß des Poeten näher als die Rhetorik seines politischen Amtes. Zur Einstimmung deklamierte er aus den Texten von ihm besonders geschätzter Autoren, heute aus Ovids »Ars Amatoria«. Einst hatte der sittenstrenge Kaiser Augustus den bewunderten Dichter aus Rom verbannt, vordergründig wegen seiner erotischen Verse, in Wahrheit wegen einer Indiskretion über den pikanten Lebenswandel der kaiserlichen Familie. Ovids Zeilen über die sinnenfrohe Liebeskunst entzückten Ausonius. Da fiel sein Blick in den Garten. Dort warb ein schwarzglänzendes Amselmännchen auf einer Astspitze mit lautem Reviergesang um eine Nestgefährtin, während sich ein Nebenbuhler bereits trillernd und tänzelnd einer unscheinbaren Amseldame näherte.

»So sind wir Männer«, lächelte der Konsular in sich hinein, »wie gut, ein so hübsches Vögelchen wie Bissula in meinem Nest zu wissen. In meinen Jahren wären Revierkämpfe und Balzrituale nur noch lächerliches Gehabe.«

Jäh erinnerte er sich an seine verstorbene Gemahlin Attusia Lucana Sabina, was ihn wehmütig stimmte, ebenso der Gedanke an den Tod ihrer kleinen Tochter. Nach diesen Schicksalsschlägen hatte er die erneute Heirat vermieden. Seine unbestimmte Beziehung mit Bissula empfand Ausonius als angenehm, nicht nur, weil Valentinian und Gratian die Ehe mit einer ehemaligen Kriegsgefangenen als Tabubruch empfunden hätten. Dabei war vieles in der römischen Gesellschaft eine Frage der Betrachtung. So nahm der Kaiser keinen Anstoß, wenn Constantia während seiner Abwesenheit die Villa Sabina besuchte, um mit Bissula zu zeichnen oder zu musizieren. Sogar Ada durfte dann teilnehmen, während Leibwache und Kammerfrauen der Kaiserin außen vor blieben. Bei solchen Gelegenheiten hörte Ausonius mit Freude das seltene Lachen Constantias. In Treveris galt sie als Einsame und Unnahbare in der westlichen Fremde. Der Konsular empfand große Empathie für die kinderlose Kaiserin und missbilligte, wenn ihr bei offiziellen Anlässen neugierige Blicke über den Leib glitten. Wenn die jungen Frauen in der Villa Sabina zusammenkamen, nannte er sie scherzhaft »meine Rosen von Treveris«. Für ihn war jede auf ihre eigene Weise liebenswert.

Julia Armitari kam ihm in den Sinn, die mittlerweile im Zenit ihrer weiblichen Anziehungskraft stand und die Lästerzungen beschäftigte, weil sie sich mit einem keltischen Liebhaber tröstete. In seinem dritten Sommer in Treveris war er Julia nähergekommen. Damals war sein Gedicht *Cupido cruciatus* entstanden, in welchem er ein Gemälde in der Villa Armitari beschrieb. Dieses zeigte, wie der Liebesgott von Venus in der Unterwelt bestraft wird für die von ihm verursachten Liebesqualen der Menschen. Dem Gedicht konnte man entnehmen, dass Ausonius die Poesie höher schätzte als die Malerei. Julia hatte sich bald zurückgezogen und Ausonius war erleichtert gewesen, nicht ins Gerede zu kommen. Geblieben war eine liebevolle Wertschätzung. Er bewunderte ihren Einsatz für wohltätige Zwecke und für die Verbreitung der Rose im Stadtbild. Die Namensänderung der noblen Via Armonia in Via Rosa ging auf Julias Vorschlag zurück. Jährlich ließ sie Anfang Juni ein Gebinde ihrer edelsten Rosen zur Villa Sabina bringen. Das Cupidogedicht gehörte zum festen Bestandteil von Ausonius' Werksausgaben.

Inzwischen fiel die Morgensonne ins häusliche Arbeitszimmer. Vom Fenster aus sah man die Weinberge, denen Felder und Weiden folgten bis hinauf zum *Dorsum canis*. Der noch bewaldete Höhenrücken verlief nach Nordosten hin zum Rhenus, der sich dort sein Flussbett in die Schieferfelsen gegraben hatte. In den alten Laubwäldern, die zum kaiserlichen Jagdrevier gehörten, lagen kleine Bauern- und Handwerkersiedlungen der keltischen Treverer. Der Ackerboden war weniger fruchtbar als im Tal der Mosella, in dem sich selbst der an das südliche Seeklima von Burdigala gewöhnte Ausonius heimisch fühlte.

Heute Morgen war der Himmel wolkenlos. Bald würde die Farbe in die fahle Landschaft zurückkehren und mit dem üppigen Weißrosa der Obstbäume die Bienen anlocken. In Ausonius' Vorfreude mischte sich Wehmut. Wie viele Baumblüten waren ihm noch vergönnt? Zwar fühlte er sich mit neunundsechzig Jahren bei guter Gesundheit, aber seit Pina ihm ihre Sehergabe vorenthielt, fehlte seinem Glauben an die Zukunft die Bestätigung. Ihre Weissagungen hatten ihm Zuversicht geschenkt. Pinas Weigerung in dieser schwierigen Zeit verstimmte ihn täglich mehr. Sie beruhte keineswegs auf dem staatlichen Verbot, weil das Christentum Orakel und Zukunftsbefragungen als Teufelswerk ablehnte. Wer wollte es wagen, die unter seinem Schutz stehende Pina zu bestrafen?

Ausonius verstand Verbote dieser Art als Beschneidung der persönlichen Freiheit, obgleich er Christ war und an die Existenz eines allmächtigen Schöpfers glaubte. Kein Sterblicher kannte die Einzelheiten der Entstehung des Universums und die Gesetze seiner Ordnung. Vielleicht war wenigen Auserwählten eine Ahnung gestattet, was es bedeutete, ein Teil des großen Ganzen zu sein, eingefügt in ein göttliches Mosaik von unvorstellbarem Ausmaß. Der christliche Gedanke, dass die vom irdischen Körper und von ihren Sünden erlöste Seele dem Ewigen begegnen konnte, war tröstlich.

Gelegentlich befasste sich Ausonius mit *Platons* Philosophie, die bei den Gelehrten neuen Anklang fand, und fragte sich:»Warum will der Mensch seiner Vorstellung von Gott Ausdruck verleihen? Fühlt er sich ihm dadurch näher? Und weshalb haben die Christen ihren Gott in drei allmächtige Wesen geteilt, von denen der Sohn zur Erlösung der Menschheit ans Kreuz geschlagen wurde?«

Die dogmatische Trinitätslehre hatte den Konsular nicht daran gehindert, für Altkaiser Valentinian ein Ostergebet mit dem katholischen Glaubensbekenntnis zu verfassen. Dabei hielt Ausonius den Streit zwischen arianischen und trinitarischen Christen über die Art der göttlichen Dreiteilung für eine theologische Haarspalterei. Für die *Arianer* war Gott Vater der höchste Gott, dem Sohn und Heiliger Geist nachgeordnet waren, für die *Trinitarier* bildeten diese Drei eine in sich ebenbürtige Einheit.

Unter Gratian war die Auslegung der Dreieinigkeit im Sinne des trinitarischen Bischofs Ambrosius gesetzlich verankert worden. Damit war die arianische Auffassung untersagt. Ausonius sah in der Freundschaft zwischen Ambrosius und Gratian auch eine Manipulation des unreifen Kaisers. Während der zweiundvierzigjährige Bischof seine religiösen Ziele erreichte, gefährdete Gratian seine kaiserliche Macht.

Trotz seines schwindenden Einflusses auf Gratian verbot sich Ausonius jede Resignation. Diese Einstellung hatte sein Patenonkel Arborius gefördert, der in seinem hochbegabten Neffen früh den harmonieliebenden Schöngeist erkannte. Aus Sorge, der Werdegang seines Patensohnes könnte von einem schwachen Durchsetzungswillen beeinträchtigt werden, erzog er ihn mit dem Anspruch:»Gib nicht auf! Der Handelnde wird als starke Persönlichkeit wahrgenommen, denn er bewegt die Dinge.«

Als Beispiel nannte er den Ausbruch des Vesuvs. Selbst im Vorfeld von Katastrophen konnte man etwas tun. Der Berg hatte sein Verhängnis lange durch Rauchzeichen angekündigt, aber die Verantwortlichen nahmen diese nicht ernst. Die Tragödie traf die Menschen an einem 24. August. Der Monat war nach dem ersten römischen Kaiser benannt. Augustus war vor 367 Jahren an einem 19. August verstorben.

»Ich sollte diesen Monat im Auge behalten«, dachte Ausonius, der trotz seiner wissenschaftlichen Bildung an Zeichen glaubte. Vielleicht erfüllten sich im letzten großen Sommermonat Dinge, die sich zuvor in trügerischer Ruhe zusammengebraut hatten. Pina musste ihm einen letzten Blick in die Zukunft gewähren, damit er Gratian schützen konnte. Scheiterte der Kaiser, scheiterte er mit ihm und das Erreichte wurde hinweggefegt.

Innerlich aufgewühlt, beschloss der Konsular, vor dem Besuch seiner Amtsräume den ansteigenden Weg zum Amphitheater zu nehmen. Die ellipsenförmige Anlage unterhalb des *Schafbergs* fasste über zwanzigtausend Zuschauer. Sie war in die Stadtmauer integriert und bildete eine Einheit mit dem östlichen Stadttor. Ihre Höhenlage gestattete einen weiten Blick auf die Stadt. Ausonius hatte Zeit. Die Besprechung mit Bischof Britto war erst für den Nachmittag angesetzt.

»Bestimmt möchte der Kirchenmann weitere Zuwendungen aus der kaiserlichen Schatulle«, überlegte er. Der Ausbau des Christendoms verschlang Unsummen. Leider kannte Britto das offene Ohr des Kaisers für die Anliegen der Kirche. Andererseits verschaffte der riesige Bau vielen Handwerkern und Arbeitern ein Auskommen, was den wirtschaftlichen Aufschwung förderte. Dies geschah auch durch die Ausstattung des Hafengeländes mit Steinplatten, was Magistrat Armitari angeregt hatte. Ausonius erinnerte sich ungern an die städtischen Verkehrswege zur Zeit seiner Ankunft, als die groben Kiesbeläge noch den Verkehr und die Reinigung behindert hatten. Seither waren die Geschäftsstraßen mit Kalkstein- und Basaltplatten belegt worden, was das Gesicht der Innenstadt aufwertete.

Die Morgenfrische wirkte belebend, so dass der Konsular seinen Weg ausdehnte, zumal er gut gesättigt war. Hilarius hatte ihm Rührei und Speck serviert, dazu Tee aus Salbei, den die keltischen Druiden das Kraut der Unsterblichkeit nannten. Jetzt dürstete Ausonius nach einem Becher Wasser und er beschloss, eine Quelle im stillgelegten Tempelbezirk des Altbachtals aufzusuchen. Danach würde er Pina einen Besuch abstatten.

Die inzwischen hochbetagte Seherin stammte von der bretonischen Küste und war einst ihrem Mann, einem Fischer, nach Burdigala gefolgt. Dort fand sie nach dem frühen Tod ihres Mannes in der Familie Ausonius eine Beschäftigung als Kinderfrau. Nicht zuletzt aufgrund ihres hellsichtigen Rates hatte Ausonius seinen kaiserlichen Erziehungsauftrag angenommen. Auf seinen Wunsch hin war ihm Pina nach Treveris gefolgt und wohnte seither in einem kleinen Haus im Altbachtal. Zeitweise stellte Ausonius ihr eine Haushaltshilfe zur Verfügung. Pina hatte ihm mitgeteilt, dass ihre Gedanken immer öfter in den Küstenort ihrer Kindheit zurückkehrten. In der dortigen Bucht lagen drei Inseln aus Granitgestein. Die mittlere ragte am höchsten empor und diente als Grabstätte bedeutender Druiden. Damals lebte ein Eremit auf der Insel. Als die zehnjährige Pina schwer erkrankte, brachte ihr Großvater sie zu ihm. Der Heilkundige behandelte das Mädchen mit Kräutern und dem Auflegen seiner Hände. Pina erholte sich und konnte die felsige Abgeschiedenheit nach einigen Tagen verlassen. Bald darauf wurde sie von Visionen geplagt, die in dieser oder ähnlicher Form eintrafen. Pinas Familie wollte nichts davon hören, so dass das Kind sich gegen die seltsamen Bilder sträubte. Wie gewünscht blieben sie aus, kehrten aber in Burdigala zurück. Als Ausonius' Pate Arborius sie darin bestärkte, nahm Pina ihre Sehergabe an.

Während der Konsular zügig ausschritt, wurde ihm bewusst, wie gebrechlich die alte Frau geworden war. Schon deshalb drängte die Weissagung. Er erreichte die Quelle, deren Wasser auch als Taufquelle diente. Eine Frau erkannte in ihm den mächtigen Präfekten und reichte ihm einen frisch gefüllten Becher.

»So mundet ein Jungbrunnen«, bedankte er sich.

»Und ein Gott geweihter Quell«, antwortete sie freundlich.

Ausonius bat sie, einen mitgeführten Lederbeutel zu füllen.

Wenig später erreichte er Pinas Haus, welches ihm gehörte, und passierte die Mauerpforte. Er betätigte den Türklopfer und hörte bald darauf schleppende Schritte. Pina schien allein zu sein und öffnete persönlich.

»Salve, Ausonius, ich dachte mir, dass du es bist.«

Ihre Augen sagten ihm, dass sie den Grund kannte, der ihn um diese Zeit zu ihr führte. Er begrüßte sie mit herzlicher Achtung. Pina freute sich über das Quellwasser und befüllte mit zittriger Hand zwei Tonschalen. Sie kostete.

»Der Geschmack erinnert mich an die Quelle auf der Druideninsel«, stellte sie versonnen fest.

»Schade, dass ich deinen Geburtsort nie persönlich kennengelernt habe.«

Pina nickte. »Dort sind die Gezeiten noch mächtiger als vor Burdigala. Die Flut steigt hoch und der Sog der Ebbe ist lebensgefährlich. Wahrscheinlich ist die Sehnsucht nach meinem Heimatort ein Hinweis auf meinen bevorstehenden Übergang. Du weißt ja, lieber Ausonius, dass ich mich auf die andere Welt vorbereite. Das Alter schaut nach innen.«

Sie lächelte mit nachdenklichem Gesicht.

Ausonius bewunderte ihren unerschütterlichen Glauben an die keltischen Götter. Er seinerseits wünschte sich das Vertrauen in göttlichen Beistand vergeblich.

»Wehe dem, der zweifelt«, dachte er und folgte Pina zu dem Eichentisch, an dem zwei mit Leder bespannte Stühle standen.

»Pina, nur dieses eine Mal noch! Zum Schutz des jungen Kaisers und aus Verantwortung für uns alle. Ich spüre die Gefahr, aber du kannst erkennen, woher sie kommt, und weißt, wie gefährdet Gratian ist. Sei von der Zustimmung deiner Götter überzeugt. Sie wollen das Beste, genau wie ich.«

Sie ging auf sein Drängen nicht ein, als missfiele ihr sein Vergleich, sondern fragte: »Weilt Gratian denn in der Stadt?«

»Er ist wieder auf dem Weg nach Mediolanum, dieses Mal vielleicht bis Konstantinopolis. Theodosius hat ein Konzil einberufen, um die Glaubensfrage der Trinität endgültig zu klären. Danach werden sich die Bischöfe des Westens unter Führung von Ambrosius von Mediolanum in Aquileia versammeln. Es geht um Religion und um die Macht im römischen Imperium. Indessen wächst in Britannien der Widerstand gegen die römische Herrschaft. Die Heereskasse ist leer, doch nicht nur dort fehlen die Gelder. All dies wird dem Kaiser angelastet. Ich habe wahrlich Grund zur Sorge und sehe die derzeitige Ruhe mit Argwohn. Du solltest dich nicht länger verweigern.«

Pina wirkte bestürzt, sodass der Konsular seinen barschen Ton bereute.

»Ausonius, du weißt, wie die Dinge sich verhalten. Gerne würde ich deinem Wunsch entsprechen, wenn er nicht ein Unrecht an der Sehergabe wäre. Die jenseitigen Kräfte sind dagegen. Glaube mir, die Zukunft zu kennen, kann die Ängste erst recht schüren und zu falschem Handeln verleiten.«

»Heute dulde ich keine Ablehnung, Pina. Ich muss den Kaiser schützen und du wirst mir jetzt dabei helfen, das Schicksal zu wenden.«

»Versündige dich nicht, Ausonius. Der Kaiser sollte selbst erkennen, dass er das Volk und die Armee für sich gewinnen muss.«

Sie schwieg mit verschlossener Miene, während sich in Ausonius der Zorn zusammenbraute und sein Gesicht bis zu den pochenden Schläfen rot färbte.

»Nun denn, Ausonius, dann sollst du hören, was du so inbrünstig begehrst«, sagte Pina schließlich in die vibrierende Stille.

Er erschrak über den Klang ihrer Stimme und versuchte eine Abmilderung, die wie eine verlogene Entschuldigung klang. »Das *Fatum* unterstützt diejenigen, die zum Wohle anderer handeln. Glaube mir, Pina, deine Weissagung dient dem Guten.« Er erhob sich und schob die alte Frau samt Stuhl näher an den Tisch. Dort lag Pinas faustgroßer Stein, den sie einst von der Druideninsel mitgebracht hatte. Erneut nahm Ausonius ihr gegenüber Platz. Sein Herz raste und er konnte das Zittern seiner Hände nicht mehr kontrollieren. Gleich würde sich die unsichtbare Tür öffnen und den Blick in die Zukunft gestatten. In der sich im Raum ausbreitenden dumpfen Stille klammerte Pina die Hände um den Stein und vertiefte sich mit geschlossenen Augen in ihr Inneres. Als Ausonius dies sah, befiel ihn eine Art Starre und veranlasste ihn, die Augen ebenfalls zu schließen.

»Die ewige Kälte«, dachte er entsetzt. Das Atmen wurde ihm schwer, als wäre ein unsichtbarer Stoff im Raum, während ihm unter seiner wollenen Tunika klebriger Schweiß über Brust und Rücken sickerte. In jäher Panik wollte er das Geschehen abbrechen, fand aber nicht zu Worten. Stattdessen hörte er Pina:

»Ein Haupt. Ein Haupt auf einer Lanze, in den Straßen der Stadt, an einem Fluss. Überall Menschen, Soldaten, Geschrei.«

Ausonius schreckte auf.

»Welche Stadt, Pina, und welcher Fluss? Ist es Treveris? Und wem gehört das Haupt? Einem Mann? Ist er jung? Ich muss es wissen! Hörst du mich, Pina?«

Aber die Seherin fuhr fort: »Zwei Flüsse, ein Tag, so heiß …«

»Pina, was ist mit dem Haupt? So rede doch! Wer ist es?«

Sie machte eine Atempause und stieß dann hervor:

»Ein Flaumbart. Vier Finger bringen dir die Botschaft.«

Anschließend verstummte sie, über den Tisch gebeugt, als sei jede Energie in ihr erloschen, und blieb selbst auf sein Drängen hin apathisch. Schließlich schwieg auch Ausonius, bis Pina ihren Kopf erhob und mit matter Stimme erklärte:

»Ich erinnere mich an nichts, aber ich spüre unseren Frevel, Ausonius.«

Er stand auf, reckte sich und sprach über sie hinweg zum Fenster hin: »Was redest du da, Pina? Du bist müde. Danke für deine Hilfe. Leider muss ich nun gehen, mein Amt wartet. Ich lasse von mir hören. Du weißt, wie wichtig mir dein Wohlergehen ist.«

Niemals vorher hatten seine Worte Pina gegenüber so floskelhaft geklungen. Als sie sich zum Abschied ebenfalls erhob, musste er sie stützen und sich regelrecht zu der üblichen Umarmung zwingen. Dabei erinnerte ihn ihr Körper an ein in Stoff gehülltes Reisigbündel.

Der Wind legte sich und hinterließ den prickelnden Geruch erwachender Natur. Ausonius erinnerte sich auf seinem Weg zur Stadtmitte daran, wie sehr Pina im vergangenen Winter die hellen Tage herbeigesehnt hatte. Vielleicht gewährten ihr die Götter noch einen Sommer. Während er sich fortbewegte, folgten ihm zwei *Liktoren* in angemessener Entfernung. Sich in der Öffentlichkeit beschützt zu wissen, war ein beruhigendes Gefühl.

Dann brachen die Worte der Weissagung über ihn herein und rüttelten an seinen Nerven. Bestand überhaupt ein Zweifel, um wen es sich bei dem Flaumbart handelte? Er musste seine Gedanken klären, um keine Fehler zu machen. Verlor Gratian den Thron, würde sein Nachfolger die Macht an sich reißen und die Politik bestimmen. Das bedeutete eine Gefahr für alle der Familie Ausonius zugeflossenen Ämter und Einkünfte. Ein *Usurpator* würde den kaiserlichen Präfekten als einen wichtigen Vertreter der Elite um Gratian betrachten. Nur ein Rückzug nach Burdigala, fernab vom Zentrum der Macht, war dann möglicherweise die Rettung. Sein Nachruhm als Dichter, den er sich über den Tod hinaus erhoffte, würde vorzeitig verblassen, seine *Mosella* in

Vergessenheit geraten. Sein Schicksal war mit Gratian verbunden. Der Kaiser war sein Werk, selbst wenn die Kirche ihn jetzt an sich zog und die zweite Residenz in Mediolanum an Bedeutung gewann.

Dort residierte »die schwarze Witwe«. So nannte Ausonius insgeheim Altkaiserin Flavia Justina Aviana, Valentinians zweite Gemahlin, die die Machtansprüche ihres zehnjährigen Sohnes, des Juniorkaisers Valentinian II., vertrat. Die ehrgeizige Ränkeschmiedin war die Gegenspielerin ihres Stiefsohnes Gratian, zugleich die Glaubensgegnerin von Bischof Ambrosius, weil sie der arianischen Ausrichtung des Christentums anhing. Ausonius mutmaßte, dass er seine Ämter selbst dann verlieren würde, fiele die Macht an den minderjährigen Valentinian. Es gab nur eine Lösung: Er musste mit gallischer Intuition und römischer Logik dafür sorgen, dass Gratians Stellung als Seniorkaiser des Westens gestärkt wurde. Wie alle, die im Imperium zu Macht gelangt waren, wusste Ausonius, dass Skrupel hinderlich waren. Es gab keinen unsichtbaren Feind, wenn man das Versteck kannte.

»Zwei Flüsse, ein Tag, so heiß …«

Das Unglück würde im Sommer geschehen, in einer Stadt an zwei Flüssen oder einer Flussmündung.

»Vier Finger bringen dir die Botschaft!«

Das bedeutete, dem Überbringer der Botschaft fehlte zumindest ein Finger!

Die neue Herausforderung weckte Ausonius' Ehrgeiz. Dank Pina besaß er gute Hinweise. Sie würden die Suche erleichtern und das Schicksal wenden.

Bissula sucht Klarheit

Auf dem Forum von Treveris fand täglich ein Markt statt. Er versorgte die Bürger mit Waren und bot willkommene Abwechslung.

Am heutigen Junitag wurden Bissula und Ada von einer Hausdienerin begleitet. Als alles besorgt war, entließ Bissula diese mitsamt den Einkäufen zur Villa Sabina. Sie selbst wollte noch ein wenig in der Innenstadt bleiben, obwohl die Anschlagstafel nichts Interessantes versprach. So schlug sie Ada einen Besuch der kaiserlichen Bibliothek vor, denn der Konsular schätzte das Interesse an deren Ausbau hoch. Zurzeit begeisterte er sich für die dortigen Mosaikarbeiten und würde sich bestimmt freuen, wenn sie ihm etwas darüber berichten konnten. An der Ausgestaltung war auch die Werkstatt von Meister Alexandro beteiligt, zu deren Handwerkern Adas Dornberger Kinderfreund Baard gehörte.

Der junge Mann geriet durch das unverhoffte Auftauchen von Ada sogleich ins Stottern und war sichtlich erleichtert, als sein Meister erschien und beim Anblick der jungen Frauen einen Scherz machte. Bissula ließ zum ersten Mal an diesem Tag ihr perlendes Lachen hören und bemerkte, wie sehr dieses dem attraktiven Ägypter gefiel.

»Was wäre die Kunst ohne die Schönheit der Frauen?«, fragte dieser nun mit pathetischer Geste und warf ihr einen bewundernden Blick zu.

»Ist ein Mosaizist denn ein Künstler?«, fragte Bissula und lächelte ihn mit der ihr eigenen naiven Koketterie an.

»Gewiss ist er das, verehrtes Fräulein«, bestätigte der Meister. »Ein hochwertiges Mosaik ist genauso wie ein anspruchsvoll gemaltes Bild ein Kunstwerk und benötigt neben handwerklichem Können eine ausgeprägte Vorstellungskraft.«

»Und welche Rolle spielt dabei die Schönheit der Frauen?«, wollte Bissula wissen und bedachte den Mosaikmeister mit einem aufreizenden Augenaufschlag.

»Sie beflügelt die Inspiration ebenso wie die Jugend und beide befinden sich augenblicklich auf das Beste vereint hier im Raum. Gerne würde ich noch ausführlicher über die Steinkunst berichten.«

Er verneigte sich und wartete auf Bissulas Einverständnis. Diese lehnte errötend ab:»Heute leider nicht, werter Meister. Ada und ich möchten uns ein wenig allein umschauen. Vielleicht sehen wir uns einmal wieder, denn wir interessieren uns sehr für Euer Handwerk. Wie wunderbar wäre ein neues Mosaik in der Villa Sabina, wo wir zuhause sind.«

Meister Alexandro nickte, offensichtlich enttäuscht über ihre Absage. Sie verabschiedeten sich.

Gleich darauf wandte sich Bissula an die schweigsam gebliebene Ada:»Denkst du nicht auch, dass ein neues Mosaik der Villa Sabina gut anstünde? Jedenfalls spielt der Konsular seit geraumer Zeit mit dieser Vorstellung. Vor zwei Tagen hat er in den höchsten Tönen von dem neuen Rennfahrermosaik im Gestüt Armitari geschwärmt und erzählt, dass die kunstsinnige Julia bei der Werkstatt Alexandro ein Rosenmosaik bestellt hat.«

Ada nickte.»Der Betrieb gilt als einer der besten in der Stadt. Sein Inhaber soll allerdings ein Herzensbrecher sein.«

»Wer sagt das? Etwa dieser komische Gehilfe aus deinem Dorf? Gewiss beneidet er seinen gutaussehenden Lehrherrn.«

»Das denke ich nicht. Wenn ich bei meiner Freundin Fabala zufällig auf Baard treffe, erzählt er jedes Mal begeistert von seiner Arbeit und lobt seinen Meister. Aber Fabala kennt das Gerede über ihn. Alexandro bezieht dort seinen Wein.«

Bissula ging auf Adas Bemerkung nicht weiter ein, sondern erklärte lapidar:»Auf jeden Fall ist er ein guter Mosaizist. Sonst dürfte er nicht in der Bibliothek arbeiten. Alles andere ist unsere Sorge nicht. Komm auf ein Stündchen mit mir an die Mosella.

Wir könnten uns ein ruhiges Plätzchen am Ufer suchen. Ich muss nachdenken.«

»Worüber denn, Bissula? Hast du Sorgen?«

»Ja, wegen einer heiklen Sache. Ich plane ein Gespräch mit dem Konsular und möchte vorbereitet sein, um keinen Fehler zu machen.«

»Du bist doch nicht unglücklich, Bissula, und gewiss bedeutest du Konsular Ausonius viel.«

»Was heißt das schon? Meine Jugend gefällt ihm, aber er verweigert mir das, was ich mir sehnlichst von ihm wünsche. Du weißt, was ich meine, Ada.«

Diese berührte sie teilnahmsvoll an der Schulter und meinte dann: »Lass uns lieber den Rückweg antreten. Du könntest statt der Mosella den kaiserlichen Park wählen. Dort wärest du ungestört, gleichzeitig geschützt.«

Bissula war einverstanden. Als die Villa Sabina auftauchte, schüttelte Ada nachdenklich den Kopf.

»Kaum zu glauben, dass dieses vornehme Gebäude einst so vernachlässigt war. Der Konsular berichtete einmal, wie wenig einladend es bei der ersten Besichtigung auf ihn gewirkt habe. Trotzdem seien ihm die Vorzüge aufgefallen.«

Bissula seufzte: »Das war nicht schwer. Das Gebäude lag nahe am Palast und gehörte zum kaiserlichen Besitz. Noch dazu konnte Ausonius es zu einem sehr günstigen Preis erwerben,«

Als Ada sich zur Villa Sabina wandte, nahm Bissula die Abzweigung zum Park. Sie passierte die Wache und begrüßte bald darauf einen Palastgärtner in der Sprache ihrer verlorenen Heimat. Wie sie stammte er vom *Alamannischen Meer,* einem riesigen See am Oberlauf des Rhenus. Der Gärtner war nicht als Kriegsgefangener nach Treveris gekommen, sondern auf der Suche nach Arbeit, und lebte mit seiner Frau in einem Häuschen vor der Stadtmauer. Sie besaßen einen fünfjährigen Sohn namens Tassilo, der hin und wieder im kaiserlichen Park spielen durfte. So auch heute. Manchmal schenkte ihm Bissula eine Leckerei, weil er sie an ihren Bruder Adelbart erinnerte. Als Tassilo jetzt seine Kinderhand in ihre legte, um sie ein Stück zu begleiten, fühlte sie sich auf wunderbare Art getröstet.

»Meine Mutter hat mir etwas Schönes versprochen. Wenn das Kaninchen unserer Nachbarn Junge bekommt, darf ich mir eines aussuchen. Es wird nicht geschlachtet, solange ich das Füttern übernehme, hat mein Vater gesagt«, berichtete das Kind mit sichtlicher Vorfreude.

»Das freut mich für dich. Hast du dir schon einen Namen überlegt?«

»Gewiss. Albio oder Alba, falls es ein Mädchen ist.«

Bissula war gerührt. Sie näherten sich einem Teich. Dort durfte das Kind nicht spielen und kehrte zu seinem Vater zurück. Das Loslassen der kleinen warmen Hand empfand Bissula als Verlust. Wehmütig winkte sie Tassilo nach, der sich seinerseits umwandte und mit beiden Armen zurückgrüßte. Traurigkeit überflutete Bissula, die sich nach dem Verlust ihrer Lieben nach einer eigenen Familie sehnte. Wie innig musste diese Liebe zwischen Mutter und Kind sein. Stattdessen füllte sie ihre Zeit mit Stickarbeiten und dem Warten auf Ausonius.

Sie wählte eine sonnige Bank und entfernte einige verwehte Blüten von der Sitzfläche. Niedergeschlagen nahm sie Platz und blickte auf die Wasserfläche, welche die bauschigen Wolkengebilde des Himmels spiegelte.

Sicher war es müßig, ständig an die Vergangenheit oder an die Zukunft zu denken. Besser, sie erinnerte sich an die schmeichelnde Stimme des Mosaikmeisters. Warum nur hatte sie seinen Vorschlag so brüsk abgelehnt? Sicher hätte er ihr gerne einige Mosaike gezeigt und sie währenddessen das eine oder andere Kompliment hören lassen. Etwas Verwegenes war um diesen Alexandro, besonders im Blick seiner dunklen Augen. Wie mochte das sein, ihm einmal allein zu begegnen?

Keinesfalls durfte sie Anlass zu Gerede geben. Das würde den Konsular ungnädig stimmen, obschon er kein Moralist war. Stets äußerte er Verständnis, kam die Rede auf die Freuden und Komplikationen der Liebe.

Mittlerweile ging seine große Gestalt ein wenig gebeugt, sein Haar wurde grau und gab die hohe Stirn frei, aber seine raumgreifende Gestik wirkte noch immer jugendlich und seine geschulte Stimme schmeichelte dem Ohr. In guter Laune verteilte er Lob oder Komplimente und berührte ihm angenehme Gesprächspartner leicht mit seinen feingliedrigen Händen, was als Auszeichnung empfunden wurde. Wer ihn allerdings verärgerte, wurde schnell von seiner dann schneidenden Stimme getroffen oder, noch schlimmer, von eisigem Schweigen. Bissula erfasste seine Stimmungslagen intuitiv, war allerdings weit davon entfernt, ihm geistig ebenbürtig zu sein. In ihrer Waagschale lagen Jugend und eine aufgeweckte Gewitztheit. Dazu konnte sie schmeicheln und schmollen, während der Konsular sie gerne väterlich umsorgte, ohne ihre Kümmernisse allzu ernst zu nehmen.

»Wäre ich *Paulinus*, würde er alles für mich tun«, dachte sie mit anklagender Eifersucht.

Sie wusste, wie stark Ausonius unter dem Schweigen seines ehemaligen Lieblingsschülers litt. Seit Jahren schrieb er ihm Briefe, aus denen die Sehnsucht nach gemeinsamen Tagen sprach und die Worte zwischen Enttäuschung über Paulinus' Rückzug und sentimentalen Bitten um Antwort wechselten. Gegenüber Bissula machte der Konsular keinen Hehl aus seinem Wunsch, Paulinus möge sich ihm wieder zuwenden. Sie ihrerseits las so manche Briefe, die Ausonius auf seinem häuslichen Schreibtisch zurückließ. Das schlechte Gewissen über diese Indiskretion plagte Bissula nicht allzu sehr. Gerade der Konsular betonte den Vorzug, stets gut informiert zu sein.

Nahe der Parkbank verströmten die langen, zartgelben Blütenrispen eines Maronenbaums ihren süßen Honigduft und erinnerten Bissula an die Baumriesen ihrer Heimat. Wie oft hatte sie als Kind unter deren Laubdächern gesessen und sich die Zukunft ausgemalt. Jetzt im Juni lockten sie Bienen und Hummeln an. Im Spätherbst würden die nussigen Früchte ihre Stachelschalen sprengen und, zu Mehl gemahlen, viele Menschen über den Winter bringen.

Ausonius schätzte es nicht, wenn sie ihrer alamannischen Heimat nachtrauerte. Nun ließ sie ihre Sehnsucht ungehindert aufsteigen und ergab sich ihrem Kummer.

»Wo mögen die Meinen sein? Leben sie noch oder hat das Sklavendasein sie ausgelöscht? Wann endlich lassen die Römer andere Völker in Frieden?«, haderte Bissula.

Das Trevererland, das zum nördlichen Gallien gehörte, hatten die Eroberer bereits vor vier Jahrhunderten an sich gerissen. Seither dominierten sie über die Volksstämme westlich des Rhenus, zu denen Ada gehörte. Sicher vermisste die Freundin ihre Lieben in Dornberg. Dachte sie noch immer an diesen Edwin? Glaubte man den Lästerzungen, war dieser jetzt der heimliche Geliebte von Julia Armitari. Die Treverer arrangierten sich gut mit ihren Eroberern, so wie Ada, die alles Römische bewunderte. Ohne die keltische Freundin wäre das Leben in der Villa Sabina noch eintöniger. Gut, dass der Konsular Ada nicht nur deshalb förderte, weil Gratian ihn darum gebeten hatte, sondern weil er ihre Anwesenheit schätzte.

»Ausonius hofft auf meine Resignation, während ich jederzeit glücklich und heiter erscheinen soll, mag die Harmonie auch gespielt sein. Was wird aus mir, wenn er mich verlässt oder eines Tages stirbt? Wie kann ich ihm aufrichtig dankbar sein, wo doch sein Kaiser mir alles genommen hat? Ich will die Ehe, ein Kind und den Respekt der Bediensteten!«

Ein Pfauenhahn näherte sich dem Teich. Er reckte den blauen Kopf mit der Federkrone und ordnete seine Gefiederschleppe, unschlüssig, ob er ein Rad schlagen sollte. Stattdessen stieß er in kurzer Folge mehrere durchdringende Schreie aus. Sie schrillten durch den Park wie das Fanal zu einem Angriff auf die Stadt.

Bissula erschrak. Sie fröstelte und erhob sich, um den Rückweg anzutreten, als ihre Augen auf einen herzförmigen Kiesel fielen. Sie nahm ihn auf und fühlte seine sonnenwarme Glätte in der Hand.

»Fasse dir ein Herz«, schien er zu sagen.

In der Via Colonia

Der Morgen war noch angenehm kühl, als Julia Edwins Kontor auf dem Gestütsgelände betrat. Erfreut über ihr unverhofftes Erscheinen erhob er sich und wollte sie an sich ziehen. Doch Julia entzog sich der Umarmung und kam sogleich zum Anlass ihres Besuches.

»Ich möchte dir von einem Anwesen berichten, Edwin. Das Gebäude steht in der Via Colonia zum Verkauf und gehörte einem verwitweten Steinmetz. Leider ist der Besitz ein wenig vernachlässigt, weil sich der vor kurzem verstorbene Mann ausschließlich um seine Arbeit gekümmert hat. Die Erben leben am Rhenus und wollen Geld sehen. Du wartest doch auf eine günstige Gelegenheit.«

Julia hatte schnell gesprochen und schien auf seine Begeisterung zu zählen, während er sich von ihren Informationen regelrecht überrannt fühlte.

»Woher weißt du das alles, Julia? Und warum sollte ausgerechnet ich dieses heruntergekommene Gebäude kaufen?«

»In erster Linie, weil das Grundstück eine gute Lage hat. Das Gestüt ist nicht weit entfernt, ebenso die Brücke mit der Porta Inclyta. Man blickt zum Fluss und zur Innenstadt. Außerdem ist das linke Flussufer ruhiger. Glaube mir, der dortige Bodenpreis wird steigen. Die Stadt dehnt sich aus. Dein Geld wäre gut angelegt.«

Nach all den Argumenten seiner noblen Gönnerin antwortete Edwin mit einem Augenzwinkern:»Da sage noch einer, die Frauen verstünden nichts von Geschäften.«

Julia lachte.»Was wird nicht alles über uns geredet. Geht es allerdings um Vermögen oder Einfluss, bleiben die Männer unter sich und überlassen uns stattdessen die Kinder und das Hauswesen. Zum Glück hatte ich ebenso gute Lehrer wie meine Brüder. Bildung ist ein hohes Gut. Noch heute bin ich meinem Vater dankbar.«

Edwin machte eine beipflichtende Geste und Julia fuhr fort:
»Vertraue meinem Rat. Hoffentlich kommt dir kein anderer Käufer ins Gehege, bevor du das Grundstück wenigstens besichtigen konntest. Ich denke an deinen Förderer im Hafen. Petronius könnte seinen Einfluss auf die andere Flussseite ausdehnen wollen. Er besitzt bereits das Mietshaus, in dem du wohnst.«

Edwin wiegelte ab. »Petronius ist ein Urgestein des Hafens. Dort kann er unbehelligt seinen Geschäften nachgehen. Die Lagerhäuser und Wechselstuben sind eine Goldgrube.«

Da bemerkte Julia mit einem spöttischen Lächeln: »Du hast die *Lupanare* vergessen. Petronius ist ein rücksichtsloser Geschäftemacher und kein guter Umgang.«

»Zumindest sorgt er für Ordnung im Hafen und pflegt außerdem Geschäftsbeziehungen mit dem Kaiserhof. Ihr Römer zitiert zu gerne euer *Pecunia non olet*. Das Geld von Petronius stinkt genauso wenig wie das der anderen. Der Hafen funktioniert nicht nach üblichen Gesetzen, ist aber unverzichtbar für die Stadt, für die Armee und den Kaiser.«

Julia wirkte daraufhin ein wenig verstimmt, was Edwin veranlasste, mit einschmeichelnder Stimme fortzufahren:

»Ohne Petronius' Fürsprache bei Proxius wäre ich nicht nach Treveris gekommen, sondern in Belginum geblieben. Du weißt, wie sehr ich deinem Rat vertraue. Natürlich hast du recht. Ich sollte den Hauskauf nicht hinausschieben, wenn das Objekt sich für mich eignet.«

Julia schien besänftigt. »Vieles wird leichter, wenn man Eigentum vorweisen kann. Das wird deine Zukunftspläne unterstützen, denn deine Arbeit genießt Ansehen und dein Wissen über Pferde ist gefragt. Außerdem hast du in deine Bildung investiert.«

Sie beendete ihren Besuch mit einer liebevollen Geste und hinterließ Edwin in bester Stimmung.

Nachdem die Arbeit im Gestüt ihren alltäglichen Verlauf nahm, machte er sich bewusst zu Fuß auf den Weg. Das besagte Grundstück an der Via Colonia war leicht zu finden. Die Sandsteinpfeiler zu beiden Seiten des Eingangs trugen ein Steinmetzzeichen, das Eichentor war mit einer eingeschnitzten Strahlensonne verziert und mit einem Riegelschloss gesichert. Edwin blickte sich um. Hinter einem dornigen Gestrüpp war die Einfriedungsmauer beschädigt. Behände kletterte er hinauf, hangelte sich am Ast eines Walnussbaumes weiter und sprang über einem verwilderten Wiesengelände ab. Er erreichte einen weitläufigen Hof, aus dessen Pflasterritzen reichlich Unkraut wucherte. Unbehauene Steinblöcke standen wie stille Wächter herum, fast alle aus dem gelbroten Sandstein der nahen Felswände. Das große Wohnhaus mit der angebauten Werkstatt wirkte solide.

»Ein seltsamer Ort«, dachte Edwin, von dem verlassenen Reich in Bann gezogen. Die breite Werkstatttür knarzte und führte zu einem hohen Raum mit gestampftem Boden. Dort hatte der Steinmetz das Grabmal eines Weinhändlers begonnen. An einer fensterlosen Wand waren Mustersteine aus Granit, Marmor und dem örtlichen Sandstein aufgereiht. Edwin las sich durch die Inschriften:»Hier ruht in Frieden das süße Mädchen Venia. - Für Laurina, hier ruht in Frieden meine Gattin Laurina, die gelebt hat 35 Jahre und 2 Monate, Vinardus hat seiner allerliebsten Gattin diesen Grabstein gesetzt.«

In Treveris zelebrierte man nur noch die Körperbestattung, wobei die Christen ihre Trauer gerne mit schönen Worten auf einem Grabstein betonten. Edwin dachte plötzlich an das Aschengrab seiner Mutter auf dem Friedhof in Dornberg. An ihr liebes Gesicht konnte er sich kaum mehr erinnern. Als sich Gedanken an den eigenen Tod einstellen wollten, wehrte der junge Kelte sie entschlossen ab und inspizierte das leergeräumte Wohnhaus sowie das restliche Grundstück. Hier war selbst für einen Pferdestall genügend Platz. Außerdem entdeckte er einen Brunnen, dessen Sandsteinfassung das kunstvolle Werk des Steinmetzes war, und setzte sich auf eine bemooste Bank. Während er dem Wassergeräusch lauschte, überlegte er, sich als zukünftiger Hauseigentümer einen Wolfsspitz anzuschaffen. Bestimmt würden ihm Adas Eltern einen Welpen überlassen. Er könnte sie in Dornberg besuchen und bei dieser Gelegenheit erfahren, wie sie darüber dachten, dass ihre einzige Tochter das Leben einer Römerin führte. Ada ihrerseits würde staunen, wenn sie hörte, dass er ein Anwesen in der Via Colonia gekauft hatte.

Edwin hatte genug gesehen und verließ das Grundstück über die beschädigte Mauer.

Anfang August erwarb er das Gelände zu einem erfreulichen Preis und finanzierte einen Teil durch Kredit, den ihm ein Bankier gegen ein Grundpfandrecht einräumte. Edwin kündigte seine Mietwohnung, richtete sich auf der Baustelle ein und ließ einen Plan für den Umbau erstellen. Ein Teil des Hauses sollte eine Warmluftheizung erhalten. Die noch auf dem Grundstück befindlichen Rohlinge und Werkzeuge übernahm ein Steinmetz aus der Umgebung.

Zunächst mähte Edwin das üppige Grün und fällte einige Bäume, um einen Pferdestall zu bauen. Die Arbeit auf seinem eigenen Grund und Boden begeisterte ihn.

»Eine schöne Mitgift käme hier mehr als gelegen«, dachte er manchmal. Leider hatte Ada in dieser Hinsicht nichts zu erwarten. Dafür gefiel ihm sein Platz in der Via Colonia täglich besser und Julia erhielt seinen aufrichtigen Dank.

An einem wolkenlosen Sonntagmorgen spaltete Edwin Brennholz für die kalten Tage. Dabei leuchtete sein blondes Haar in der kraftvollen Bewegung seines Oberkörpers immer wieder in der Sonne auf. Als er Hufschläge hörte, ließ er die Axt ruhen und ging in Richtung des geöffneten Hoftors. Dort erblickte er Julia zu Pferd, die soeben den Eingang passierte.

»Du bist ja noch schöner als Epona!«, rief Edwin erfreut. Nach der Begrüßung brachte er Julias Pferd in einen Unterstand und bat sie nach einem Rundgang durch den Garten ins Haus.

»Du wirst staunen, wie wohnlich das Innere bereits ist.«

Tatsächlich bemerkte sie bald darauf:»Wie schnell du alles bewerkstelligt hast, wenn man bedenkt, dass ich dir erst Anfang Juli von dem Grundstück erzählt habe. Hier ist der richtige Ort für deine Pläne. Du wirst etwas Beeindruckendes daraus machen.«

Ihr Zuspruch tat ihm wohl. Niemand verstand sich besser darauf als Julia. Er brachte einen Krug und zwei Becher.

»Kein nobler Falerner wie in der Villa Armitari, aber ein ordentlicher Albus vom Weingut meiner Schwester.«

Julia nahm den Wein gerne entgegen und meinte nach der Kostprobe:»Lass uns diese Stunde genießen, Edwin. Niemand weiß, was die Zukunft bereithält. Für dich hat hier ein neuer Lebensabschnitt begonnen. Gut, wenn ich dazu beitragen konnte.«

Sie schenkte ihm ein verführerisches Lächeln und ließ sich bereitwillig umarmen. Ihr Einverständnis voraussetzend, breitete er eine Decke über sein Ruhelager. Julias Leidenschaft war inniger als sonst. Edwin wiederum fühlte sich ihr so nahe, als wäre heute die gesellschaftliche Distanz zwischen ihnen aufgehoben.

Später lauschten sie, erfüllt von einem wunschlosen Frieden, den Stimmen der Vögel aus den Büschen vor dem geöffneten Fenster und dem Spiel des Windes im Laubwerk. Edwin ließ seine Fingerspitzen über Julias Hüfte zu den schlanken Beinen gleiten und bewunderte den üppigen Busen sowie das feine Gesicht mit den dunklen Augen.

Da sagte sie unvermittelt ernst:»Ach, Edwin, ich will dir Proxius' Pläne nicht verheimlichen, obwohl er noch darüber schweigen möchte. Mein Gemahl ist besorgt, weil Gratians Ansehen schwindet und die Bedeutung unserer Stadt auf dem Spiel steht. Viele sehnen wieder einen starken Regenten herbei, der sowohl im Volk als auch im Heer Respekt genießt. Das geht soweit, dass sich einige sogar den despotischen Valentinian zurückwünschen. Allerdings war Gratians Vater klug genug, die von Konstantin eingeführte Religionsfreiheit zu belassen. Nun hat der junge Kaiser die altgläubigen römischen Senatoren noch stärker gegen sich aufgebracht. Das erhöht die Gefahr einer *Usurpation*. Der Konsular fürchtet nicht umsonst um Gratians Leben. Was immer geschieht, Treveris wäre betroffen. Proxius will keine Zukunftsängste schüren, aber er hält den derzeitigen Aufschwung für kurzlebig und glaubt, dass sich die Dinge nicht zum Guten entwickeln. Zum Glück liegt Baiae weit ab von militärischen Gefahren.«

Edwin wollte nichts über Politik hören und zog Julia an sich. »Ich glaube nicht, dass Proxius die Stadt tatsächlich verlassen wird. Sein Herz gehört dem Gestüt und den großen Rennen, seine Pferde sind erfolgreicher denn je.« Er lächelte Julia an: »Wenn aber doch, vergiss mich im Süden nicht ganz, meine Liebe. Wie gerne würde ich das Meer und dieses wunderbare Baiae kennenlernen. Erzähl mir mehr über deinen Sehnsuchtsort.«

Als hätte Julia auf seine Aufforderung gewartet, begann sie ihre Schilderung.

»Baiae ist ein Paradies und liegt in der Bucht der großen Hafenstadt Neapolis, zu Füßen des schwarzen Vulkans Vesuvius. Die Bewohner leben in Villen auf Felsterrassen oder Landzungen. Alles blüht und duftet, Feigen und Zitronen reifen, Olivenbäume und Pinien prägen die Landschaft, heilendes Schwefelwasser sprudelt aus heißen Quellen. Die besten Ärzte haben sich in Baiae niedergelassen, weil die Mächtigen seit Jahrhunderten dorthin reisen. Schon der Dichter Horaz hat die Stadt als den schönsten Platz der Welt bezeichnet und Ovid hat sie einen Ort für Liebesspiele genannt. An den Seen und am Meeresufer, dem ›Goldenen Strand der Venus‹, feiert man ausgelassene Feste. Die Kaiser besitzen ihren eigenen Bezirk. Nero weilte oft in seiner Sommervilla und *Hadrian* hat sich kurz vor seinem Tod nach Baiae bringen lassen. Nur dort wollte er sterben.«

»Dein Baiae scheint mir vor allem ein Paradies der Reichen zu sein«, bemerkte Edwin vorwurfsvoll.

»Das stimmt«, bestätigte Julia. »Wahr ist, dass der Ort eine leuchtende Heiterkeit ausstrahlt. Das Licht über der Bucht verjagt die dunklen Gedanken. Ich besitze ein Reiseandenken, eine Kugelflasche, auf der Baiaes Sehenswürdigkeiten eingraviert sind: das Meeresufer mit den Austernbänken, die Paläste, sogar die Rosse einer Quadriga, und über allem die Inschrift *ANIMA FELIX VIVAS*. Ein schöner Trinkspruch und der gute Rat, das Dasein mit froher Seele zu leben.«

Edwin nickte und fragte mit einem dünnen Lächeln: »Was wirst du in Baiae ohne mich und deinen Garten anfangen?«

Die leicht hingeworfene Frage sollte seine Betroffenheit verbergen, die er Julia nicht zeigen wollte. Schließlich wusste er, dass sie eines Tages in den Süden zurückkehren würde.

»Einen neuen Garten anlegen«, antwortete sie. »Veränderungen sind immer zu etwas gut. Man muss an die Zukunft glauben. Proxius wird dich informieren, wenn sein Plan feststeht. Die Niederlassung des Seidenhandels wird bleiben, das Gestüt soll dann allerdings verkauft werden. Der neue Eigentümer wird sicher auf deine Erfahrung zählen, Edwin.«

Julia wirkte trotz ihrer positiven Sichtweise bekümmert.

Edwin räusperte sich: »Um ehrlich zu sein, bin ich überrascht, wie weit Proxius' Pläne gediehen sind. Danke für deine Information.«

Julia lenkte ab: »Fehlt dir nicht manchmal das Leben auf den Höhen?«

»Meinen Vater besuche ich regelmäßig. Wer in dieser rauen Landschaft aufgewachsen ist, empfindet sie tatsächlich als Heimat. Trotzdem ist mein Platz hier. Aber auch das Leben in den abgeschiedenen Dörfern ändert sich. Die neue Zeit sickert über die Märkte und die nahe Hauptstadt ein. Sie lockt die jungen Männer in die Städte. Ich selbst bin ein Beispiel. Die kleinen Höhensiedlungen der Treverer leiden unter dieser Entwicklung. Im nächsten Monat werde ich mich in Belginum oder Dornberg nach Handwerkern umsehen, die im Winter an meinem Umbau arbeiten können. Mein Vater wird stolz sein, dass ich zum Hauseigentümer geworden bin. Wem dies in der Kaiserstadt gelingt, der gilt in Belginum als erfolgreicher Mann.«

Julia bestätigte: »Du hast recht, die Welt ändert sich immer schneller. Könntest du dir vorstellen, erneut in Belginum zu leben, falls sich in Treveris Unruhen einstellen sollten?«

»Eher nicht. Obwohl dort ein gutes Auskommen möglich wäre. Im reichen Treveris wird zudem deutlich, wie sehr die römische Führung die nördlichen Provinzen ausbeutet. Alle stöhnen unter der Abgabenlast. Die jungen Männer werden in die Wehrpflicht getrieben und fehlen in ihren Familien.«

Edwin bemerkte, dass er dabei war, sich zu ereifern, und war beinahe dankbar, als Julia ihn unterbrach.

»Natürlich suchen die Römer ihren Vorteil. Andererseits bringen sie ihr Wissen in die unterentwickelten Gebiete. Sieh dir die Germanen auf der anderen Rhenusseite an. Sie hausen ohne Straßen in sumpfigen Wäldern, ebenso die Barbaren im finsteren Britannien, die sich jetzt *Magnus Maximus* widersetzen. Sie bringen noch Menschenopfer dar.«

Da Julia fest auf römischer Seite stand, hielt Edwin dagegen.

»Man darf nicht alles glauben, was über die Völker jenseits des Rhenus geschrieben wird. Gerade weil sie keine Straßen anlegen, sind sie im Besitz ihrer Wälder geblieben und können lukrative Holzgeschäfte mit den Römern machen. Ohne Holz wäre das Imperium am Ende. Händler berichten von südlichen Landstrichen, in denen der Wind die letzte Krume davongetragen hat. Auch hier hinterlässt die römische Axt immer mehr Schafweiden.«

»Sicher hast du in einigen Dingen recht, Edwin. Mich beunruhigt, dass die Kaiserstadt ihre einstige Aufbruchsstimmung verloren hat. Die Angst vor einer Wende geht um. Proxius spürt den Umbruch schon länger. In Rom heißt es, der Kaiser denke an die Verlegung seiner ersten Residenz nach Mediolanum. Was wird dann aus unserem schönen Treveris? Der Konsular wird Gratian schon aus Altersgründen nicht folgen können und seinen mäßigenden Einfluss ganz verlieren. Wahrscheinlich wird er sich mit seiner jungen Gespielin nach Burdigala zurückziehen. Stammt deren Gesellschafterin nicht aus deinem Heimatdorf?«

Die Frage nach Ada war Edwin unangenehm.

»Ich kenne sie kaum. Gelegentlich besucht sie meine Schwester«, brummte er.

»Du hast noch nie von ihr erzählt. Sie soll gescheit sein, dazu hübsch.«

Edwin zuckte mit den Schultern.

»Was geht es mich an? Mir wird die Richtige eines Tages zufallen.«

»Die Römer überlassen selten etwas dem Zufall«, scherzte Julia, »und lassen sich ungern von Gefühlen leiten.«

»Dabei können Gefühle eine wunderbare Sache sein«, lachte Edwin, obwohl er die römische Sichtweise weitgehend teilte.

Als sie nach einer Brotzeit Arm in Arm durch den verwilderten Garten schlenderten, klatschte Julia beim Anblick des Brunnens in die Hände.

»Welch ein bezaubernder Platz! Ich werde dir einen Rosenstock bringen lassen. Hier wird er gerne blühen.«

Eine Weile saßen sie auf der Brunneneinfassung und lauschten der Quelle, bis Julia zur Sonne blinzelte. Edwin bemerkte ihre Rührung.

»Zeit zum Aufbruch«, sagte sie leise.

Nach dem Abschied schloss er das Tor und ging bald darauf ins Haus, das ihm seltsam verlassen vorkam, obwohl es darin nach Julias Rosenwasser duftete.

Die Bibliothek

Der schwüle Augustmorgen kündigte ein Gewitter an. Auf seinem Weg zur Bibliothek kämpfte Ausonius mit Herzrasen. Allerdings war dieses weder der brütenden Hitze noch seinen schnellen Schritten geschuldet, sondern einem üblen Streit mit Bissula, den er so schnell wie möglich abschütteln wollte. Die Bibliothek war der Kaiserlichen Hochschule angegliedert und lag östlich der Stadtmitte zwischen Palastbezirk und Forum. Der Konsular als ihr oberster Bauherr besuchte sie täglich, um sich über den Fortgang der Ausbauarbeit zu informieren. Dabei waren ihm die Bibliotheken von Alexandria und Konstantinopolis ein Vorbild. Die Einweihung des Umbaus sollte in zwei Jahren im Rahmen eines Festaktes stattfinden. Der danach geltende Name »Ausonius-Bibliothek« war als öffentliche Ehrung für seine Verdienste als kaiserlicher Statthalter gedacht.

Jetzt glühte Ausonius vor Ärger. Der frühe Morgen hatte mit brillanten Gedanken begonnen, die sich fortsetzten, als die Sonne in den Himmel stieg. Bissula, die noch gestern ein zärtliches Kätzchen gewesen war, hatte ihn über Hilarius um ein förmliches Gespräch bitten lassen, das er ihr vor Beginn seines Arbeitstages gewährte. Die Amtspflichten konnten ruhig einmal warten, wenn sein blondes Täubchen nach ihm verlangte. Hätte er doch im Entferntesten geahnt, dass sie ihn mit einer unangemessenen Forderung überfallen wollte.

Er erinnerte sich, wie sie mit ernstem Gesicht und offiziell gekleidet in sein Arbeitszimmer getreten war. Sie wirkte wie eine Frau, die ein wichtiges Ziel vor Augen hat. Schlagartig war er auf der Hut und wies die erste Andeutung eines Ehewunsches mit überlegener Routine ab. Zwar war die Germanin eine geübte Schmeichlerin, aber keine besonnene Strategin, und so gingen ihre Bitten zu seinem Entsetzen in lautstarke Forderungen über.

»Eine Heirat ist nach den gemeinsamen Jahren mein gutes Recht und das Mindeste, was ich verlangen kann!« Der Konsular traute kaum seinen Ohren, als Bissula fortfuhr, als sei in ihr ein Damm gebrochen. Sie habe es satt und nicht verdient, für alle Zeiten die kleine Geliebte des großen Präfekten zu sein, der sie zum Gespött degradiere. Er versage ihr die gebührende Achtung und nutze ihre Lage mit römischer Überheblichkeit aus, vergnüge sich an ihrer Jugend und frage nicht nach ihrer Zukunft. Niemals habe er ernsthaft nach ihren Angehörigen forschen lassen. Überhaupt sei er ein Meister der Lippenbekenntnisse.

Als er jetzt an all diese Unterstellungen dachte, flammte sein Zorn erneut auf.

»Sie ist größenwahnsinnig, obschon sie weiß, warum ich sie nicht zur Frau nehmen kann. Meine Reputation wäre dahin, noch dazu die Wertschätzung des Kaisers. Sie irrt, wenn sie glaubt, eine Sonderstellung zu haben. Für den Kaiser und den Hof bleibt ein Römer ein Römer und ein Barbar ein Barbar. Und diese haltlosen Vorwürfe: Ich achte sie nicht, sie habe keine Familie, kein Kind, nichts Eigenes. Alles gehöre mir, sie sei abhängig und im Falle meines Ablebens für meine Angehörigen und Erben eine kompromittierende Last. In Wahrheit denkt sie an meinen Tod und will sich danach ein schönes Leben machen. Obwohl ich stets großzügig um ihr Wohlergehen besorgt war, schreit sie mir mit beispielloser Anmaßung ins Gesicht: ›Ich will ein Kind!‹ Was würde meine Familie von mir denken? Meine Enkel sind bereits erwachsen. Außerdem brauche ich Ruhe für meine Schriften. Sie sollte sich zufriedengeben, statt ihren Retter einen egoistischen alten Ziegenbock zu nennen.«

Ausonius erinnerte sich zähneknirschend an die Wut, mit der ihm Bissula ihre Anklagen entgegengeschleudert hatte, um danach weinend aus dem Zimmer zu stürzen.

»Eine Unverschämtheit«, zischte er, »eine Frechheit, ein Anfall teutonischer Raserei. Dieses ungezogene Luder verdient eine

Tracht Prügel. Niemals würde eine Dame der römischen Gesellschaft derart ausfällig werden. Diese Germanin ist das undankbarste Wesen, das mir je begegnet ist. Schämen sollte sie sich. Das kommt davon, dass ich ihr alles durchgehen ließ. Sie weiß nicht mehr, wen sie vor sich hat.«

Er schnaufte einige Male tief durch. Das zügige Gehen tat ihm wohl und er beschloss einen Umweg, damit der Groll abebben konnte. Zukünftig würde er dieses Thema strikt meiden, statt sich erneut zu einem unwürdigen Theater nötigen zu lassen.

Doch bald darauf meldete sich gegen seinen Willen ein wohlbekanntes Mitgefühl, welches er von Beginn an für Bissula empfunden hatte. Aber was konnte er für die Kriege der Kaiser? Hatte er nicht alles getan, ihr Schicksal zu lindern? Erneut beschäftigte er sich mit dem Plan, ihr ein kleines Vermögen einzurichten, das ihr finanzielle Sicherheit schenken würde. Sonst war sie zu weiteren Dreistigkeiten imstande.

Erst einmal musste er vor dem Betreten der Bibliothek zu seiner gewohnten Gelassenheit finden, denn diese war das Fundament der Überlegenheit. Außerdem gab es beunruhigende Nachrichten durch die kaiserliche *Taubenpost*.

Am 9. Juli war in Konstantinopolis das Konzil in der Irenenkirche mit einem Sieg der Trinitarier über die Arianer zu Ende gegangen. Die Gewinner verfassten bereits das neue Glaubensbekenntnis und exkommunizierten die Anhänger der Irrlehren. Bischof Ambrosius hatte seinen Einfluss auf Gratian verstärkt und würde nichts von dessen Erziehung zur Achtung Andersgläubiger übriglassen. Inzwischen hatte Ambrosius sowohl Gratian als auch Theodosius für eine Allianz zwischen Kirche und Staat gewonnen, um das Christentum per kaiserlichem Gesetz verbreiten zu lassen. Damit war das Toleranzedikt des Alleinherrschers Konstantin aufgehoben.

»Ein genialer Zug«, stellte Ausonius widerstrebend fest.

Zurzeit war der Kaiser auf dem Weg nach Aquileia und weiter nach Mediolanum. Die Gefahr, dass der dortige Kaiserhof die

Residenz in Treveris von der ersten Stelle verdrängte, wuchs. Allerdings musste Gratian Präsenz in Mediolanum zeigen, weil die Witwe seines Vaters dort Hof hielt. Der Einfluss von Flavia Justina Aviana reichte trotz ihres arianischen Glaubens in die höchsten Machtzentren. Unterstützt wurde sie von dem ihr seit Jahren ergebenen Flavius Merobaudes, einem ruhmreichen *Magister militum* fränkischer Abstammung. Erst vor vier Jahren hatte Merobaudes das Konsulat gemeinsam mit Gratian bekleidet, eine hohe Auszeichnung. Als Altkaiser Valentinian vor sechs Jahren in einem Militärlager verstarb, sorgte der Franke dafür, dass der vierjährige Valentinian II. umgehend zu Gratians Mitkaiser ausgerufen wurde. Das befeuerte das Gerücht, die Verbindung zwischen Justina und Merobaudes sei von besonderer Art und der Heermeister könnte seinen eigenen Sohn inthronisiert haben.

Für Ausonius war entscheidend, dass sein damals sechzehnjähriger Schützling Gratian seinem verstorbenen Vater umgehend als Hauptkaiser des Westens auf den Thron folgen konnte. Die neue Konstellation am treverischen Hof führte zu Feindseligkeiten. So brüskierte Altkaiserin Justina, welche die Vormundschaft über ihren Sohn ausübte, Gratians Gemahlin Constantia, indem sie bei öffentlichen Anlässen den Vortritt erzwang. Justinas Intrigen versuchten, das Ansehen ihres Stiefsohnes Gratian zu beschädigen. Wer nicht auf ihrer Seite stand, musste sie fürchten, so dass Ausonius dem empörten Gratian riet, sie vom treverischen Hof zu drängen. Die Unterstützung der katholischen Kirche war gegeben, da die Altkaiserin unbeirrt an ihrer arianischen Glaubensrichtung festhielt und ihren Sohn und Mitkaiser darin erzog.

Flavia Justina Aviana war die hinreißend schöne Tochter eines Senators und wurde in sehr jungen Jahren die Witwe des kurzzeitigen Gegenkaisers Magnentius. Ihre innige Freundschaft mit Gratians Mutter *Marina Severa* führte sie an den Kaiserhof von Treveris. Man flüsterte sich sogar zu, die beiden Frauen liebten nicht nur das gemeinsame Bad. Als Kaiser Valentinian auf Justinas Reize aufmerksam wurde, kannte diese keine Skrupel, ihrer Freundin den kaiserlichen Gemahl auszuspannen. Valentinian vollzog die Scheidung und Marina Severa musste die Residenz verlassen. Ausonius erinnerte sich an Gratians ohnmächtige Wut über die Demütigung seiner Mutter. Während Justinas fünfjähriger Ehe bis zu Valentinians Tod gebar sie einen Sohn und drei Töchter. Ausonius war überzeugt, sie würde diese ausschließlich unter machtpolitischen Aspekten verheiraten. Inzwischen ruhte Altkaiser Valentinian in Konstantinopolis neben seiner ersten Gemahlin. Gratian würde Justina die Schmach seiner Mutter niemals verzeihen, so wie Justina ihm nicht vergaß, dass sie nach Mediolanum weichen musste. Unabhängig davon hasste sie Gratians Gemahlin Constantia, weil diese die Tochter des verstorbenen Ostkaisers Constantius war.

In diesem Geflecht aus Machtgier und Intrigen konnte man sich leicht verfangen. Manchmal bedauerte der Konsular, dass sich seine und Ambrosius' Interessen nicht deckten. Stattdessen bedeuteten sie das ständige Ringen um Gratians Anwesenheit. Befand sich der Kaiser mit seinem Heer in Treveris, stabilisierte dies die sicherheitspolitische Lage in Gallien. Die Stadt erholte sich wirtschaftlich. Zwar war sie nicht Rom, aber die großartigste Metropole im Norden. Sie lebte ihr Römertum mit Überzeugung, obwohl ihre Wurzeln in der keltischen Kultur der Treverer lagen, und ermöglichte Menschen unterschiedlichster Kulturen freien Handel und friedliches Miteinander. Der Konsular sah mit Freude, dass wieder neue Geschäfte und Handwerksbetriebe entstanden. Dieser Aufschwung wurde vom Ausbau der Bischofskirche und der Bibliothek unterstützt.

Mit solch positiven Gedanken erreichte der Konsular den Platz vor der Bibliothek. Dort würde man ihm zu Ehren seine Statue errichten. Als Symbole hatte er für diese den Lorbeerkranz der Rhetorik und die herrschaftliche Rute der Grammatik gewählt.

Die Vorstellung seines Marmorkörpers, bedeckt vom Faltenwurf einer steinernen *Toga,* nährte seinen Stolz. Kein Ort in Treveris war für seinen Nachruhm geeigneter als dieser vor der Bibliothek mit Blick auf die Kaiserliche Hochschule. Was bedeutete dagegen ein lächerlicher Streit mit Bissula? Die neue Blüte der Bibliothek war ihm zu verdanken. Er liebte diesen Ort, der das Gedankengut bewahrte, ebenso die Hochschule, die ihren gestiegenen Rang gleichfalls seinem Einsatz schuldete. Hier beeindruckte er die Söhne der Elite mit seiner Redekunst. Manche Vorlesungen waren offen für Gäste. Dann erlaubten fortschrittliche Väter sogar ihren Töchtern einen Besuch.

Wenig später passierte Ausonius den Portikus und hörte den Lärm der Handwerker. Deshalb wandte er sich dem ruhigen Teil zu. Nichts durfte einer falschen Entscheidung überlassen werden. Er reagierte ungehalten, wenn ein Architekt seine Pflicht vernachlässigte. Gratian hatte großzügige Mittel freigegeben, um die Wissenssammlung anzureichern. Jetzt fehlten Schreiber, Übersetzer und Buchbinder sowie Bibliothekare mit frischen Ideen. Dem Konsular schwebte ein Gelehrtenzentrum ähnlich dem in Alexandria vor, das den wissenschaftlichen Ruhm von Treveris in die Welt tragen konnte. Große Aufmerksamkeit widmete er Philosophen und Dichtern. Hier wuchs ein imperialer Bildungsschatz. Mit der Ausonius-Bibliothek würden sein Name und seine Dichtung eine enge Verbindung mit Kunst und Wissenschaft eingehen und sein Lebenswerk sichern.

Wie üblich erzeugte dieser Ort in Ausonius eine Hochstimmung und bestätigte ihm seine universelle Bildung. So war er ein exzellenter Kommentator und Übersetzer aus dem Griechischen, der Sprache der Dichtung. Er wusste, wie wichtig eine fundierte Zusammenstellung der Wissensgebiete war. Viele Bibliotheken orientierten sich an der Struktur des römischen Bildungswesens und vernachlässigten andere Kenntnisse oder betrachteten sie mit Herablassung. Demnächst würde er bei der Verwaltung der

Bischofskirche nach geeigneten Mitarbeitern fragen. Sie bildete mit kaiserlicher Unterstützung Übersetzer, Schreiber und Illustratoren aus, um das Wort Gottes noch schneller zu verbreiten. Immer häufiger waren gebildete und wohlhabende Spender in christlichen Reihen zu finden. Besonders der Adel hatte schnell erkannt, dass es unter Gratian vorteilhaft war, der neuen Staatsreligion zu dienen.

Zuweilen wunderte sich Ausonius, wie viele Inhalte der verbotenen Religionen im Christentum auftauchten, selbst die Lehre Platons, der von einem großen Einen ausging, aus dem alles andere entstand. Zwar hatte sich der Konsular mit Überzeugung für das Christentum entschieden, beschäftigte sich aber mit Religionsstudien und blieb dem Glauben seiner Vorfahren verbunden. Die Menschen brauchten eine höhere Macht, um nicht an den Sinnfragen zu verzweifeln. Darin lag die Stärke des Christentums, das mit seinen Antworten den Ursprung des Bösen klärte und das Erlösungsbedürfnis stillte. Möglicherweise etablierte sich dieser Glaube deshalb so schnell im geistigen Bewusstsein. Nun hatte er ihm Gratian entfremdet und seinen ehemals liebsten Schüler *Paulinus von Nola* an sich gezogen.

»Dabei haben die mir anvertrauten begabten Jünglinge ihre Bildung mir zu verdanken«, konstatierte er und fragte sich wieder einmal, wann die Distanz zu Gratian begonnen hatte. Als sein Erzieher hätte er wissen müssen, wie leicht der junge Kaiser zu beeinflussen war.

»So soll mir in meinen alten Tagen wenigstens Bissula bleiben«, dachte er mit galligem Humor und versöhnlicher als vor einer Stunde.

Warum waren in den Bibliotheken kaum weibliche Autoren, Schreiber oder Übersetzer vertreten, obgleich sich unter den Schriftkundigen kluge und gebildete Frauen befanden? Ada fiel ihm ein. Aufgrund ihrer niederen Herkunft würde sich kein gut situierter Bewerber einstellen, andererseits erschien Ausonius ihre Rückkehr nach Dornberg abwegig. Auf Sicht musste sie selbst für ihren Unterhalt sorgen. Falls Ada die Tätigkeit einer Kopistin zusagte, konnte er ihre Ausbildung arrangieren. Das geschriebene Wort gewann an Bedeutung und mit ihm die Aufgaben einer Bibliothek. Ein Buch war ein geistiger und ein materieller Wert. Seine Herstellung dauerte etwa ein Jahr, die Ausstattung mit Bildern, Verzierungen und in Schönschrift weitaus länger. Professoren und Studenten nahmen lange Wege in Kauf, um ein bestimmtes Werk lesen zu können, denn Bücher kosteten ein Vermögen.

Der Konsular ließ sich den Raum aufschließen, dessen Literatur strengster Geheimhaltung unterlag. Die Tür aus Eschenholz trug das Symbol der Schweigerose, eine geschlossene Blüte. Hier fanden sich die Kritiker an Staat und Kirche. Zu ihnen gehörte der Kleriker *Priscillian,* der die Gleichstellung von Männern und Frauen forderte. Er predigte die Abschaffung der Sklaverei sowie Askese jeglicher Art. Wein- und Fleischgenuss waren bei den Christen ausgesprochen beliebt. Außerdem profitierten ihre Religionslehrer vom römischen System der männlichen Vorrangstellung.

Ausonius schüttelte den Kopf. »Ein Narr, dieser Priscillian. Mit ihm nimmt es kein gutes Ende.«

Schließlich hatte Rom sein Imperium auf Dominanz und Ausbeutung zum Wohle einer männlichen Kaste errichtet. Sie regierte den Staat und ersetzte Bildung durch Spiele, um das Volk vom kritischen Denken fernzuhalten.

Die Literatur der Sieben Freien Künste war in einem einzigen Saal untergebracht. Im neuen Teil der Bibliothek würde ein jede ihren eigenen Bereich erhalten. Ihr Studium stand nur wohlhabenden Männern offen, die ihrer Begabung nachgehen konnten. Den jeweiligen Eingang dieser Räume sollte die Statue der ihnen entsprechenden Muse schmücken, versehen mit dem Symbol ihrer Kunst. Das Trivium mit den sprachlichen Fächern Grammatik, Rhetorik und Logik lag Ausonius besonders am Herzen. Allerdings durfte das Quadrivium mit den mathematischen

Künsten Arithmetik, Geometrie, Astronomie und Musik nicht zurückstehen. Diese sieben Wissenschaften nannten sich Freie Künste, um sie von den mechanischen Arbeiten des Broterwerbs abzugrenzen.

Der Konsular hatte sein Trivium mit großem Erfolg absolviert, interessierte sich aber auch für die Schriften des Quadriviums, und war überzeugt, dass das Wissen nur dann einen tiefen Einblick in die Schöpfung ermöglichte, wenn es miteinander verbunden wurde. Deshalb wünschte er auch Philosophie, Medizin und Pharmakologie den ihnen gebührenden Platz.

Das Ansehen der Mediziner schwankte ebenso wie der Stand ihrer Ausbildung und die Höhe ihres Einkommens. So schätzte Ausonius seinen jüdischen Arzt, weil dieser die beste Medizinschule in Griechenland absolviert hatte. Höchste Zeit, dass dieses lebenswichtige Fach eine einheitliche Ausbildung mit Abschlussprüfung erhielt. Der Mensch durfte kein Übungsfeld für Pfuscher und Scharlatane sein.

Der Konsular stellte sich die zukünftigen Räume der Künste vor und überlegte, dass die Erschaffung von sieben Musenschönheiten aus bemaltem Stein ein interessanter Wettbewerb für die Bildhauer und Maler der Stadt wäre.

Bissula, Ada und Constantia kamen ihm in den Sinn und er verlor sich kurze Zeit in Gedanken an weibliche Linien. Dabei dominierte in diesen erhabenen Räumen der Geist. Nirgends konnte man das Glück innerer Klarheit besser entdecken als in einer Bibliothek. Was wäre die Menschheit ohne die Schrift? Sie sicherte das Wissen für nachfolgende Generationen. Plötzlich war er zu Tränen gerührt, was ihm in letzter Zeit öfters geschah. »Ein Vorbote des Alters«, hatte ein Freund mit vielsagendem Lächeln bemerkt.

Der nächste Raum, klein, aber nobel, war Ausonius gewidmet. In ihm fanden sich seine Werke in vielen Ausgaben und Abschriften. Teile des offiziellen Briefwechsels konnten mit seiner

Erlaubnis eingesehen werden. An den Wänden prangte römisches Rot, bemalt mit silbernen Ruten, Tafeln und Griffeln, den Symbolen der Rhetorik und Grammatik. Das Bodenmosaik zeigte die Muse Thalia als Sinnbild des Glücks. Der Raum repräsentierte Ausonius' hohe Stellung. Hier vermied er falsche Bescheidenheit und ließ keinen Zweifel an der eigenen Bedeutung aufkommen. Behutsam berührte er Schriftrollen und *Codices*. Unzählige Stunden hatte er mit der Aneignung von Wissen und dessen Niederschrift verbracht. Jetzt ergänzten seine Studien das Wissen der Welt. Gerne wollte er noch lange mit dieser Aufgabe verbringen. Dazu musste er das Alter überlisten.

Seine Gedichte! Schöne Stunden hatten ihn stets zu Versen beflügelt. Er erinnerte sich an seine Gemahlin Attusia, die mit achtundzwanzig Jahren verstorben war. Sie entstammte einer vornehmen Senatorenfamilie und hatte Klugheit und heitere Anmut besessen. Ihren Tod hatte er nie verwunden. Auf ihrem weißen Grabstein in Burdigala stand in goldenen Lettern:»In ewiger Liebe meiner schönsten Rose Attusia Lucana Sabina.«

Bald darauf starb die jüngere ihrer beiden Töchter. Gut, dass Attusia diesen Schmerz nicht mehr ertragen musste. In dieser Zeit verlor Ausonius jegliche Lebensfreude. Nicht einmal Pinas Weissagung, alles würde sich zum Guten wenden, konnte ihn trösten. Damals wuchs ihm sein Schüler Paulinus von Nola ans Herz.

Der Konsular nahm eine prachtvolle Ausgabe seines *Cento nuptialis* zur Hand, sein vielgerühmtes Hochzeitsgedicht für Gratian und Constantia. Diese Art Poesie gestattete hinsichtlich der Hochzeitsnacht obszöne Fantasien und entsprach darin, selbst bei einem Kaiser, allgemeiner Sitte. Ausonius schätzte Anlässe, die nach einer frivolen Dichtung verlangten. Dazu gehörten Teile seines Liederreigens über ein Germanenmädchen von jenseits des Rhenus, darin er Bissulas Reizen huldigte. Fast schämte er sich für seinen Besitzerstolz, wenn sich ausgesuchte Freunde, darunter der Rhetor Axius Paulus, an den schlüpfrigen

Versen ergötzen durften. Die Christenlehre betrachtete solches Verhalten als niedere Moral.

Erneut trat Ausonius die zornsprühende Bissula ins Gedächtnis und er gestand sich ein, dass er die Heirat aus Standesdünkel vermied.

Ein völlig anderes Thema behandelte seine *Gratiarum actio,* die überschwängliche Dankesrede an Gratian für die Verleihung der Konsulatswürde.

Vor zwei Jahren hatte Ausonius sie unter tosendem Beifall in der Aula Palatina gehalten und dabei zum ersten Mal die purpurne Toga picta mit den goldenen Sternen getragen. Kaiser Gratian hatte ihm das Staatskleid zu diesem Anlass geschenkt. Außerdem fand zu Ehren des neuen Konsuls eine *Pompa* mit sich anschließenden Pferderennen und Theateraufführungen statt. Die immensen Kosten zahlte Ausonius nach römischer Sitte aus eigener Schatulle, was ihm seine üppigen Einnahmequellen ermöglichten. Damals fühlte er sich auf dem Höhepunkt seines bisherigen Lebens und sehnte sich zuweilen nach dieser rauschhaften Emotion zurück.

Hier fanden sich mehrere kostbare Ausgaben der Mosella, seiner Verse über die geliebte Flusslandschaft, versehen mit goldenen Anfangsbuchstaben und kleinen Landschaftsporträts. Während dieser Dichtung hatte er sich von dem in Gallien verbreiteten Kult der Quellen und Flüsse inspirieren lassen.

Aus seiner ersten Zeit in Treveris stammten die *Versus Paschales,* ein Ostergebet für Kaiser Valentinian. Natürlich war er ein Dichter im Auftrag der Kaiser. Ihre Wünsche galten als hohe Auszeichnung und beförderten die Karriere. Sein Aufstieg hatte auch seinen Sohn Hesperius und weitere Mitglieder der Familie in einflussreiche Ämter gebracht, was den altgedienten römischen Senatsadel zu neidvoller Häme veranlasste.

Seine grammatikalischen Lehrwerke waren mit dem Symbol der Rute geschmückt. Bei dem Gedanken an eine andere Rute lächelte Ausonius in sich hinein, denn sie hatte ihn nicht enttäuscht. Mittlerweile setzten ihr die Jahre zu, aber er begegnete dieser Entwicklung mit bewährten Mitteln. Nur gegen das Alter an sich war kein Therapeutikum gewachsen. Wer seine Gnade erfuhr, verleugnete sie.

Er blätterte im *Spiel der Sieben Weisen,* anschließend in seinem Kaisergedicht *Tyranni* und in seinem *Ordo urbium nobilium.* Diesen Zyklus über die bedeutenden Städte des Reiches wollte er um weitere ergänzen. Briefwechsel mit den Mächtigen und Berühmten seiner Zeit war reichlich vorhanden. Er dokumentierte sein Ansehen und die herausragenden Gedanken, die er im Austausch entwickelt hatte. Zu manchen Texten inspirierten ihn fremde Ideen. Das würde seinen Ruhm nicht schmälern. Die Großen zu plagiieren, zeigte die eigene Bildung. Später würde man ihn ebenso nachahmen und ihm dadurch höchste Anerkennung zollen.

Zukünftig wollte er primär sein Werk über das menschliche Sein fortsetzen, eine Philosophie über die *Anima mundi,* in der alles Eins und das Eine in Allem war. Zwar machte seine Auseinandersetzung mit den existenziellen Fragen Fortschritte, aber die dahinrasende Zeit verstärkte Ausonius' Hader mit der Vergänglichkeit.

Von dieser handelte die Bibel. In der Genesis berichtete sie von Adam und Eva, denen Gott die Unsterblichkeit verliehen hatte. Leider standen im Garten Eden der Baum der Erkenntnis und der Baum des Lebens. Trotz des göttlichen Verbots aßen Adam und Eva vom Baum der Erkenntnis und konnten danach Gut und Böse unterscheiden. Damit sie nicht auch noch vom Baum des Lebens aßen und Gott gleich wurden, jagte der Herr sie hinaus auf den steinigen Acker, aus dessen Erde er Adam geformt hatte. Von nun an blieb das Paradies verschlossen. Diese Schöpfungsgeschichte galt gleichermaßen für Juden und Christen.

Weiter sprach die Bibel von einem goldreichen Land namens Hawila, als hätten Gold und das menschliche Sein etwas Gemeinsames. Konnte das Leben durch Gold verlängert werden?

Das Alte Testament sprach von einem Mann namens Methusalem, der noch im Alter von 969 Jahren Nachkommen zeugte. Märchen und Sagen erzählten von einem Jungbrunnen und einer Pflanze der Unsterblichkeit. So sollte auf einer Vulkaninsel der Bandabaum wachsen, dessen Früchte die Jugend zurückbrachten. Ausonius erinnerte sich an die Erwähnung eines Gelehrten, welcher der Golderzeugung auf der Spur war und dabei ein Mittel zur Lebensverlängerung entdeckt hatte. In den unglaublichsten Berichten steckte oft ein Körnchen Wahrheit und die Wissenschaft entdeckte ständig kaum Vorstellbares. Wenn dieser Alchemist existierte, würde ihn die Sage vom keltischen Goldschatz vielleicht nach Treveris locken. Der Konsular dachte an die Zeit, in welcher er als kleiner Junge auf Schatzsuche war. Diese Jagd hörte niemals auf.

Er trennte sich von seinen Werken und gelangte zu dem Bereich, der die Schriften des großen Tacitus beherbergte. Dessen Buch »De origine et situ Germanorum« befasste sich mit den Germanen. Der Konsular nahm das Werk oft zur Hand, weil die Auseinandersetzung mit den östlichen Volksstämmen geblieben war. Deren Kriegslust und Härte hatte der Dichter Lucanus als *Furor teutonicus* bezeichnet. Tacitus betrachtete das Volk jenseits des Rhenus ähnlich kritisch. Leider wurde er wenig gelesen. Ausonius hielt ihn für einen der größten Historiker und seine Sprache für ein rhetorisches Erlebnis, weil sie einen genialen Duktus besaß. Kein anderer Rhetor schrieb so wie Tacitus oder besaß dessen Scharfsinn. Der wortgewaltige Senator war Ausonius früh ein Vorbild. Er lächelte, als er an Tacitus' Worte dachte: »Die ideale Frau ist jede, die den idealen Gatten hat.«

Tief in Gedanken ließ Ausonius Werke und Autoren aus vielen Jahrhunderten vorüberziehen. An diesem Ort waren sie versammelt: Aischylos, Heraklit von Ephesos, Sophokles, Euripides, *Plutarch* und seine Parallelbiografien, Schriften von Cäsar, *Cicero* und Sokrates. Platon wies mit seinem Verständnis der Realität einen neuen Weg. In seinem Höhlengleichnis sprach der

Grieche vom irdischen Feuerschein einer göttlichen Wirklichkeit. Er ging davon aus, dass das Sichtbare nur der Schatten einer göttlichen Existenz war, im Schein des Höhlenfeuers irrtümlich als Realität wahrgenommen. Später interpretierte der Philosoph *Plotinus* die Lehre Platons mit Überzeugung.

Hier fanden sich die Werke von Aristoteles, Seneca und *Pomponius Mela,* dessen »Chorographia« sich systematisch mit Geographie beschäftigte. Plinius der Ältere ergänzte die naturwissenschaftlichen Erkenntnisse seiner Zeit mit der Enzyklopädie »Naturalis historia«, bis der Vesuv ihn unter sich begrub. Neben seinen Werken standen Abschriften der Briefe seines Neffen Plinius des Jüngeren, in denen der römische Senator die Gegenwart beschrieb. Selbst die Schriften der Kyniker waren vorhanden, die auf provokante Art für ein Dasein in Bedürfnislosigkeit eintraten. Ihre Weltsicht wurde kritisiert. Kein Wunder, war sie doch dem römischen Wesen fremd.

Mehr Anhänger besaß das sechsbändige Lehrgedicht des Dichters und Philosophen Titus Lucretius Carus. »De rerum natura« berief sich auf den lebensfrohen Epikur und handelte von der Natur der Dinge und vom Weltall. Danach war das Leben frei von göttlichen Einflüssen und Todesfurcht überflüssig.

Vieles aus diesen Schriften stand Ausonius ins herausragende Gedächtnis geschrieben. Unvorstellbar, dass das Alter ihm dieses Geschenk der Natur antastete. Er verdrängte den Gedanken, erleichtert über die Ablenkung im nächsten Bereich.

Veni creator spiritus stand in Silberbuchstaben über dessen Eingangstür. Der würdevolle Raum wirkte licht, ein großes Christusmonogramm schmückte den Mosaikboden. Das verbundene XP war einst Kaiser Konstantin I. in einem Wachtraum erschienen mit der Aufforderung, es auf dem Schild seiner Soldaten anbringen zu lassen. Schließlich hatte Konstantin vor neunundsechzig Jahren in diesem Zeichen an der Milvischen Brücke in Rom gesiegt und der Bevölkerung anschließend den Kopf des Usurpators Maxentius präsentiert. Das verbotene Christentum trat seinen Siegeszug an. Zahlreiche Schriften bezeugten die kaiserliche Gunst und die großen Geister, die sich dieser Religion im Laufe der Jahre zuwandten. Die Kirche förderte nicht nur das Studium der Theologie, sondern ganz allgemein Bildung und Wissenschaft. Immer mehr Werke entstanden unter ihrer Federführung. Allerdings achtete man darauf, dass sie die christliche Glaubenslehre unterstützten.

In diesem Raum der christlichen Lehre befanden sich neben Ambrosius von Mediolanum die Kirchenlehrer Basilius und Eusebius von Caesarea, der Syrer Ephräm, Gregor von Nazianz, der Gallier Hilarius und Kyrill von Jerusalem. Allein aufgrund der hier bewahrten Bücher wurde deutlich, welch große Bedeutung Ambrosius für die Kirchenlehre besaß. Für Ausonius war der Bischof zuvorderst ein Machtpolitiker im Sinne des Christentums. Mit Wehmut entdeckte der Konsular eine Schrift seines Schülers Paulinus von Nola. Anschließend warf er einen Blick auf fünf Bücher, die Irenäus von Lugdunum über Häresien geschrieben hatte. Daneben befand sich die Gnadenlehre des *Paulus,* die sich mit dem Judentum und der Erlösung durch die göttliche Gnade befasste. Aus dem jüdischen *Tanach* war die christliche Bibel hervorgegangen, gegliedert in Altes und Neues Testament. Frühe Exemplare waren noch mit Tinte aus Olivenöl und Ruß geschrieben. Das Neue Testament enthielt die Texte der Evangelisten Markus, Matthäus, Lukas und Johannes. Ausonius interessierte sich für das dort ausgeschlossene *Thomasevangelium,* eine geheime Wissenssammlung von 114 Aussagen Jesu. Bis heute war es der hiesigen Bibliothek nicht gelungen, eine vollständige Abschrift zu erhalten.

Wollte die Bibliothek die angestrebte Bedeutung erhalten, musste ihr Inhalt ständig ergänzt werden. Dazu gehörten Werke aus Epik, Dramatik und Lyrik, Schul- und Erziehungsliteratur, Religionslehren, Zitate, Epigramme, Wissen über Kräuter, Gifte und Medizin, nicht zu vergessen die erotische Literatur. Selbst feinsinnigen und frommen Lesern stand manchmal der Sinn nach vulgären Texten oder Abbildungen. Gerade unter den Liebhabern solcher Schriften befanden sich großzügige Förderer. Schenkungen waren wichtig. Ausonius fühlte neidvolle Bewunderung, wenn er an den Besuch im *Museion* von Alexandria dachte, das über mehr als eine Million Werke verfügte. Wie sollte die Ausonius-Bibliothek diese Zahl erreichen?

Es war spät geworden. Noch dazu fiel ihm Senator Quintus Aurelius Symmachus in Rom ein, dem er ein Antwortschreiben schuldete. Zu Ausonius' stillem Neid galt dieser als der bedeutendste Rhetor der Gegenwart und wurde mit Cicero verglichen. Schon deshalb musste Symmachus' Brief auf Augenhöhe pariert werden. Rhetorische Konkurrenz konnte Freude machen und Freunde schaffen. Das Messen mit Gleichrangigen führte zu Höchstleistungen. Darüber hinaus bezeugte ein Briefwechsel mit Symmachus die eigene hervorgehobene Stellung.

Wichtig für eine angenehme Nutzung der Schriften, insbesondere für die Gelehrten und Studenten, waren unterschiedliche Lesetische und Pulte. Eine Bibliothek war ein Ort persönlicher Begegnung. »Wie man saß, so man las«, reimte Ausonius. Der Mangel an vertrauenswürdigen Aufsehern war eine Sorge, denn die wertvollen Schriften weckten Begehrlichkeiten. Diebstahl war ein Problem, mangelhafte Räume ebenso. Unsachgemäße Belüftung und Heizung setzten den Schriften zu. Der Konsular wurde ungehalten, wenn er sich mit solch profanen Dingen befassen musste.

»*Pro captu lectoris habent sua fata libelli*« schrieb der Grammatiker Terentianus Maurus in einem Lehrgedicht. Danach entschieden die Leser über das Schicksal der Bücher.

Um nicht in Vergessenheit zu geraten, musste ein Buch das Interesse seiner Leser gewinnen. Wenigen fiel dies so leicht wie dem populären Werk des *Apuleius* »Der goldene Esel«, das die Erzählung »Amor und Psyche« enthielt, die Ausonius liebte, während ihm das »Satyrikon« von *Titus Petronius Arbiter* ein wissendes Lächeln entlockte. Vordergründig ging es darin um die Dichtkunst, in Wahrheit um Eifersucht und deftige Erotik. »Die Welt unter Kaiser Nero war nicht anders als die heutige unter Gratian« stellte Ausonius fest.

Ob das Universum nur aus der Erde und den sichtbaren Sternen bestand? Alles folgte einer Ordnung, die sich bis ins Kleinste fortsetzte. Nach dem griechischen Mathematiker Euklid entschied ein Größenverhältnis, welches er *Die Goldene Zahl* nannte, über Schönheit und Harmonie.

Ausonius vertiefte sich gerne in die Werke des Mathematikers und Astronomen Claudius Ptolemäus, der als Bibliothekar in Alexandria gewirkt hatte. Überhaupt bewunderte er die Schriften der großen Bibliothekare, obwohl die Rhetoren seine geistige Heimat bildeten. Zu ihnen gehörte Gaius Marius Victorinus, der mehrere Senatoren unterrichtet hatte und vor fünfzehn Jahren verstorben war. Seine Statue stand auf dem Trajansforum in Rom. Der christliche Gelehrte hatte Cicero und Aristoteles kommentiert sowie als Erster die Schriften des Apostels Paulus. Selbst die katholische Trinitätslehre hatte ihn nicht abgeschreckt.

Gerne nahm Ausonius einen der zwölf Bände der »Institutio Oratoria« des großen *Quintilianus* zur Hand. In seinen Reden schmeichelte dieser den Mächtigen, behielt aber die eigenen Anliegen im Auge. Der despotische Kaiser Domitian hatte ihn als Prinzenerzieher an seinen Hof berufen und ihm später die Ehrung der *Ornamenta* verliehen. Quintilianus besaß ebenfalls ein Ideal. Er bewunderte Cicero, der wiederum Tacitus verehrte. So war einer mit dem anderen verbunden und Ausonius fühlte sich ihrer Reihe mit Stolz zugehörig.

Sich zwischen diesen Schriften aufhalten zu können, war ein Geschenk. Deren Inhalt in eigenes Wissen zu transformieren, hatte etwas Lustvolles. Ausonius' Hunger nach Erkenntnis entsprang seinem Wunsch, in die Gesetze des Universums zu blicken.

Schließlich erreichte er einen Raum, dessen Inhalt wenigen zugänglich war. Hier fanden sich die Schriften über Magie und Geheimwissenschaften, darunter Abschriften aus den Sibyllinischen Büchern und ihren Orakelsprüchen. Die Beschaffung einer Kopie hatte hohe Bestechungsgelder erfordert. Von ihrem Inhalt erhoffte sich Ausonius neue Erkenntnisse bezüglich seiner Altersforschung. Vor fast vierhundert Jahren waren die Originale der Schriften im Jupitertempel auf dem Kapitol verbrannt. Daraufhin hatte der Senat die zerstörten Texte durch Kopien aus aller Herren Länder neu zusammentragen lassen. Der große Augustus ließ eine Zusammenfassung erstellen und diese in den *Apollotempel* auf dem Palatin verbringen.

Der Preis begehrter Schriften war hoch. In gewissen Fällen musste man rigoros handeln. Zu Ausonius' Leidwesen hieß es, die kaiserliche Bibliothek erstatte nicht immer die ausgeliehenen Originale zurück, sondern minderwertige Kopien. Alle Bibliotheken taten dies. Reichtümer wurden durch Diebstahl oder Raub angehäuft, oftmals in kriegerischen Auseinandersetzungen. In Verbindung mit Büchern fand Ausonius dies anstößig. Für ihn besaßen sie etwas Sakrales. Der Umgang mit ihnen sollte vertrauenswürdig und achtsam bleiben. Gelegentlich geriet dieser Anspruch bei dem Gedanken an die in Alexandria und Konstantinopolis gehorteten Werke ins Wanken. Die zukünftige Ausonius-Bibliothek sollte nicht zurückstehen, sondern zu einem Ort wachsen, an dem man mit den großen Geistern der Weltgeschichte kommunizierte.

Diese Vorstellung beflügelte Ausonius. Er war noch lange nicht am Ende seines Weges.

Kurz darauf traf der Konsular im Erweiterungsbau auf Mosaikmeister Alexandro. Der etwa Dreißigjährige mit dem Profil eines Cäsaren grüßte mit Hochachtung und erbot sich, den Stand seiner Arbeit zu erläutern.

Ein gelungenes Mosaik ging für Ausonius über das handwerkliche Können hinaus. Alexandros Werkstatt hatte den Auftrag erhalten, weil sie sich einen guten Namen mit anspruchsvollen Darstellungen gemacht hatte. Im neuen Empfangssaal sollte das Bodenmosaik ein kunstvolles Emblema erhalten. Gerade entstand unter den Händen eines jungen Handwerkers Erato, die rosenbekränzte Muse der Poesie. Sie hielt einen Bogen, der dem geflügelten Amor zu ihren Füßen gehörte. Der entzückte Konsular wurde noch milder gestimmt und erwog, Bissula eine in der Zukunft liegende Freude zu machen.

»Meister Alexandro, nicht zum ersten Mal stelle ich mir ein Mosaik im Garten meines Hauses vor, und zwar um den Brunnen und an einer ihm gegenüberliegenden Arkadenwand. Höhepunkt sollte eine weibliche Schönheit sein, die in sich einen Widerspruch vereint.«

»Und dieser wäre?«, fragte Meister Alexandro sichtlich neugierig.

»Mir schwebt eine Nymphe vor, die das Ideal der Jungfräulichkeit verkörpert, aber dennoch Erotik ausstrahlt, ein Wesen zwischen Keuschheit und Verführung, Erwartung und Erfüllung.«

»Eine wunderbare Idee, verehrter Konsular. Welcher Gestalter wäre nicht von ihr herausgefordert? Erst recht in der kunstsinnigsten Domus der Stadt. Da ich ebenfalls ein Bewunderer der holden Weiblichkeit bin, würde ich liebend gern einen Entwurf ausarbeiten. Hilfreich wäre, den Ort zu sehen, an dem das Werk entstehen soll.«

»Natürlich, Meister Alexandro, wir verstehen uns.«

Dieser verbeugte sich. »Hochverehrter Präfekt, ich freue mich auf den Götterfunken der Inspiration.«

»Vor allem das Lächeln«, betonte Ausonius. »Mit ihm kann ein Herz das andere berühren. Ein solches Kunstwerk wäre auch meiner Poesie förderlich.«

Er rieb sich die Hände und ergänzte mit einem Schmunzeln: »Ich glaube, zwei junge Damen werden die zukünftigen Arbeiten in der Villa Sabina ebenfalls mit Interesse verfolgen.«

Der Mosaikmeister sagte zu, nach der Begehung des Brunnengartens einen detaillierten Plan zu erstellen. Die restliche Unterredung betraf die Arbeiten in der Bibliothek.

Hatte Ausonius sein Haus am Morgen wutentbrannt verlassen, so kehrte er am Nachmittag versöhnlich zurück. Er wusste, dass er zu jenen gehörte, die aus der dunklen Seite des Imperiums ihre Vorteile zogen, indem sie die römische Eroberungspolitik unterstützten.

Unabhängig davon sollte Bissula ruhig ein paar Tage schmoren und dabei ihr Verhalten bereuen. Wenn er ihr danach das zukünftige Mosaik offerierte, kam dies fast einer Verbeugung vor ihrer Anmut gleich.

Besuch in der Heimat

Der August beschenkte mit herrlichen Tagen, die sich im September fortsetzten. War der Morgendunst verschwunden, stieg die Temperatur in sommerliche Höhen, aber am Nachmittag fiel ein herbstlicher Schimmer auf die Landschaft. Ada wartete mit Ungeduld auf Fabalas Nachricht, die geplante Reise nach Dornberg anzutreten, denn mit Beginn der Weinlese würde es zu spät sein. Endlich entschied sich die Freundin zum Aufbruch. Glücklicherweise war die kleine Pettia nicht mehr auf das mütterliche Stillen angewiesen und konnte wie ihre Geschwister unter der Aufsicht einer zuverlässigen Magd bleiben. Ada freute sich auf ihre Familie, zumal sie sich in der Villa Sabina einsam fühlte. Der Konsular war mit Bissula zu den Glaubersalzquellen ins nahe *Bertriacum* gereist. Dort befand sich eine luxuriöse Thermenanlage, ausgebaut unter Altkaiser Valentinian, der die Wirkung dieser heißen Quellen besonders geschätzt hatte. Bissula nannte das Bad einen langweiligen Ort, an dem betagte Römer ihre eingebildeten Beschwerden pflegten.

Wie verabredet traf Ada in der Frühe auf dem Winzerhof ein. Eine Reise mit Edwin hatte sich nicht ergeben, da er bereits nach Belginum geritten war. So machten sich die jungen Frauen auf den Fußmarsch. Bald gesellte sich ein Handwerker hinzu, der seine Angehörigen auf den Höhen besuchen wollte. Alle drei waren mit der dunklen *Cuculla* bekleidet und darin kaum zu unterscheiden. Man beschloss, in der Wildbachklamm zu übernachten und die restliche Wegstrecke am zweiten Tag zu bewältigen. Ada trug in ihrer *Kiepe* Geschenke mit sich: Gewürze, ein Haarband für die Mutter, einen Trinkbeutel für den Vater und verzierte Messer für die Brüder.

Zunächst führte der Weg durch die Weinberge, vorbei an Kornfeldern, Streuobstwiesen und Schafweiden. Einige Wolken zerfaserten in der Sonne. Am Nachmittag erreichten sie die Klamm, durch die der Wildbach toste. Man hatte Ada vor der Schlucht gewarnt, aber sie stellte eine Abkürzung dar. Von November bis weit in den Frühling wurde sie wegen Eis und Steinschlag gemieden.

Jetzt hallten die Stimmen gegen die nass glänzenden Schieferwände, während der Bach in ausgewaschene Steinbecken stürzte. Ein steiler Pfad führte über glitschiges Wurzelholz an Abgründen entlang, die Fabalas Höhenangst schürten. Am Wildeneck wurden sie mit eisigem Sprühnebel übergossen, ebenso die vierköpfige Händlerfamilie, die ihnen bald folgte. Sie führte ein Maultier mit sich, das beidseitig mit Körben beladen war und manchmal die Felswände streifte. Hin und wieder polterten Steine in die Tiefe und wurden vom Wasser erfasst. Adas Rücken brannte unter den Gurten der Kiepe. Trotzdem war nicht an eine Pause zu denken. Der Wasserfall mit der dahinterliegenden Grotte musste vor Einbruch der Dämmerung erreicht werden.

Als sie eintrafen, verwandelten die letzten Sonnenstrahlen den Fall des Wildbachs in ein rauschendes Glitzern. Zuerst löschten alle ihren Durst an einer Quelle und die Händlerfamilie versorgte das Maultier. Die geräumige Höhle besaß einen Rauchabzug. Mit Hilfe von Feuerstein, Zunder und Reisig brannte kurz darauf ein Feuer. Der herbe Rauch reizte die Augen, aber die verbleibende Glut würde für nächtliche Wärme sorgen. Während der Wegzehrung erzählten die Männer von Hexen und Zwergen, während Adas Angst den Bären galt. Man zerstreute diese und meinte, viel eher würde sie einem der Kobolde begegnen, die tief im Gestein nach Silber schürften und die Wanderer auf Irrwege lockten. Bald legten sich alle zur Ruhe. Ada war erschöpft. Als sie kurz nach Fabalas Hand fasste, um noch ein paar Worte mit der Freundin zu flüstern, schlief diese bereits. Ada fror trotz der mitgeführten Decke und lauschte einige Male in die Dunkelheit, als verberge sich darin eine Gefahr.

Nach der Morgendämmerung brachen alle auf und erreichten am Vormittag das weite Plateau des Dorsum canis, im Volksmund Hundsrücken genannt. Hier wehte trotz der Septembersonne ein kühler Wind. Früher hatte der Laubwald die Höhen vollständig bedeckt. Laut Edwin konnte die nachlässige Aufforstung die Abholzung nicht ausgleichen. Ada litt bei der Vorstellung, dass die römischen Heizungen und Fabriken Baum für Baum fraßen. Der Wald galt ihr als heiliges Gebiet. Jetzt leuchtete das Laub in allen Herbsttönen, unterbrochen von kleinen Siedlungen. Belginum war nur wenige Fußstunden entfernt, ebenso das abseits der Militärstraße gelegene Dornberg, welches Ada und Fabala nach der Mittagszeit erreichten.

Sie passierten das Gebück und standen bald darauf am Dorfbrunnen. Andächtig senkten sie den Bottich in die Tiefe, zogen ihn an seinem Stangengerüst wieder empor und erfrischten sich am Wasser der Heimat. Eine Dörflerin blieb stehen, um ein paar neugierige Worte mit ihnen zu wechseln.

Als sie gegangen war, sagte Fabala belustigt:»Ein Dorf hat viele Augen, Ohren und Gedächtnisse. Nichts bleibt verborgen oder gerät in Vergessenheit.«

»Dabei liegt Dornberg weitab vom Geschehen der Welt«, antwortete Ada.

Fabala wirkte nachdenklich, als sie fragte:»Hast du nicht das Gefühl, dass wir unserem Dorf fremd werden? Ich möchte mich so gerne weiter heimisch fühlen. Schließlich bin ich hier geboren und aufgewachsen.«

Ada beruhigte sie:»Du wirst sehen, es hat sich nicht viel geändert. Das alte Heimatgefühl wird sich schon noch einstellen.«

Bald darauf erreichten sie Adas Elternhaus, einen geduckten Fachwerkbau mit Stall aus Holz und Lehm. Sie wurden seit Tagen herbeigesehnt, weil Fabala vorab für eine Nachricht gesorgt hatte.

Die Freude war groß. Nach der Begrüßung begann das Fragen und Erzählen. Ada sah mit Sorge, wie verhärmt ihre Mutter aussah, während Glanos und Lugas zu kräftigen Zwölf- und Dreizehnjährigen herangewachsen waren. Sie erkundigten sich ehrfürchtig nach der Kaiserstadt. Um die beiden nicht warten zu lassen, übergab Ada ihre Geschenke. Mit der Begeisterung über die Messer verschwand die anfängliche Zurückhaltung und sie herzten die lang entbehrte Schwester. Eine Stunde später traf der Vater ein. Er hatte eine Mitteilung erhalten und daraufhin seine Zimmermannsarbeit unterbrochen. Fabala suchte das Haus von Adas Großeltern auf, wo sie während des Besuches übernachten würde. Bald fanden sich alle in der Stube von Adas Eltern wieder ein. Dort wich die mittlerweile elfjährige Wolfsspitzhündin Kira ihrer ehemaligen Herrin nicht von der Seite, in den dunklen Augen liebevolle Ergebenheit.

Am nächsten Morgen bezog der herbstliche Alltag Ada und Fabala ein, aber ihr Besuch verlieh ihm ungewohnten Glanz. So schlachtete Lugas im Auftrag der Mutter zwei Kaninchen für einen Braten. Das Vieh war zu versorgen, Früchte und Beeren mussten eingelagert werden, getrocknete Waldpilze sollten die Winterkost ergänzen. Außerdem wurde heute - wie in zeitlichen Abständen üblich - im gemeinschaftlichen Backes das Dornberger Brot gebacken, dessen Würze Ada in Treveris vermisste. Das mühevolle Waschen und Trocknen der Schafswolle war zu erledigen. Bald würden die Spinnräder surren und die Webstühle klappern, während die Männer Körbe, Besen und Werkzeuge herstellten. In diesen Tagen drehte sich erst einmal alles um die Vorratshaltung.

Neben ihrer tatkräftigen Hilfe fanden Ada und Fabala Zeit für Unterhaltungen oder Spaziergänge. So trafen sie an der Teichwiese auf die neunjährige Rixia, die in diesem Jahr die Gänse hütete. Bald würden die Tiere in ihre Ställe zurückkehren, aber die meisten von ihnen waren für das spätherbstliche Schlachten bestimmt, verbunden mit einem Festschmaus. Die Alten und Kranken erhielten die gebratene Leber, die als kräftigende Götterspeise galt. Fleisch, Schmalz und Federn wurden auf den Märkten verkauft. Die zarten Brustdaunen waren in römischen Häusern sehr begehrt. Ada und Fabala scherzten mit Rixia über die Zeit, in der sie selbst die Gänse gehütet hatten. Viele Menschen in der Kaiserstadt wussten nicht, wie wachsam und wehrhaft diese Tiere sein konnten, nicht nur, wenn es um ihre dottergelben Gössel ging.

***

Am Nachmittag des folgenden Tages besuchte Ada den mit einer niedrigen Steinmauer umfriedeten Totenacker. Dort ruhten auch ihre kleine Schwester und Fabalas Mutter. Auf einigen Aschegräbern lagen ausgesuchte Steine. So hatte Fabala auf der Grabstelle ihrer Mutter einen Schieferstein aus einem Weinberg abgelegt. Ada beschlich das Gefühl, auf dem stillen Gelände hielten sich die Geister der Verstorbenen auf.

Bald darauf schlüpfte sie wie früher durch eine Öffnung im Gebück. Jeder Dörfler kannte diese Stelle, durch die man auf den abschüssigen Pfad gelangte, dessen unregelmäßige Steinstufen zum Dornbach und zur Sauerquelle führten. Dort wollte Ada eine Andacht an Sironas Weihestein halten.

Die herbstliche Nachmittagssonne beschien die Bäume, welche sich im angestauten Bach spiegelten, als läge unter der Wasseroberfläche ein farbiger Märchenwald. Zu Beginn ihrer Zeit in Treveris hatte sich Ada, wenn das Heimweh sie plagte, gedanklich hierher versetzt und war in den erinnerten Duft eingetaucht. Mittlerweile verblassten diese alten Bilder immer mehr und jeder Besuch zeigte den Wandel. Die Dörfler alterten, manche verstarben, die Gesichter der Kinder wurden fremd. Das frühere

Dornberg entsprach nicht mehr der Realität. Fabala empfand diese Entwicklung ähnlich wie Ada.

»Wir suchen den Fortschritt in Treveris«, meinte sie einmal, »und wollen hier einer unveränderten Heimat begegnen.« Ada lauschte, weil ein Eichelhäher warnte und ein Specht sein Klopfen unterbrach. Ein Zweig knackte, aber sie entdeckte lediglich ein Eichhörnchen und eine ins Unterholz huschende Maus. Während sie auf die leuchtende Wasserfläche blickte, dachte sie an das Mitsommerfest, das man im Wechsel mit den umliegenden Dorfgemeinschaften feierte.

Vor sechs Jahren hatte das Ereignis in Dornberg stattgefunden und wie üblich mit dem höchsten Stand der Mittagssonne begonnen. Er galt als erreicht, wenn ein in die Erde getriebener Stab keinen Schatten mehr warf. Danach wurde unter allgemeinem Jubel Fleischsuppe aus einem Kessel verteilt, der über der Feuerstelle auf dem Dorfplatz hing. Zur Schutzherrin der Spiele auf den Wiesen am Dornbach war Sirona erkoren worden, die vor allem von Frauen und Mädchen verehrte keltische Heilgöttin. Sie verkörperte den Sternenhimmel sowie die Lebenskraft von Erde und Wasser. Ein Kultstein mit ihrem Relief weihte die heilkräftige Sauerquelle. Das anfängliche Sackhüpfen und Eierlaufen der Kinder wurde mit Süßigkeiten belohnt. Ihm folgten die Schaukämpfe der Burschen, bejubelt oder mit Gelächter bedacht. Höhepunkt war das Sonnwendfeuer, begleitet von Schellen, Hackbrettern und berauschenden Getränken. Dazu sang man in der kürzesten Nacht die überlieferten Lieder und vergoss dabei so manche Träne. Die Sonnenwenden galten als magische Zeit, in der man übersinnliche Erfahrungen machen konnte. So erzählte Adas Großvater von einem Gefühl des Einssein mit der Schöpfung, andere berichteten von Begegnungen mit den Ahnen.

Im damaligen Sommer baten Ada und Fabala ihre Göttin zum ersten Mal um einen guten Mann. Auf dem Relief am Brunnen trug Sirona eine Krone und hielt als Zeichen ihrer Heilkraft eine

Schlange in der Hand. Ihr Lächeln schien über irdische Dinge hinauszuweisen. Fabala schwärmte von einem schwarzlockigen Händler, der sie in Belginum angelacht hatte, als sie ihren Vater in der Schmiede besuchte. Ada wiederum stellte sich manchmal Fabalas Bruder Edwin vor oder sie dachte mit Herzklopfen an den Jüngling im Wald, der sich Gratian genannt hatte. Diese Begegnung verschwieg sie sogar ihrer Freundin.

Zwei Tage vor dem Mittsommerfest machten die beiden Mädchen Sirona ein Geschenk und entsprachen darin dem Brauch, der von den Müttern an die Töchter weitergegeben wurde. Sie flochten einen Weidenkranz, schmückten ihn mit Sommerblüten und begaben sich zum Dornbach. Ada erinnerte sich gut an den hellen Sommerabend, als die etwas ältere Fabala ihre Kleidung abstreifte und sie ordentlich gefaltet unter einen Baum legte. Ihr Körper war schon weiblich, die Knospen ihres Busens wuchsen, während Ada noch kindlich wirkte. Sie tat wie Fabala, auch das Entflechten der Zöpfe, bevor sie sich gegenseitig die Kränze aufsetzten und, einander an der Hand haltend, in die Bachstauung wateten. Diese glich hier einem kleinen Teich. Bis zu den Schultern im kühlen Nass, lösten sie die Füße vom Grund und überließen sich der Tragkraft des Wassers. Das Gesicht dem rosagetönten Abendhimmel zugewandt, spürten Ada und Fabala, wie der Dornbach die Kränze aus den Haaren löste. Die Mädchen richteten sich auf und sahen schweigend zu, wie die auf dem Wasser tanzenden Weidenringe über das Wehr glitten. Nur eine Mohnblüte, die sich aus dem Kranz gelöst hatte, drehte ihr glutfarbenes Rot weiter ihm Kreis. Ada malte sich aus, wie ihre Gabe das Ufer der Mosella in der Kaiserstadt erreichte, möglicherweise dort, wo der römische Junge lebte. Niemals würde sie ihn wiedersehen, sondern ihr Leben in Dornberg verbringen, während Fabala ihrem Bruder nach Treveris folgen wollte.

Als sie fröstelnd aus dem Wasser stiegen und ihre Kleider aufsuchten, wünschte sich Ada inständig einen Besuch der Kaiserstadt.

»Schau doch! Jemand hat sich an unseren Sachen zu schaffen gemacht. Sie waren ganz anders gefaltet!«, rief Fabala empört, bevor sie den groben Stoff über die feuchte Haut streifte.

Ada lachte sie aus: »Wer sollte so etwas tun, Fabala? Hier ist kein Mensch zu sehen.«

**

Jetzt tauchte Ada aus ihren Gedanken an den zurückliegenden Sommerabend auf. Seither hatte sich vieles ereignet. Sie legte die kleine Entfernung zur Quelle zurück und setzte sich auf die Bank unter der doppelstämmigen Buche mit Blick auf Sironas Weihestein. Kaum war sie erneut in ihre Erinnerungen eingetaucht, legten sich zwei kräftige Hände über ihre Augen und eine Männerstimme flüsterte hinter ihrem Rücken:

»Rate mal, wer hier auf dich gewartet hat.«

Erschrocken riss Ada die fremden Hände vom Gesicht und sprang auf.

Hinter der Banklehne stand Edwin und grinste. »Mit mir hast du wohl nicht gerechnet.«

Ada war entrüstet. »Was fällt dir ein, mich so zu erschrecken? Ich war tief in Gedanken.«

»Darf ich wenigstens erfahren, was dich so beschäftigt hat?«

»Das geht dich nichts an.«

»Dennoch kann ich's mir vorstellen.«

»Wie meinst du das?«

»Du hast an einen Mitsommerabend vor sechs Jahren gedacht, als hier zwei nackte Mädchen in den Bach stiegen.«

Edwins Lachen wirkte boshaft und rief Adas Empörung hervor.

»Du bist gemein! Deine Schwester hatte recht mit ihrem Verdacht. Du hast uns damals aufgelauert und dir noch dazu an unseren Kleidern zu schaffen gemacht. Auch heute hast du dich hier angeschlichen.«

»Dabei bist du keinesfalls nackt«, sagte er spöttisch.

»Du bist jedenfalls unverschämt.«

»Ich kann noch unverschämter werden.«

»Nichts kannst du!«, fauchte Ada.

Da fasste er sie grob bei den Schultern, riss sie an sich und schockierte sie mit einem Kuss. Als Ada Edwins Lippen spürte, gelang ihr ein befreiender Stoß.

Er taumelte, sichtlich überrascht von der Kraft ihres Widerstandes.

»Oho, unsere neue Römerin ist wehrhaft! Das hätte ich nicht von dir erwartet. Dabei ist es die Wahrheit, dass du damals mit nichts als einem Weidenkränzchen in den Bach stolziert bist.«

Ada hob wütend die Hand, aber Edwin wehrte ihren Schlag lachend ab.

»Ich habe dir nichts Böses getan. Was bedeutet schon ein Kuss? Übrigens war Baard an jenem Abend bei mir. Leider hat mich dieser Feigling daran gehindert, eure Kleider zu verstecken. Das wäre der größte Spaß geworden. Der arme Baard war schon damals in dich verliebt. Aber du hältst dich ja jetzt für etwas Besseres, weil du im Haus des reichen Römers leben darfst.«

Sie wandte sich angewidert ab, doch Edwin fuhr fort:

»Ach Ada, was war schon dabei, euch zu beobachten? Wir waren neugierige Jungen. Komm, lass dich in alter Freundschaft umarmen, und alles ist gut.«

Er legte seine Hände mit gespielter Demut aufs Herz und machte eine Verbeugung, für Ada eine weitere Beleidigung.

»Wer bist du schon, Edwin? Ein schamloser Spitzel, der sich noch dazu dreiste Dinge herausnimmt.«

»Du übertreibst maßlos, Ada.«

»Und du bist auch noch stolz auf dein widerliches Verhalten. Dabei haben Fabala und ich unserer Göttin Sirona nach alter Sitte eine Gabe dargebracht.«

Als Antwort schlug Edwin lachend die Hände zusammen, was Ada noch mehr aufbrachte.

»Mach dich nur lustig. Erst vorhin hast du etwas Anstößiges getan, was du bei einer Römerin niemals wagen würdest. Ich bin für dich das Keltenmädchen geblieben, das du ungestraft kränken kannst. Die Leute aus dem Dorf sind zwar stolz auf dich, merken aber, wie sehr du dich ihnen überlegen fühlst. Konsular Ausonius nennt das die Arroganz der kleinen Aufsteiger.«

Edwins Augen funkelten, als er ihr in höhnischem Ton entgegnete:»Konsular Ausonius! Dass ich nicht lache. Da nennst du den Richtigen, wenn es um Arroganz geht. Gerade er verkörpert die Herablassung der römischen Macht, die sich hier seit ewigen Zeiten bereichert. Ich möchte nicht wissen, welches Vermögen er bereits angehäuft hat. Seit Jahren versorgt er seine Verwandtschaft mit Ämtern. Noch dazu schmückt er sich mit einer hübschen Germanin, möglicherweise auch bald mit dir. Wer weiß das schon so genau? Wie kannst du dich in dieser Umgebung wohlfühlen?«

Tief verletzt entgegnete Ada:»Gerade du strebst seit Jahren mit römischer Unterstützung nach einem besseren Leben in Treveris. Der Konsular ist mir niemals zu nahegetreten, was man von dir nicht behaupten kann.«

»Noch ist das römische Nest weich gepolstert«, sagte Edwin hämisch,»aber irgendwann wird man feststellen, dass du nicht hineingehörst.«

»Du willst mich mit aller Macht kränken! Wahr ist, dass ich im Hause des Konsulars geschätzt werde. Wie kannst du so abfällig über meine Zukunft urteilen? Kümmere dich lieber um deine eigenen Dinge. Man redet nicht nur Gutes über dich.«

Er schüttelte den Kopf.

»Seit Jahren tue ich nichts anderes und zwar mit Erfolg. Weder ist mir ein Prinz im Wald begegnet noch hat mich jemand unterstützt. Ich habe alles aus eigener Kraft erreicht.«

»Da hört man ganz anderes. Denke nur an die reiche Julia!«, schleuderte Ada ihm entgegen und wandte sich zum Gehen.

Edwin verstellte ihr den Weg.

»Leider hast du ein falsches Bild von mir und bist deshalb ungerecht. Andere Mädchen würden sich über meinen Kuss freuen. Schon den harmlosen Spott über deine roten Zöpfe hast du mir verübelt. Dabei wusste ich damals nicht, wie ich dir zeigen sollte, dass sie mir gefielen.«

Er grinste und schien auf eine versöhnliche Geste zu hoffen.

»Du besitzt keinen Anstand. Lass mich einfach in Frieden«, sagte Ada stattdessen.

»Und du reizt mich mit deiner hochnäsigen Artigkeit, die dich stets als die Gute dastehen lässt. Du benutzt deine römische Bildung, um auf mich und andere herabzuschauen. Wundern würde mich das jedenfalls nicht.«

Ada schüttelte empört den Kopf und versuchte, an ihm vorbeizukommen.

»So warte doch. Wie froh war ich, dich hier anzutreffen. In Treveris sehe ich dich nur bei Fabala. Heute hatte ich in Dornberg zu tun. Ich reite jetzt weiter, um einen Handwerker zu treffen. Er wird über den Winter an meinem neuen Haus in der Via Colonia arbeiten. Besuche mich doch einmal mit Fabala.«

Ada winkte ab, woraufhin er sich zum Gehen wandte und außer Sichtweite rief: »Ich trage dir nichts nach!«

Danach hörte Ada nur noch das monotone Fließen der Sironaquelle und empfand in dieser Ruhe eine eigenartige Mitschuld an dem Zerwürfnis. Dabei wusste sie, dass dies keinesfalls zutraf.

Erschien sie wirklich nach außen hin am liebsten ohne Tadel, fleißig, freundlich, eine stets auf Harmonie bedachte Gesellschafterin? Oder wollte sie keine Angriffsfläche bieten? Ada konnte sich nicht erinnern, jemals einen Streit begonnen zu haben. Lieber nahm sie Rücksicht und machte ihre Sorgen mit sich aus. Sie wusste, dass sie klug war und die Nähe zu Konsular Ausonius ihre Rhetorik geschult hatte. Niemals wäre ihr eingefallen, sich zu beklagen wie die impulsive und ständig unzufriedene

Bissula, die dennoch für ihre Ziele kämpfte. Ada spürte, dass es an der Zeit war, ihre Situation neu zu betrachten. Sie dachte mit Abneigung an Edwins Kuss. Wie schön müsste es dagegen sein, wenn Mann und Frau sich mit Zuneigung berührten. Ada vermied solche Vorstellungen, aber nun drängten sie sich in ihre Gedanken, ebenso die Frage, warum sie ihre Zukunft den Entscheidungen anderer oder dem Zufall überließ. Sie wollte ihren Aufenthalt in der Villa Sabina nicht aufs Spiel setzen, obwohl sie dort vornehmlich der gelangweilten Bissula die Zeit vertrieb. Durfte sie den Konsular überhaupt um eine richtige Arbeit bitten? Frauen konnten durchaus einer Beschäftigung nachgehen, die zu ihrem Unterhalt beitrug. Klagte der Konsular nicht über fehlende Kopisten und Schreiber? Ada war, als hätte Edwins Kränkung ihre kämpferische Energie geweckt. Bisher hatte sie noch keinen jungen Mann ermuntert, sich für sie zu interessieren. Gratians Wohlwollen und die Gastfreundschaft des Konsulars hatten ihr genügt. Kein Wunder, wenn Bewerber ausblieben. Sie musste sich selbst um ihre Zukunft kümmern und konnte Sirona um Beistand bitten. Diese schien ihr jetzt aus dem Steinrelief zuzulächeln.

Die Dämmerung kündigte sich an, als Ada von Sirona Abschied nahm. Danach kostete sie von der Heilquelle und hatte das Gefühl, sie schöpfe aus dem kühlen Wasser neue Zuversicht. Geschmeidig kletterte sie die Schieferstufen hinauf zum Gebück und dachte an die frisch gebackenen Dinkelkringel, gefüllt mit Äpfeln und Honig, sowie die warme Ziegenmilch. Nicht nur mit solchen Dingen zeigte ihre Mutter die Freude über den Besuch der Tochter. Ada und Fabala wurden im Rahmen des Möglichen verwöhnt und berichteten ihrerseits über das Leben in der Kaiserstadt. Für die Winterabende hatte die dankbare Fabala überdies ein Fässchen Würzwein angekündigt.

Der Aufenthalt der jungen Frauen sollte früher enden als geplant, denn Fabala sorgte sich um ihre kleine Tochter. Ihre Unruhe stieg, als zwei Männer aus Dornberg zu Tal wanderten, um bei der Weinernte zu helfen. So kam ihr Edwins Nachricht zupass, er habe zwei Plätze auf einem Fuhrwerk ausgemacht, welches Holzkohle in die Kaiserstadt transportierte. Das bedeutete, die Wildbachschlucht nicht erneut bestehen zu müssen. Ada hätte Edwins Unterstützung liebend gerne abgewiesen. Obwohl sie Fabala kaum etwas über das Treffen an der Sironaquelle erzählt hatte, schien diese den Konflikt zu ahnen und fragte nach:

»Hoffentlich gab es zwischen dir und Edwin keine Unstimmigkeiten. Du hast mir so gut wie nichts über eure Begegnung berichtet. Warum?«

»Eigentlich mag ich nicht darüber reden.«

»Hat mein Bruder sich schlecht benommen? Er wird doch nicht zudringlich geworden sein.«

Fabala lächelte, als wäre dieser Gedanke ein schlechter Scherz.

»Das könnte man so sagen. Jedenfalls bin ich von Edwin sehr enttäuscht.«

Fabala schien betroffen, meinte aber: »Am besten, du machst dir nichts daraus. Ich könnte dir in dieser Hinsicht so einiges erzählen.«

Ada reagierte verstimmt. »Ich habe deinem Bruder vertraut. Schließlich ist er einer von uns.«

»Natürlich ist er das! Was hat er denn Schlimmes angestellt?«

»Unter anderem hat er mich grob gepackt und gegen meinen Willen geküsst.«

Fabala schüttelte den Kopf und seufzte: »Dieser Halunke. Ich bedauere sein Verhalten zutiefst, Ada. Leider geschehen solche Dinge ständig. Draußen geht es nicht so wohlgesittet zu wie in der noblen Villa Sabina. Edwin sollte sich auf jeden Fall schämen!«

Trotz dieser Worte spürte Ada Fabalas Loyalitätskonflikt. Dann sollte sie den Rest erfahren.

»Dein Bruder hat sich weder bei mir entschuldigt noch Reue gezeigt, sondern prahlte damit, er und Baard hätten uns damals am Dornbach beobachtet. Allerdings sei Baard geflohen, als Edwin unsere Kleider verstecken wollte. Dein Bruder ergötzte sich regelrecht an meiner Verlegenheit. Hoffentlich verstehst du jetzt, wenn ich ihm so bald nicht wiederbegegnen möchte.«

»Wusste ich's doch!«, rief Fabala und klatschte in die Hände, »diese schlimmen Burschen. Natürlich hat Edwin jede Strafe verdient.«

»Zum Glück konnte ich mich zur Wehr setzen, obwohl ich allein war. Solche Dreistigkeit hätte er sich gegenüber einer Römerin niemals herausgenommen. Sei ehrlich, Fabala, stehst du in dieser Sache wirklich auf meiner Seite?«

»Selbstverständlich! Mein Bruder wird etwas von mir zu hören bekommen. Wir Frauen dürfen nicht alles hinnehmen, aber manchmal ist Widerstand zwecklos. Ich denke an die Nachstellungen meines Siretos. Zum Glück kennst du solche Sorgen in deiner feinen Umgebung nicht.«

»Das klingt wie ein Vorwurf, Fabala. Obwohl du in bestimmter Weise recht hast. Andererseits spüre auch ich eine gewisse Herablassung. Selbst der Konsular zeigt diese gelegentlich gegenüber Bissula und mir. Eventuell hängt sie mit unseren Herkunftsfamilien zusammen. So denkt der Konsular, dass sich bei mir kein römischer Bewerber einstellen wird. Dabei sagt die Christenlehre, dass vor Gott alle Menschen gleich sind. Dieser Gott mache nicht einmal einen Unterschied zwischen Männern und Frauen.«

»Das kann ich mir nicht vorstellen, Ada. Siretos ist Christ und verhält sich anders.«

»Da hast du recht. Denkst du, Edwin könnte sich gegenüber Julia Armitari auch so dreist verhalten?«

»Ich glaube nicht. Vor der stolzen Römerin hat er Hochachtung, außerdem Respekt. Manchmal lache ich darüber. Allerdings ist sie die Gemahlin seines Dienstherrn, noch dazu eine reiche und gebildete Frau. Sei nicht eifersüchtig auf sie.«

»Wie kommst du auf diese Idee?«, entrüstete sich Ada.

»Entschuldige bitte. Mein Bruder hatte schon immer eine Schwäche für dich. Deshalb stört es ihn, dass du deinen Aufenthalt im Hause eines Römers als Geschenk empfindest. Im Grunde meint mein Bruder es gut mit uns. Denke nur an das Fuhrwerk, mit dem wir zurückkehren können. Ich bin jedenfalls erleichtert, denn Siretos steht seinem Winzerhof nicht mehr mit der nötigen Tatkraft vor. Schon darum will ich zur Weinlese zurück sein.«

Fabala machte Adas Klagen kurzerhand ein Ende, indem sie die Freundin umarmte. Ada wurde mit Bitterkeit bewusst, wie wenig man sie selbst in Treveris vermisste.

Am frühen Morgen des nächsten Tages, dem letzten vor der Abreise, besuchte Ada das Gräberfeld erneut. Die Natur duftete nach Herbst. Überall setzte er jetzt seine Zeichen. So waren erste Wacholderbeeren reif und das zierliche Laub der Birken glänzte goldfarben. Bald würde es sich dem Wind überlassen. Auf dem Grab von Fabalas Mutter lag jetzt ein rötlicher Sandstein, wahrscheinlich von Edwins Grundstück auf der anderen Flussseite. In Ada stieg Dankbarkeit auf für ihre eigene Mutter, die sich nach wie vor fürsorglich um ihre Familie kümmern konnte. Diese Nestwärme hatten Fabala und Edwin früh verloren.

Einer Eingebung folgend, nahm Ada den Weg zum kaiserlichen Jagdwald, und fand die versteckte, von alten Hainbuchen umgebene Lichtung. Stürme hatten einige Äste abgebrochen, auf denen Baumpilze und Flechten siedelten. Zwei Falter schwebten durch die Stille und ließen sich auf den dunklen Beeren einer Schwarzdornhecke nieder, um ihre Flügel dem Licht zu öffnen. Ada suchte sich ein geschütztes Plätzchen. Sie hielt ihr Gesicht mit geschlossenen Augen in die Herbstsonne, um sich an einen Maimorgen vor über sechs Jahren zu erinnern, an dem Kira verschwunden war.

**

Ihre Hündin war läufig, weshalb die bald zwölfjährige Ada befürchtete, es hätte Kira in den Kaiserwald getrieben. Nicht nur in diesem Revier war den Dörflern die Jagd untersagt. Außerdem hausten in dem alten Laubwald Wölfe und Bären, weshalb den Kindern das dortige Spielen verboten war, was einige von ihnen erst recht zu Mutproben verleitete. Auf der Suche nach Kira umging Ada das Verbot ebenfalls, aber die Hündin ließ sich nicht blicken. Stattdessen hörte das Mädchen eine menschliche Stimme und blieb erschrocken stehen, um konzentriert zu lauschen. Es handelte sich eindeutig um ein Wehklagen. Mit klopfendem Herzen wagte sich Ada in Farne und Dornen, während sich die Stimme in unregelmäßigen Abständen meldete. Kein Zweifel: Hier benötigte ein Mensch Hilfe. Womöglich war er in ein Fangeisen getreten.

Kurze Zeit später entdeckte Ada im Dickicht einen sehr jungen Mann, der sie wie eine außerirdische Erscheinung betrachtete, um anschließend erneut aufzustöhnen. Nach einem gestotterten Gruß ließ sie ihren Blick über den Liegenden gleiten. Sein braunes Haar war von einer bestickten Lederkordel gehalten, an der linken Schläfe zeigte das vornehme Gesicht eine blutende Verletzung, der feine Stoff der Tunika war zerrissen. An seinem linken Arm befand sich eine tiefe Fleischwunde und die sehnigen Jünglingsbeine zeigten mehrere Abschürfungen. Das goldene Amulett um den Hals des Verletzten überzeugte Ada, einen der feinen Römer aus der Kaiserstadt vor sich zu haben. Dieser sprach jetzt mit angenehmer Stimme zu ihr. Als er bemerkte, dass das Mädchen ihn nicht verstand, erklärte er ihr mittels Mimik und Gestik, während der Jagd vom Pferd gestürzt zu sein.

Tatsächlich lag sein Bogen in unmittelbarer Nähe, aber weder sein Pferd noch ein Hund waren zu sehen. Der Jüngling zeigte trotz der Schmerzen lächelnd auf seine Brust und sagte dabei deutlich »Gratian«.

»Ada«, hatte sie geantwortet und verlegen auf sich selbst gedeutet. Unter dem Blick der dunklen Augen schämte sie sich für den rußigen, geflickten Kittel, den unordentlichen Zopf und die schmutzigen Hände, während der Junge selbst in dieser Notlage an einen Märchenprinzen erinnerte. Nun bat er, den Zeigefinger vor die geschlossenen Lippen haltend, um ihre Verschwiegenheit. Offensichtlich hatte er ohne Erlaubnis in den kaiserlichen Wäldern gejagt.

Selbst heute spürte Ada ihr damaliges Mitleid und die Spannung jener Begegnung. Nie hätte sie gedacht, dass es sich um den Sohn Kaiser Valentinians handelte, der anlässlich einer tollkühnen Verfolgungsjagd vom Pferd gestürzt war.

Damals schnitt sie mit ihrem kleinen Hiebmesser, das sie häufig mit sich führte, einen Stoffstreifen aus der Tunika und suchte schnell einige Wegerichblätter, um einen Druckverband um den blutenden Arm zu legen. Dann presste sie einige Tropfen Saft aus Waldkräutern und betupfte Gratians Schläfenwunde sowie die Bissstelle auf seiner Unterlippe. Glücklicherweise fand Ada den Trinkbeutel, so dass sie dem Verletzten helfen konnte, seinen Durst zu löschen. Erfüllt von ihrer geheimen Mission, bedeutete sie Gratian, dass sie ihm gegen Abend etwas Essbares bringen würde, als hätte das Schicksal ihr das Wohlergehen des schönen Fremden persönlich anvertraut.

Kurz vor der Dämmerung kehrte sie zu dem Frierenden zurück. Er fieberte, trank aber von der Ziegenmilch und aß ein wenig Fladenbrot. Glücklich zeigte er sich über die alte Decke. Ada reinigte die Wunden und versorgte sie mit Beinwellsalbe. Von ihrer Großmutter wusste sie, was in solchen Fällen zu tun war. Trotz seiner Schmerzen drückte der Junge Ada dankbar die Hände, denen man die harte Arbeit ansah, obwohl sie noch ein

Kind war. Nie zuvor hatte sie eine so wohllautende Stimme wie diejenige Gratians gehört. Er erhob sich mit ihrer Hilfe, um erleichtert festzustellen, dass seine Knochen heil geblieben waren. Anschließend wollte er wissen, wo genau er sich befand. Ada wies ihm die Richtung zur Militärstraße und erbot sich, ihn bei Tagesanbruch dorthin zu bringen.

Die folgende Nacht erschien ihr endlos, während sie den Atemzügen ihrer Eltern lauschte, die aneinandergeschmiegt in der Dunkelheit der Stube schliefen, dicht daneben die beiden Brüder. Als der Morgen graute, schlich Ada hinaus. Auf dem Weg zur Lichtung huschte ein Luchs vorüber und ein Kauz glitt mit dunklen Schwingen unter den Baumkronen hinweg, ein lautloser Waldgeist auf der Jagd. Ada hatte etwas Brot und Käse abgezweigt, Gratians Trinkbeutel wollte sie an einer Quelle füllen. Als sie die richtige Stelle erreichte, musste sie sich enttäuscht eingestehen, dass der römische Jüngling sich ohne ihre Hilfe auf den Weg gemacht hatte. Das Grün zeigte noch die Spuren seines Körpers, Trinkbeutel und Bogen fehlten, nur die Decke lag da. Ada blieb die Hoffnung, dass Gratian die Militärstraße erreicht hatte und in Sicherheit war. Sie kehrte so schnell wie möglich auf ihr Strohlager zurück, einerseits bekümmert, andererseits erleichtert. Der römische Junge hatte sich am Vorabend mit einem dankbaren Händedruck verabschiedet und die säuberlich gefaltete Decke verriet, dass er nicht übereilt aufgebrochen war.

Einige Zeit nach diesem Geschehen zeigte Kira großes Schlafbedürfnis und übergab sich vor ihrem Futternapf. Kein Zweifel, die Hündin war trächtig und brachte im Juli zwei Wolfsspitzwelpen zur Welt, schwarzbraun wie sie selbst. Aber dann folgten nach einer Wehenpause zwei weitere Welpen, die für Erstaunen sorgten. Ihr weißes Kurzhaar war schwarz gefleckt, sogar die winzigen Ohren besaßen zwei Farben, und um die dunklen Schnauzen und die Augen schimmerte die zarte Haut rosa. Die Fremdlinge gediehen ebenso wie ihre Geschwister. Allerdings stellte der

Großvater fest, dass sie sich nicht als Hütehunde eigneten, und schlug vor, die hübschen Tiere auf dem Markt zu verkaufen. Seit dem Frühling plante er einen letzten Besuch der Kaiserstadt. Ada war selig, als man ihr erlaubte, ihn zu begleiten, und vergaß nicht, Sirona dafür zu danken.

So bestieg sie an einem sonnigen Oktobermorgen zusammen mit dem Großvater einen ansonsten mit Holzkohle beladenen Ochsenkarren. Während die Räder bergab polterten, blickten die beiden Welpen neugierig aus ihrem Korb. In abschüssigen Passagen stieg man ab, um das Bremsen zu erleichtern. Begegneten sich zwei Fuhrwerke, musste meistens eines ausweichen, was stets mit Geschrei und Flüchen einherging. Noch dazu war an manchen Hängen das Erdreich abgerutscht.

»Die Kahlschläge sind schuld daran«, stellte der Großvater missbilligend fest und fügte hinzu:»Der Boden wird nicht mehr durch das Wurzelwerk gehalten und setzt sich bei starkem Regen in Bewegung.«

Im Auf und Ab der Militärstraße waren nicht nur Gespanne unterwegs, sondern ebenso Reiter, Maultiere und Esel sowie bepackte Fußgänger, Soldaten und Händler unterschiedlicher Hautfarbe. Jeder wollte seine Ware vor dem Winter loswerden. In der Herberge erfuhr der Großvater, dass vieles trotz guter Nachfrage nicht nach Germanien verkauft werden durfte, darunter Öl und Gold, insbesondere Waffen. Kein Römer dürfe die Germanen den Schiffsbau lehren. Darauf stehe die Todesstrafe.

Am nächsten Morgen fuhren sie zeitig weiter. Nach den Weiden erreichten sie die herbstlich bunten, bereits abgeernteten Weinberge. Im Tal leuchteten die Ziegeldächer der riesigen Stadt, für Ada eine unfassbare Ansammlung von Gebäuden. Rechts der Stadtmauer glänzte das Band der Mosella, nach der sich das Tal benannte. In ihr fließe das Wasser des Dornbachs in den mächtigen Rhenus, der im Norden ins Meer münde, informierte der Großvater. Bald waren die Steinbögen einer Brücke zu erkennen und innerhalb der Stadtmauer die Bischofskirche, das Forum und die imposante Aula Palatina, in welcher der Kaiser seine Ansprachen hielt.

»Bald siehst du auch den Circus und das Amphitheater«, erklärte der Großvater, »dort finden die Wagenrennen, Tierhetzen und Gladiatorenkämpfe statt.« Bedauernd setzte er hinzu: »Da kommt unsereins nicht hin, das ist ein Spaß für die Leute aus Treveris.«

»Schade, Großvater. Gerne würde ich einmal ein Pferderennen besuchen, aber auf keinen Fall einen Kampf mit wilden Tieren.«

»Solche Kämpfe sind große Volksfeste, Ada. Die Gladiatoren bereiten sich lange darauf vor. Den Siegern werfen die Frauen Kusshände und Blumen zu. Den Tapfersten unter ihnen schenkt der Kaiser die Freiheit, denn die meisten sind Sklaven, einige sogar Verbrecher.«

Der Lärm ließ die Aufregung steigen. Als sie die *Porta Martis* mit den Kolossen der beiden Rundtürme erreichten, merkte man dem Großvater die Anspannung noch stärker an. Dabei besuchte er die Stadt nicht zum ersten Mal. Ständig wies er auf etwas hin, während Ada kaum zuhörte, so vieles stürmte auf sie ein. Die würzigen Düfte der Garküchen ließen ihr das Wasser im Mund zusammenlaufen, während Hunde, Katzen und Ratten sich um die Abfälle balgten.

Nach der Entlohnung des Wagenführers suchte der Großvater die einfache Herberge auf, in der die Leute aus Dornberg gerne Quartier nahmen. Während man vor der Porta Martis darauf achten musste, mit den Holzschuhen nicht in Tierkot zu treten, fegten Straßenkehrer in der Innenstadt den Unrat ständig in die seitlichen Wasserrinnen und die Fußgänger benutzten die Laubengänge oberhalb der Plattenstraßen.

Ada bewegte sich nun in einer faszinierenden Welt, angefüllt mit fremden Geräuschen und Gerüchen. Nicht alle waren angenehm. So stank es aus gewissen Behältern vor Gaststätten und an Straßenkreuzungen nach Urin, den man hierin für die Wäscher und Färber sammelte.

»In Treveris lernst du, die saubere Luft der Höhen zu schätzen. Du wirst dich heute Abend nach deinem duftenden Heusack sehnen«, scherzte der Großvater.

Die Wirtsleute waren bereit, auf die Welpen zu achten, damit er mit seiner Enkelin zum Fluss und durch die Stadt spazieren konnte. Im Hafen betrachteten sie die Schiffe und bestaunten die Lastkräne, deren riesige Räder von rundlaufenden Sklaven angetrieben wurden.

Aber der Großvater strebte weiter, weil er sich nicht in dieser unsicheren Umgebung aufhalten wollte, und fuhr mit seinen Erklärungen fort. Er zeigte seiner Enkelin die römischen Schulhäuser, in denen die Kinder in Rechnen und Schreiben unterrichtet wurden. Jählings wünschte sich Ada aus tiefstem Herzen, solch eine Schule besuchen zu können und in einem der herrschaftlichen Gebäude zu leben. Dann würde sie Latein sprechen wie die klugen Menschen in der Kaiserstadt.

Am folgenden Morgen ordneten sie sich in den Menschenzug ein, der zum Forum strebte. Dort wollte der Großvater auch einige Stoffe verkaufen, welche die Großmutter im letzten Winter gewebt hatte. Zum Glück fand er einen guten Platz neben einem Bauern, den er kannte. Die beiden Welpen riefen Erstaunen hervor und machten noch dazu mit Gebell auf sich aufmerksam.

Schließlich wunderte sich eine Frau: »Sie sehen ja aus wie die Kaiserhunde. Solche Hunde besitzt doch nur der Palast.«

Ihre Bemerkung erfüllte Ada mit Stolz, während sie beim Großvater zu Besorgnis führte. Zu Recht, denn bald tauchten schwarz gekleidete Ordnungshüter auf und brachten ihn samt Enkelin und Hunden zur Marktwache. Zum Glück konnte er seine Kiepe mit den Stoffen bei dem rechtschaffenen Bauern zurücklassen. Auf der Wache befahl man Ada zu warten, während der Großvater abgeführt wurde wie ein Verbrecher. Den Korb mit den ängstlich fiependen Welpen übergab man einem Forumsdiener.

Nach einer quälend langen Zeit erschien ein Gardist und führte das verängstigte Mädchen durch mehrere Gebäude mit farbigen Räumen und Fußböden. Im letzten und vornehmsten wartete ein prächtig gekleideter junger Mann, den Ada zunächst nicht erkannte. Er war flankiert von Soldaten mit blinkenden Helmen und Brustpanzern und erinnerte kaum mehr an den hilflosen Jüngling im Wald, bis er der zitternden Ada ein Lächeln schenkte. Gleich darauf wurde der Großvater hereingeführt und atmete beim Anblick seiner Enkelin hörbar auf. Ada ihrerseits kämpfte mit den Tränen, erst recht, als ein Soldat in ihrer Sprache erklärte, dass sie sich vor Kronprinz Gratian befanden, dem ältesten Sohn des römischen Kaisers Valentinian. Zum Dank für Adas Hilfe nach einem Jagdunfall gestatte ihr der Thronfolger einen Wunsch.

»Ich möchte lesen und schreiben lernen wie die römischen Kinder in Treveris«, hatte sie gestammelt, als wäre dies das Wichtigste auf der Welt.

Später erfuhr Ada, dass die getupften Hunde als Kutschenbegleithunde der kaiserlichen Familie gezüchtet wurden. Der Thronfolger hatte, als sie mit ihrem Großvater auf dem Forum weilte, zufällig die Kanzlei seines Erziehers besucht und dabei von einem rothaarigen Mädchen mit Zöpfen erfahren, welches zwei dieser Welpen zum Verkauf anbot.

Jahre danach scherzte Gratian in der Villa Sabina, dass ihn einst ein rußiger Waldengel gerettet habe. Woraufhin der Konsular versicherte, wie gern er seinem Wunsch nachgekommen sei, Ada aufzunehmen und sie unterrichten zu lassen. Nicht zuletzt waren Kira und Gratians Jagdhund an dieser Entwicklung beteiligt.

»Du wirst in der Kaiserstadt bleiben«, weinte Adas Mutter am Tag des Abschieds, als wüsste sie, wie sehr die neue Umgebung ihre Tochter verändern würde.

***

Trotz der Herbstsonne fegte jählings ein kühler Wind über die Lichtung und bewegte das Laub der alten Baumriesen. Gleichzeitig löste er Ada aus ihren Erinnerungen an das Jahr, in dem sie ihren Heimatort verlassen hatte. Obwohl sie ihre Familie und Dornberg vermisste, hatte sie ihren Aufenthalt in der Villa Sabina nie bereut und sah ihre Zukunft in der Kaiserstadt.

Die kleine Göttin

Kurze Zeit nach Fabalas Rückkehr begann die Weinlese. Manch einer der in den Steillagen der Mosella schwitzenden Erntehelfer wünschte sich auf die Boote, die auf dem Fluss vorüberzogen. Nicht nur in Siretos' Winzerhof trug man sich mit dem Gedanken, einen Teil der Rebfläche mit Lavendel zu bepflanzen. Dessen Ernte war einfacher und das daraus gewonnene Öl ließ sich gut verkaufen. Die Traubenernte wurde bis Ende Oktober von Sonne begleitet. Erst sie entwickelte die begehrte Süße und machte den Wein lagerfähig. Siretos besaß eine Baumkelter, die jetzt Tag und Nacht im Einsatz war. Von ihr floss der Saft über Rinnen in die Fässer und Amphoren im Gewölbekeller. Die Behälter wurden nach der Gärung verschlossen und teilweise eingelagert. In der hektischen Betriebsamkeit brauchte man jede Hand, doch Siretos zechte in den Weinstuben. Fabala war erleichtert, als Edwin weitere Helfer schickte, und stellte sich der Verantwortung. Zum ersten Mal nahm sie Einsicht in die Geschäftsbücher, denn der griechische Buchhalter hatte ihr die Aussagekraft von Zahlen erklärt. Zu ihrem Erstaunen ließen sich daraus sowohl der Gewinn als auch zukünftige Abgaben erkennen.

Im November wurde der Winzer von Gichtanfällen und Atemnot geplagt, sein Bauch war durch Wassersucht aufgedunsen, Knie und Hüften schmerzten, eine Beinwunde eiterte erneut.

»Die Leber versagt den Dienst«, diagnostizierte sein keltischer Arzt Segomaros.

Siretos schlug die ärztlichen Ratschläge in den Wind und widersetzte sich der Anwendung von Heilmitteln. Alles war ihm lästig. Fabala fühlte sich erleichtert, als der größte Teil des Weines ab Keller verkauft oder ausgeliefert war. Edwin wurde ihr eine wichtige Hilfe und erkannte erstaunt, in welchen Mengen der Mosellawein nach Norden transportiert wurde. Für Siretos' Winzerhof fand sich ein neuer Abnehmer in *Beda*. Die Lagerweine mussten im Gewölbekeller Platz machen für den neuen Jahrgang. Nicht nur der Steilhang der Falkenlay versprach einen guten Jahrgang.

Anfang Dezember schleppte sich Siretos trotz Fabalas Einspruch in die Innenstadt und brach nach einigen Bechern in einer Taberna zusammen. Man brachte ihn in einem schlimmen Zustand nach Hause, wo er Blut hustete. Segomaros war angesichts solcher Unvernunft mit seiner ärztlichen Kunst am Ende. Zwei Tage später verstarb der Weinbauer mit dreiundvierzig Jahren an einer Blutvergiftung aufgrund der Beinwunde. Laut Segomaros war sie einem Tod durch Magen- und Speiseröhrenblutungen zuvorgekommen. In diesem Zusammenhang beklagte der Arzt die in Gallien weit verbreitete Trunksucht und fand ihre Ursache im römischen Weinbau.

Mira und der kleine Pentoris trauerten um ihren Vater, Fabala fühlte sich eher befreit. In der kurzen Zeit ihrer Ehe hatte Siretos kaum ein gutes Wort für sie gefunden, sondern sie, verdrossen über den eigenen Zustand, mit harschen Worten beschuldigt, bei der Heirat in erster Linie an ihre Versorgung gedacht zu haben. Fabala wusste, dass dies in gewisser Weise zutraf, spürte jedoch aufgrund ihrer gemeinsamen Kinder kein schlechtes Gewissen, zumal sie sich gut um ihre Stieftochter Mira kümmerte.

Trotzdem schmerzte sie Edwins Bemerkung:»Sei froh, dass du diesen Trunkenbold los bist. Er hat dich seit Jahren ausgenutzt.«

Siretos hatte seine christliche Kirchengemeinde selten besucht, ihr aber kleine Spenden zukommen lassen. Der Bund mit Fabala war zwar nach römischem Recht geschlossen worden, doch im Gegensatz zu seiner ersten Ehe ohne kirchlichen Segen. So gleichgültig, wie Siretos Fabalas Götterglauben betrachtet hatte, blieb sie gegenüber seiner Religion. Dessen ungeachtet benachrichtigte sie einen christlichen Priester. Die Staatsreligion lehnte die Brandbestattung wegen der Auferstehung am Tag des Jüngsten Gerichts ab. So hüllte man Siretos' Leichnam nach der Totenwache in ein Tuch und trug ihn, begleitet von einem Trauerzug, zum Nordfriedhof außerhalb der Stadtmauer. Dort wurde der tote Weinbauer in einer christlichen Grabkammer beigesetzt. Danach fand die Totenfeier statt, an der neben der Familie, dem Hausgesinde und einigen Winzern auch Ada teilnahm. Trotz ihrer Anspannung entging Fabala nicht, dass ihr Bruder Adas Aufmerksamkeit suchte, während diese ihm lediglich ein Kopfnicken gönnte. Am Totenmahl nahm Ada nicht teil. Fabala empfand die Entschuldigung ihrer Freundin als fadenscheinig und war verstimmt.

»Warum ist Ada so nachtragend?«, murrte sie bei sich. »Sie hätte den dummen Streit mit Edwin mir zuliebe beilegen können, weiß sie doch, dass ich meinen Bruder gerügt habe. Was will sie mehr?«

Drei Tage nach der Bestattung besuchte Edwin den Winzerhof und überreichte Fabala zwei in Leder gebundene Päckchen.

»Das blaue ist für dich, das rote für Ada. Gib du es ihr, verschweige aber in jedem Fall, von wem das Geschenk kommt. Du weißt, wie nachtragend sie sein kann.«

Fabala reagierte verlegen.

»Danke für die Überraschung, Edwin. Ich bin keine Geschenke gewohnt. Warum willst du Ada deine Gabe nicht selbst überreichen? Schon um ihr zu zeigen, dass du dein Verhalten bedauerst.«

»Wer sagt denn, dass ich etwas bedauere?«, antwortete er frostig.

»Immerhin übergibst du mir Adas Geschenk«, beharrte Fabala.

Edwin zuckte mit den Schultern und bemerkte nach einer kurzen Pause mit einer für ihn unüblichen Wärme:»Willst du deine Gabe nicht auspacken, während ich dabei bin? Dein großer Bruder möchte dir nach den schweren Wochen eine Freude machen.«

Aufgeregt löste Fabala die blauen Lederbänder und entdeckte eine weibliche Bronzestatuette, deren Höhe einschließlich des Schiefersockels einer männlichen Hand entsprach. Ein zierliches Diadem schmückte das Haar. Oberkörper, Nabel und die rechte Hüfte waren unbedeckt, die kleinen Brüste wurde von einer silbernen *Fascia* gehalten. Über den linken Arm fiel ein Gewand, das feine Gesicht neigte sich zur rechten Hand, die eine silberne Weinrebe hielt.

Als die restlos entzückte Fabala zu Dankesworten fand, wehrte Edwin ab, um sich danach fluchtartig zu verabschieden.

»Mein Bruder mag keinen Gefühlsüberschwang«, dachte sie und nahm das kleine Kunstwerk von allen Seiten in Augenschein. Schiefer und Bronze wogen schwerer als gedacht. Etwas so Schönes besaß sie zum ersten Mal. Und waren die Träubchen nicht das Zeichen, sich um das Weingut zu kümmern?»Nutze deine Tatkraft!«, schienen sie auszudrücken und kamen damit Fabalas Vorstellungen entgegen. Ein Segen, dass sie sich in den letzten Monaten um alles gesorgt hatte. Sie durfte annehmen, den Winzerhof nach römischem Recht eigenständig weiterführen zu können, da sie als Witwe für den Unterhalt von drei Kindern aufkam. Hoffentlich erhielt sie keinen männlichen Vormund. Notfalls konnte Edwin dies übernehmen, Siretos besaß keinen geeigneten Verwandten. Fabala atmete tief durch und straffte den Rücken. Sie brauchte Kraft für die Zukunft.

Eine Woche später erschien Ada und machte erstaunte Augen, als Fabala ihr die Statuette zeigte.

»Bestimmt stammt sie von Meister Tasgillus in der Via Rosa. Er ist der beste Silberschmied der Stadt.«

»Selbst dann könnte sie mir nicht besser gefallen«, erwiderte Fabala stolz.

»Wen stellt sie dar? Vielleicht die römische Jagdgöttin Diana oder Venus, die Göttin der Liebe«, überlegte Ada mit begeistertem Gesichtsausdruck.

»Oder unsere liebe Sirona«, ergänzte Fabala. »Für mich ist sie eine Wegweiserin. Sieh nur, diese Silberträubchen. Bestimmt haben sie mit dem Weingut zu tun.«

»Woher hast du das Kunstwerk?«, fragte Ada neugierig.

Hatte Fabala soeben noch überlegt, was sie ohne Lüge auf die zu erwartende Frage antworten sollte, fiel ihr jetzt die Erklärung zu: »Das muss ein Geheimnis bleiben!«, sagte sie und legte einen Zeigefinger auf die Lippen.

Sie erhob sich und nahm das rote Päckchen vom Bord. »Das ist für dich.«

»Für mich?«, fragte Ada ungläubig.

»Ja, für dich. Der Geber will auch in diesem Fall nicht genannt werden und hat mein Wort. Vertrau mir bitte.«

»Aber Fabala, natürlich möchte ich seinen Namen wissen.«

»Willst du dein Geschenk denn nicht sehen?«

Fabala lächelte und tat, als sei das Auspacken das Selbstverständlichste der Welt.

Schließlich gab Ada nach. »Gut, dann will ich nicht weiter fragen.«

Mit geschickten Fingern löste sie die roten Bänder und brachte ebenfalls ein Bronzefigürchen zum Vorschein. Der einzige Unterschied sprang Fabala sofort in die Augen, keine Rebe, sondern eine filigrane silberne Schlüsselblume.

»Oh, Fabala, wie wunderbar! Aber ich darf ja nicht fragen. Das Geschenk kommt von dir, das allein soll für mich zählen. Bissula wird staunen, ebenso der Konsular, zumal er seit einiger Zeit gerne über Venus, Aphrodite oder die weibliche Schönheit an sich spricht. Du musst wissen: Der Brunnenbereich wird zu einem Nymphäum umgestaltet. Im Frühling soll das Mosaik eines

Quellteichs mit einer Brunnenjungfrau entstehen. Vielleicht erhält Baards Meister den Auftrag.«

»Das ist ohne weiteres möglich. Die Werkstatt genießt breite Anerkennung.« Fabala lächelte. »In diesem Fall würdest du unseren Dornberger öfter sehen. Er gilt als Alexandros bester Handwerker und ist immer noch so schüchtern wie früher.«

Ada blieb still, weshalb Fabala, die sich an den Vorfall am Dornbach erinnerte, ergänzte: »Baard hat damals sicher nichts gesehen. Schließlich ist er weggelaufen. Zuweilen begegne ich ihm sonntags in unserer Trinkstube. Dann erzählt er bei einem Würzwein von seiner Mosaikarbeit und ich berichte ihm vom Weinbau. Hin und wieder erkundigt er sich nach deinem Wohlergehen oder er bedauert, dass Edwin keine Zeit für ihn findet.«

Fabalas Hoffnung auf eine gütliche Bemerkung über ihren Bruder wurde enttäuscht. Stattdessen betrachtete ihre Freundin die kleine Statue.

»Sie wirkt so mädchenhaft, gleichzeitig verführerisch. Womöglich ist sie doch eine Venus. Bei meinem nächsten Besuch in Dornberg werde ich sie mitnehmen und in der Sironaquelle baden.«

»Eine Taufe, wie bei den Christen«, lachte Fabala.

»Ihr wird es gefallen. Ich freue mich riesig über meine kleine Göttin, zumal sie bei dir eine Zwillingsschwester besitzt.«

Fabala war gerührt und dachte an Edwin, dem Adas Entzücken entging. Da zeigte sich ihr ein Gedanke.

»Ich glaube, das Schlüsselblümchen möchte dir etwas sagen. Ähnlich wie die kleine Rebe, die mich ermutigt hat, dem Winzerhof vorzustehen.«

Ada nickte. »Du hast recht. Wir erhalten unsere Zeichen. Vielleicht passt der silberne Schlüssel zu einer inneren Tür. Selbst die Märchen erzählen von der Magie dieser kleinen gelben Blume. Frauen- oder Himmelsschlüssel heißt sie darin und zeigt den Weg zu einem Schatz. Wehe, der glückliche Finder vergisst sie. Dann weiß sie ihn zu bestrafen. Meine Großmutter nennt sie

Fünfwundenkraut und denkt, dass die Kraft der Schlüsselblume nicht in ihren Säften liegt, sondern in dem ihr innewohnenden Geist. Mit ihm verbindet sie sich, damit er seine Heilkraft entfalten kann, wenn ein Krankenbesuch ansteht.«

Fabala erinnerte sich an die Erzählung von der kleinen Fee, die hinter einer Schlüsselblume lebte und einen armen Schäfer zu einer Goldkammer führte. Der Schatz wurde ihm wieder genommen, weil er die kleine Blume in der Kammer vergaß.

»Nie mehr will ich eine Schlüsselblume ohne Achtsamkeit pflücken«, bemerkte sie bewegt.

Bald darauf drängte Ada zum Aufbruch, aber Fabala hatte noch ein Anliegen.

»Die Wintersonnenwende steht bevor. Wir wollen die längste Nacht des Jahres mit einem Winzermahl feiern. Bitte komm doch dazu. Du kannst gerne hier übernachten. Keine Sorge, Edwin hat bereits eigene Pläne. Wenn die anderen das Sonnwendfeuer betrachten, könnten wir beide zum *Hollerbaum* gehen und das Orakel befragen. Vorher stellen wir ein Schälchen Milch für den Geist von Frau Holle auf, damit sie uns im Traum der nächsten Nacht einen Blick in die Zukunft gewährt.«

»Du weißt, der Kaiser hat diese Dinge verboten, Fabala.«

»Ach was. Wie sollte Gratian davon erfahren? Du darfst die neuen Gesetze nicht so streng sehen. Sind denn im Hause des Konsulars alle so christlich wie der Kaiser?«

»Ja und nein. Gelegentlich besuche ich auf Wunsch des Konsulars den Gottesdienst in der Bischofskirche. Die Gläubigen finden in ihren Gebeten viel Trost. Ihr Gott verzeiht sogar böse Taten, damit man nach dem Tod das himmlische Paradies erreichen kann. Dieser Ort soll viel schöner sein als unsere *Anderswelt* mit ihren Geistern und Dämonen. Nach außen hin gestattet Konsular Ausonius nur den Christenglauben, kümmert sich aber nicht darum, ob wir dies so halten. Manchmal denke ich, er glaubt selbst noch ein wenig an die alten Götter. Mich interessiert die neue Religion, obwohl ich mir eine Welt ohne

Sirona nicht denken kann. Sie hilft mir. Wie könnte ich annehmen, dass sie nicht existiert? Ach, besäße doch das Christentum eine solche Himmelsmutter.«

Fabala war entsetzt:»Du willst unseren alten Glauben ablegen?«

»Natürlich nicht. Trotzdem frage ich mich, ob sich diese Christen alle irren. Du solltest einmal sehen, wie zufrieden und gestärkt sie die Kirche verlassen.«

Fabala wehrte ab.

»Sie fürchten sich vor ihrem Teufel und der Hölle. Deshalb tun sie ständig Buße. Außerdem zerstören sie die Tempel und geweihte Statuen. Mittlerweile verspüren die Altgläubigen regelrecht Angst vor den Christen.«

»Solche Dinge tun nur wenige. Das Christentum ist eine friedliche Religion. Jesus predigt, dass die Menschen einander so lieben sollen wie sich selbst.«

»Wer sollte so etwas glauben?«, wunderte sich Fabala.»Niemand liebt die Menschen wie sich selbst, höchstens seine eigenen Kinder oder Eltern. Ich jedenfalls kenne keine Christen, die dies tun. Zuweilen möchte man die ganze Welt umarmen, aber dieses Gefühl hält leider nie lange an.«

Sie dachte nach.

»Was überlegst du?«, fragte Ada.

»Ach, mir genügen Sirona, Grannus und *Rosmerta*. Siretos hat sich weder mit seinem christlichen Glauben befasst noch danach gelebt. Geliebt hat er wahrscheinlich nur seine Kinder. Das Christentum wird dich nicht beschützen, Ada. Sorge lieber für dich selbst. Wenn du eines Tages nicht wissen solltest, wie es für dich weitergeht, komm hierher zu mir. Wir werden einen guten Mann für dich finden.«

Zu Fabalas Erstaunen reagierte Ada unmutig.

»Du willst mich verheiraten! Als wäre ich eine verderbliche Ware. Dabei lebst du ebenfalls allein und bist damit zufrieden.«

Fabala ließ sich nicht beirren.

»Ich wette, du weißt nicht einmal, wer an Siretos' Totenmahl ein Auge auf dich geworfen hat.«

»Ich wundere mich, worauf du an diesem Tag geachtet hast.«

»Spotte nur. Man sollte stets wissen, was sich tut. Jedenfalls hat dich unser Arzt mit Wohlgefallen betrachtet. Der angesehene Witwer ist ein keltischer Treverer wie wir.«

»Das mag ja stimmen, aber auch um vieles älter als ich, dazu Vater von drei fast erwachsenen Töchtern, denen ich keine neue Mutter sein könnte. Gewiss würden sie mich ablehnen.«

Fabala wurde ärgerlich. Wie konnte Ada die Realität so verkennen? Gegenüber Edwin blieb sie unversöhnlich und schlug eine gute Verbindung in den Wind, als hätte sie einen besseren Bewerber. Was sollte dieser weltfremde Traum von einem Leben nach eigenen Vorstellungen? Musste nicht jeder seinen Platz ausfüllen?

Sie ließ ihre Stimme bewusst kühl klingen. »Wenn ich nach meinen Wünschen gefragt hätte, wäre vieles nicht getan worden. Wir Frauen umsorgen und pflegen, kümmern uns um Kinder und Alte. Wir sollten uns bescheiden. Du willst doch etwas Sinnvolles tun. In Segomaros' Familie könntest du das.«

»Du bist ungerecht, Fabala.«

»Was willst du dann, Ada? Wie soll deine Zukunft aussehen, wenn es nach dir geht?«

»Genau weiß ich das selbst nicht. Bei Segomaros würde ich die Aufgaben seiner verstorbenen Frau fortführen. Mit ihr hatte er bereits ein Leben. Eine neue Ehe mit mir wäre eine Zweckgemeinschaft. Zwar sorgst du dich um meine Zukunft, aber aus deinen Worten spricht Selbstzufriedenheit, weil du schon so viel geleistet hast. Gerade du führst inzwischen ein eigenständiges Leben, das dir nicht übel gefällt. Die Aufgaben einer Familienmutter und Leiterin des Winzerhofes fordern dich heraus und du bewältigst sie nach deinen Vorstellungen.«

Ada war rot geworden. Fabala sah ihr die Erregung an und konnte die Gefühle ihrer Freundin teilweise nachvollziehen. Deshalb nahm sie Ada mit einer liebevollen Geste in den Arm. »Alles wird sich fügen, denn du besitzt jetzt einen silbernen Schlüssel. Und Segomaros? Vielleicht nehme ich ihn zum Mann. Ein guter Arzt versteht seine Kunst auch in der Nacht.« Sie brachen in Gelächter aus. Als Ada gegangen war, hätte Fabala am liebsten vor Erschöpfung geweint. Höchste Zeit, dass Ruhe einkehrte.

Dies sollte nicht geschehen. Zwei Tage später erschien Edwin und unterbreitete seiner Schwester bei Wein, Dinkelbrot und Speck einen Plan.

»Im nächsten Jahr will ich eine Garküche an der Porta Martis eröffnen. Was meinst du, Fabala? Könnten wir das nicht gemeinsam tun?«

Er grinste auf die ihm eigene gewinnende, zugleich herausfordernde Art.

»Noch mehr Arbeit!«, entfuhr es Fabala. »Ich habe wahrlich genug zu tun. Sonst wäre ich nicht abgeneigt.«

Edwin fegte mit der Hand über den Tisch, als wären damit alle Bedenken beiseite gewischt.

»Ach was. Hör mir zuerst einmal zu. Unweit der Zolleinnahmestelle an der Porta Martis steht ein Gebäude leer. Ich habe es ab Januar angemietet. Durch das nördliche Tor strömen viele Menschen in die Innenstadt, so auch diejenigen von den Höhen unserer Heimat. Sie werden an unserer Garküche rasten, um sich schnell und günstig zu sättigen. Ich dachte an eine lange Theke mit Stehplätzen. Die Leute wollen keine Zeit verlieren und während des Essens ein paar Neuigkeiten austauschen. Proxius als der zuständige Magistrat hat mir bereits die Genehmigung erteilen lassen.«

Fabala schüttelte den Kopf, als könne sie nicht glauben, was sie soeben gehört hatte.

»Du arbeitest doch schon als sein Verwalter und Rennstallleiter.«

»Inzwischen konzentriere ich mich auf den Rennstall und daran soll sich nichts ändern«, bekräftigte Edwin. »Den Betrieb der Garküche werden andere für uns erledigen, du wirst dort keinesfalls am Herd stehen müssen. Allerdings erfordert die Planung ein wenig Zeit. In den Wintermonaten ist in den Weinbergen wenig zu tun und im Frühling, wenn die Menschen das Stadttor passieren, wird sich die Arbeit in der Garküche eingespielt haben. Die Helfer lasse meine Sorge sein. Ich kenne einen tüchtigen Koch, der mit seiner Frau die Leitung übernehmen möchte. Diese Küchen werfen gute Gewinne ab. In der Regel gehören sie der Stadt oder wohlhabenden Bürgern, die sie von Sklaven und preiswerten Arbeitskräften betreiben lassen. Denk an deine Kinder. Die Weinberge allein können eine wachsende Familie nicht ausreichend ernähren.«

Fabala überlegte laut: »Tatsächlich hört sich dein Vorhaben gut an. Ich könnte den nicht lagerfähigen Wein dort ausschenken, was mir das lästige Kundenwerben ersparen würde. Viele Lebensmittel ließen sich von unseren Bauern auf den Höhen beziehen. Diese wären froh über faire Preise.«

Noch etwas beschäftigte sie.

»Was reizt dich wirklich daran, Edwin? Du hast doch andere Möglichkeiten, an Geld zu kommen. Warum eine Garküche?«

»Die Stadt ist im Aufwind. Seit einem Jahr fließt das Geld wieder freier. Ein guter Zeitpunkt, Neues zu wagen und der Entwicklung zu folgen. Für mich wird die Garküche eine Informationsquelle sein. Ich werde gleich nebenan ein Kontor unterhalten, in dem sich manches unter vier Augen klären lässt, so die Einfuhr von *Succinum*. Man sagt, der Honigstein aus dem Nordmeer sei aus Baumsäften entstanden. Er ist leicht, lässt sich gut über den Rhenus bringen und ohne Einfuhrzoll durch die Stadttore.«

Fabala schluckte. »Man sieht ihn bei den Juwelieren. Tatsächlich erinnern seine Farben an Honig, manchmal sind winzige

Gräser oder Insekten eingeschlossen. Verstehe ich dich richtig? Du willst unter die Schmuggler und Schwarzhändler gehen? Die Garküche soll deine Machenschaften erleichtern«, entfuhr es ihr.

Er lachte: »Sei unbesorgt, kleine Schwester. Alle versuchen, die Zölle zu umgehen. Deshalb gedeiht an den Grenzen und Stadttoren die Korruption, während der Kaiser das Geld seiner Bürger für Soldaten oder Löwen hinauswirft. Warum sollte ich ein schlechtes Gewissen haben? Petronius hat erzählt, dass gewisse Geldgeber eine neue Einrichtung planen, die alles bieten soll, was das männliche Herz begehrt. In Treveris wird viel Geld umgesetzt. Die Besucher bleiben oft in der Stadt, bis die Geschäfte abgeschlossen sind, oder sie warten auf eine Audienz. Während dieser Zeit wollen sie nicht auf den gewohnten Luxus verzichten. Gleichzeitig legen sie Wert auf Diskretion.«

»Wird unser Kaiser denn ein solches Bauwerk gestatten? Treveris ist eine Bischofsstadt! Britto wird sich entrüsten«, entgegnete Fabala, als wäre sie plötzlich selbst eine fromme Christin.

Edwin zuckte mit den Schultern. »Alles ist genehmigt. Die Stadt hat sogar ein passendes Grundstück zwischen Circus und Amphitheater bereitgestellt. Schließlich gehört der Magistrat zu den Bauherren. Während der Rennen soll der neue Genusstempel kapitalkräftige Gäste in die Stadt locken. Sie treiben die Wetten hoch, was wiederum Einnahmen in die öffentlichen Kassen spült, gemäß dem römischen Leitspruch ›Geld stinkt nicht‹.«

»Die neue Einrichtung wird vor allem von den hiesigen Ehemännern besucht werden«, argwöhnte Fabala.

Edwin grinste. »Du könntest recht haben, denn sie werden jeden Luxus rund um die Körperpflege vorfinden, dazu Gesellschafts- und Speiseräume sowie eine dienstbare Sklavenschar.«

»Für mich klingt das Ganze eher nach einem Freudenhaus für Reiche«, murrte Fabala, »als hätte Treveris nicht schon genug davon.«

»Nenne es einen noblen Ort männlicher Entspannung, wenn nicht sogar Bildung. Man will Wissenschaftler und Rhetoren einladen. Die Honoratioren werden sich bei der Eröffnung sehen lassen, der Konsular wird eine Grußbotschaft schicken. Er schätzt jedes Vorhaben, das Arbeitsplätze schafft und dem Stadtbild nützt.«

Edwin klatschte in die Hände, als wäre diese Geste der Abschluss ihrer Unterhaltung, aber Fabala hatte noch Fragen.

»Erstaunlich, wie gut dieser Petronius informiert ist, obwohl er nicht zur besseren Gesellschaft gehört.«

»Das ist richtig. Aber man braucht ihn, denn seine Leute sorgen für die Sicherheit der Baustelle.«

»Und später für den Nachschub an Rauschmitteln«, ergänzte Fabala mit einem vielsagenden Blick auf ihren Bruder.

Edwin antwortete nicht im mindesten verlegen: »Selbstverständlich will auch Petronius seine Geschäfte machen. Außerdem entsteht eine vornehme Herberge, an deren Bau er sich beteiligen durfte, seine Anerkennung als solider Geschäftsmann.«

»Wird das Haus mit seinem Namen verraten, was in ihm zu finden ist?«, fragte Fabala neugierig.

»Angedacht ist ›Trevi‹. Die kurze Bezeichnung erinnert an die Stadt und bleibt im Ohr. Doch zurück zu meinem Plan bezüglich der Garküche: Der Gewinn bliebe in der Familie. Du könntest mir als deinem Bruder und dem Paten deiner Tochter vertrauen.«

Edwin wusste, wie gut sie die Kunst preiswerter, zugleich schmackhafter Gerichte beherrschte. Eine Ablehnung würde ihn kränken, zumal er sie in der Vergangenheit unterstützt hatte. Plötzlich interessierte Fabala noch etwas.

»Ich bewundere deinen Unternehmungsgeist, Edwin. Aber warum möchtest du unbedingt in eine römischstämmige Familie einheiraten? Unter uns Treverern befinden sich genauso hübsche und tüchtige Mädchen.«

135

»Weil ich den Grundstein für den zukünftigen Wohlstand unserer Familie legen möchte. Zwar kannst du ihn als Einzelner erreichen, aber um ihn zu bewahren und zu mehren, benötigt man Unterstützung. Das gelingt am besten im Verbund mit einer Familie. Mit einer römischen Frau und ihrer Sippe kämen neue Stärke und Einfluss hinzu. So entstehen erfolgreiche Dynastien. Denke an die wohlhabenden Händler und Fabrikbesitzer. Viele von ihnen haben als Arbeiter oder Handwerker begonnen.«

»Ich würde mich einer Frau wie Julia unterlegen fühlen«, warf Fabala ein.

Edwin lachte. »Darüber musst du nicht nachdenken. Eine Frau wie Julia würde niemals einen Mann wie mich wählen. Ich denke an die Tochter einer Tuchhändlerfamilie.«

»Wenn die Dinge sich so verhalten«, sagte Fabala, »lass Ada bitte in Ruhe. Du könntest missverstanden werden. Ich habe ihr deine Gabe überreicht und nichts verraten. Das war gar nicht so einfach, wie du glaubst. Natürlich hat sie sich gefreut und rätselt jetzt, wer sich hinter dem Spender verbirgt. Ich weiß nicht, wie Ada wirklich zu dir steht. Auf keinen Fall sollte sie sich falsche Hoffnungen machen.«

Edwin winkte mit einer herrischen Geste ab. Seine Augen zeigten das eisige Glitzern, das seine Jähzornanfälle ankündigte. Man ging ihm dann besser aus dem Weg.

»Triff deinen Entschluss in Ruhe«, sagte er mit beherrschter Stimme. »Die Garküche wird unser gemeinsamer Vorteil sein. Bestimmt hast du gute Ideen, welche Gerichte sich dazu eignen. Günstig und kräftig gewürzt sollten sie sein, das erhöht den Durst. Der Konsular hat die Steuern auf Öl, Bohnen und Getreide senken lassen, damit die Leute das Murren einstellen. Das kommt den Garküchen zugute. Außerdem sollten wir die Zahl der Helfer abklären. Unsere Küche soll mindestens so lange geöffnet sein wie die Porta Martis.«

Er verabschiedete sich und rief jenseits der Türschwelle: »Du wirst sehen, ich habe eine neue Quelle des Wohlstandes entdeckt!«

Fabala ihrerseits blieb in Entscheidungsnöten zurück, was ganz und gar nicht ihrer entschlossenen Art entsprach.

Am Abend vor der Wintersonnenwende lud sie Familie, Freunde und Gesinde zu einem ausgiebigen Essen ein. Die große Stube war mit Stechpalmzweigen und Efeu geschmückt, auf dem langen Tisch standen Körbchen mit Dinkel- und Emmerbrot, dazwischen Schalen mit Äpfeln und Nüssen. Die aufgetragenen Speisen verbanden die keltische und römische Küche. Sogar Pechvögel fehlten nicht, gefangen im Weinberg mittels Ruten, die man zu diesem Zweck mit Birkenpech bestrichen hatte. Die Römer verzehrten alle Singvögel mit Genuss, was den Weinbauern, welche die Starenschwärme fürchteten, nur recht war. Das beliebte *Garum* aus scharf gewürzten Fischresten stand bereit, gebratenes Huhn, ein Eintopf, gesalzenes Gemüse und Bauernkäse. Fischliebhaber konnten sich an Hecht, Schleie und Weißfisch aus der Mosella laben. Ein Leckerbissen waren gemästete *Bilche,* im Teigmantel gebacken oder im Tontopf geschmort. Den neuen Wein hatte Fabala mit Kräutern und Gewürzen verfeinert.

Das Mahl gehörte zu der Herausforderung, die heute an erster Stelle der Garkoch Sixtus mit seiner Frau Slania bewältigte. Edwin hatte ihnen die Leitung der zukünftigen Garküche anvertraut. Er selbst besuchte ein Gestüt am Rhenus, hatte sich aber an den Kosten beteiligt. Dafür saß Ada unter den Gästen, neben ihr Fabalas sechsjähriger Sohn Pentoris, der im nächsten Jahr eine römische Schule besuchen würde. Ferner war der Arzt Segomaros eingeladen, ein Dank für seine medizinischen Dienste an der Familie, und fühlte sich offensichtlich wohl.

»Vielleicht kann etwas gegen seine Einsamkeit getan werden«, überlegte Fabala und dachte an den Scherz, den sie bei Ada über ihn gemacht hatte. So könnte sie dem ihr Gegenübersitzenden andeuten, wie lange sie selbst schon ohne die Zärtlichkeit eines Mannes war. Gerade verzehrte Segomaros mit Behagen ein Stück Braten mit Moretum. Sicher wartete nicht jeden Tag ein gutes Essen auf ihn. Seit dem Tod seiner Frau vor einigen Jahren war er mit seinen Töchtern allein. Sie musste ja nicht an eine Ehe denken, überlegte Fabala. Oft genügte ein liebes Wort, den Alltag besser zu meistern. Als sie Segomaros' Becher mit dem noblen Weißen der Falkenlay füllte, fiel ihr die silberne Rebe ein. In der längsten Nacht des Jahres wollte Fabala das Orakel des Hollerbaumes befragen wie die Frauen in Dornberg, obwohl sie heute rundum zufrieden war und das Lob ihrer Gäste erhielt.

Nach dem Essen erhob sich die Tischgesellschaft und rief sich letzte Trinksprüche zu, bevor sie hinausstrebte in die klare Nacht, um die Feuer anlässlich der Wintersonnenwende zu sehen. Als die ersten Lichter aufloderten, berührte Segomaros Fabalas Hand. Sie überließ sie ihm mit Herzklopfen und blickte hinauf zum Sternenhimmel, dem leuchtenden Reich ihrer Göttin Sirona.

Justinas Fluch

Anstelle der Geburtsfeste von Mithras und Sol Invictus feierten die Christen an der Wintersonnenwende die Geburt ihres Gottessohnes. In der Bischofskirche blieben die Plätze des Kaiserpaares leer. Die Menschen reagierten enttäuscht. »Warum meidet unsere Kaiserin die Öffentlichkeit?«, fragte sich Bissula, die wusste, dass Gratian mit seinem Heer in Italien weilte. Nicht einmal der Konsular kannte den Zeitpunkt seiner Rückkehr und war deshalb missmutig. Noch dazu förderte die feuchtkalte Witterung den verhassten Nebel der städtischen Tallage. »Als wäre ich selbst grau geworden«, dachte die unter Niedergeschlagenheit leidende Bissula.

Nach dem Zerwürfnis hatte Ausonius zwar wieder zu seiner liebevollen Freundlichkeit zurückgefunden, aber die frühere Innigkeit stellte sich nicht mehr ein. Eine weitere Aussprache lehnte er ab. Von seinem Verhalten enttäuscht, brachte Bissula nur eine aufgesetzte Fröhlichkeit zustande und wurde, statt Vertrauen in die Zukunft zu fassen, immer unzufriedener.

»Ausonius lässt mich auf den Scherben meiner Wünsche sitzen«, klagte sie bei Ada, »und alles bleibt, wie es ist.«

Dennoch hatte ihr der Konsular am Fest von Christi Geburt gleich zwei generöse Geschenke gemacht: Eine Brosche mit einem Succinum in Rosenform und ein kleines Vermögen in Goldmünzen.

»Meine Zuwendung sichert dich ab«, hatte er ihr in fürsorglichem Ton erklärt und ihr ein Schriftstück ausgehändigt, dass sie über die Münzen frei verfügen konnte.

Das Gold nahm Bissula die Sorge, ohne Ausonius mittellos zu sein, änderte aber nichts an ihrer gesellschaftlichen Stellung oder an der mangelnden Anerkennung durch die Dienstboten.

»Als hätte der Konsular den Preis für meinen Verzicht auf eine Ehe bestimmt«, musste sich Ada einige Male anhören. Dabei betrachtete selbst Bissula die Stellung ihrer Gesellschafterin als unsicher. Während sie selbst trotz allem zu Ausonius gehörte, war Ada weder eine Bedienstete noch Angehörige, sondern stand in erster Linie ihr zur Verfügung. Diese Erkenntnis beschämte Bissula. Außerdem öffnete Ada ihr die Augen für das Elend derer, die mit schweren Schicksalsschlägen kämpfen mussten. Auch die Kaiserin hatte Kummer. Nachdem sie bei ihrem letzten Besuch in der Villa Sabina kein einziges Mal gelächelt hatte, fragte Bissula bei Ausonius nach. Nur zögernd nannte er ihr den Grund, welcher mit Altkaiserin Justina zusammenhing. Er bat Bissula um Stillschweigen, was diese bedauerte. Ihr fiel es schwer, ihr Wissen nicht mit Ada zu teilen, zumal diese sich ebenfalls um Constantias Wohl sorgte.

An einem trüben Nachmittag Anfang Januar nahm Bissula ihre Rosenbrosche aus der Schatulle und blickte hinüber zu Ada, die gerade eine getrocknete Pflanze zeichnete.

»Nie hätte ich gedacht, dass der Konsular mir wieder so etwas Feines schenken würde. Ich habe sie bei Meister Tasgillus entdeckt und Ausonius beiläufig davon erzählt. In solchen Dingen ist er überaus aufmerksam. Erinnere dich an meinen Halsschmuck aus indischen Austernperlen. Selbst Julia Armitari hat keinen vergleichbaren.«

»Jetzt wird diese Rose für dich blühen«, lachte Ada.

»Und niemals welken«, ergänzte Bissula. »Womöglich hat der Konsular bemerkt, wie sehr mir deine Statuette mit der Schlüsselblume gefällt, obwohl er meine Anschuldigungen keineswegs vergessen hat. Er ist überzeugt, dass seine sprichwörtliche Erziehungskunst bei mir versagt hat.«

»Weil du ein Mädchen bist«, meinte Ada daraufhin belustigt.

»Vor allem ein germanisches Mädchen, eine Barbarin.«

»Wäre dem so, wie du sagst, Bissula, müsste er mich für eine Halbwilde aus den Wäldern halten.«

»Ich will dich nicht kränken, liebe Ada, aber zu Beginn deiner hiesigen Zeit hat der Konsular dies getan. Mittlerweile schätzt er deine Liebenswürdigkeit, erst recht deine Klugheit.«

»Ich bewundere ihn und möchte ihn keinesfalls enttäuschen«, sagte Ada verlegen. »Außerdem fühle ich mich in der Villa Sabina bestens aufgehoben.«

»Das ist wohl wahr«, bestätigte Bissula und betrachtete ihre Brosche erneut.

»Leg sie ruhig an, ich schließe sie für dich«, erbot sich Ada und nahm die Schmuckrose vorsichtig zur Hand. »Wie glatt und warm sie sich anfühlt. Wir Frauen lieben die Berührung schöner Dinge.«

»Und die Männer lieben die Berührung schöner Frauen«, fügte Bissula mit einem Augenzwinkern hinzu.

»Weil sie ebenfalls Rosen sind.«

Mit dieser Bemerkung erntete Ada endlich Bissulas Lachen.

»Schade, dass der Konsular dich jetzt nicht hören konnte. Er bemerkte einmal, dein Lachen erhalte ihn jung.«

»Ausonius hält sein Alter für eine persönliche Beleidigung. Im Gegensatz zu uns beiden hat er seine Jugend ausgekostet. Nach außen hin erscheint er vielen als weise, dabei ist er eigensüchtig. Für ihn sollte sein Dasein ewig währen.«

»Ach, Bissula, der Konsular weiß um die irdische Vergänglichkeit. Lass uns in diesen Wintertagen gute Laune bewahren. Schau, soeben fällt die Sonne in den Garten und die Nieswurz leuchtet darin wie frischer Schnee. Man nennt sie jetzt Christrose, weil sie blüht, wenn die Christen die Geburt ihres Gottessohnes feiern, aber diese Rose kann töten.«

»Das stimmt«, pflichtete Bissula erschaudernd bei. »Ausonius bezeichnet die Blume mit ihrem griechischen Namen ›Helleborus‹ und sagt, dass alles an ihr gefährlich sei, besonders der Wurzelstock. Die Giftmischer schätzen sie, weil sie Herz und

Atem lähmt, ohne Spuren zu hinterlassen. Wir beide sollten besser über Angenehmes reden. Seit Ausonius sich für das Brunnenmosaik entschieden hat, ist das Lächeln der Frauen sein Lieblingsthema. Er schätzt es höher als ihr Lachen. Das schönste Lächeln hat für ihn unsere Kaiserin, obwohl sie es nicht mehr zeigt. Ausonius wollte sie ein wenig aufheitern und hat an Constantias Palastflügel eine neue Rosenzüchtung von Julia Armitari pflanzen lassen. Die Blüte soll schimmern wie Seide und der Duft von nobler Art sein. Julia hat die Erlaubnis erhalten, sie ›Constantiarose‹ zu nennen.«

»Dann können wir sie spätestens im Juni bewundern«, meinte Ada und fragte wie von Bissula erwartet: »Was bedrückt denn unsere liebe Kaiserin? Bestimmt ist es die lange Abwesenheit ihres Gemahls. Seit Monaten wartet sie auf ihn. Selbst zum Christfest ist Gratian nicht erschienen. Das Alleinsein muss unerträglich sein für eine junge Ehefrau, die ihren Mann so innig liebt wie Constantia."

»Unsere Kaiserin hat Angst«, flüsterte Bissula und spürte, wie ihr das von Ausonius anvertraute Geheimnis entglitt.

»Um Gratian? Die hat Constantia doch fortwährend. Genau wie unser Herr Ausonius. Er glaubt, unser Kaiser ist immer und überall in Gefahr, und hat damit sicher recht. Man denke nur an die Krankheiten, die ständig in den Militärlagern ausbrechen.«

Bissula schüttelte den Kopf.

»Eigentlich darf ich nicht darüber sprechen. Aber du bist ja verschwiegen wie ein Grab.«

Sie rückte an die erschrockene Ada heran, als wollte sie deren Diskretion prüfen.

»Ausonius, dem Constantias Schutz in besonderer Weise obliegt, hat mir Schlimmes berichtet. Altkaiserin Justina hat, bevor sie Treveris verließ, den schlimmsten Fluch ausgesprochen, den man sich vorstellen kann.«

Ada riss die Augen auf und schlug die Hände vor den Mund, als Bissula hervorstieß:

»Gratian, Constantia und ihre gemeinsamen Kinder sollen einen frühen Tod finden.«

Bissula machte eine Pause und sprach dann unter aufsteigenden Tränen weiter:»Du erinnerst dich sicher, dass die Witwe von Altkaiser Valentinian den hiesigen Kaiserhof vor sechs Jahren verlassen hat. Damit zahlte ihr Gratian die Vertreibung seiner Mutter Marina Severa heim, weil sein Vater diese vom Hof entfernen ließ.«

»Wer erinnert sich nicht an Altkaiserin Justina«, flüsterte Ada und rieb sich über eine jäh an den Armen entstandene Gänsehaut.»Als ich hier aufgenommen wurde, war Marina Severa nicht mehr am Hof und Justinas Erscheinung sorgte stets für Bewunderung. Sie ähnelte einer Göttin mit bösem Blick. Die Männer mieden ihn, aus Angst, ihr zu verfallen.«

»Ausonius gewiss nicht«, widersprach Bissula.»Er wollte Gratian schützen und musste Justina schon deshalb mit größter Ehrerbietung begegnen. Sie herauszufordern war gefährlich. Alle waren erleichtert, als sie Treveris verließ, um mit ihren Kindern am Kaiserhof von Mediolanum zu leben. Dort soll sie immer noch eine blendende Erscheinung sein. Solange sie ihren minderjährigen Sohn Valentinian als Mitkaiser vertritt, behält Justina großen persönlichen Einfluss. In Treveris flüsterten die Höflinge über ihre Rachsucht. Sie soll okkulte Kräfte besitzen, sogar Fluchtäfelchen und Zauberpuppen benutzt haben«, entrüstete sich Bissula.

»Das ist doch strengstens untersagt!«, rief Ada erschüttert.

»Was Justina nicht davon abgehalten hat. Sie ist nach wie vor arianische Christin. Selbst die Christen streiten untereinander und böse Kräfte lauern überall.«

»Was bewirken denn diese Fluchtäfelchen? Konsular Ausonius hat nie darüber gesprochen.«

»Bestimmt, weil sie von der Wissenschaft geächtet sind«, mutmaßte Bissula.»Vieles gilt dort als Angstmacherei. Dabei weiß Ausonius von diesen Dingen und glaubt selbst an die Gabe der

Weissagung, ebenso an die Kraft der Gedanken. Solche Fluchtäfelchen werden von Römern und Griechen seit Jahrhunderten eingesetzt. Fast immer wünschen sie den Gegnern schlimme Krankheiten, sogar den Tod. Man nimmt eine kleine Bleitafel und ritzt seinen Fluch unter Anrufung einer Gottheit hinein. Mars und Isis sind beliebt. Manche bitten böse Dämonen um Mitwirkung. Danach werden die Täfelchen mit Vorliebe auf Friedhöfen und in der Nähe von Arenen abgelegt oder in den unterirdischen Gängen der Amphitheater versteckt. Dort findet man nach wie vor Zauberpuppen. Man glaubt, dass die grausamen Spiele die bösen Kräfte stärken.«

Das Wort »Zauberpuppen« löste bei Ada ein Grauen aus. »Wie kann man ein Spielzeug für so finstere Dinge missbrauchen?«, fragte sie empört.

»Das sind keine Puppen, mit denen kleine Mädchen spielen«, betonte Bissula angewidert. »Sie sind aus Keramik, Wachs oder Blei, und tragen den Namen der verfluchten Person. Stellvertretend für diese werden sie mit Nägeln durchbohrt, gefesselt oder verstümmelt. Man vergräbt sie in winzigen Särgen, oft an alten Kultplätzen.«

»Das ist ja zum Fürchten, Bissula. Wie gut, dass die Christen solche Handlungen verboten haben. Glaubst du denn an deren Wirkung?«

»Allein der Gedanke an solche Abscheulichkeiten jagt mir Entsetzen ein. Was meinst du dazu, Ada? Du bist doch mit deinem keltischen Götterglauben aufgewachsen.«

»Mit den dunklen Mächten will ich nichts zu tun haben. Man muss sie meiden. Die jenseitigen Geister besitzen gute und schlechte Energien.« Ada machte eine abwehrende Bewegung mit den Händen. »Niemals würde ich das Böse anrufen, sondern versuchen, es durch geweihte Gegenstände fernzuhalten. Selbst Bäume können beschützen. Erinnere dich an die Esche und den Hollerbaum. Wir Menschen können sehr wohl entscheiden, was wir zu uns einladen.«

»Das hieße ja, dass solch ein rachsüchtiger Fluch eintreten kann«, stellte Bissula erschrocken fest.

»Das darf auf keinen Fall geschehen«, sagte Ada. »Man kann sich gegen Schwarze Magie schützen, indem man ihr gute Wünsche und Gedanken entgegensetzt. Warum hat Kaiserin Constantia erst jetzt von Justinas Fluch erfahren? Er liegt doch Jahre zurück.«

»Eine ehemalige Hofdame hat die Mitwisserschaft gestanden. Demnach hat Justina das Kaiserpaar mit Täfelchen und Zauberpuppen verflucht. Die besagte Hofdame konnte ihrer Herrin nicht nach Mediolanum folgen und erleichterte nun ihr Gewissen auf dem Totenbett. Bedauerlicherweise hat man Constantia davon berichtet.«

»Kann man diese verfluchten Gegenstände nicht unschädlich machen?«, fragte Ada.

»Leider konnte die Frau das Versteck nicht benennen. Nun hat sich unsere Kaiserin in ihrer Not an Ausonius gewandt.«

»Der Konsular glaubt sicher nicht an Schadenzauber.«

»Dafür glaubt er an die Niedertracht der schwarzen Witwe«, antwortete Bissula mit Überzeugung. »So wie Justina früher ihr Intrigennetz in Treveris spannte, tut sie das inzwischen am Hof von Mediolanum. Allerdings fürchtet Constantia ihre Rache aus mehreren Gründen. So hat ihr kaiserlicher Vater Justinas ersten Gemahl Magnentius wegen dessen Usurpation in den Tod getrieben und anschließend Justinas Vater wegen Unterstützung des Schwiegersohnes hinrichten lassen.«

Ada schüttelte angewidert den Kopf. »Für mich klingt das nach Hofintrigen.«

»Auf keinen Fall. Diese Dinge sind verbürgt und kein Geheimnis. Ausonius weiß das, ebenso wie viele andere.«

»Genug von diesen schlimmen Geschehnissen!«, flehte Ada. »Wir werden die guten Mächte um Constantias Schutz bitten. Lass uns wieder über die Ausschmückung des Brunnengartens reden. Nicht mehr lange und die Arbeiten beginnen.«

Bissula nickte.»Du hast recht. Das neue Kunstwerk wird in den kommenden Monaten ein großes Thema sein. Hoffentlich treffen die Entwürfe bald ein. Ausonius hat drei der besten Werkstätten darum gebeten, damit er sie vergleichen kann. Er legt Wert darauf, dass mir das Konzept ebenfalls gefällt. Wie du weißt, liebt der Konsular die schönen Künste. Deshalb soll unser Mosaik etwas Außergewöhnliches werden.«

»Welche Werkstätten kommen denn in Betracht?«, fragte Ada. In ihrer Stimme lag ein wissender Unterton, der Bissula nicht entging. Sie kicherte.»Dreimal darfst du raten. Jedenfalls gehört der Ägypter dazu. Bestimmt erinnerst du dich an unser Treffen in der Bibliothek. Seine dortige Arbeit hat den Konsular überzeugt.«

»Der Mosaikmeister mit den feurigen Augen? Baard arbeitet in seiner Werkstatt, du weißt, der schmächtige Handwerker aus meinem Heimatdorf, der damals so verlegen wurde.«

»Vielleicht erhält dieser Alexandro ja den Auftrag«, sagte Bissula und ließ ihre Stimme betont gleichgültig klingen.

Als Ada gegangen war, dachte Bissula erneut an den charmanten Handwerksmeister. Die Vorstellung, dass er im Frühling im Brunnengarten arbeiten würde, gefiel ihr.

»Natürlich bin ich gegen seine Komplimente gefeit. Das wird ihn gewiss irritieren«, dachte sie belustigt.»Die Baustelle wird das tägliche Einerlei beleben. Ada wird mit diesem Baard über ihre Kindheit plaudern und Ausonius kann die Fortschritte an seiner steinernen Muse verfolgen.«

Sie nahm einen Spiegel zur Hand und murmelte:»Meister Alexandro könnte doch mein Lächeln nehmen, dazu das von Ada oder besser das vornehme von Constantia. Unsere Kaiserin ist so hübsch und liebenswert. Ausonius verehrt sie wie eine Heilige. Nicht auszudenken, wenn ihr etwas Schlimmes geschieht. Hoffentlich besitzt Justinas Fluch keine Macht.«

Jäh nahm ihr eine diffuse Angst den Atem. Sie sprang auf und öffnete das Fenster, als könne sie die Gedanken an Justinas Rache hinausjagen in die winterliche Kälte.

»In drei Monaten beginnt der Frühling«, dachte sie. »Am wichtigsten ist Gratians Rückkehr. Alles wird gut, wenn der Kaiser erst wieder hier ist.«

Für Bissula verkörperte seine jugendliche Ausstrahlung den Glanz des römischen Imperiums. Früher hatte Ausonius ihn gerne seinen »Götterjungen« genannt und damit ihre kindliche Eifersucht herausgefordert. Dabei bewunderte sie Gratian ebenfalls, weil er die Glorie eines Auserwählten besaß.

Leider wusste der ständig Abwesende nicht, wie sehr man sich nach seiner sichtbaren Gegenwart sehnte, nicht nur seine Gemahlin oder Ausonius. Immer noch war der junge Kaiser ein Hoffnungsträger, an dessen Anblick sich die Menschen aufrichten wollten.

Trügerische Ruhe

Im April des Jahres 382 stellten sich die ersehnten Sonnentage ein. Die Kirschbäume öffneten erste Blüten, als Ausonius Pinas Bitte um einen Besuch erhielt. Da dies ungewöhnlich war, machte er sich bereits am nächsten Vormittag auf den Weg und dachte währenddessen widerstrebend an Pinas letzte Weissagung. Die Haushilfe hatte zwei Lehnstühle in den Garten gestellt. In einem saß die alte Kinderfrau unter einer Decke. Ihr schmächtiger Körper ließ sich kaum ausmachen, Gesicht und Hände waren unbedeckt. Über den Fingergelenken runzelte sich die bräunliche, von mürben Blutgefäßen geäderte Haut. Pinas Mund war nur noch ein blasser Strich, während die Nase deutlich hervortrat. Die einst so schwungvollen dunklen Brauen hingen grau über tiefliegenden Augen.

»Der Tod wird nicht mehr viel von ihr vorfinden«, dachte Ausonius, einmal mehr erschrocken über die Unbarmherzigkeit des Alters. Warum fand sich kein Mittel gegen diese für alle sichtbare Demütigung des Körpers? Das Zitat des Philosophen Seneca fiel ihm ein: »Alles ist fremdes Eigentum, nur die Zeit gehört uns allein.« Dabei war gerade die Zeit ein Dieb.

Nach der herzlichen Begrüßung nahm er im zweiten Lehnstuhl Platz. Das Sprechen bereitete Pina Mühe, deshalb blickten sie bald einvernehmlich schweigend zu den aufblühenden Schlüsselblumen. Pinas Augenlider flatterten ein wenig, wahrscheinlich glitt sie in einen Traum. Ausonius empfand das Schweigen als angenehm. Die leichten Windböen wichen einer seltsamen Stille, in der ihm selbst der Flügelschlag der gelben Falter hörbar erschien. Er schloss die Augen, um sich intensiver auf seine innere Welt einzulassen. Als sich ihm bald darauf schimmernde Farbringe zeigten und einen roten Gang formten, in dem plötzlich ein Pfau auftauchte, wunderte er sich nicht einmal. Er betrat die leuchtende Röhre und verspürte einen Sog, der sich mit jedem Schritt verstärkte. Etwas warnte ihn und der Pfau verschwand. Der Gang wurde enger, aber das lockende Rot, verbunden mit einer wohligen Wärme, verhieß eine nie gekannte Seligkeit. Dazu erklang eine liebliche Melodie. Noch ein Schritt und er würde nicht mehr umkehren können. Unschlüssig atmete er die dünner werdende Luft, als ihn eine Stimme aus seiner Verzückung riss.

»Hinter der Sonne fängt das Licht erst an.« Nach einer kleinen Pause fuhr die Stimme fort: »Ich bin dort, wo wir alle sind.«

Aufgeschreckt blickte Ausonius zu Pina, von der er sich unterbrochen glaubte, und stellte fest, dass diese mit weit geöffneten Augen lächelte, als hätte sie einen ersehnten Besuch erhalten.

»Pina!«, rief er zitternd und wusste augenblicklich, dass sie ihn um ein Haar mit sich genommen hätte auf die letzte Reise. Ohne die seltsame Stimme wäre er der Lichterscheinung in die jenseitige Welt gefolgt. Das konnte nur bedeuten, dass seine Zeit noch nicht gekommen war. Trotzdem fiel ihn eine dumpfe Enttäuschung an, verbunden mit Müdigkeit und einem Gefühl innerer Leere. Er erhob sich so schleppend, als wäre er in seinem Lehnstuhl um Jahre gealtert. Fröstelnd schloss er Pina die Augen und nahm mit schlotternden Knien erneut Platz, um sich zu sammeln. Ein Segen, dass sich der Mensch in den letzten Dingen einem höheren Willen beugen musste. Kein Geringerer als dieser hatte ihn aus dem Sog gelöst, damit er seine diesseitige Aufgabe beenden konnte.

Er dachte an Pinas innere Zerrissenheit nach ihrer letzten Weissagung.

»Ich darf nicht zu meinen Göttern gehen«, hatte sie am Jahresbeginn geklagt, woraufhin er ihr kühl erwidert hatte: »Du solltest warten, bis du gerufen wirst.«

Niemals hätte er eingestanden, dass er an ihrem Schuldgefühl mitgewirkt hatte. Allerdings besuchte er Pina regelmäßig und ließ ihr Honig und Wein ins Haus bringen. Als sie ihm vor kurzem mitgeteilt hatte, ihr sei vergeben worden, hatte er sich erleichtert gefühlt.

Pina wurde auf dem südlichen Gräberfeld beigesetzt, zusammen mit ihrem Bronzearmband und dem Stein der Druideninsel. Nach keltischer Sitte fügte Ada eine Speise für den letzten Weg bei und sprach auf Wunsch von Ausonius ein Abschiedsgebet. Die Worte hatten einst die Bestattung seiner Frau begleitet. »Der Bote des Jenseits hole dich nun ab, an der Grenze deiner Zeit in dieser Welt. Es sollen dir alle entgegenkommen, die du geliebt hast und die dir vorausgegangen sind. Wir lassen dich los, damit du ohne Wehmut gehen kannst.«

Pinas Tod ging Ausonius unerwartet nahe. Er fragte sich, wie dieses Jenseits beschaffen war, falls diese Ebene des Seins überhaupt existierte. War sie ein Lichtort oder Fegefeuer und Hölle, mit denen das Christentum seine Gläubigen ängstigte? Er bedauerte Gratians rigide Religionspolitik. Weil sein eigenes Christentum zu einem Teil auf Opportunismus beruhte, ließ Ausonius Bissula und Ada gewähren. Letztlich war jede Religion überzeugt, die einzig wahre zu sein.

Zum eigenen Erstaunen fühlte der Konsular in der auf Pinas Tod folgenden Zeit frischen Tatendrang. Die Angst vor der Weissagung löste sich auf, der Ausbau der Bibliothek machte Fortschritte, Handel und Handwerk erlebten den gewünschten Aufschwung. Dies bestätigte auch Magistrat Armitari anhand seiner Marktbeobachtungen.

Die Ausschmückung seines Hauses betreffend, hatte sich der Konsular für Meister Alexandro entschieden. Zu seiner Freude war Bissulas Interesse so lebhaft, als handele es sich bei der Darstellung der Brunnenmuse um sie selbst.

Ende April errichteten Werkstatthelfer eine kleine Bauhütte. Das für die Arbeiten erforderliche Wasser spendete der Brunnen, dessen Bereich eine Art Nymphäum werden sollte. Der Konsular war guter Dinge, dass der ägyptische Mosaikmeister seine Vorstellungen umsetzen konnte, insbesondere dieses Lächeln zwischen Reinheit und Sinnlichkeit. Seine Frau Attusia hatte es vor ihrer Mutterschaft besessen, Bissula kurze Zeit, Adas Lächeln war sanft und das von Julia liebenswürdig bis betörend. Überhaupt war das Lächeln ein universales Instrument. Vieles konnte sich darin spiegeln, so auch die Macht. Er dachte an sein Alterswerk, mit dem er sich endgültig unter die Großen einreihen wollte. Die Einweihung der Bibliothek kam für dessen Fertigstellung zu früh. Deshalb hatte sein Sohn Hesperius eine prächtige Jubiläumsausgabe aller vorhandenen Werke initiiert und die besten Schreiber sowie Illustratoren beauftragt. Ausonius wollte sie Gratian widmen. Er schmunzelte. Erfahrene Autoren wussten, dass der Inhalt durch die Form seiner Präsentation geadelt wurde. Auf edlem Papier und in kunstvoller Schrift erschien sogar ein gestriger Gedanke als Erleuchtung.

Für Ausonius' innere Gelassenheit sorgte in erster Linie Gratian. Sehnlichst erwartet, war der Kaiser Ende Januar aus Norditalien zurückgekehrt und wollte sich bis Ende Mai in Treveris aufhalten. Da die Jagd im Winter eingeschränkt war, fand Gratian endlich Zeit für Gesetze und andere Regierungsgeschäfte. Er zollte seinem Präfekten Anerkennung für die Leistung des vorangegangenen Jahres, war offen für politische Sorgen und scherzte zuweilen wie in früheren Zeiten. Dann spürte Ausonius die alte Vertrautheit, in der er sich gelegentlich wie Gratians zweiter Vater gefühlt hatte. Diese Art Verbundenheit blieb Ambrosius versagt. In Treveris war die konkurrierende Residenz in Mailand keine Gefahr, ebenso wenig der Bischof, der nach wie vor den Einflussbereich der Kirche mit Gratians Unterstützung ausweitete.

So hatte der Kaiser im letzten Jahr seinen machtverleihenden Titel *Pontifex Maximus* ablegen wollen, weil dieser ursprünglich mit dem obersten Priester der römischen Götterkulte verbunden war. Allerdings stand er seit Jahrhunderten ausschließlich dem römischen Kaiser zu.

Ohne den Bischof zu erwähnen, argumentierte Ausonius: »Tut dies nicht, kaiserliche Hoheit. Der Titel Pontifex Maximus stärkt Eure Macht. Das Volk verbindet ihn mit dem Kaiser. Womöglich strebt ihn Papst Damasus, der Bischof von Rom, in seiner Eigenschaft als höchster Priester der Christen selbst an.«

Gratian ließ zu Ausonius' Erleichterung von diesem Vorhaben ab, beschloss aber, den Altar der Siegesgöttin Victoria aus der Kurie des römischen Senats entfernen zu lassen. Kein Geringerer als der hochverehrte Kaiser Augustus hatte ihn dort 29 Jahre vor der neuen Zeitrechnung aufstellen lassen und zwei Jahre später bei *Actium* seinen entscheidenden Sieg über Marcus Antonius und Kleopatra errungen. Seither war Victoria nicht nur die Personifikation des römischen Sieges und die Hüterin des Reiches, sondern die persönliche Schutzgöttin der römischen Kaiser. Ausonius wusste, wie staatstragend dieser Altar als das Symbol römischer Stärke war. Mit seiner Entfernung würde Gratian einflussreiche Politiker und Senatoren kränken, deren Wortführer der hochangesehene Symmachus war. Mit ihm stand der Konsular seit Jahren in einem beiderseits geschätzten Briefwechsel. Als Gratian diesen Plan ebenfalls aufgab, atmete Ausonius auf. Wie einfach war die Politik, wenn der Kaiser in Treveris weilte.

Etwas Erstaunliches erfreute nicht nur den Konsular. Gratian und Constantia wirkten zum ersten Mal wie ein Liebespaar. Die zärtlichen Blicke der Kaiserin suchten immer wieder ihren Gemahl, der diese Zuneigung mit liebevollen Gesten erwiderte.

»Die beiden bilden endlich ein Paar, welches bei öffentlichen Auftritten Zuspruch erfährt. Sie stützen einander und damit Gratians Regentschaft«, freute sich Ausonius. Er erinnerte sich an seine Frau und daran, wie viel Kraft man aus ehelicher Harmonie und gemeinsamen Zielen schöpfen konnte.

Constantia war ohne Vater in politischen Unruhen aufgewachsen. Als sie Ausonius von Justinas Fluch berichtet hatte, ähnelte sie plötzlich einer ängstlichen Tochter, die um väterlichen Beistand bittet. Selbstverständlich würde er sie beschützen. Die Furcht vor Schwarzer Magie beeinträchtigte das Lebensgefühl der Betroffenen. Glaubte man an die Kraft positiver Gedanken, so musste man sich im Umkehrschluss vor den bösen hüten. Fatalerweise war nach Justinas Verständnis zwischen ihr und dem jungen Kaiserpaar noch immer eine alte Rechnung offen.

Der Konsular seufzte. Die Sorge um Gratian und Constantia war eine Bürde. Er würde den Kaiser bitten, weitere Schutzmaßnahmen für seine Gemahlin anzuordnen. Über Justinas Fluch wollte er lieber schweigen. Für Gratian war alles Heidnische verachtenswerter Aberglaube.

Um seine gute Stimmungslage zu stabilisieren, wandte sich Ausonius dem bevorstehenden Besuch eines Wissenschaftlers zu. Eine Nachricht aus Rom hatte Professor Aurifer angekündigt, der auf dem Weg nach *Colonia* einen Aufenthalt in Treveris plante, um einige Vorlesungen über Metalllegierungen zu halten. Der Professor war zweifelsohne der Alchemist, der sich mit künstlicher Goldgewinnung befasste. Auf diesem Gebiet wurde mit Nachdruck geforscht, denn die Kosten der Grenzsicherung hatten die Staatskasse geleert. Auf Sicht war die Senkung des Goldanteils bei der Münzprägung keine Lösung. Künstliches Gold käme den überfälligen Soldzahlungen gelegen, denn diese beschädigten Gratians Ansehen.

Nichts ließ sich mit der Faszination von Gold vergleichen. Ausonius erinnerte sich an das wunderbare Gefühl, seiner Frau Attusia einen neuen Goldschmuck anzulegen. Er wiederum erfreute sich an seiner Amtskette und dem Siegelring seines Vaters, ebenso an seinem Vermögen aus Münzgold, das gut verborgen auf seinem Weingut lagerte.

Nach Pinas Prophezeiung hatte der Konsular die Sicherheitsdienste angewiesen, auf jeden Verdächtigen zu achten, insbesondere auf verstümmelte Hände. So kontrollierten die städtischen Ordnungskräfte intensiver als üblich und hatten Ende Januar auf dem Hafengelände einen Blinden in einem abgewetzten Kapuzenmantel entdeckt. Der heruntergekommene Mann saß dort täglich zur gleichen Zeit und bettelte. Das allein war nichts Ungewöhnliches, bis auffiel, dass er seine dunkle Augenklappe wechselweise links oder rechts trug. Bei der Kontrolle durch die *Vigiles urbani* setzte sich der Bettler überraschend gewalttätig zur Wehr, tötete einen Beamten und flüchtete in Richtung Mosella. Kurz vor dem Ufer fing man den Gewalttäter ein und bemerkte, dass ihm der rechte Zeigefinger fehlte. Bei der Vernehmung durch die *Cohortes urbanae* stellte sich heraus, dass der Festgenommene ein desertierter Botenreiter war, dem man wegen Meineides den Finger abgehackt hatte.

Ausonius erinnerte sich umgehend an die Worte der Weissagung: »Vier Finger bringen dir die Botschaft.«

Endlich konnte er aufatmen.

Bald darauf unterzeichnete Gratian das übliche Urteil: Tod durch *Säckung*. Diese Bestrafungsform galt als Abschreckung, zugleich als Volksbelustigung.

Der Zeitpunkt wurde auf einem Anschlagbrett bekanntgegeben. Stunden vor Beginn sammelten sich die Schaulustigen an der Brücke und heizten die Stimmung mit Fusel und Sprechchören an. Einsetzende Prügeleien endeten erst, als rhythmische Trommelschläge den Zug mit dem Verurteilten ankündigten. Dieser stand in Ketten auf einem Eselskarren. Dicht dahinter führte einer der Vollstrecker einen schwarzen Hund an einem Stachelhalsband. Das Geschrei der Menge verstummte erst, als man den Todgeweihten zusammen mit dem zähnefletschenden Hund und zwei räudigen Katzen in einen Sack bugsierte, diesen verschnürte und mit einem Stein beschwerte. Danach hievten vier hünenhafte Männer die zappelnde Fracht auf die Balustrade der Brücke. Trommelwirbel setzte ein, begleitet vom Johlen der Zuschauer, bis der Sack in die Tiefe kippte, und zwar dort, wo man im Sommer die Münzen für die Taucher ins Wasser warf. Eine Eisscholle trieb über die gurgelnde Stelle, als wäre die Schmelzwasser führende Mosella ein Fluss der Unterwelt.

Dies alles erfuhr der Konsular von einem seiner Liktoren. Er selbst befand sich während des Spektakels in seiner Kanzlei. Trotz des brutalen Geschehens erleichterte ihn das Wissen, dass der Mann unschädlich gemacht war und nie mehr eine Botschaft überbringen konnte.

Mit Abneigung erinnerte sich Ausonius an eine Säckung in Rom, die er dort in jungen Jahren beobachtet hatte. Damals ertränkte man einen Brudermörder zusammen mit einem bissigen Affen und einer Aspisviper in den trüben Fluten des Tiber. Der in Ketten geführte Mann schrie seine Todesangst in ebenso schrillen Tönen hinaus wie der Affe. Noch abstoßender war das Ergötzen der Zuschauer. Ausonius war, als ließen sie mit ihrem Lärm einen inneren Dämon entweichen, der weiterziehen würde, allzeit bereit für das Böse. Das Geschehen verfolgte ihn lange Zeit und er beschloss, nie mehr an einer derartigen Bestrafung teilzunehmen.

Damals war er noch nicht an Gräueltaten gewöhnt. Erst als Kriegsberichterstatter lernte er diese kennen und zu schildern. Unfassbar, was Menschen einander antun konnten und wie lustvoll die Volksseele daran teilnahm. Zum Glück ächtete das Christentum die blutigen Gladiatorenkämpfe, was das Interesse auf Pferderennen und Tierhetzen lenkte. So gaben die Herrschenden der Wut des Volkes ein Ventil.

Der Satirendichter Iuvenalis hatte dies erkannt, als er schrieb: »Brot und Spiele halten die Menschen ruhig.«

Der Konsular wollte sich nicht eingestehen, dass er diese Strukturen stützte. Seine Aufgabe war die Stabilisierung der Wirtschaft und eine funktionierende Verwaltung, die die innere

Ordnung garantierte, zwei riesige Aufgaben. Er durfte mit sich im Reinen sein.

Erfreulicherweise waren auch die Unstimmigkeiten mit Bissula beigelegt. Allerdings hatte ihn dies ein kleines Vermögen gekostet, was wiederum sein Gewissen entlastete. Jedenfalls hatte Bissula sein Nein zu einer Eheschließung akzeptiert. Bei aller Unzufriedenheit schätzte sein Täubchen das feudale Leben unter seinen Fittichen. Gern dachte Ausonius in den länger werdenden Tagen an das neue Mosaik. Ende Juni würde das Werk den Brunnengarten aufwerten und die Besucher beeindrucken. Der Konsular war überzeugt, dass ihm die Gunst des Fatums erhalten blieb.

Die Goldene Zahl

Die Schiebetür des Tablinums zum Peristyl mit seinem stilvollen Brunnengarten stand offen. Bissula verbarg sich hinter der roten Portiere und lauschte mit der Hand am Ohr den Schritten, die auf dem weißen Kiespfad nahten. Sie hielten inne und gleich darauf war die melodische Stimme des Mosaikmeisters zu hören. Vorsichtig, um keinesfalls entdeckt zu werden, spähte die Alamannin hinaus. Dort lockte die Sonne erste Schmetterlinge zu den blühenden Lorbeerbüschen. Gerade besprach der Meister die Arbeitsplanung mit seinem Gesellen Baard. Dieser hatte bereits vor zwei Tagen mit den Vorbereitungen begonnen, zeitweise unterstützt von Helfern. So war für den Werkstattinhaber ein ausladender Arbeitstisch installiert worden, auf dem in einem Marmorsetzkasten das lebensgroße Mosaikbild der Brunnennymphe entstehen würde. Nach der Fertigstellung sollte es in die dafür vorgesehene Arkadenwand eingesetzt werden. Die Darstellung oblag ausschließlich dem Meister und Bissula hoffte, dass Alexandro den heutigen Tag im Garten verbringen würde.

Tatsächlich bewegte sich seine sehnige Gestalt bald darauf um den Tisch und sein markantes Gesicht verriet gute Laune. Als sein Meister ein Liedchen hören ließ, wandte Baard erstaunt den Kopf und die heimliche Beobachterin trat hastig zurück, um vor einem Spiegel an Tunika und Haar zu zupfen. Eine Dienerin hatte ihr die honigblonden Flechten aufgesteckt und mit einem Band geschmückt. Bissulas lavendelfarbene Augen waren mit Korkasche und *Azuritpuder* betont, Wangen und Lippen rot betupft. Ihr Aufputz war kein Zufall, denn sie hatte entschieden, der alltäglichen Langeweile zu begegnen, indem sie für ein wenig Aufsehen sorgte.

So schwebte sie in ihrer türkisfarbenen Seidentunika hinaus ins Morgenlicht, was Meister Alexandro wie erwartet aufblicken und sich verbeugen ließ. Eilig erhob sich nun auch der Geselle von seiner Bodenarbeit und stotterte einen Gruß. Nach einem kurzen Dank wandte sich Bissula an den Werkstattinhaber.

»Hoffentlich macht die Arbeit an unserer Quellgöttin bald Fortschritte, werter Meister.«

»Danke für die Anteilnahme, verehrte Bissula. Selbstverständlich wird sie das, entsteht sie doch in der schönsten weiblichen Gesellschaft, die man sich wünschen kann. Das wird den schöpferischen Prozess beflügeln.«

Alexandros Schmeichelei gefiel ihr.

»Kann denn ein Mosaikgestalter durch solche Dinge beeinflusst werden?«

»Ganz gewiss, da er neben seinem handwerklichen Können den kreativen Impuls benötigt, damit das Besondere entstehen kann. Diese Energie wird der künftigen Beschützerin des Brunnens zufließen. Der hochverehrte Präfekt weiß um die schönen Kräfte. Er ist ein großer Kenner der Künste und schätzt zudem erstklassiges Handwerk.« Er lachte und machte eine ausladende Geste:»Vielleicht wird die Brunnenmuse einmal an diesen Frühlingsmorgen erinnern und an eine himmlische Erscheinung in leuchtender Seide.«

Bissula genoss die Komplimente, wollte aber ihren eigenen Kunstverstand beachtet wissen.

»Der Konsular hat Euch zwar den Auftrag erteilt, lieber Meister, ausschlaggebend war jedoch meine Begeisterung für die Mosaike in der Bibliothek. Man sollte den Einfluss einer Frau nicht unterschätzen.«

Alexandro antwortete keinesfalls verlegen:»Dann bin ich Euch zu besonderem Dank verpflichtet, verehrte Bissula. Ihr habt die Qualität meiner Werkstatt erkannt. Nun ist mir der Auftrag in dieser erlesenen Umgebung eine noch größere Ehre.«

Sie wehrte ab, zumal sie Spott in seiner Antwort zu hören glaubte, und bemerkte zu dem still arbeitenden Baard, um dessen Verehrung für Ada sie wusste:»Damals in der Bibliothek war meine Gesellschafterin Ada aus Dornberg ebenfalls beeindruckt.«

Der junge Handwerker beugte sich noch tiefer über seine Arbeit.

Bissula kehrte beschwingt ins Haus zurück und beschloss, später erneut zum Brunnen zu schlendern. Dort würde sie Meister Alexandro bewusst ignorieren, um seine Reaktion auf ihre Gleichgültigkeit zu testen. Ihr war, als spielte sie ein Spiel mit lebendigen Figuren, was sie zugleich belustigte und befremdete, denn sie langweilte sich bei strategischen Brettspielen, während Ausonius sie genoss. Das konzentrierte Nachdenken über einen angemessenen Zug widerstrebte ihr, was nicht hieß, dass der Konsular stets siegte. Wurde er aus Überlegenheit leichtsinnig, verblüffte sie ihn gerne mit einem raffinierten Spielzug.

»Mein schlaues Mädchen« nannte er sie dann, obgleich Bissula wusste, dass er insgeheim über seine Unachtsamkeit verärgert war und bei ihr nicht an wirkliche Klugheit dachte. Diese gestand er viel eher Ada zu, deren Begeisterung für Bücherwissen ihm gefiel.

Nach dem Mittagsmahl war Bissula froh, als Ada sich zum Zeichnen von Schlüsselblumen zurückzog, welche die Freundin neuerdings zu ihrer Lieblingsblume erklärt hatte. Zwar besaß auch Bissula Zeichentalent und einen guten Blick für Proportionen, aber das regelmäßige Üben widerstrebte ihr. Beim Sichten der Mosaikentwürfe hatte sie verwundert festgestellt, wie versiert Baard diese Kunst beherrschte.

Als sie beim erneuten Besuch des Brunnengartens eine Frage an ihn richtete, geriet der junge Mann ins Stocken, während sein Meister auf ihr Wort zu warten schien.

Schließlich rief er mit einem auffordernden Lächeln: »Möchte das gnädige Fräulein vielleicht einen Blick auf meine Arbeit werfen?«

»Danke für das Anerbieten, werter Meister, leider habe ich zu tun«, erwiderte sie reserviert und kehrte mit stolzem Gang ins Tablinum zurück.

Kurze Zeit darauf verfolgte sie missmutig, wie Ada den Garten besuchte und Alexandros Wunsch entsprach. Er schien ihr über die Mosaikkunst zu erzählen, denn er wies einige Male auf seinen Tisch und auf die Fläche um den Brunnen. Als Ada gegangen war, betrat Bissula entgegen ihrer ursprünglichen Absicht den Brunnengarten zum dritten Mal, um hier und da an den Lorbeerbüschen zu zupfen. Alexandros Arbeitstisch war abgedeckt, während Baard Farbsteine ordnete.

»Befindet sich Meister Alexandro in der Bauhütte?« Es gelang Bissula nicht, ihre Frage beiläufig klingen zu lassen.

Baard blickte sie kaum an, als er antwortete:»Leider nein, gnädiges Fräulein, er ist unterwegs zur Villa Armitari. Dort muss er sich um ein Mosaik kümmern, das am Rosenfest eingeweiht werden soll.«

In Baards Äußerung lag Stolz auf seinen Lehrherrn.

»Und deshalb lässt er unseren Brunnengarten im Stich!«, empörte sich Bissula, als träfe Baard eine Mitschuld.

Dieser erschrak.»Auf keinen Fall. Natürlich ist alles mit dem hochverehrten Konsular abgestimmt. Zu Beginn werde nur ich ständig anwesend sein, das Brunnenmosaik soll mein Meisterstück werden. Die schöne Muse bleibt allerdings meinem Meister vorbehalten.«

Bissula versuchte, freundlich zu klingen.»Wenn das Ergebnis gelingt, werden gewiss alle zufrieden sein. Trotzdem glaube ich, dass der Konsular Wert auf die Anwesenheit des Meisters legt. Wird er wenigstens morgen kommen?«

»Er weiht mich selten in seine Pläne ein und entscheidet gerne kurzfristig.«

Nach dieser Antwort ließ Bissula von weiteren Fragen ab und Baard wandte sich, erkennbar erleichtert, erneut seiner Arbeit zu.

Im Tablinum traf die Enttäuschte auf Ada und beide nahmen auf einer Polsterbank Platz.

Bissula schüttelte gereizt den Kopf. »Der Meister hat nicht einmal hinterlassen, wann er seine Arbeit fortzusetzen gedenkt. Wenn das so weitergeht, wird unsere Gartenruhe viel zu lange vom Lärm dieser Handwerker gestört.«

»Meister Alexandro hat vorhin erwähnt, dass er in der Villa Armitari noch ein Mosaik beenden muss. Sicher ist der Konsular zum dortigen Rosenfest geladen.«

Von diesem Hinweis ließ sich Bissula gerne ablenken. »Stell dir vor, Ada, in diesem Juni darf ich mitkommen. Inzwischen behandelt mich Julia wie ihresgleichen und kümmert sich nicht um das dumme Gerede der dicken Matronen. Die Gemahlin des Magistrats ist eine der vornehmsten Römerinnen der Stadt. Vor Jahren sollen sie und Ausonius enger verbunden gewesen sein. Sei's drum. Sie genießt es, wenn sich die Klatschweiber zurückhalten müssen aus Furcht, nicht mehr in die Villa Armitari eingeladen zu werden. Sie imitieren Julias Stil, ihre Frisur, sogar ihre Schminktechnik. Ein wenig ist sie auch mein Ideal, obwohl sie älter ist als ich. Schade, dass das Interesse ihres Mannes nicht ihr gilt.«

»Besitzt der Seidenhändler noch immer diese verwöhnten Hündchen?«

Bissula nickte. »Angeblich erhalten die kleinen Biester auf allen Festen die besten Bissen. Schade, dass du nicht dabei sein kannst. Das Anwesen der Armitaris sucht seinesgleichen. Du erinnerst dich, dass ich im letzten Jahr den Rosengarten besichtigen durfte. Das Gelände liegt wie ein Landsitz auf der linken Flussseite, nicht weit von der Brücke. Zwar nennt Ausonius die Villa protzig, trotzdem wird ihre Einrichtung bewundert, vor allem die Wandmalereien und Mosaike. Das Symbol der Rose ist überall. Das Rosenfest gilt überdies als Heiratsmarkt. Die jungen Leute müssen nicht einmal anwesend sein, denn die Eltern und Familien entscheiden über die Ehepartner ihrer Kinder. Bei den

Reichen ist selbst die Heirat ein Geschäft. Das erklärt, warum wir beide nicht zur römischen Ehefrau taugen.«

Bissulas Lächeln misslang, woraufhin Ada meinte: »Schade, dass die Söhne und Töchter so wenig Einfluss besitzen, obwohl es um ihr Lebensglück geht. Du wirst nach dem Fest viel zu erzählen haben, so über das gläserne Gewächshaus und das Rosenmosaik. Gewiss dreht sich bei Julia Armitari alles um die schönste Blume. Dabei besitzt nur du dieses wunderbare Exemplar aus Honigstein als Zeichen inniger Zuneigung.«

»Typisch Ada«, dachte Bissula. Niemals verlor diese ein kritisches Wort über Ausonius. Nun ließ sie sich von Alexandro ins Vertrauen ziehen.

Sie bat eine Bedienstete um etwas Karamellgebäck und fragte dann: »Willst du wirklich nicht wissen, Ada, wer dir die kleine Venus mit der Schlüsselblume geschenkt hat? Bist du tatsächlich so wenig neugierig?«

Kaum gesagt, bedauerte sie ihre Stichelei. Die Freundin konnte schließlich nichts dafür, wenn sie selbst den Mosaikmeister abblitzen ließ.

»Sie kommt von Fabala«, antwortete Ada verlegen.

Jetzt stellte Bissula endlich die Frage, die ihr auf der Zunge brannte: »Was hat Meister Alexandro dir erzählt? Zufällig konnte ich euch von meinem Fenster aus sehen.«

»Einige Dinge über sein Handwerk. Die Mosaikkunst habe vor Jahrhunderten in Griechenland mit hellen und dunklen Kieselsteinen begonnen. Erst mit den unterschiedlichen Steinarten hätten sich die Farben und Formen entwickelt.«

»Hat er über die beliebtesten Motive gesprochen? Ausonius besitzt ein Buch mit Abbildungen erotischer Mosaike. Manchmal liegt es aufgeschlagen auf seinem Schreibtisch. Sicher blickt Hilarius dann hinein.«

»Aber Bissula! Jedenfalls ist Meister Alexandro überzeugt, dass die Steinkunst der Malerei überlegen ist.«

»Ausonius stellt die Wortkunst über alles«, bemerkte Bissula und fragte leise:»Hat der Mosaikmeister mich nicht erwähnt?« Ada lächelte:»Er bedauerte, dass du keine Zeit für ihn hattest.«

Alexandro erschien auch an den folgenden Tagen nicht, während Baard bei seiner Arbeit war, unterstützt von einem *Pavimentarius*, der den Untergrund aus Keramikabfällen und verdichteten Kieselsteinen vorbereitete. Darüber wurde ein Estrich aufgebracht, in dessen feuchte Oberfläche Baard die Muster für die Farbsteine ritzte. Die aufwendigen Motive würde er in separaten Setzkästen anfertigen. Die einfachen Bodenflächen, bei denen korrektes Niveau und zügiges Arbeiten im Vordergrund standen, fügte ein *Tessellarius*. Am Ende würde das Werk seinen Seidenglanz durch das Polieren mit Quarzsand erhalten. Bis dahin war noch viel Zeit. Das große Bodenmosaik bildete einen Teich nach und grenzte an eine Arkadenwand des Peristyls. An ihr würde der kunstvolle Rahmen für Alexandros Werk entstehen. Der Mosaikteich sollte mit Seerosen und Fischen aus winzigen Steinteilchen belebt werden, ein bunter Hofstaat für die zukünftige Brunnennymphe.

An einem Morgen Anfang Mai saß Bissula mit Ada bei einer Handarbeit.

»Die neue Muse wird dich an deine Lieblingsgöttin in Dornberg erinnern. Wir sollten sie Sirona nennen.«

Ada reagierte zurückhaltend.

»Hoffentlich gefällt sie dem Konsular so gut, wie er sich dies insgeheim wünscht. Wir sollten mit dem Namen besser warten.«

Bissula rieb sich die Hände.»Ich habe ihn bereits gefragt und er war einverstanden. Ausonius' Mutter hat Sirona ebenfalls verehrt.«

Ada blickte erstaunt.»Um ehrlich zu sein, hatte ich Bedenken, weil Sirona ebenso verboten ist wie die römischen Götter. Ich freue mich, dass wir unsere Brunnenmuse nach ihr nennen dürfen.«

»Indessen lässt ihr Schöpfer auf sich warten«, murrte Bissula.

»Dabei sollte unser Mosaik ebenfalls im Juni fertig sein. Wir werden die Einweihung feiern, allerdings ohne eine Pompa wie vor drei Jahren, als Ausonius die Konsulwürde empfing.«

Sie hörte ein Geräusch und sprang ans Fenster. Draußen machte sich der Gärtner an einem Beet zu schaffen und Bissula kehrte mit betont gleichgültiger Miene zurück.

»Erinnerst du dich an das Wagenrennen und die große Dankesrede in der Kaiseraula, Ada?«

»Natürlich. Ein unvergesslicher Tag. Anschließend sagten alle, die *Gratiarum actio* des Konsulars sei die beste Laudatio gewesen, die jemals auf einen Kaiser gehalten wurde. Gratian ist der Edelste von allen. Würden ihm Flügel wachsen, wäre er ein Engel.«

Adas Begeisterung entlockte Bissula ein Lachen. Danach machte sie ihrer Enttäuschung Luft.

»Wir brauchen keinen Engel, sondern einen wehrhaften Kaiser, der endlich nach Norden zieht. In Britannien wartet sein Heer seit langem vergebens auf ihn. Stattdessen zieht er erneut in den Süden. Ausonius ist in größter Sorge und Constantia wird traurig sein. Sie ist zurzeit sehr glücklich über die Anwesenheit ihres Gemahls.«

»Wenn der Kaiser nicht in Treveris weilt, ist seine Gemahlin eine einsame Frau. Constantia vertraut nur wenigen Menschen«, bedauerte Ada.

»Das stimmt. Vielleicht wird sie bei der Einweihung unseres Mosaiks zugegen sein. Ich freue mich auf diesen Tag. Gewiss wird Meister Alexandro eingeladen werden. Der Konsular schätzt nicht nur seine Arbeit, sondern ebenso seinen Kunstverstand. Er hat in Alexandria die Freskomalerei studiert. Das ist die Stadt mit dem Museion, der berühmtesten Bibliothek der Welt. Dort steht ein Leuchtturm, den man *Pharos* nennt.«

»Woher weißt du so viel über unseren Mosaikmeister?«, wunderte sich Ada.

»Von Ausonius«, antwortete Bissula schnell. »Er ist über jeden informiert, der sich hier aufhält, schon aus Verantwortung für unsere Sicherheit. So sorgt er sich ständig um die Kaiserin, obwohl sie sich kaum in der Öffentlichkeit zeigt. Als er vom Fluch der schwarzen Witwe erfuhr, ließ Ausonius Constantias Leibwache verstärken. Er verehrt sie und erwähnte einmal, ihr Lächeln gleiche dem seiner verstorbenen Frau.«

Am letzten Apriltag, dem gallischen Mondfest, hatte Meister Alexandro mitgeteilt, ab Mitte Mai regelmäßiger in der Villa Sabina zu arbeiten. Wenn der Konsular ihn im Brunnengarten besuchte, hörte man ihr einverständliches Lachen. Bissula ihrerseits spürte Alexandros Blicke und beobachtete ihn ebenfalls, gab sich aber betont gleichgültig.

Eines Nachmittags Ende Mai, das Wetter war bereits sommerlich warm, besuchte Ada den Winzerhof ihrer Freundin. Konsular Ausonius weilte mitsamt seinem Diener Hilarius im kaiserlichen Sommerpalast. Die Portikus-Villa lag weithin sichtbar in einem Jagdgebiet sieben Leugen flussaufwärts bei *Contionacum*, unmittelbar über der Mündung des *Saravus* in die Mosella. Wie sein Vater Valentinian schätzte Gratian diesen Ort fernab der üblen Gerüche der Hauptstadt. Bissula wusste, wie wohl sich der Konsular dort fühlte, während er sein eigenes Sommerdomizil flussabwärts bei Noviomagus nur selten aufsuchte.

Über der Villa Sabina lag eine schläfrige Stille. Die Dienstboten hielten sich im Gesindetrakt auf und Bissula beschäftigte sich mehr oder weniger lustlos mit ihrer Garderobe. Baard hatte den Garten früh verlassen, aber sein Meister war bei der Arbeit.

Nicht lange, und die gelangweilte Alamannin trat in sommerlicher Kleidung in den Brunnengarten. Als Alexandro sie erfreut an seinen Arbeitstisch bat, ließ sie sich mit gespieltem Zögern darauf ein und konnte gleich darauf ihr Entzücken nicht verhehlen.

Die Darstellung der Brunnennymphe erinnerte an eine griechische Statue. Der Körper war aus feinsten hellen Carrarasteinchen gestaltet und von einem azuritblauen Schleier spärlich bedeckt. Alexandro berichtete, dass er für das kostspielige Kupfermineral nach Contionacum gereist war, wo man einen tiefblauen *Azurit* in einem Bergwerk namens Blauloch zutage förderte. Gemahlen und gebrannt fand das Mineral vielseitige Verwendung. So wusste Bissula nur zu gut, wie ausdrucksvoll Azuritpuder ihre Augen zur Geltung brachte.

Jetzt wunderte sie sich, weshalb das Gesicht der Muse unter dem wehenden Goldhaar kaum angedeutet war.

»Zwar verspricht sie, eine Schönheit zu werden, aber warum sind ihre Züge so unvollständig?«

Ihre Frage klang vorwurfsvoll, doch Meister Alexandro antwortete bereitwillig:

»Das menschliche Antlitz gilt als Höhepunkt einer Darstellung. In seiner Harmonie spiegelt sich das innere Empfinden, vor allem über Augen und Mund. Im hiesigen Fall soll das Lächeln ganz dem Wunsch des Konsulars entsprechen. Damit das Werk gelingt, sollte sich der Künstler mit der kreativen Energie des Universums verbinden. In diesem Reich der Anima mundi steht der Baum der Erkenntnis. Die Christenlehre weiß um diese Zusammenhänge.«

»Ihr solltet unserer Brunnengöttin einen Paradiesapfel schenken«, neckte Bissula. »Aber bei der Ausstrahlung eines Gesichts kommt es doch nicht nur auf das Lächeln an.«

»Das ist richtig. Entscheidend sind die Gesetze der Harmonie.«

»Gesetze? Das müsst Ihr mir näher erklären.«

»Natürlich nicht die Gesetze der Rechtsprechung. Trotzdem haben künstlerische und mathematische Lehrsätze eine hohe Bedeutung. Harmonie drückt sich in Größen aus, die zueinander in einem bestimmten Verhältnis stehen. Dieses wiederum manifestiert sich in Zahlen.«

»Wollt Ihr damit sagen, Schönheit und Harmonie basieren auf Zahlen?«

»Unbedingt, und zwar auf einer ganz bestimmten. Die Wissenschaft nennt sie ›Numerus aureus‹ oder die ›Goldene Zahl der göttlichen Harmonie‹. Sie entscheidet, was der Mensch als Einklang oder Formvollendung empfindet und bestimmt über die Anziehungskraft.«

»Das klingt ungewöhnlich, Meister Alexandro. Manchmal spricht der Konsular von der ›Zahl Phi‹ oder vom ›Goldenen Schnitt‹ in Verbindung mit Kunstwerken oder Bauten. Bis heute habe ich mich nicht dafür interessiert. Könntet Ihr mir diese Lehre erläutern?«

Bissula konnte deutlich erkennen, wie sehr ihre Bitte dem Meister schmeichelte.

Er dachte kurz nach, bevor er antwortete: »Die Goldene Zahl bezeichnet ein Teilungsverhältnis der Symmetrielehre und bestimmt das Verhältnis des Ganzen zu seinen Teilen. Dabei ist der Bezug des Ganzen zu seinem größten Teil gleich dem des großen zum kleinen Teil. Zu dieser Erkenntnis hat der griechische Mathematiker Euklid gefunden, der vor langer Zeit in meiner Heimatstadt lehrte. Er war ein großer Bewunderer der ebenmäßigen Skulpturen des Bildhauers Phidias.«

»Spielt diese Goldene Zahl denn bei unserer Brunnengöttin eine Rolle?«

»Allerdings. Sie gilt für uns alle, darüber hinaus für die Formen der Geometrie und der Natur. Schönheit wird von Harmonie bestimmt und richtet sich nach den Gesetzen der Schöpfung, die auf Verhältnismäßigkeit beruhen. Ihr, liebe Bissula, seid der beste Beweis für die Wahrheit dieser Lehre. Eindrucksvoller kann sich die Goldene Zahl nicht manifestieren.«

Der Mosaikmeister lächelte sie an und Bissula sonnte sich in seiner glühenden Bewunderung. Dieses neue Frage- und Antwortspiel machte Spaß.

»Meister Alexandro, was hebt ein Gesicht hervor und zieht die Aufmerksamkeit auf sich?«

Der Mosaikmeister antwortete in ernsthaftem Ton: »Die Größe von Stirn und Brauen, Augen und Nase, die Wangen, das Kinn, vor allem der Mund. Dieses Zusammenspiel entscheidet über die Schönheit des Ganzen.«

»Das Lächeln einer Frau ist doch keine Zahl.«

»Sicher nicht, teuerste Bissula. Erst mit der Tiefe des Blicks und dem Zauber eines Lächelns fließt das Innere nach außen und berührt. Diese Begegnung im Kern strebt die Kunst an. Ein Werk, welches das Innerste offenbart, öffnet uns für die schönen Kräfte und trägt uns empor.«

Alexandro hatte mit empathischer Stimme gesprochen und Bissula währenddessen in die Augen geblickt, als suche er in ihrem Blau etwas Ungesagtes.

»Als würden uns Flügel wachsen?«, fragte sie.

Er nickte. »Wunderbar formuliert.«

»Wie lange wollt Ihr Euch bei unserer Göttin denn noch Zeit lassen? Wann darf sie uns ihr Lächeln zeigen?«

»Gewiss bald. Vielleicht wird Euer Bild, liebste Bissula, dann in meinem Herzen sein, Eure Augen, Euer Mund …«

Er verstummte, während sie sein ungeteiltes Interesse im Hochgefühl ihrer Macht genoss, um festzustellen:

»Sie schmeicheln gerne, lieber Alexandro, während wir auf die Vollendung Ihres Werkes warten müssen, allen voran der Konsular. Inzwischen nennen wir die Brunnenmuse nach Sirona, der keltischen Göttin des Nachthimmels.«

Er lachte: »Welcher Name könnte passender sein als derjenige einer Sternengöttin? Aber nicht nur das Gesicht berührt uns, sondern auch die Gestalt.«

Beider Blicke richteten sich auf das Bildnis. Der Schleier umspielte den linken Busen und die schlanken Hüften. Bauch und Nabel erinnerten an die Weiblichkeit als Spenderin des Lebens. Ein Arm war ausgestreckt, als fordere seine feingliedrige Hand dazu auf, den Garten zu erkunden.

»Bisher habe ich mich mit der Mosaikkunst rein oberflächlich beschäftigt«, stellte Bissula fest. »Jetzt erkenne ich tatsächlich die Harmonie, die der Darstellung innewohnt, obwohl ihre Farben so unterschiedlich sind.«

»Diesen Einklang nennt man Kolorit. Er ist von hoher Bedeutung für den Gesamteindruck. Wie erfreulich, Euch einen Einblick geben zu können.«

Die samtige Männerstimme und der intensive Blick erregten Bissula. Verwirrt ließ sie zu, dass der Mosaikmeister ihre Linke ergriff, als gehörte sie der Quellgöttin, und mit seiner Rechten verband. Dabei trat er näher und Bissula konnte die Berührung seiner Seite spüren. Als wäre ihm sein Verhalten nicht bewusst, legte er ihre nun verflochtenen Hände zwischen Hals und Schulter der Mosaikgöttin, glitt damit zur linken Brust und weiter über die Hüfte zum zierlichen Nabel, um diesen zärtlich zu umrunden. Als sich ihre Hände den Schenkeln näherten, wurde sein Atem schneller, während Bissula eine jähe Hitze spürte, die von Alexandro zu kommen schien und in sie einströmte wie feurige Lava. Sie seufzte auf. Er wollte sie an sich ziehen, doch sein wissender Blick löste in Bissula eine glühende Scham aus.

Empört entriss sie ihm ihre Hand und zischte, den Tränen nahe: »Ihr solltet Distanz halten! Nicht umsonst nennt man Euch einen Frauenhelden.«

Offensichtlich bestürzt, versuchte Alexandro, sie zu besänftigen.

»Bissula, meine Schöne, keineswegs wollte ich Euch zu nahetreten. Glaubt mir doch bitte!«

Aber sie flüchtete ins Haus, ohne ihn eines Blickes zu würdigen, geschweige denn anzuhören.

»Warum habe ich das zugelassen? Hat er mich in unehrenhafter Absicht in diese Situation gelockt oder lag es auch an meinem Verhalten?«, haderte sie in ihrem Zimmer. »Er hat meine Verwirrung ausgenutzt. Zwar bin ich einsam, doch keineswegs verliebt in diesen Menschen. Er kann sich ja nicht einmal im Haus seines Auftraggebers beherrschen. Was denkt er nun von mir? Alles ist so lächerlich. Was habe ich mit ihm zu schaffen? Ausonius ist schuld. Nie ist er hier. Lieber kümmert er sich um Gratian, beinahe so, als wäre er sein Vater.«

Je intensiver sich Bissula um ihre innere Ruhe bemühte, umso mehr irrte sie in ihrem Gedankenlabyrinth umher und traf darin überall auf die dunklen Augen des Mosaikmeisters.

Sironas Lächeln

Einige Wochen später stand das Sirona-Mosaik vor seiner Vollendung. Alles war gelungen, nur das Lächeln der Muse erfüllte nicht vollständig die Vorstellung des Konsulars.

Baard spürte die Anspannung seines Meisters, dem Wunsch seines Auftraggebers zu entsprechen, und dachte dabei an seine eigene Zeit im Brunnengarten der Villa Sabina. Tag für Tag hatte er Adas Erscheinen herbeigesehnt, ihre kleinen Aufmunterungen, verbunden mit Anerkennung. Das änderte nichts daran, dass sie unerreichbar blieb, obwohl er hier sein Meisterstück geschaffen hatte. Bald würde er zu den anerkannt besten Mosaizisten der Stadt gehören und durfte an deren Zusammenkünften teilnehmen. Treveris war durch die kaiserlichen Aufträge und den Bau christlicher Kirchen zu einem nördlichen Zentrum der Mosaikkunst geworden.

Zufrieden mit seiner Arbeit betrachtete Baard den aus unzähligen *Tesserae* gefügten Teich um den Brunnen. Der Azurit schenkte ihm blaue Tiefe, Schmetterlinge und Libellen aus Mosaikteilchen schwebten über ebensolchen Seerosen. Begeistert war der Konsular von Baards Schmuckrahmen in der entsprechenden Arkadenwand. Dort würde Alexandro den Setzkasten einpassen. In den vorangegangenen Tagen war der stets respekteinflößende Präfekt regelmäßig im Garten erschienen. Erfreulicherweise sparte er nicht mit Anerkennung. Baards Zeichentalent beeindruckte ihn, so dass er ihm in seiner Eigenschaft als Förderer der treverischen Kunst weiterführenden Unterricht antrug. Alexandro war einverstanden, stellte der Konsular doch lukrative Aufträge in Aussicht. Allerdings sprach der mächtige Mann, war er mit Baard allein, von künftigen Mosaiken auf seinem Alterssitz am Ozean. Dann beschlich Baard eine Ahnung, dass er ihn dabei im Sinn hatte, zumal seine Wanderjahre noch ausstanden. Es hatte bisher nicht zu seinen Plänen gehört, die Kaiserstadt zu verlassen. Kein Ort konnte für ihn passender sein als Treveris, wo er Ada in der Nähe wusste und Zufriedenheit in seiner Arbeit fand. In der Stadt wetteiferten Handwerker aus aller Welt. Aber wer würde ihn vermissen, falls er Treveris für einige Jahre verließ? Vermutlich niemand. Wenn der Konsular seine Zeichenkunst fördern ließ, bedeutete dies möglicherweise eine Verpflichtung. Was sollte er ihm antworten, wenn er ihn bat, für ihn eine gewisse Zeit in Burdigala zu arbeiten?

Erst einmal musste Alexandro das Bildnis der Quellgöttin mit Erfolg abschließen. Leider war sein Meister überzeugt, das Bildnis sei rundum gelungen. Schließlich könne niemand die geheimen Sehnsüchte eines alternden Politikers enträtseln.

Der junge Dornberger beendete seine Tätigkeit mit dem Aufräumen der Baustelle. Die Nacht wollte er auf einem Strohsack in der Bauhütte verbringen, um in aller Frühe weiterarbeiten zu können. Jetzt lag die Villa Sabina still im Licht der sinkenden Sonne, die sich an diesen hellen Juniabenden Zeit ließ.

»Ein Glücksfall für das heutige Fest«, dachte Baard. Sein Meister hatte als Schöpfer des Rosenmosaiks eine Einladung erhalten, was einer offiziellen Auszeichnung durch den reichen Auftraggeber gleichkam. Baard war stolz auf die Werkstatt, für die er arbeitete. Er blickte zu Alexandros Tisch, welcher mit einem Lederschutz bedeckt war, und fühlte das plötzliche Verlangen, einen Blick auf die nach Sirona benannte Darstellung zu werfen. Vorsorglich zündete er eine Öllampe an und entfernte das Tuch.

Tatsächlich hatte sein Meister erstklassige Arbeit geleistet. Sironas Antlitz war ebenmäßig, ihr Lächeln verführerisch. Erinnerte es nicht an die Geliebte des Konsulars? Wahrscheinlich hatte Alexandro diese im Sinn gehabt, um den Hausherrn zu erfreuen. Was aber vermisste jener?

Während Baard das Bildnis eingehend betrachtete, kamen ihm die jungen Frauen in der Bischofskirche in den Sinn, deren

Gesichter manchmal in stiller Andacht leuchteten. So ähnlich hatte Ada ausgesehen, als sie im Mittsommer in der Stauung des Dornbachs gestanden hatte, das Gesicht der Abendsonne zugewandt, nicht ahnend, dass sie beobachtet wurde. Niemals wieder hatte sich ihm ein lieblicheres Lächeln gezeigt als das von Ada an jenem Juniabend. Seither ruhte es in seinem Herzen wie in einer Schatztruhe.

Die winzigen Tesserae, die das Antlitz der Göttin formten, waren noch nicht in Mörtel befestigt. In einer Schale befand sich eine weitere Auswahl. Baard prüfte ihre Eignung, doch die Dämmerung schluckte das Tageslicht und der flackernde Docht verwischte die Konturen.

Er breitete das Tuch wieder aus und dachte bestürzt: »Wer bin ich, dass ich am Werk meines Meisters rühren will?«

Betroffen suchte er die Bauhütte auf und löschte die Lampe. Alles war ruhig, bis auf das Gurren zweier Ringeltauben. Später erklang der süße Gesang einer Nachtigall und fand sein Echo im Herzen des verwirrten Baard. Irgendwo in diesem noblen Haus lag Ada in ihrem Bett, vielleicht ebenso einsam wie er. Endlich fiel der junge Handwerker in unruhige Träume, die fantastische Mosaike erschufen und in denen Sirona ihn zu etwas aufzufordern schien. Als er vor Eintritt der Dämmerung erwachte, rieb er seinen schweißgebadeten Körper im Jubel unzähliger Vogelstimmen trocken, aber die nächtliche Euphorie blieb und trieb ihn erneut zu Alexandros Arbeitstisch.

Eine zarte Röte färbte den Himmel, als Baard das Tuch entfernte. Still wartete er, bis der Morgen sein Licht entfaltet hatte. Dann begannen seine Hände ihr Werk, nahmen winzige Mosaikteilchen auf, entfernten andere und fügten sie neu, während in Sironas Antlitz das von Baard in der Nacht geträumte Lächeln erschien. Als das letzte Steinchen seinen Platz gefunden hatte und die Anspannung sich löste, weinte er vor Erschöpfung. Gleichzeitig beseelte ihn ein Glücksgefühl. Es nahm ihm die

Angst vor den Folgen seines Tuns und befreite ihn von seiner Schuld am Dornbach. War da nicht eine Bewegung an einem der oberen Fenster? Der junge Handwerker erschrak und blickte ängstlich hinauf, aber alles blieb ruhig. Erleichtert ordnete er Alexandros Arbeitsplatz. Nichts sollte auf das soeben Geschehene hinweisen. Anschließend suchte Baard sein Strohlager auf und fiel in einen traumlosen Schlaf.

Das Rosenfest

Vor dem rosengeschmückten Portikus der Villa Armitari musizierten zwei hübsche Schauspielerinnen. Eine zupfte die Leier als Polyhymnia, die Muse des Gesangs, die andere begleitete sie auf einem *Tympanon* als Thalia, die Muse der Komödie. Die mit Sänften und Kutschen eintreffenden Gäste wurden mit einem bunten Seidenband beschenkt, überreicht von Glauco, dem Sohn des gefeierten Wagenlenkers Rufus. Viel lieber hätte der gewitzte Kleine die Ankommenden mit Pfeil und Bogen traktiert wie der kleine Liebesgott, den er darzustellen hatte. Als Lohn winkten ihm Süßigkeiten und Spielzeug.

Julia hatte ihren Lieblingsgott Apollo um gutes Wetter ersucht und dieser hatte ihr mit einem wolkenlosen Junihimmel geantwortet. Nun stand sie mit strahlendem Lächeln neben ihrem Gemahl im Atrium. Der weite Raum war nach dem üppigen Geschmack des Hausherrn gestaltet. In der Mitte befand sich unter der großen Dachöffnung ein *Impluvium* aus rosafarbenem Marmor, dessen Wasserfläche mit Rosenblättern bestreut war. Zwischen den Fenstern boten Nymphen aus Marmor oder Bronze Konfekt in Silberschalen dar. Während beflissene Diener erste Getränke reichten, begrüßten die Gastgeber die Ankommenden, darunter Honoratioren des Kaiserhofes und der Stadtverwaltung. Sogar einige Vertreter des Künstlervolkes gehörten heute dazu. Zufrieden registrierte Julia, dass die Herren ihre Seidenbänder sogleich den Damen überließen, damit diese ihre Fächerbügel schmücken konnten.

Ferner fanden sich im Atrium die Spendenbehälter für wohltätige Zwecke und erwarteten Freigebigkeit. Bischof Britto, der zur päpstlichen Synode nach Rom gereist war, hatte mit Einverständnis des Hausherrn ein eigenes Gefäß für die Bischofskirche aufstellen lassen. Sie gehörte zu den ersten des Christentums und befand sich nördlich des Palastbezirks. Einst hatte Kaiser Konstantin für sie ein herrschaftliches Wohnquartier einebnen lassen. Vor vierzig Jahren fügte Bischof Maximinus einen mächtigen Quadratbau hinzu und machte die Bischofskirche von Treveris zu einer der größten des Imperiums. Der Granit für die vier monumentalen Säulen war aus Obergermanien herbeigeschafft worden. Der Kernbau wuchs unter Bischof Britto weiter, großzügig unterstützt von Gratian. In der Villa Armitari entrichtete heute ein jeder seinen Obolus, denn niemand wollte in den Verdacht geraten, insgeheim geizig oder gegen das Christentum zu sein. Proxius und Julia hatten sich darüber hinaus für die Förderung eines Waisenhauses und einer Schule entschieden. Ein gewissenhafter Sklave führte eine einsehbare Spenderliste, was die Geberlaune erhöhte.

Für die Damen der Oberschicht war das Rosenfest ein hochwillkommener Anlass, ihren gesellschaftlichen Stand und die eigene Ausstrahlung zu bekunden. Sie trugen ihre teuersten Gewänder und den kostbarsten Schmuck. Fast alle, so auch Julia, besaßen eine eigens für kunstvolle Frisuren und Kosmetik ausgebildete Sklavin. Wie immer bei festlichen Anlässen hatten die Frauen Wimpern und Lider mit Ruß oder Azuritpuder betont und die Pupillen mit geheimen Mitteln geweitet, um dem Blick erotische Strahlkraft zu schenken. Lippenrot und Puder waren ein Muss. Selbst Julia, die über den begehrten hellen Teint verfügte, hatte Bleiweiß aufgelegt. Ovids Lehrgedicht *Medicamina faciei femineae*, in dem sich der poetische Meister der Liebeskunst mit der Verschönerung des weiblichen Gesichts befasste, war nicht nur den Damen geläufig. Viele trugen von Haarteilen aus germanischem Blondhaar unterstützte Frisuren. Dieser Handel florierte. Was die neue Mode anging, verriet ein Haarschleier rückständige Unwissenheit. Julia trug ihr kastanienbraunes Haar in einem Nackenknoten, gehalten von einem Netz aus filigranen Goldfäden und Perlen. Ihren Hals schmückte ein Collier aus goldenen Rosenblüten mit Rubinen, ergänzt von Ohrgehängen, Armspange und Ringen. Das rosafarbene Gewand aus Chinaseide war mit Rosenornamenten bestickt und brachte das verführerische Dekolleté und die schmale Taille zur Geltung. Wie gewohnt, spürte die stolze Römerin neidvolle Blicke, die Bestätigung, in diesem Kreis immer noch die Erste zu sein. Dessen ungeachtet mischte sich in dieses Hochgefühl etwas Wehmut, denn dem Fest fehlte es nicht an heiratswilligen Töchtern.

Vor vierzehn Jahren hatte Julia mit ihren Eltern ein ähnliches Fest in Rom besucht. Kurze Zeit danach beschlossen die Familien der Decumione und Armitari die Ehe ihrer Kinder Julia und Proxius. Der gebildete junge Mann entstammte einer Handelsdynastie und Julia, die früh um ihre Anziehungskraft wusste, hielt ihn für die Erfüllung ihrer Mädchenträume. Obwohl Proxius ihr ehrlich zugetan schien, kam ihr Liebesleben nicht in Schwung, aber eine Trennung hätte beide Familien enttäuscht und Julias Rückkehr in die laute, schmutzige Großstadt Rom bedeutet. Schließlich entdeckte sie, dass viele Ehen auf einer stillschweigenden Vereinbarung beruhten und genoss das Leben in Baiae.

Jetzt dachte sie beim Anblick der künftigen Bräute:»Die Jugend glänzt ohne Schmuck, nichts kann mit ihr konkurrieren.«
Sie ertastete ihr Collier, das Hochzeitsgeschenk ihrer Eltern, und spürte in seiner Berührung die ihr damit gezeigte Verbundenheit. Gold zog die Aufmerksamkeit auf sich und war als Zeichen der Wertschätzung eine begehrte Wahl. Nicht umsonst war der goldene Ring das Symbol immerwährender Liebe.
Heute wurde ein unverhoffter Ehrengast erwartet. Professor Aurifer war vor zwei Tagen in einer Nobelherberge abgestiegen. Er hatte die überraschte Julia von seiner Ankunft in Kenntnis gesetzt, woraufhin sie ihm mit Freude eine Einladung zum Rosenfest überbringen ließ. Seine umgehende Zusage verband er mit zwei Bitten. Zum einen wollte er sich zurückziehen können, falls

ihm der Festtrubel zusetzte, zum anderen hoffte er auf eine Begegnung mit Konsular Ausonius. Julia kannte den Gelehrten aus ihrer Jugendzeit in Rom. Ihr Vater pflegte freundschaftlichen Umgang mit ihm, bis Aurifer die Stadt von einem auf den anderen Tag verließ. Das sei bezeichnend für ihn, hieß es. Er hatte für die Studenten des Quadriviums gut besuchte Vorlesungen gehalten, so über die Architektur- und Technik-Erkenntnisse des Wissenschaftlers *Vitruv*. Darüber hinaus galt er als Alchemist und experimentierte mit Materie und Metallen zur Goldgewinnung. Hierzu beschäftigte er Studenten als Adepten. Weiterhin ging die Rede, er forsche über das menschliche Altern. Aurifer hatte in Hispanien Arithmetik und Astronomie studiert und angeblich eine Druidenausbildung in Gallia Belgica absolviert, was er weder bestätigte noch dementierte.

Jetzt fragte sich Julia, wie sehr er sich in den vergangenen Jahren verändert hatte. Schon in Rom gehörte er zu den Älteren. Geblieben war ihr die Erinnerung an einen hageren Mann, der gerne Späße machte und eine heitere Liebenswürdigkeit besaß, die sie an ihren Großvater erinnerte. Jedenfalls konnte der Professor eine Reise in die nördliche Kaiserstadt bewältigen. Vielleicht erfuhr sie deren Anlass. Während sie die Gäste begrüßte, dachte sie an das erstaunte Gesicht ihres Vaters, wenn er ihrem nächsten Brief entnahm, dass der Professor das Rosenfest besucht hatte. Aurifers Wünsche konnten erfüllt werden. Gewiss schätzte auch der universell gebildete Konsular einen Wissensabgleich auf Augenhöhe oder einen kleinen akademischen Schlagabtausch.

Kaum gedacht, öffnete sich im Portikus eine Sänfte. Ihr entstieg der Professor, zu Julias Verwunderung kaum verändert. Wie früher glich er einer grauen Statue, als wären Toga, Haar und Bart aus Stein. Aber seine Augen sprühten und sein markantes Gesicht spiegelte Julias Freude über das Wiedersehen.

»Die kleine Julia!«, rief er mit sonorer Stimme, »wie früher eine Augenweide. Aus dem hübschesten Mädchen von Rom ist die schönste Rose von Treveris erblüht. Das nenne ich einen Grund, der berühmten Kaiserstadt einen Besuch abzustatten.« In seiner Umarmung spürte sie den behaglichen Frieden, der ihn stets umgeben hatte, und konnte ihre Rührung nicht verbergen.

»Professor Aurifer, welch ein Vergnügen! Danke für Euer Kommen. Ihr scheint mir jünger geworden zu sein.«

Er bedankte sich für die Schmeichelei und Julia fragte: »Was führt Euch in Wahrheit in unsere prächtige Residenzstadt?«

»Lediglich ein sommerliches Symposium an der Nava. Erst einmal freue ich mich auf eine Begegnung mit dem Konsular.«

Mit dieser Antwort war Julias Neugier keineswegs gestillt. Proxius begrüßte den weitgereisten Gast und bot an, ihn später mit Konsular Ausonius bekanntzumachen. Dieser erschien bei solchen Anlässen gerne unter den letzten Gästen und genoss dann die ungeteilte Aufmerksamkeit der bereits Anwesenden.

Inzwischen hatte Julia den in ihren Augen zwielichtigen Geschäftemacher Petronius empfangen, der sich heute nicht von einem der honorigen Römer unterschied. Auf seiner Anwesenheit hatte Proxius bestanden, da ihm der Hafenpatron von Nutzen war. Julia dachte an Edwin, der gleichfalls an Petronius festhielt. Der Rennstallleiter hatte keine Einladung erhalten und war stattdessen für Proxius nach *Divodurum* gereist, um Verkäufe zu tätigen. Der als leutselig geltende Magistrat lehnte die Einladung seiner Bediensteten kategorisch ab und hielt trotz seiner gerne erwähnten Weltoffenheit an diesem Dünkel fest. Schon die Einladungen seines Rennfahrers Rufus und des Mosaikmeisters Alexandro hatten ihn Überwindung gekostet. Julia wusste, wie sehr sie selbst an dem Herrschaftsdenken und den Vorteilen ihrer Klasse partizipierte. Ihre soziale Stellung war nicht einmal

gefährdet, wenn die Ehe mit Proxius scheiterte. Sie würde einschließlich ihrer gut angelegten Mitgift zu ihrem Vater zurückkehren, der bis zu seinem Tod die *Patria potestas* über sie behielt,
und hätte nach der Scheidung gute Aussichten auf eine neue, ihrem Stand angemessene Verbindung.

Zu guter Letzt traf Konsular Ausonius ein, in seiner Eigenschaft als kaiserlicher Präfekt der ranghöchste Gast. Nach der
ehrerbietigen Begrüßung wurde er ins Tablinum geleitet, an seiner Seite die junge Bissula. Hier hatte Julia auf einer Einladung
bestanden, da Proxius die germanische *Liberta* für nicht standes-
gemäß erachtete. In seinen Augen war sogar der Konsular von
unbedeutender Herkunft und gehörte erst seit der Erhebung
zum Comes zum gallischen Provinzadel. Das ungleiche Paar zog
die Blicke auf sich. Der Präfekt forderte allein durch seine Ausstrahlung Achtung ein und schien bester Laune zu sein, während
Bissula in blauer Seide glänzte, das naturblonde Haar kunstvoll
frisiert und passend zum Collier mit Perlen geschmückt. Nichts
erinnerte an das schüchterne Alamannenmädchen, so dass Julia
belustigt dachte:

»Selbst bei ihr ist Ausonius die Erziehungsarbeit gelungen.«

Sie begegnete sowohl dem Konsular als auch der Germanin
mit ausgesuchter Liebenswürdigkeit. Etwas an der Jüngeren
rührte sie an und schien um ihr Wohlwollen zu bitten. Neben
Ausonius zu bestehen, war nicht einfach, noch dazu in der dün-
kelhaften Gesellschaft der Kaiserstadt, in der jeder seine Stellung
verteidigte. Alles funktionierte nach einem komplexen Regel-
werk, dessen Beherrschung nur möglich war, wenn man darin
geboren und aufgewachsen war. Vieles konnte ausschließlich im
inneren Kreis durch täglichen Umgang eingeübt werden. Bissula
würde diese Defizite nie vollständig überwinden können.

Proxius ließ seinen *Faustianer* servieren, während Julia ein
Auge auf die Gästeliste warf. Alle waren gekommen, sich zu zei-
gen und andere zu sehen. Natürlich lockte der Genuss exquisiter
Speisen und Weine. So lagerten im Gewölbe der Villa Armitari

zahlreiche Amphoren mit Wein, der in der Sonne Kampaniens gereift war. Heute durften alle diesem göttlichen Getränk zusprechen.

»Hoffentlich führt das nicht zu markigen Reden über Politik oder Religion«, dachte Julia.

Der Kaiser war wieder einmal auf dem Weg nach Süden und seine in Treveris verbliebene Gemahlin hatte die Einladung zum Rosenfest erwartungsgemäß ablehnen lassen. Zurzeit weilte sie mit kleinem Hofstaat und Palastwache im kaiserlichen Sommerdomizil am Saravus. Ansonsten besuchte Kaiserin Constantia höchstens das Haus des Konsulars oder den Gottesdienst des Bischofs. Wegen der strengen Sicherheitsvorkehrungen bevorzugte sie immer öfter die Kapelle des Kaiserpalastes. Es hieß, sie fühle sich in letzter Zeit häufig unpässlich, was die üblichen Spekulationen hervorrief. Julia glaubte nicht mehr an kaiserlichen Nachwuchs, wünschte ihn aber der einsamen Kaiserin von Herzen. Ein ständig abwesender Gemahl konnte die Stimmung eintrüben. Kein Wunder, wenn Constantia ihre Zuversicht im Glauben suchte. Seit kurzem kursierte das Gerücht, Altkaiserin Justina trachte Constantia von Mediolanum aus nach dem Leben.

»Welche Bürde, diese schlimme Frau zur Feindin zu haben«, dachte Julia, die Justina ebenfalls in negativer Erinnerung hatte.

Das Festmahl sollte am späten Nachmittag beginnen. Speisen würde man im prachtvoll geschmückten *Triklinium* und im Delfingarten um das Nymphäum. Überall fanden sich Sitzgelegenheiten und kleine Tische für die beliebten Brettspiele. Julia hatte sich gegen Blechinstrumente entschieden, stattdessen Lauten und *Kitharas* gewählt, zu deren angenehmer Musik man sich unterhalten konnte. Obwohl sie ständig freundliche Worte mit ihren Gästen wechselte, behielt sie das Geschehen im Auge. Schon morgen würden die Lästermäuler ihre Informationen an die Neugierigen verteilen, ergänzt um eigene Sichtweisen. Am Ende würde die ganze Stadt das Gefühl haben, dabei gewesen zu sein.

Die Menschen liebten es, unterhalten zu werden. Der Wahrheitsgehalt war zweitrangig. Treveris bot fette Nahrung für Klatsch jeder Art und war eine Bühne mit wechselnden Darstellern und unzähligen Zuschauern.

Auf dem Weg vom Tablinum zum Peristyl bemerkte Julia, dass Bissula einen römischen Galan mitsamt einem ihr dargebotenen Getränk abwies, um sich anschließend ganz allein der Betrachtung des Rosenmosaiks zu widmen. Julia wollte sich zu ihr begeben, als sie Mosaikmeister Alexandro erkannte, der sich der Alamannin mit zielstrebigen Schritten näherte und sie nach einer Verbeugung ansprach. Beide wechselten einige Worte, bis Bissula mit einer Hand gestikulierte und der Ägypter diese einfing wie einen entflogenen Vogel. Julia, die den Konsular mit Aurifer in der Bibliothek wusste, war hinter einer vor Blicken schützenden Säule plötzlich sehr am Verlauf dieser Begegnung interessiert. Nun entriss Bissula dem Meister ihre Hand, entfernte sich einige Schritte und starrte erneut auf das Mosaik, als habe sich dessen Schöpfer in Luft aufgelöst. Schließlich entfernte sich dieser mit gekränkter Miene.

Die erfahrene Julia war überzeugt, soeben ein Zerwürfnis zwischen Verliebten beobachtet zu haben. Sieh an! Diese beiden kannten sich. Der Meister war seit einiger Zeit in der Villa Sabina tätig. Julia dachte an den Konsular. Warum lag mächtigen Männern die Vorstellung fern, die junge Frau an ihrer Seite könnte an einen anderen denken? Hoffentlich ersparte sich Bissula eine solche Dummheit, die sie letztendlich den Aufenthalt in der Villa Sabina kosten konnte.

Die Alamannin blickte sich jetzt hilfesuchend um, was Julia veranlasste, sich ihr mit einem mütterlichen Lächeln zu nähern.

»Falls du auf Konsular Ausonius wartest, liebste Bissula: Er befindet sich mit Professor Aurifer in unserer Bibliothek. Kluge Männer ziehen sich gerne mit ihresgleichen zurück.«

Der Jüngeren gelang keine unbeschwerte Antwort und so fragte Julia:»Wie weit ist denn das neue Mosaik in der Villa

Sabina gediehen? Unlängst scherzte der Konsular, dort entstehe eine weitere Schönheit.«

»Das stimmt, verehrte Julia, nicht nur der Konsular freut sich über die Brunnenmuse. Demnächst wird die Werkstatt ihre Arbeit abschließen.« Mit einem Blick auf das Mosaik ergänzte sie: »Dieses hier ist ebenbürtig. Man könnte glauben, von den Blüten stiege ein Rosenduft empor.«

»Genau dieser Eindruck sollte erreicht werden«, antwortete Julia lachend und ihre Augen richteten sich ebenfalls auf das Kunstwerk.

Seine ovale Form war von einer Bordüre umrahmt, in der sich Rose mit Rose verband, dazwischen stilisierte Schmetterlinge. Auf der Innenfläche dominierten das Rosa und Grün der Rosen, in deren Mittelpunkt eine fein gearbeitete Schale mit einem weißen Bukett leuchtete.

»Wie herrlich«, bewunderte Bissula und wirkte dennoch niedergeschlagen, woraufhin Julia mit Unschuldsmiene bemerkte: »Die Werkstatt Alexandro versteht ihr Handwerk. Ihr Inhaber ist heute anwesend.«

Die umgehend errötende Bissula blieb stumm, was Julia veranlasste, sie zu einem Kreis junger Damen zu geleiten, um dort zu bewirken, dass ihr Schützling in die Unterhaltung einbezogen wurde.

Bald darauf entdeckte die Gastgeberin den Konsular, der soeben die Bibliothek verließ, und sprach den in Gedanken Versunkenen an:»Verehrter Ausonius, gestattet mir, Euch ein wenig durch den Rosengarten zu führen. Nie ist er schöner als an diesen Mittsommertagen. Sicher wird Euch das gläserne Gewächshaus interessieren.«

Der Konsular zeigte sich von ihrem Vorschlag erbaut und so schlenderten sie bald darauf durch den Garten wie ein harmonisches Paar. Julia erinnerte sich an die Monate ihrer einstigen Verliebtheit und war dankbar, dass sich daraus eine wertschätzende Freundschaft entwickelt hatte.

Nun berichtete der Konsular über seine Begegnung mit Professor Aurifer und wollte mehr über diesen erfahren. Danach lobte er Julias Gartenkunst, würdigte das Gewächshaus und verfiel schließlich in nachdenkliches Schweigen. Julia ihrerseits fragte sich, warum ihr ausgerechnet heute das Älterwerden zusetzte und weshalb sie selbst nie einer Leidenschaft verfallen war. Als ihr Bissula und der Mosaikmeister einfielen, sagte sie:

»Ihr habt eine sehr anziehende junge Frau an Eurer Seite, ein spätes Glück, um das Euch viele beneiden und das nur wenigen zuteilwird.«

»Ja, meine Kleine ist ein Schatz«, antwortete der Konsular, als hätte sie ihn höchstpersönlich gelobt.

Julia lachte.»Schätze soll man hüten. Die Welt ist bevölkert von Schatzsuchern jeglicher Art.«

Kaum gesagt, war sie über ihre zweideutigen Worte bestürzt, doch der Konsular interpretierte diese in seinem Sinn.

»Die meisten Schatzsucher sind blind oder die Schätze entziehen sich einer Entdeckung. Diesen Schatz habe ich selbst geformt.«

Verwundert dachte Julia, dass auch die Macht blind machte, erwiderte aber, was der bedeutende Mann an ihrer Seite hören wollte:

»Das ist wahr. Ihr seid der beste Lehrer und Erzieher weit und breit. Das wusste bereits unser verstorbener Altkaiser.«

Wie erwartet, reagierte der so Gepriesene mit einem selbstzufriedenen Lächeln und kam wieder auf Aurifer zurück.

»Erstaunlich, wieviel Gedankengut aus aller Welt dieser Professor in sich trägt. Wir wollen unseren Dialog demnächst fortsetzen. Überrascht hat mich, dass sich die Wissenschaft erneut mit der Frage beschäftigt, ob den Menschen eines Tages das Fliegen gelingt, nicht ihrem Geist, sondern dem Körper.«

Julia musste ein wenig lachen.»Ein fliegender Jüngling wäre sogar in Treveris eine Sensation. Man denke allerdings an den armen Ikarus.«

Der Konsular pflichtete ihr mit launigen Worten bei. Sie erreichten das Peristyl und kehrten durch die weit geöffneten Flügeltüren des Tablinums ins Innere des Hauses zurück. Dort brannten die ersten Öllampen. Die Gartenfackeln würde man erst anzünden, wenn draußen die Dämmerung einsetzte. Bald würde das sehnsüchtig erwartete Mahl beginnen. Ausonius hatte um eine Kline neben Aurifer gebeten und Julia versprach ihm, einen angenehmen Platz für Bissula zu finden.

Als sie mit prüfenden Blicken durch die Räume ging, bemerkte sie, dass ein Dozent der Kaiserlichen Hochschule die Geliebte des Konsulars bedrängte. Der Beamte war dafür bekannt, dass er in alkoholisiertem Zustand seine Finger nicht bei sich behalten konnte. Julia wies den Lüsternen in seine Schranken, der sich daraufhin entschuldigte und davonschlich.

Die junge Alamannin wirkte verstimmt, als sie sagte:»Ich war auf dem Weg in eines der Speisezimmer, in der Hoffnung, den Konsular zu entdecken, als mir dieser dreiste Mensch begegnete. Euch gegenüber zeigte er allerdings Respekt.«

Julia dachte nach, bevor sie antwortete:»Wir finden unsere Stärke in uns selbst. Das verleiht innere Sicherheit, die als Autorität wahrgenommen wird. Komm gerne mit mir. Der Konsular lässt sich entschuldigen, er speist mit Professor Aurifer. Sicher reden die beiden über Dichtung oder Politik.«

Der Gastgeber hielt eine kurze Ansprache, dann eilten die Diener geschmeidig zwischen Klinen und niedrigen Tischen umher, trugen Speisen auf und füllten die Gläser, während sich die Gäste bereits Trinksprüche zuriefen. In einem Triklinium, das Julias erlesenen Geschmack verriet, waren die Damen unter sich. Hier herrschte ausgelassene Feierlaune und Julia fand einen Platz für Bissula.

Proxius' Ruf als Feinschmecker wurde wieder einmal bestätigt. Fasanen, Pfauen und Kaninchen konkurrierten mit Fisch. Auf Silbertabletts lockten gebratene Tauben und Singvögel, Flusskrebse, lukanische Würstchen und Innereien. Rind- und

Lammfleisch begeisterte, ebenso die Soßen, Kräuter und Früchte. Die Köche hatten sich bei der Herstellung von Garum übertroffen, ebenso bei den mit *Sapa* verfeinerten Nachspeisen, darunter das berühmte Rosengebäck der Villa Armitari, heute serviert mit süßem *Passum* und *Mulsum*. Später würde es in hübschen Körbchen als Abschiedsgabe bereitstehen. Neben Falerner und *Surrentiner* aus Italien wurden Albus und Traminer von der Mosella ausgeschenkt und ergänzten die südliche Konkurrenz. Musiker begleiteten eine Tanzgruppe, Zauberer zeigten Kunststücke, Studenten der Rhetorik rezitierten Verse über die Rose. Natürlich kam Ausonius' *Mosella* zum Vortrag, auch andere Poesie würdigte die Schönheit von Treveris und des Flusstales. Einige Gäste tanzten und warfen ihren Favoriten feurige Blicke zu oder berührten sie bei der neckischen Weitergabe von kleinen Bällen. Die Stimmung wurde zusehends ausgelassen. Geschirr ging zu Bruch, aber flinke Hände sammelten die Scherben auf und sorgten für Ersatz.

Im Garten brachte die einsetzende Dunkelheit Kühlung und trieb die Gäste in die Innenräume. Einige verabschiedeten sich, müde oder weil sie nach reichlich Weingenuss den Klatschmäulern keine Nahrung geben wollten.

Zufällig entdeckte Julia, wie Bissula das Gemälde des gefolterten Liebesgottes Cupido betrachtete. Gewiss ahnte sie nicht, dass dieses Kunstwerk den Konsular einst zu einem Gedicht veranlasst hatte. Die Jüngere wirkte in sich gekehrt, während der Mosaikmeister das Fest unangemessen früh vor dem Essen verlassen hatte. Was hatte sich der welterfahrene Ausonius nur gedacht? Er hätte jede gesellschaftlich in Frage kommende Frau für sich gewinnen können, stattdessen begeisterte er sich für dieses junge Ding, dem er aus Karrierebewusstsein die Ehe schuldig bleiben musste.

Julia bedeutete Proxius, dass sie sich mit Bissula in den Garten zurückziehen wollte. Wie es schien, hatten sich Ausonius und Aurifer immer noch unendlich viel zu sagen, so dass Julia zu dem Schluss kam, dass der Konsular der erste Grund für den Besuch des Professors war. Die Dienerschaft trug letzte Speisen ab und das Rosenfest strebte seinem Ende zu wie ein müder Pilger seiner Rast.

»Gehen wir ein wenig hinaus in den lauen Mittsommerabend, liebste Bissula?«, fragte Julia und erhielt dankbare Zustimmung. Sie ahnte, dass die Alamannin zu ihr aufschaute, und hakte diese unter wie eine Tochter, die mütterlichen Beistand sucht. Fast empfand sie Mitleid mit Bissula, die heute in erster Linie als erotischer Zeitvertreib eines mächtigen Mannes wahrgenommen worden war. Im Fackelschein erreichten sie eine Laube und nahmen Platz. Hier spendete ein Öllämpchen in Pfauenform etwas Licht, ebenso der Mond. In der wohltuenden Stille schwebte der intensive Nachtduft weißer Blüten, nur das Zirpen der Grillen erinnerte an die Geräuschkulisse des Festes. Während Bissula unentwegt plauderte, wurde Julia zusehends einsilbig und kämpfte gegen eine dumpfe Müdigkeit. Um dieser entgegenzuwirken, erhob sie sich und trat an eines der Beete.

»Vielleicht ist die ersehnte Bewunderung lediglich die Flucht vor den eigenen Schatten«, dachte sie erschöpft, packte einen kräftigen Rosenzweig und brach diesen nach einem tiefen Atemzug einfach ab. Der grelle Schmerz in ihrer Innenhand übertönte einen anderen.

Sie wandte sich zur Laube: »Hier, liebste Bissula, eine Rose nimmt alle Sorgen, aber achte auf die Dornen. Wir sollten jetzt zurückkehren. Der Konsular wird dich vermissen.«

Wünsche und Verwirrung

Am Tag nach dem Rosenfest traf Alexandro erst kurz vor Mittag im Brunnengarten ein. Baard war schon dabei, den Quellteich mit feinstem Quarzsand zu polieren. Der Abschluss des Auftrages hing nun allein von Sironas Lächeln ab.

Trotz des wolkenlosen Junihimmels war der Mosaikmeister missgestimmt und fühlte einen inneren Widerstand, das Bildnis der Brunnengöttin zu ändern. Warum sollte sie Keuschheit ausstrahlen, beherbergte der Konsular doch die sinnlichste Versuchung aus Fleisch und Blut, die sich ein Mann wünschen konnte. Für Alexandro war eine hübsche junge Frau eine erotische Verlockung und Jungfräulichkeit ein Ideal, das der menschlichen Natur widersprach. Er hielt die Grenze zwischen Unschuld und Eros für keine feste Größe. Wer wollte, konnte in der Sinnlichkeit die Reinheit und in der Reinheit die Verführung entdecken. Der Körper sehnte sich nach Vereinigung und beeinflusste das Verhalten der Menschen.

Während Alexandro seinen Arbeitstisch umkreiste, galt seine Übellaunigkeit nicht nur dem Konsular, sondern viel mehr Bissulas gestrigem Verhalten. Noch dazu war er unzufrieden mit sich selbst und hatte auf dem Weg zur Villa Sabina sein Lotterleben betrachtet. Was dieses mit der Zeit nach sich ziehen würde, war ihm von schlechten Beispielen bekannt: mangelhaft ausgeführte Aufträge, vergessene Termine, fehlerhafte oder verschluderte Rechnungen. Ohne die Bezahlung der Auftraggeber konnten weder Arbeitsmaterial noch Löhne finanziert werden. Als Folge stahlen die Mitarbeiter Werkzeuge oder gründeten eigene Betriebe. Soweit durfte es nicht kommen. Den konzentriert arbeitenden Baard vor Augen, traf ihn diese Erkenntnis noch mehr. Er selbst musste wieder zum Vorbild werden. Ein lethargischer Geist konnte auf Dauer keine kreative Arbeit umsetzen.

Die Villa Sabina wirkte ruhig. Für Bissula und den Konsular hatte sich der gestrige Abend bestimmt lange hingezogen. Er selbst hatte das Fest viel zu früh verlassen, eine Unhöflichkeit gegenüber den Gastgebern. Dieses blonde Biest! Eine Frau wie sie würde ihm keine Verfehlung durchgehen lassen. Sie würde ihn für jedes Missverhalten bestrafen, andererseits seine Verdienste anerkennen oder sogar belohnen. Alexandro malte sich aus, wie Bissula den blauen Schleier der Brunnengöttin abwarf und die Geheimnisse ihrer Schönheit preisgab.

Um sich von seinen lüsternen Fantasien und seiner Eifersucht abzulenken, zupfte er mehrmals an der Schutzhülle seines Arbeitstisches, konnte sich aber nicht entschließen, sie zu entfernen.

Seine Gedanken kehrten zum Beginn des Rosenfestes zurück. Als der Konsular mit Bissula in der Villa Armitari eintraf, richteten sich die Augen sofort auf das ungleiche Paar. Die blonde Alamannin glich viel eher einer anmutigen Tochter des majestätischen Präfekten als einer seinem Alter und Status angemessenen Gemahlin. Nur die Gastgeberin war in ihrer Ausstrahlung glänzender und erstaunte Alexandro durch die Herzlichkeit, mit der sie Bissula begrüßte. Nicht lange und der Konsular entfernte sich mit dem Magistrat und einem grauhaarigen Gast, den Anschein erweckend, er freue sich auf eine ungestörte Unterhaltung im ruhigeren Teil des Hauses. Dies bedeutete für Alexandro, dass Bissula vielleicht ansprechbar war. Seit dem abrupten Ende ihrer Zweisamkeit im Brunnengarten ging sie ihm in kränkender Weise aus dem Weg. Er entdeckte sie unter dem Säulengang des Peristyls, versunken in die Betrachtung des von ihm geschaffenen Rosenmosaiks.

»Welch leuchtender Tag, verehrte Bissula. Wobei das Blau Eurer Seide den Himmel übertrifft. Darf ich fragen, warum Ihr mir seit geraumer Zeit weder einen Blick noch ein Wort gönnt? Falls mein Verhalten Euer Missfallen hervorgerufen hat, bedaure ich dies zutiefst.«

»Werdet nicht theatralisch, Meister Alexandro! Etwas mehr Zurückhaltung wäre angebracht.« Ihre Zurechtweisung traf nicht nur seinen Stolz, sondern auch seinen Sinn für Gerechtigkeit. Hatte sie ihn im Brunnengarten nicht herausgefordert? Sein aufsteigender Zorn legte sich, als er ihre Verwirrung erkannte.

»Ach, wäre doch nicht alles so schwierig. Dabei bin ich ganz in Eurem Bann, liebste Bissula. Kein Wunder, wenn Sironas Lächeln an das Eure erinnert. Womöglich will der Konsular deshalb vermeiden, dass die künftigen Betrachter in seinen Genuss kommen.«

Bissula ging nicht auf diese Sichtweise ein.

»Der Konsular will in seiner Brunnengöttin die gesamte Weiblichkeit finden: das Mädchen, die Geliebte, Ehefrau und Mutter, vor allem die Muse als Inspiration für die Poesie, weil eine irdische Frau nicht alles sein kann.«

Sie untermalte ihre Worte mit der rechten Hand, die er unwillkürlich ergriff, aber Bissula entzog sie ihm mit einer schroffen Geste, entfernte sich einige Schritte und starrte auf das Mosaik, als wäre sie allein.

Wütend über ihr Benehmen hatte er einen der Gesellschaftsräume aufgesucht, einen Becher Wein geleert und mehrmals vor sich hin gefaucht: »Diese hochnäsige Gans!«

Nach einigen Bissen von der Vorspeise hatte er das Fest verlassen. Der Ärger war ihm auf den Magen geschlagen, obwohl es seinem Geschäftsinteresse gedient hätte, auf dem Rosenfest wahrgenommen zu werden. Stattdessen besuchte er eine Taberna an der Augustustherme. Dort trafen sich die Schauspieler nach der Vorstellung, unter ihnen Claudia, die in einem Komödientheater auftrat und sich freute, ihn zu sehen.

Alexandro war dankbar, als Baard seine Gedanken an das Rosenfest unterbrach. Der Meisterschüler wirkte verwirrt und flüsterte Unverständliches. Erst als Baard verstohlen in die Richtung des Gebäudes deutete, bemerkte der übernächtigte Alexandro den herannahenden Hausherrn. Nach einer jovialen Begrüßung und der lobenden Erwähnung des Rosenfestes bat der Konsular, die Muse noch einmal gemeinsam im besten Tageslicht in Augenschein zu nehmen. Der Mosaikmeister rief den verschwundenen Baard herbei und wies ihn an, das Tuch abzunehmen. Dies vor den Augen des Konsulars selbst zu tun, widerstrebte ihm plötzlich. Am liebsten hätte er ganz auf den Anblick seines Arbeitstisches verzichtet, erst recht auf Sironas Lächeln.

Baard erschien und entfernte die Abdeckung mit einer seltsam zögerlichen Geste, um sich danach erneut zurückzuziehen. Sicher wollte der Geselle der zu erwartenden Kritik am Werk seines Meisters nicht beiwohnen.

Nun war Sirona der unbestechlichen Mittagssonne preisgegeben. Über den makellosen Schultern und dem schlanken Hals erblühte ihr Gesicht mit dem üppigen Blondhaar. Die Augen blickten beseelt und der Mund zeigte ein Lächeln, als wüsste die Göttin um ein himmlisches Glück.

Alexandro stand wie vom Blitz getroffen. Der Konsular schien ebenfalls verwirrt und bemerkte nach einem Hüsteln:

»Warum habe ich dies gestern nicht wahrgenommen? Dabei ist alles vorhanden. Genau dieses Lächeln entspricht meiner Idealvorstellung.«

Mit bewegtem Gesichtsausdruck wandte er sich zu Alexandro und klopfte ihm anerkennend auf die Schulter. Mittlerweile ahnte dieser, was während seiner Abwesenheit geschehen sein musste. Der größenwahnsinnige Köhlerbengel hatte sich heimlich am Werk seines Meisters zu schaffen gemacht! Mit äußerster Mühe widerstand Alexandro dem Impuls, seinen unverschämten Gesellen sofort zur Rechenschaft zu ziehen. Dies hätte allerdings die eigene Deklassierung im Beisein des Konsulars bedeutet. Dessen Euphorie erschien Alexandro wiederum suspekt, hatte sich das Bildnis doch kaum verändert.

Dieser hinterlistige Baard hatte ihn mit seinem Verhalten endgültig um die Zufriedenheit gebracht, die sich nach einer gelungenen Arbeit einstellte. Noch gestern hatte er Bissulas Lächeln an der Brunnengöttin erkennen können, heute erinnerte es ihn an ein anderes. Natürlich! Dieser Frechling hatte die Rothaarige im Sinn gehabt. Seine Erkenntnis verschlug Alexandro die Sprache. Der Konsular hatte das Bildnis inzwischen von allen Seiten bewundert und hielt Alexandros Schweigen für stillen Stolz. Er verabschiedete sich bester Laune, nicht ahnend, dass der Schöpfer seines Hochgefühls ein respektloser Geselle war. Was dessen Meister nun veranlasste, die Bauhütte aufzusuchen und Baard am Kittel zu packen.

»Du elender Wicht! Ich sollte dich auf der Stelle hinauswerfen. Morgen packst du dein Bündel! Von wegen Meisterstück.«

Baard schwieg, selbst dann, als Alexandro ihn wie einen jämmerlichen Lappen auf die Körbe mit den Farbsteinen schleuderte.

Trotz allem blieb ihnen zunächst nichts anderes, als die Arbeit zu Ende zu bringen.

Später, als der größte Zorn verraucht war, dachte Alexandro resigniert, dass er Bissula nur noch zufällig begegnen konnte. Selbst wenn es sie zu ihm hingezogen hätte, war eine solche Liebesaffäre gefährlich. Alexandro verabscheute Komplikationen und schätzte seine Freiheit. Dazu gehörte, die Fallstricke blinder Verliebtheit zu meiden. Wahrscheinlich wuchs sein Verlangen nach Bissula deshalb, weil es vergeblich war. Die blonde Schöne gehörte dem kaiserlichen Präfekten.

Am Nachmittag sorgten die beiden jungen Frauen, an deren Anblick sich der Konsular täglich erfreuen konnte, für eine Überraschung. Bissula werde bald eine Nachricht verkünden, teilte Ada vorab im Brunnengarten mit und wirkte in ihrem einfachen Kleid so beschwingt wie der Frühsommertag.

»Womöglich hat sie den Gesellen zu dieser Tollkühnheit verleitet, waren die beiden doch gestern allein«, überlegte Alexandro bei Adas Anblick und wollte trotzdem kein Verständnis für seinen verliebten Handwerker aufbringen.

Schließlich erschien Bissula. Aus ihrem blonden Zopf hatte sich eine Locke gelöst und ihr Lächeln wirkte auf Alexandro wie ein sinnliches Versprechen. Ihr ganzes Wesen schien zu vibrieren, als sie ihre helle Stimme erhob.

»Konsular Ausonius ist mit dem Ergebnis der Mosaikarbeiten vollauf zufrieden. Nun kann Sirona ihrem Brunnenreich vorstehen und an den Sommer erinnern, in dem sie hier entstanden ist. Deshalb überbringe ich Euch, lieber Meister Alexandro, und Eurem Gesellen Baard, der sein Meisterstück im Garten der Villa Sabina abgelegt hat, die Einladung des Hausherrn zum Einweihungsfest. Es wird am ersten Juliabend mit Blick auf das neue Mosaik stattfinden. Bis dahin ist noch einiges zu tun.«

Natürlich nahm der Mosaikmeister die Einladung an und konnte nicht verhindern, dass sein Geselle dies ebenfalls tat. Bevor Bissula mit Ada ins Tablinum zurückkehrte, bedachte sie Alexandro mit einem rätselhaften Blick und ließ ihn ebenso verwirrt wie sehnsüchtig zurück.

Unterdessen gingen die Mosaikarbeiten ihrem Ende entgegen, während der unglückliche Baard immer wieder um Verzeihung bat, ganz seiner Reue ergeben.

Schließlich zischte sein Meister: »Warte nur, Freundchen, so einfach kommst du mir nicht davon!«

Nur ein Kuss

Nach der Sonnenwende eilte der Juni dahin. In diesen lichten Tagen ähnelte das Tal der Mosella einem Paradiesgarten, in dem die Menschen trotz aller Widrigkeiten das Dasein genossen. Wie vorgesehen, wurde das Sirona-Mosaik am ersten Juliabend mit einem Festmahl eingeweiht. Kaiserin Constantia hatte einen Käfig mit zwei Singvögeln überreichen lassen, der an einer schattigen Stelle des Brunnengartens aufgehängt wurde, nicht weit von einem Rosenkübel der Armitaris. Darüber hinaus hatte Bissula ein üppiges Bukett mit Julias Widmung erhalten und fühlte sich geschmeichelt.

»Behaupte bitte nicht mehr, die feine Gesellschaft nehme dich nicht zur Kenntnis«, scherzte der Konsular, als sie das duftende Geschenk sogleich in ihre Räume bringen ließ.

Am Nachmittag meinte Ada verträumt: »Die possierlichen Vögel wirken so verliebt wie unser junges Kaiserpaar im vergangenen Frühling.«

Bissula ließ sich mit ihrer Antwort Zeit und meinte schließlich nachdenklich: »Womöglich ist auch der Palast eine Art Käfig und Gratian entflieht ihm deshalb so oft. Wir beide wollen die Gitterstäbe der Villa Sabina nicht wahrhaben, weil sie ein angenehmer Ort ist. Aber nie geschieht etwas Neues, alle Tage sind gleich. Wahrscheinlich freue ich mich deshalb so sehr auf heute Abend. Gut, dass Du dabei sein wirst, Ada. Du hast mir bei den Armitaris gefehlt. Erstaunlich, dass Ausonius den Gesellen eingeladen hat. Der Magistrat hätte dies niemals getan. Ein Wunder, dass Meister Alexandro zum Rosenfest kommen durfte. Denke jetzt nicht, ich hätte etwas gegen deinen Jugendfreund, ganz im Gegenteil.«

»Mit dieser Einladung drückt der Konsular seine Zufriedenheit mit dem Quellteich aus. Er schätzt Baards akribische Handwerkskunst. Wahrscheinlich besitzt unser Herr Ausonius im Gegensatz zu vielen anderen Römern kaum Standesdünkel«, meinte Ada.

»Was mich betrifft, wohl doch«, widersprach Bissula mit bitterem Lächeln. »Ausonius muss aufgrund seiner hohen Stellung keine Rücksicht auf die Meinung anderer nehmen. Heute unterscheidet sich der Kreis der Gäste ohnehin von den üblichen Einladungen. So werden wir auch nicht im Triklinium auf Klinen speisen, sondern im Peristyl. Die Platzordnung durfte Hilarius festlegen, als wäre der alte Diener die *Domina* des Hauses.«

»Er ist seinem Herrn nach Treveris gefolgt und würde sich für ihn vierteilen lassen. Hilarius ist noch eifersüchtiger als du und wacht darüber, dass niemand seine Aufgaben antastest«, erwiderte Ada mit einem Augenzwinkern und erntete dafür ein resigniertes Abwinken.

»Wer kommt denn nun überhaupt, Bissula?«

»Jedenfalls nicht die üblichen Wichtigtuer aus dem Palast und von der Hochschule, die ausnahmslos über Politik oder Bücher reden, sondern ein paar Freunde des Konsulars. Angeblich lieben sie guten Wein, gute Verse und schlechte Scherze.«

Ada krauste die Stirn. »Hoffentlich sind wir beide nicht die einzigen weiblichen Wesen.«

Bissula schüttelte lächelnd den Kopf. »Du vergisst Sirona. Heute Abend müssen wir mit ihr konkurrieren. Das wird nicht einfach sein. Da fällt mir ein: Was soll ich anziehen?«

Sie hob die Schultern mit gespielter Verzweiflung, während Ada fassungslos die auf einer Liege drapierten Kleider betrachtete.

»Ich denke, deine Entscheidung fällt, wenn du alles angelegt und wieder verworfen hast. Blau wäre passend zu deinen Augen und zur Farbe des Mosaiks. Allerdings könnte diese Farbe die Herren verwirren.«

Bissula fühlte sich ertappt. »Aber Ada, als ob ich diesen Grauhaarigen oder sonst jemandem gefallen wollte.«

Am frühen Abend nahm die zwölfköpfige Gesellschaft ihre Plätze unter den Arkaden des Peristyls ein. Bissulas Blick glitt über die Anwesenden. Ausonius besetzte mit seinem Ehrengast Professor Aurifer die Plätze am Kopfende. Diese boten den besten Blick auf das neue Mosaik. Dem grauhaarigen Gelehrten zur Rechten folgten ein Grammatikus mit seiner Frau, Bissula, ein Justizsenator sowie ein Illustrator der Bibliothek. Auf der anderen Tischseite hatten sich Baard, Ada und Alexandro eingefunden sowie zu Ausonius hin zwei ältere Rhetoriklehrer von lebenslustiger Art. Beide stammten aus *Tolosa* und waren seit langem mit Ausonius befreundet.

Alexandro trug wie bereits auf dem Rosenfest eine knöchellange weiße Tunika aus feinster ägyptischer Baumwolle und einen mit Symbolen bestickten Gürtel. Bissula bemerkte mit einer eifersüchtigen Regung, dass ihn die Frau des beleibten Grammatikus mit schmachtenden Blicken bedachte. Tatsächlich war der schlanke Ägypter mit dem gebräunten Teint und den stolzen Gesichtszügen ein auffallend gutaussehender Mann. Kein Wunder, wenn er den Frauen gefiel. Trotz des zwischen ihnen schwelenden Zerwürfnisses hatte Bissula gehofft, heute Abend seine Tischdame zu sein. Aber Hilarius hatte anders entschieden und sie gegenüber platziert, so dass sie jetzt kaum wusste, wo sie hinschauen sollte, denn überall begegnete sie Alexandros glutvollen Blicken. Dabei unterhielt sich der Mosaikmeister sowohl mit Ada zu seiner Linken als auch mit dem Rhetoriklehrer zu seiner Rechten, während Bissula sich abmühte, dem Redefluss der Gemahlin des Grammatikus zu folgen.

Dem ersten Heben der Gläser folgte bald eine sommerliche Ausgelassenheit. Nach den Vorspeisen hielt der blendend aufgelegte Konsular eine Tischrede und zollte darin Alexandros Werkstatt umfassende Anerkennung. Seine Worte beflügelten die

Gäste, was sich in fantasievollen Trinksprüchen äußerte. Nach dem Hauptgericht lobten die Herren die Schönheit der Brunnenmuse als ein Sinnbild blühender Weiblichkeit.

In dieser übermütigen Stimmungslage trafen sich Bissulas Augen immer freimütiger mit denen des Mosaikmeisters und sie achtete kaum mehr auf die köstlichen Speisen. Wenn Alexandro das Wort an sie richtete, was häufig geschah, antwortete sie ihm auf ihre kokette Art. Dabei hätte sie ihn viel lieber nach seinem bisherigen Leben befragt. Aus seinen Blicken konnte sie schließen, wie reizvoll sie in ihrer nachtblauen Seide wirkte einschließlich einer Kette aus Glasblüten, die ihre zarte Haut zur Geltung brachte. Der Mosaikmeister hatte noch immer keinen Trinkspruch ausgebracht. Als er sich erhob, hielt Bissula, die um seine Redegewandtheit wusste, den Atem an.

Bevor er begann, machte er eine Verbeugung in Richtung des Gastgebers und eine weitere vor der übrigen Tischgesellschaft. »Hochverehrter Konsular, ich bedanke mich für das Lob meiner Werkstatt und betrachte dieses als die Auszeichnung eines wahren Kenners der Künste, der zudem ein Gespür für das Neue besitzt. Was die Schönheit der Frauen anbelangt, so kann kein menschliches Kunstwerk ihr gerecht werden. Sie ist ein göttliches Geschenk und beflügelt das irdische Sein. Auf die Liebe und die Anmut der Frauen!«

Wie nach solcher Rede zu erwarten, pflichteten die Anwesenden bei und erhoben die Gläser. Bissula fragte sich, ob Alexandro bei seinen Worten an sie gedacht hatte. Als hätte er dies erraten, suchte er ihren Blick und nickte. Woraufhin sie die verräterische Röte verwünschte, die ihr über Gesicht und Hals bis zum Ansatz des Busens kroch.

»Er kann sehen, was in mir vorgeht«, dachte sie. »Ich sollte mich in Acht nehmen, will ich nicht eine Trophäe in seinem Musterbuch werden.«

Da wurde sie von Ausonius, der unbemerkt hinter sie getreten war, aufgeschreckt: »Mein Täubchen, mir scheint, der Wein bringt dich zum Glühen. Würdest du mir bitte die neuen Gedichte von meinem Schreibtisch bringen lassen? Sie befinden sich neben der Rosenvase. Man hat mich um etwas Poesie gebeten. Was läge an einem so wunderbaren Sommerabend näher?« Die beiden letzten Sätze hatte er laut gesprochen, sodass ein jeder am Tisch sie hören konnte. Er lächelte in die Runde und erhielt prompt ihren vorauseilenden Beifall.

Die Möglichkeit, ein wenig zu entspannen, kam Bissula gelegen. Zunächst bat sie eine Bedienstete, die Gedichte zu Ausonius zu bringen, anschließend besuchte sie ihre Zimmer und legte kühlenden Puder auf. Diese dumme Verliebtheit! Sie würde vorübergehen wie der heutige Abend. Danach war an ein Wiedersehen mit dem Mosaikmeister nicht mehr zu denken.

An einem geöffneten Fenster zwang sie sich zu tiefen Atemzügen, aber der innere Aufruhr blieb. Das schwache Licht der Öllampen würde ihn verbergen, hoffentlich auch vor Ada, die sich heute Abend fürsorglich um den keltischen Handwerker kümmerte. Bestimmt vermutete der Konsular in ihm eine förderungswürdige Begabung. Er liebte es, junge Menschen zu bilden, und genoss die ihm entgegengebrachte Bewunderung. Bissula wusste, dass Ausonius sie für oberflächlich hielt. Dabei interessierte gerade er sich nicht für ihr Erleben und Denken.

Zeit zur Rückkehr. Sie nahm die Treppe und wandte sich zum Tablinum. Der freskengeschmückte Raum mit den Büsten bedeutender Rhetoren und Philosophen war von spärlich flackernden Leuchten erhellt. Aus dem Brunnengarten wehten undeutliche Stimmen herein. Da, was war das? Sie blieb erschrocken stehen, als sich ihr eine männliche Gestalt bis auf wenige Schritte näherte.

»Bissula«, sagte diese leise.

Ihr Herz hämmerte, als sie auf Alexandro zuging. Der Wunsch, seine Nähe zu spüren, war übermächtig. Das zärtliche Flüstern ihres Namens weckte das Verlangen nach mehr und so fanden sich ihre Lippen zu einem glühenden Kuss. Zum ersten

Mal spürte Bissula einen muskulösen Körper, der sich leidenschaftlich an den ihren presste und mit ihm zu einer flammenden Einheit wurde. All dies dauerte nur wenige Sekunden. Sie löste sich, schöpfte zitternd Atem und war wieder allein.

Sich jetzt in den Garten zu wagen und so zu tun, als sei nichts gewesen, erschien ihr abwegig. Immer noch spürte sie die starken Arme um sich, als wäre sie darin vor aller Welt geborgen. Sie setzte sich auf einen Hocker und versuchte, ihre Gedanken zu ordnen, als Ada mit einem Öllämpchen erschien und sie entdeckte.

»Wo steckst du denn und warum sitzt du hier in der Dunkelheit? Komm doch bitte, der Konsular möchte seine Gedichte vortragen!«

»Keine Sorge, liebe Ada, ein leichter Schwindelanfall. Du weißt, der Rote aus dem Süden bekommt mir nicht.«

Beim Hinausgehen war Bissula dankbar, als Ada sie unterhakte und durch ihre Gegenwart beruhigte.

Unterdessen war die Stimmung im Brunnengarten gestiegen.

»Da bist du ja endlich, mein Täubchen.«

Ausonius tätschelte ihre Wange und wandte sich zum Brunnen, wohin ihm die Gäste wie eine gehorsame Schulklasse folgten. Bissula ahnte, dass er später in kleiner Runde schlüpfrige Texte zum Besten geben würde.

Dann war Alexandro an ihrer Seite und raunte ihr etwas zu. Sie wollte weder seine Worte hören, noch deren Sinn verstehen. Merkte er denn nicht, was er anrichten konnte? In ihrer Bedrängnis zischte sie ihm leise zu: »Du musst gehen! Sofort.«

Betroffen wich er zurück und verabschiedete sich unmittelbar nach Ausonius' Vortrag. Baard schloss sich an, bald darauf das junge Ehepaar, der Justizsenator und der Illustrator. Nun erst erschien Hilarius mit einem schweren Silbertablett.

»Der beste Rote aus meiner Heimat, ein Wein für späte Stunden und gewagte Verse«, erklärte Ausonius mit einem genüsslichen Schmunzeln, woraufhin ihm die verbliebenen Freunde mit erwartungsvollen »Ohs« und »Ahs« antworteten.

Ada wandte sich an Bissula:»Wird es nicht auch Zeit für uns beide?«

Anwesend waren nur noch der Hausherr, die beiden Rhetoren und der Professor. Bissula erhob sich und folgte Ada wie ein gehorsames Kind, inständig hoffend, dass niemand den Sturm in ihrem Inneren ahnte.

Später lag sie mit offenen Augen in ihrem Schlafzimmer und erinnerte sich an Alexandros Kuss, den sie bedenkenlos erwidert hatte. Ein süßes Prickeln breitete sich in ihr aus, verbunden mit Scham.

»Es war nur ein Kuss«, wehrte sie die Reue ab und verließ das Bett, um ans weit offene Fenster zu treten. Die Julinacht war still bis auf die Grillen und das Plätschern des Brunnens, darin die ferne Stimme von Ausonius.

Sie erkannte die Worte eines Gedichts:»Bissula, heimatlich jenseits des Rhenus, Schmeichlerische, oh Wollust und Wilde, Schoßkind, bäuerlich nennt man dich, du Zarte ...«

Zwischen den Versen erklang das lustvolle Lachen der alten Männer. Bissula schämte sich erneut, dieses Mal für Ausonius, und dachte:»Welcher liebende Mann würde solches über die eigene Frau zum Besten geben?«

Alles ist Glaube

Im fortschreitenden Sommer erfreute sich Ausonius nun täglich am Anblick seines neuen Mosaiks. Wenn möglich, saß er ab dem späten Nachmittag im Brunnengarten und erledigte private Korrespondenz oder er erhielt den stets willkommenen Besuch von Professor Aurifer. Dann erinnerten sich beide bei einem guten Tropfen an ihre Jugend oder sprachen über die ungelösten Fragen der Zeit. Der weitgereiste Gelehrte hatte die Mosellafische wie Salm und Äsche, Barsch und Aal sowie die spritzigen Weine der Schieferböden schätzen gelernt. Das Mosaik hatte es ihm ebenfalls angetan. Mittlerweile verglich er Sirona, die hier ihrem künstlichen Brunnenteich entstieg, mit der auf Zypern schaumgeborenen Aphrodite.

Die kaiserliche Taubenpost zwischen den Frontstädten und Verwaltungsstellen, deren Taubenzahl auf fünftausend erhöht worden war, hielt den Konsular über das politische Geschehen auf dem Laufenden. Gratian hatte Rom wieder verlassen und war auf dem Weg nach Mediolanum. Bis zu seiner Rückkehr an die Mosella würden Monate ins Land gehen, obschon der Kaiser wusste, dass Constantia zu Beginn des nächsten Jahres die Geburt seines Kindes erwartete. Natürlich hoffte Ausonius auf einen Thronfolger und freute sich beinahe wie ein künftiger Großvater. Er hatte Constantia versprochen, darauf hinzuwirken, dass ihr Gemahl baldmöglichst heimkehrte.

»Gerade jetzt sollte er in seiner Residenz sein oder wenigstens in Britannien«, murrte Ausonius vor sich hin. Er fragte sich, was Gratian in Mediolanum hielt, derweil auf der britannischen Insel ein nicht zu unterschätzender Konflikt eskalierte, in dem Schotten und Iren versuchten, die verhasste römische Herrschaft abzuschütteln. Bereits im Frühling hatte Ausonius dem Kaiser dringend empfohlen, Präsenz zu zeigen, um seinen Rückhalt im dortigen Heer nicht zu verlieren. Seit jeher stärkte die Anwesenheit ihres Kaisers den Siegeswillen und das Selbstwertgefühl des römischstämmigen Militärs. Gerade diese Soldaten kränkte Gratian seit Jahren durch die Bevorzugung fremder Gardisten. Von Jugend an begeisterte er sich für den parthischen Bogen, der aus verschiedenen Hölzern und Horn verleimt war, und zeigte in parthischer Kriegskleidung, wie gut er die Kunst des rückwärtsgerichteten Bogenschießens beherrschte. Er löste den Pfeil wie die besten Steppenreiter, wenn sich das Pferd mit allen Läufen in der Luft befand und am ruhigsten war. Die römischen Soldaten sahen sich durch Gratians Verhalten herabgewürdigt und spotteten heimlich über ihn. Ausgerechnet diese unzufriedenen Truppen überließ Gratian seinem hispanischen Feldherrn Magnus Maximus. Ausonius befürchtete schon länger, die Enttäuschung der Soldaten könnte in Ablehnung umschlagen.

Trotz der militärischen Lage erschien Gratians Regentschaft insgesamt gefestigt, so dass Ausonius optimistisch blieb. Dazu trug bei, dass Professor Aurifer in Treveris weilte und ihm Gedankenaustausch bot. Ein so umfassend gebildeter Geist war selbst in der Kaiserstadt eine Ausnahme.

Unmittelbar nach dem Rosenfest hatte Ausonius ihm Pinas verwaistes Domizil überlassen. Das kleine Haus war etwas umgestaltet worden und bot seinem Gast angenehme Ruhe einschließlich der Versorgung mit Büchern und Wein. Inzwischen hielt der Professor an der Kaiserlichen Hochschule beliebte Vorlesungen über das Chinesische Kaiserreich, denn die mächtige Jin-Dynastie öffnete das riesige Land für einen kulturellen und wissenschaftlichen Austausch. Aurifer hatte dort an ausgesuchten Forschungen teilnehmen dürfen und informierte Ausonius anhand von Zeichnungen, darunter eine Flugkonstruktion aus Bambus und Seide.

»Diese Drachen, so nennen die Chinesen ihre Gebilde, können längere Zeit in der Luft bleiben und befeuern den alten Menschheitstraum vom Fliegen. Alles, mit dem sich der Geist intensiv beschäftigt, wird früher oder später zur Realität. Vielleicht werden die Römer die Ersten sein, die durch die Lüfte fliegen.«

Der Professor wirkte von dieser Vorstellung belustigt, während sich der Konsular mit Gänsehaut an einen kindlichen Albtraum erinnerte.

Ausonius' Vater besaß links der Garumna inmitten einer Weinlage eine ererbte Villa urbana. Nicht weit von ihr befand sich ein alter gallischer Kultort, ein steiler Fels mit einem Plateau. Aus der bewaldeten Höhe des gegenüberliegenden Ufers ragte die Ruine einer Festung hervor. Nach der Vorstellung des kleinen Ausonius und seiner Freunde lagerte in deren Mauerresten ein Schatz. So bat der entdeckerfreudige Junge seinen Vater, ihn zusammen mit seinen Freunden in einem Boot überzusetzen. Aber der Vater lehnte ab.

»Viele Jungen hegen Schatzträume. Das war bei mir nicht anders. Lerne lieber deine Grammatik, wenn du ein Rhetor werden willst. Außerdem ist die Ruine nicht zugänglich.«

Der enttäuschte Ausonius wollte sich mit einem Nein nicht zufriedengeben. Warum sollte kein Weg zu dieser Festung führen? Bald danach zeigte sich der Traum zum ersten Mal. Darin stand er auf dem Plateau und blickte über den Fluss zur Ruine, schritt dann mutig zum Felsrand über dem Abgrund und sprang. Alsbald erfasste ihn der Wind und trug ihn durch die Lüfte wie einen Vogel. Berauscht vom Glück der Schwerelosigkeit flog er mit ausgebreiteten Armen über die Garumna und kreiste anschließend über dem zerfallenen Gemäuer. Als er doch einen Zugang entdeckte, legte sich der Wind. Ausonius verlor an Höhe und stürzte dem Strom entgegen. Dabei nahm er instinktiv die Haltung eines Tauchers ein. Vor dem Auftreffen auf der Wasserfläche schrie er auf und erwachte schweißgebadet, als sei er seinem tatsächlichen Tod entronnen. Dieser Albtraum suchte ihn nun regelmäßig heim.

In seiner Not vertraute sich der Junge seinem Patenonkel Arborius an. Dieser zitierte König Salomon: »Stolzer Mut kommt vor dem Fall.« Anschließend erklärte er: »Du möchtest fliegen können und einen Schatz heben, gleich zwei anmaßende Wünsche. Die griechische Mythologie berichtet von einem Jüngling namens Ikarus, der von seinem Vater Dädalus Flügel aus Wachs und Federn erhielt. In seinem Übermut kam er der Sonne zu nahe, das Wachs schmolz und Ikarus stürzte ins Meer. Seither dient sein Schicksal als Warnung vor allzu hochfliegenden Plänen. Wir erhalten alle eine irdische Aufgabe. Bilde dein Herz und deinen Geist, dann findest du deine Bestimmung. Sie ist der eigentliche Schatz.«

Nach dieser Belehrung stellte Ausonius seine Gedanken an die Ruine ein und der Albtraum suchte ihn immer seltener heim. Schließlich blieb er aus. Onkel Arborius behielt Recht. Im Laufe der Zeit zeigten sich die Schätze, zuletzt an der Mosella, deren Schönheit er gepriesen hatte. Diese Verse erinnerten keinen Geringeren als Senator Symmachus an den großen *Vergil*.

Seit einigen Jahren war der Konsular nicht mehr über die gallische Grenze hinausgekommen. In diesen Tagen genoss er es, wenn der Professor ihn an seiner Weltläufigkeit teilhaben ließ. Eines Abends gestand sich Ausonius dunkle Ahnungen ein und dachte dabei unwillkürlich an Pinas Weissagung, die er seit der Säckung des Botenreiters als nichtig angesehen hatte. Nicht auszudenken, wenn ihn bald ein neuer Albtraum plagte und Bissula des Nachts herbeieilen müsste. Sie war stiller geworden und wirkte ungewohnt zerstreut, schien sich aber mit seiner Entscheidung abgefunden zu haben.

Mitte August kündigte Aurifer seinen Besuch in der *Villa rustica* eines reichen Winzerfreundes im Navaland an. Dort wollte er vor der Weiterreise nach *Cruciniacum* und Bingium an einem

Symposion über die Weinkultur an Mosella und Nava teilnehmen und meinte zu Ausonius:

»Der Apsidensaal des Weingutes besitzt ein außergewöhnliches Mosaik aus feinstem Marmor. Angeblich zeigt das Werk ein christliches Motiv, dabei handelt es sich um den römischen Sonnengott Sol Invictus in seinem vierspännigen Streitwagen.«

Ausonius nickte und schmunzelte.

Der Professor fuhr mit einer einladenden Geste fort: »Gewiss wäre mein Freund hochgeehrt, dem kaiserlichen Präfekten das Kunstwerk persönlich zeigen zu können. Ihr solltet einige Tage mitkommen und Euch im zur Neige gehenden Sommer von der Sorge um Gratian und das Reich erholen.«

Ausonius wiegte den Kopf. »Leider lassen meine Amtspflichten dies jetzt nicht zu. Womöglich ergibt sich im Herbst eine Gelegenheit in Verbindung mit einer Dienstreise.«

Aurifer lächelte: »An der Nava gedeiht ebenfalls ein guter Wein. Vielleicht erfahre ich bei dieser Gelegenheit etwas mehr über den keltischen Goldschatz. Mich fasziniert diese alte Geschichte, die besagt, die Druiden hätten Cäsar nur einen kleinen Teil überlassen. Der weitaus größere lagere in der Sandsteinhöhle eines abgelegenen Tales. Ihr Einstieg führe zunächst in ein fluchbeladenes Labyrinth.«

Unvermittelt beschlich Ausonius die Empfindung, der goldkundige Professor interessiere sich eingehend für das Gerücht, das seit Jahrhunderten durch die Spinnstuben des Berglandes rechts der Mosella waberte.

»Ihr schenkt solchen Geschichten doch hoffentlich keinen Glauben, alter Freund? Sie sind dazu da, in den dunklen Wintertagen die Fantasie zu beflügeln. Im gallischen Land wird viel und gern erzählt, so auch, Ihr könntet Gold herstellen.«

Aurifer wehrte lachend ab: »Leider begleitet mich dieses Gerücht seit Jahren. Dabei liegt der Wert des Goldes auch darin, dass seine Materie nicht von Menschenhand erzeugt werden kann, erst recht nicht seine Magie und Symbolkraft.«

»Für mich ist das edle Metall ein universelles Zahlungsmittel und eine solide Wertanlage«, bemerkte Ausonius.

»Das ist richtig«, bestätigte Aurifer, »aber Gold hat noch eine andere Eigenschaft. Es weckt die Gier. Denkt man an einen Schatz, denkt man an Gold. Man verbindet seinen Wert mit Liebe, gleichzeitig mit Macht. Nicht mehr lange und das Gold wird Einzug in die Kirchen halten.«

»In Treveris geschieht dies bereits zur Ehre des Allmächtigen«, erklärte Ausonius.

Aurifer nickte: »Man schreibt diesem Metall vieles zu. In China glaubt man, eine dem Kochvorgang beigefügte Goldmünze verleihe den Speisen Heilwirkung und steigere die männliche Liebeskraft.«

Daraufhin lächelten beide melancholisch in sich hinein und ließen den letzten gemeinsamen Abend mit einem Falerner ausklingen.

Am letzten Augusttag reiste Aurifer ab. Er hinterließ in Pinas ehemaligem Refugium ein Holzkästchen mit der detaillierten Zeichnung eines chinesischen Seidendrachens sowie eine kleine Glasflasche mit einer klaren Flüssigkeit, darin ein herzförmiges Goldstück. Auf dem Tisch fand sich ein Brief.

»Lieber Freund. Das goldene Herz trägt die Jugend in sich und gibt sie über das Quellwasser weiter. Der Mensch glaubt und es geschieht.«

Inzwischen hatte Ausonius den zierlichen Glasstöpsel schon mehrmals entfernt, um das Goldwasser zu kosten oder aufzufüllen. So einfach war das also mit einem Jungbrunnen. Wenn man glaubte. Manchmal war ihm, als zwinkere Aurifer ihm aus der Ferne zu.

Als der Konsular die Nachricht erhielt, Gratian habe in Rom seinen Titel Pontifex Maximus abgelegt, wollte er dies zunächst nicht glauben. Noch im Winter hatte der Kaiser ihm versichert, von seinem diesbezüglichen Vorhaben zu lassen. Dieser Nachricht folgte eine weitaus schwerwiegendere und versetzte Ausonius in Aufruhr.

Der Altar der römischen Siegesgöttin Victoria war auf Gratians Geheiß aus dem Senat entfernt worden. Damit zog sich der Kaiser endgültig den Zorn der altgläubigen Aristokratie zu. Für sie, darunter der einflussreiche Senator Symmachus, war dies ein unglaublicher Frevel an der Siegesgöttin, der Victorias Rache nach sich ziehen musste. Vor dreizehn Jahren hatte Symmachus nach Valentinians Schlacht gegen die Alamannen die Reise nach Treveris auf sich genommen, um eine persönliche Lobrede auf Kaiser Valentinian und Kronprinz Gratian zu halten. Nun wollte Symmachus als Führer einer Gesandtschaft nach Mediolanum reisen, um am kaiserlichen Hof gegen Gratians Entscheidung zu protestieren. Ausonius befürchtete, dass Bischof Ambrosius alles unternehmen würde, damit Gratian bei seinen Anordnungen blieb. Weiterhin hatte der Kaiser die finanziellen Privilegien der alten Religionen und ihrer Priester abschaffen lassen.

Gratians Entscheidungen trafen Ausonius bis ins Mark. Das Eingeständnis seiner politischen Ohnmacht setzte ihm zu, erst recht, als ihm in einem Traum Gratians *Menetekel* an der Stadtmauer von Treveris erschien. Während der Kaiser in Italien seine gefährliche Politik betrieb, blieb Ausonius für eine riesige Provinz verantwortlich, noch dazu für die Sicherheit der Kaiserin. Bei alledem war die Unzufriedenheit der Bevölkerung mit Händen zu greifen.

Ausonius beschloss, sich mit einer Dienstreise abzulenken. Er musste aus seiner üblen Stimmungslage herausfinden und optimistisch bleiben. Der Glaube war alles.

Das Mädchen mit dem Korb

Alexandro blickte auf das ehemalige Werkstattgebäude und den gefegten Hof. Hier hatte er seine Mosaikwerkstatt eröffnet und hier hatte er sie wieder aufgelöst. Dazwischen lagen elf Jahre erfolgreicher Arbeit in einer großartigen Stadt. Jetzt hielt er die Arme vor der Brust verschränkt, als wollte er die Flut seiner Erinnerungen abwehren. Nie hätte er trotz gefüllter Auftragsbücher gedacht, dass er so lange in Treveris bleiben würde. Zu Beginn seiner Zeit in der Kaiserstadt hatte er sich wie viele andere von ihrer Aufbruchsstimmung mitreißen lassen. Zwar vermisste er in der kalten Jahreszeit das Meer und die südliche Lebensart, doch das pittoreske Flusstal mit seinen steilen Rebenhängen gefiel ihm. In dieser nördlichen Landschaft hatte sich die römische Kultur mit der gallischen verbunden und eine lange Friedenszeit mit wirtschaftlichem Aufschwung ermöglicht. Außerdem sorgte die kaiserliche Residenz für Sicherheit und Wohlstand.

Nun hatte ihm diese blonde Hexe den Kopf verdreht, ihn ganz nach ihrem Belieben ermutigt oder zurückgewiesen und mit ihrer Unberechenbarkeit das Spiel bestimmt. Aber nicht nur wegen Bissula war die Zeit gekommen, Treveris zu verlassen und einen Neuanfang zu machen.

Eine Wolke gab die Nachmittagssonne frei. Auf dem gepflasterten Hof blitzte etwas auf und Alexandro bemerkte ein gläsernes Teilchen, das wahrscheinlich aussortiert worden war.

»Sieh an«, murmelte er, »es schmeichelt der Hand und erinnert an die Schleife der Unendlichkeit.«

Er hielt die wunderliche Form gegen das Sonnenlicht, in dem sie regenbogenfarben aufschimmerte, und steckte sie danach ein. Ein Glücksbringer für die Reise. Er wandte sich um und betrat die ehemalige Werkstatt, deren Einrichtung bereits verkauft war.

Einen Teil hatte Baard erworben, um sich mit einem anderen Mosaikhandwerker zusammenzuschließen. Alexandro hatte Baards Ernennung zum Meister befürwortet, obwohl das alte Einvernehmen seit dem Vorfall im Brunnengarten dahin war.

Am Abend wollte er Abschied nehmend durch die Stadt schlendern, vielleicht noch ein letztes Mal in der Taberna einkehren, in welcher sich die Mosaikmeister trafen. Er wusch sich und legte frische Kleidung an. Bei der Ordnung seiner Dinge hatte er festgestellt, dass die Arbeit der vergangenen Jahre ein ordentliches finanzielles Polster gebildet hatte. Dieses befand sich in der Obhut eines Bankhauses, welches Geschäftsverbindungen in die wichtigsten Städte unterhielt. In Lugdunum, Rom oder Mediolanum war wie in Treveris mit einer guten Auftragslage zu rechnen. Die Macht der Kirchen manifestierte sich in deren Ausschmückung. Mosaizisten waren begehrte Kunsthandwerker. Zunächst wollte er über die Mosella nach Westen reisen, danach ein Stück über Land nach Lugdunum, von dort mit dem Schiff über den *Rhodanus* zum Meer. Bissula würde bald der Vergangenheit angehören.

Der Gedanke an die Geliebte des Konsulars löste sogleich ein ungewolltes Bedauern aus und Alexandro fragte sich, was er für Bissula gewesen war. Nach dem leidenschaftlichen Kuss im Tablinum hatte sie ihn regelrecht mit Worten aus dem Garten gejagt. Trotz dieser Kränkung konnte er ihre Ängste nachvollziehen. Die Entdeckung einer solchen Liebelei hätte ihre geschützte Welt zerstört, während ihn eher das Unmögliche gereizt hatte. Oder war es mehr gewesen, viel mehr? Das Eingeständnis fiel ihm schwer, weil er ahnte, dass es der Wahrheit entsprach. Seine widerstreitenden Gefühle setzen ihm seit der Einladung im Brunnengarten zu, obwohl die neue Zukunft viel wichtiger war. Mediolanum mit seinen Kirchen und der zweiten Residenz wäre eine geeignete Stadt. Er könnte sich dort niederlassen oder weiter südlich im großen Rom, an nichts gebunden und herrlich frei.

Auf einem Regal lag ein ausgedientes Musterbuch. Nachdenklich nahm er es zur Hand und betrachtete die Darstellungen. Als in der Nachbarschaft ein Hund anschlug, blickte Alexandro zur geöffneten Tür. Dort strömte spätes Sonnenlicht ein, bis eine Gestalt darin auftauchte. Sie trug die keltische Cuculla und einen Korb. Der Mosaikmeister war überrascht, denn er erwartete niemand. Der unbekannte Besucher blieb im Türrahmen stehen, das Licht als Gloriole im Rücken, stellte den Korb zur Seite und nahm dann die Kapuze mit beiden Händen ab. Blondes Haar leuchtete auf und Veilchenduft schwebte in die Werkstatt. Alexandro stockte der Atem, das alte Musterbuch glitt zu Boden, sein Herz hämmerte, aber er widerstand dem Impuls, Bissula entgegenzugehen.

Diese trat, sich Zeit lassend, näher. Ihr Gesicht erschien ihm schmäler als in seiner Erinnerung.

Schließlich sagte er mit heiserer Stimme:»Welch eine unglaubliche Überraschung.«

»Ich wollte dich noch einmal sehen, um dir Lebewohl zu sagen«, antwortete sie mit ihrer hellen Stimme und ihr Lächeln strahlte das gesamte weibliche Mysterium aus.

Sie umarmten einander.

»Ich hatte solche Angst, du könntest bereits abgereist sein«, flüsterte Bissula.

»Woher weißt du überhaupt, dass ich Treveris verlassen werde?«

Sie hob die Schultern und lachte.»Ada hat über Baard davon erfahren. In dieser Stadt bleibt nichts verborgen.«

Alexandro schüttelte den Kopf, zog Bissula wieder an sich und hob sie an, um sich mit ihr im Kreis zu drehen. Dabei steigerte sich das gemeinsame Lachen zu Jubel, bis er Bissula absetzte. Nach der übermütigen Drehbewegung schwankten beide ein wenig, während sein Mund endlich den ihren suchte. Ihre Küsse erschienen ihm hingebungsvoll und ihre Umarmung so weich, als hätte sie jeden Widerstand abgelegt. Ihm selbst war, als erlebe er solche Innigkeit zum ersten Mal.

»Seit unserem heimlichen Kuss in der Villa Sabina habe ich immerzu an dich gedacht«, gestand er.

»Und mich machte Sironas Lächeln am Brunnen mit jedem Tag trauriger.«

Alexandro schluckte. Sie hatte also um ihn gelitten und war heute zu ihm gekommen, ihre Entdeckung in Kauf nehmend. Dafür kam nur eine Erklärung infrage: Bissula liebte ihn.

»Ahnst du nicht, warum ich abreise? Ich hätte es nicht ertragen, dich weiter bei ihm zu wissen, gleichzeitig in meiner Nähe.«

Er löste sich von ihr, um sie aufmerksam zu betrachten. »Du bist mit deinem Marktkörbchen und der Cuculla das schönste Küchenmädchen der Stadt.«

Sie lachte und sagte dann: »Die Cuculla gehört Ada. Sie trägt sie immer dann, wenn sie ihr Heimatdorf besucht, und wird sie heute Nachmittag gewiss nicht vermissen.«

»Weiß sie denn, dass du hier bist?«

»Selbstverständlich nicht. Ada hält sich für zwei Tage auf dem Winzerhof ihrer Freundin auf, sonst könnte sie etwas ahnen und in einen inneren Konflikt geraten. Sie ist sehr feinfühlig. Noch dazu verehrt sie Ausonius und hält ihn für unfehlbar. Gleichwohl bin ich überzeugt, dass sie mich nie verraten würde. Der Konsular befindet sich auf einer mehrtägigen Dienstreise.«

»Deine Freundin sitzt ebenso wie du im goldenen Käfig der Villa Sabina«, sagte Alexandro bitter.

»Das stimmt nicht ganz, denn Ada besitzt immer noch den Rückhalt ihrer Familie in Dornberg. Außerdem bin ich viel eher deine Gefangene«, scherzte Bissula.

Alexandro lächelte und ließ sie kurz los, um die Tür zu schließen und den Korb beiseite zu stellen. Dann nahm er Bissula zärtlich um die Schulter und führte sie in den nebenan gelegenen Wohnraum. Dort waren nur wenige Einrichtungsgegenstände verblieben, eine Liege, ein mit Mosaik verzierter Tisch mit zwei

Hockern und eine mit Reisegepäck beladene Truhe. Auf die von Alexandro gestaltete Wandbemalung, welche die Jagdgöttin Diana mit einem Rehkitz zeigte, fiel noch ein wenig Tageslicht.

Er brachte zwei Becher mit Wein und zündete eine Öllampe an, während seine Besucherin die römische Jagdgöttin bewunderte, um dann auf einem der Hocker Platz zu nehmen. Er setzte sich ebenfalls und sie tranken einander mit leuchtenden Augen zu, bis Bissula sich erhob.

Cuculla, Tunika und ein seidenes Unterkleid glitten zu Boden, zuletzt die ihre Brust verhüllende Fascia. Sie drehte ihre stolze Weiblichkeit vor Alexandros Augen, zeigte ihre schmale Taille, die schlanken Beine, den straffen Busen, und ließ ihn an Diana denken, die jetzt den Sieg über ihn begehrte. Staunend betrachtete er die makellosen Rundungen der Hüften und am Ende des Rückens. Hier stand die Eine, hinreißend schön und ihm bestimmt. Schließlich löste Bissula ihre Haarspangen und ließ die goldfarbene Pracht über die Schultern fallen.

Zwischen Lauten der Huldigung fand Alexandro zu Worten: »Meine Liebste, du überstrahlst alles. Was ist dagegen eine Muse aus Stein? Wie gerne würde ich mein Glück für immer festhalten.«

»Diese Stunde ist mein Geschenk«, erklärte Bissula mit einem verführerischen Lächeln. »Heute sollst du mich lieben wie in meinen Träumen. Darin warst du, seit ich dich in der Bibliothek gesehen habe.«

»Mir erging es ebenso, Geliebte. Unzählige Male habe ich dich in Gedanken umarmt. Nun bist du hier und lässt das Wunder geschehen.«

Mittlerweile hatte sich auch Alexandro seiner Kleidung entledigt und bettete Bissula auf sein Lager. Dort folgte sie willig seiner Glut, in der sich die Konflikte der vergangenen Wochen auflösten. Immer wieder liebkoste sie seinen sehnigen Körper und bedachte ihn mit feurigen Worten.

»Alles ist so wie in meinen geheimsten Wünschen«, gestand sie verlegen und aus Alexandros Mund drängten jählings Worte, die ihm wahrhaftig und folgerichtig erschienen. »Ich werde übermorgen abreisen. Die Werkstatt ist aufgelöst und meine Dinge sind geordnet. Was soll dann aus dir werden, Bissula? Du wirst in der Villa Sabina kein Ziel finden. Der Konsular kann dich niemals glücklich machen. Du bist jung und solltest ein erfülltes Leben haben. Wenn du mich so liebst wie ich dich, komm mit mir in den Süden. Lass uns gemeinsam etwas Neues aufbauen. Die Götter werden uns beschützen.«

Bissula erschien Alexandro plötzlich fassungslos. Schließlich sagte sie: »Ich glaube dir und fühle deine Liebe. Gerne wäre ich deine Frau und würde dir folgen, doch ich darf den Konsular nicht verlassen. Niemals würde er mir das verzeihen. Stets betont er, wieviel ich ihm verdanke.«

Er schüttelte den Kopf. »Du warst ein wehrloses Kind. Wahr ist, dass der Konsular dir die Freiheit geschenkt hat. Diese Gunst hat dem reichen Mann das Gesicht eines Beschützers verliehen. Er ist um so vieles älter als du und hat seine Jugend gelebt. Wie soll dein Leben aussehen, wenn du bei ihm bleibst? Und meines ohne dich? Glaube mir, unsere Liebe wird gelingen.«

Er umarmte sie wie ein Beschützer, gleichzeitig besorgt, sie nicht überzeugen zu können.

»Und all diese Frauen? Du müsstest deine Freiheit aufgeben, denn wir würden eine Familie gründen. Kannst du dir dieses Leben ausmalen und würde es dir auf Dauer gefallen?«

»Natürlich kann ich das! Ich wünsche mir schon länger ein wirkliches Heim, wollte dies aber keinesfalls eingestehen. Du würdest meinem Leben und meiner Arbeit neuen Inhalt schenken. Wir beide gehören zusammen, mag der Rest der Welt auch anders denken. Du sollst die Frau an meiner Seite sein. Nach allem, was geschehen ist, kann ich dich hier nicht allein zurücklassen. Nimm nur das Notwendigste mit und fasse Mut, mein Herz!«

Nun malte Alexandro Bissula die Freuden eines gemeinsamen Lebens aus und war erleichtert, als er sah, dass ihre Zweifel einer leuchtenden Hoffnung wichen.

Als sie seinem Plan schließlich zustimmte und ihm um den Hals fiel, war er dankbar. Er konnte sein Glück kaum fassen, als sie versicherte:

»Ja, Liebster, ich werde mit dir kommen. Schon lange bin ich von Ausonius enttäuscht. Ich wünsche mir eine eigene Familie mit Kindern, eine wirkliche Aufgabe, und sehne mich nach einem Menschen, der zu mir gehört. Ich bin sehr glücklich, dass du ebenso fühlst. Die Zukunft wird uns gelingen.«

Die stille Königin

Ada blickte entsetzt auf Konsular Ausonius, der ihr mit zornrotem Gesicht immerfort neue Vorwürfe entgegenschleuderte. »Streite nichts ab! Du hast alles gewusst. Diese Flucht war geplant, sonst hätte Bissula sie nicht während meiner Abwesenheit durchgeführt. Du warst ihre Vertraute. Und dieser unverschämte Brief! Eine Litanei zum Himmel schreiender Undankbarkeit. Ich hätte sie ausgenutzt, dabei war ich in Wahrheit ihr Wohltäter. Zum Dank erhalte ich Verrat auf ganzer Linie. Das muss sich einer mal vorstellen: Sie brennt mit diesem liederlichen Strolch durch und du hast ihr dabei geholfen. Schäm dich, Ada. Ich habe dir vertraut und dich behandelt wie ein Vater.«

So erzürnt hatte Ada den Konsular noch nie gesehen. Sie konnte sich nicht erinnern, wann er zuletzt die beiden kleinen Räume betreten hatte, die ihr zugewiesen waren. Nun stand er mit pochenden Schläfen und keuchendem Atem vor ihr, seine Augen hatten jede Güte verloren und sandten eisige Blitze auf sie herab. Damit er ihr glaubte, würde sie ihm die Abschiedsworte zeigen müssen, welche Bissula ihr hinterlassen hatte. Wahrscheinlich sagte ihr Brief an den Konsular nichts darüber aus, dass sie ihre Freundin ebenso unvorbereitet verlassen hatte.

Endlich kam Ada zu Wort. »Glaubt mir doch, lieber Konsular Ausonius. Nach der Rückkehr vom Winzerhof fand ich lediglich einen Brief vor. Genau wie Ihr. Darin erklärte mir Bissula, warum sie mir nichts von ihrem Entschluss erzählt hat. Sie wusste, dass ich ein solches Vorhaben niemals gutgeheißen hätte.«

Ada weinte erneut, obwohl sie dies bereits ausgiebig getan hatte. Die seit Bissulas Verschwinden vergangene Zeit erschien ihr rückwirkend wie ein Albtraum. Heute war der Konsular von seiner Reise zurückgekehrt, von Ada gleichzeitig ersehnt und gefürchtet.

Nach seiner Tirade verließ er grußlos den Raum und ließ die unglückliche Ada mit seinen Anschuldigungen zurück. Möglicherweise war es ein Segen, dass er sich entfernt hatte, bevor er ihr noch mehr verletzende Worte zukommen ließ. Er glaubte ihr nicht mehr. Sie würde sein Haus verlassen müssen. Was sollte dann aus ihr werden? Vielleicht konnte sie bei Fabala unterkommen, bis eine Arbeit gefunden war. Würde sie nach all den bildungsreichen Jahren in der Villa Sabina hinter der Theke einer Garküche schuften müssen?

Weitere bittere Tage vergingen, in denen sich Ada so verzweifelt fühlte wie nie zuvor. Schließlich ließ der Konsular sie zu sich rufen. Als sie an die Tür seines Arbeitszimmers klopfte, entfernte sich Hilarius seltsam eilig, als erwarte er nichts Gutes. Der Präfekt saß in frostiger Ruhe hinter seinem Schreibtisch, der Ada heute an eine Mauer erinnerte. Obwohl seine Begrüßung nicht unfreundlich klang, fühlte Ada eine quälende Anspannung.

»Gleich wird er mir sagen, dass er mich in der Villa Sabina nicht mehr brauchen kann«, dachte sie verzagt.

»Meine Schuldzuweisungen von neulich tun mir leid, Ada. Ich war maßlos enttäuscht und habe meinem Ärger auf deine Kosten Luft gemacht. Offensichtlich habe ich gewisse Vorzeichen nicht erkannt. Nun ist es zu spät. Das Schicksal wird deine Freundin für ihr Verhalten bestrafen.«

Sein letzter Satz versetzte Ada einen Schmerz in der Herzgegend und enttäuschte sie. Um seiner Aussage entgegenzuwirken, wünschte sie der fernen Bissula schnell alles Glück der Welt. Ada trug ihren Abschiedsbrief mit sich. Sie hatte gehofft, der Konsular würde auf dessen Kenntnis verzichten. Stattdessen verlangte er danach und las ihn mit eisiger Miene. Danach schwieg er, während Ada sich nicht zu rühren wagte und den mächtigen Mann angstvoll betrachtete. Er erschien ihr um Jahre gealtert. Als er sich schwerfällig erhob und seinen Schreibtisch verließ, stockte ihr der Atem. Was würde er tun? In ihrer Verunsicherung erschien ihr vieles möglich. Aber der Konsular lächelte, allerdings ohne seine gewohnte Herzlichkeit, und berührte sie flüchtig an der Schulter.

»Sei nicht traurig, denn in allem wohnt ein Sinn, und komme nicht auf den Gedanken, du könntest ohne Bissula hier überflüssig sein. Schon länger will ich dir eine deinen Neigungen gemäße Aufgabe übertragen. Du weißt, dass im nächsten Jahr anlässlich der Einweihung der Bibliothek eine Sonderausgabe meiner Werke erscheinen wird. Mein Sohn Hesperius hat das Notwendige veranlasst, damit ich mich weiter auf mein Alterswerk konzentrieren kann. Du könntest meinem Privatsekretär bei der Ordnung der Unterlagen zur Hand gehen.«

Als sie erfreut nickte, fuhr er fort: »Ich nehme an, du hast fleißig an deiner Beschreibung der hiesigen Kräuter und Heilpflanzen gearbeitet. Ein solches Verzeichnis wird von großem Nutzen sein. Leider kann man es nicht unter deinem Namen herausgeben. Das verstehst du doch. Ein Botaniker der Hochschule wird dies tun. Danach findet sich deine Kräuterkunde in der Ausonius-Bibliothek neben anderen Schriften, die sich mit Medizin und heilender Botanik befassen, darunter die Werke von *Galenus von Pergamon, Nikander* und dem berühmten *Dioskurides*. Du wirst eine finanzielle Anerkennung erhalten.«

Nach all den unglücklichen Tagen fiel Ada ein Stein vom Herzen. Sie durfte bleiben! Der Konsular schien wieder umgänglich zu sein.

»Danke, lieber Konsular Ausonius. Ich freue mich auf meine neue Aufgabe. Sie wird mir das Gefühl nehmen, unnütz zu sein.«

Der Konsular gab ihr Bissulas Brief zurück und wandte sich wieder seinen Unterlagen zu, woraufhin Ada den Raum verließ. Sie fühlte sich getröstet, obwohl Ausonius eine neue Kühle gezeigt hatte.

In den folgenden Herbstwochen wurde Ada der Verlust der Freundin bitter bewusst. Ein ihr wichtiger und nahestehender

Mensch war einfach verschwunden. Sie war, ähnlich wie der Konsular, von einem auf den anderen Tag verlassen worden.

Zuvor war ihr Bissulas Verhalten als ihre übliche Unzufriedenheit erschienen, verbunden mit einer harmlosen Verliebtheit in den attraktiven Handwerksmeister. Die schwankende Stimmungslage der Freundin hätte sie warnen müssen. War Bissula in dieser soeben noch niedergeschlagen gewesen, konnte sie kurz darauf vor Einfällen sprühen. Ständig veränderte sie ihre Frisur und trug bunte Seidenstoffe, in denen sie zu leuchten schien. Hörte sie Alexandros Stimme, plusterte sie sich auf wie ein Singvögelchen, er wiederum sonnte sich in ihrem Glanz, bewunderte ihren leichtfüßigen Gang oder verglich ihre Augen mit dem Meer seiner Heimatstadt. Ada hielt diese Schmeicheleien für oberflächlich und Bissulas Liebe zu Konsular Ausonius für stark genug. Erst der Abschiedsbrief offenbarte ihre Gewissensnot vor der Entscheidung, alles hinter sich zu lassen. Sie habe Ada nicht in einen Zwiespalt stürzen wollen, schrieb sie. Ihr Entschluss beruhe auf der zwischen Alexandro und ihr entstandenen Liebe. Diese habe sich entwickelt, weil sie sich vergeblich nach einer Familie gesehnt habe. Sie glaube von Herzen an eine glückliche Zukunft und bedauere den Kummer, den sie anderen bereite. Zum Schluss hatte sich die Freundin mit liebevollen Worten für Adas Zuneigung bedankt und den Wunsch geäußert, Sirona möge ihre schützende Hand über sie halten.

Ada wusste nicht, ob sie mehr Verständnis für Bissula oder für den Konsular aufbrachte. Nie hätte sie vermutet, wie sehr sich das Wesen der Freundin in ihr Herz geschlichen hatte. So vermisste sie das Gezwitscher im Ankleidezimmer, die gemeinsamen Mahlzeiten und Einkäufe, Bissulas Spottlust, selbst ihre kleinen Respektlosigkeiten gegenüber Hilarius. Ada war, als habe die Freundin alle Heiterkeit mit sich genommen, seitdem das helle Lachen nicht mehr durch die Räume und den Brunnengarten klang. Die Villa Sabina war still geworden und der Konsular schlich darin umher wie ein Gespenst, vor dem man die

Geflohene nicht erwähnen durfte. Wo mochte sie jetzt sein, vielleicht schon in Mediolanum? Ihr Brief erwähnte mit keinem Wort, wohin die Reise führen sollte, wohl aus Sorge, der Konsular könnte sie oder Alexandro verfolgen lassen. Lediglich einige Kleider und ihren Schmuck hatte sie mitgenommen, bestimmt auch ihr kleines Goldvermögen. Jedenfalls lag dem Abschiedsbrief ein Goldstück bei, ein in Treveris geprägter *Solidus* mit Gratians Bildnis als Erinnerung und Dank für Adas Cuculla, welche sie mitgenommen hatte.

In diesen traurigen Tagen bat die einsame Ada ihre Göttin Sirona täglich um Beistand für die verschwundene Freundin und fragte sich, ob Konsular Ausonius mit deren Rückkehr rechnete und was er in diesem Fall tun würde. Konnte die Genugtuung seinen verletzten Stolz aufwiegen? Ein inneres Gespür sagte Ada, dass Bissula ihr Glück gefunden hatte. Das Schicksal belohnte die Mutigen, die der Stimme ihres Herzens folgten.

Ausonius schwieg, als hätte er seine Zeit mit Bissula ausgelöscht. Allerdings fand er nach außen hin eine schlüssige Erklärung, um dem Klatsch zuvorzukommen. Gewiss hatte Hilarius daran mitgewirkt, denn der Diener bat Ada, sich strikt an diese Version zu halten. Danach unternahm die Alamannin einen längeren Besuch ihrer Verwandten an der Donauquelle. Hilarius ließ anklingen, später seien gute Gründe vorhanden, warum sie nicht zurückkehrte. In Hilarius' Augen hatte Bissulas Flucht seinen Herrn von einer höchst unpassenden Beziehung befreit.

Als Ada bemerkte, dass der Konsular dem Sirona-Mosaik fernblieb, fasste sie Mut, ihn daraufhin anzusprechen.

Wider Erwarten antwortete er freimütig:»Ach, das Kunstwerk erinnert mich an diesen Schuft. Dabei kann unsere Muse nichts dafür.«

Ada, die hierzu ein Geheimnis hütete, war froh, dieses jetzt loszuwerden.

»Lieber Herr Ausonius, Ihr erinnert Euch an das vergangene Rosenfest. An jenem Nachmittag befand ich mich als Einzige im Haus. Nur am Brunnen war noch der Geselle Baard beschäftigt und suchte irgendwann die Bauhütte auf. Im Morgengrauen hörte ich all die munteren Vogelstimmen aus dem Garten und verließ das Bett, um ihnen am Fenster zu lauschen. Da sah ich den Gesellen am Tisch seines Meisters stehen, unbeweglich wie eine Statue. Er hatte die Abdeckung entfernt und schien auf etwas zu warten. Das ließ mich neugierig werden. Tatsächlich machte er sich nach Sonnenaufgang am Mosaik der Quellgöttin zu schaffen. Ich erkannte an seinen Bewegungen, dass er Steine auswechselte. Schließlich breitete er das Tuch wieder aus und verschwand in der Bauhütte. Später dachte ein jeder, Sirona sei das alleinige Werk seines Meisters.«

»Das ist ja ungeheuerlich, Ada. Das hätte dieser Alexandro doch bemerken müssen.«

Der Konsular schüttelte den Kopf und machte ein Gesicht, als wüsste er nicht, ob er lachen oder ärgerlich sein sollte.

»So war es aber, lieber Herr Ausonius. Allerdings hätte ich nie gewagt, dies ohne einen wichtigen Grund zu erzählen. Baard weiß nichts von meiner Beobachtung. Er würde sich zu Tode schämen. Das, was ihr am höchsten schätzt, ist ihm zu verdanken. Indessen war ich verwundert, als der Mosaikmeister dazu schwieg. Womöglich wusste er nicht, wie er sich im Beisein von uns allen verhalten sollte. Später erinnerte ich mich, dass Baard mir einmal, unabhängig von unserer Sirona, von einem besonderen Lächeln erzählte.«

Konsular Ausonius machte eine ausladende Handbewegung und Ada wusste nicht, ob er damit Baard oder dessen Meister eine nachträgliche Ohrfeige verabreichen wollte.

»Dieser Heimlichtuer«, fuhr er fort, »ändert ohne Erlaubnis das Werk seines Meisters, und zwar zum Besten. Als hätte er meine diesbezügliche Wunschvorstellung gekannt. Der Handwerker aus deinem Dorf besitzt großes Talent und hat dies mit seinem Meisterstück bewiesen. Er sollte sich endlich in der Welt umsehen.«

»Wahrscheinlich lockt ihn die Ferne nicht oder ihm fehlt der Mut«, überlegte Ada.

»Oder er zieht es vor, in deiner Nähe zu bleiben«, antwortete der Konsular mit einem Schmunzeln. »Neben seiner Arbeit hatte der junge Mann nur Augen für dich. Dieser Baard kann zwar wunderbar zeichnen, aber leider kaum lesen. Eine längere Reise würde ihm guttun und sein Spektrum erweitern.«
Ada nickte und fühlte sich ein wenig schuldig.

Nach dieser Klarstellung kehrte der Konsular zu seinem Ritual unter den Arkaden des Brunnengartens zurück und saß an milden Nachmittagen in seinem Weidensessel in der Herbstsonne. Eingehüllt in vorgewärmte Decken genoss er appetitanregenden Wein aus seinem doppelwandigen Netzglas aus Colonia mit Monogramm. Allein Hilarius durfte diese Gabe Kaiser Valentinians reinigen.

»Er wird alt«, dachte Ada eines frühen Abends, als sie ihn dort sitzen sah, und hätte dem Konsular am liebsten eine tröstende Hand auf die Schulter gelegt. Dabei fühlte auch sie sich verlassen. Sie sehnte sich nach der früheren Leichtigkeit und Bissulas Lachen, obwohl der Konsular es ihr an nichts fehlen ließ. Immer häufiger erhielt sie kleine Aufträge in Verbindung mit seinen Schriften und erkannte, welche Wortkunst diesen zugrunde lag. Jeder Gedanke verriet seine außergewöhnliche Bildung, einiges war sicher allein von Eingeweihten zu deuten.

Eines Vormittags traf Ada in der Innenstadt auf Baard. Sie wusste, dass er mit den Mosaiken in der Bischofskirche befasst war. Deren großzügiger Ausbau war Gratians Fördermitteln zu verdanken. Der frisch gekürte Handwerksmeister erschien ihr heute ungewohnt selbstbewusst. Sogar seine übliche Verlegenheit blieb aus.

Als Ada andeutete, wie allein sie sich ohne Bissula fühlte, meinte er verständnisvoll:»Ich kenne das Gefühl, wenn man sich inmitten anderer von allen verlassen fühlt. Mir hat die Schließung unserer ehemaligen Werkstatt zugesetzt. Nach Dornberg bedeutete sie für mich eine Art Zuhause. Mein Meister war ein angenehmer Mensch. Ich habe viel von ihm lernen dürfen.«

»Weißt du wenigstens, wie er Treveris verlassen hat und in welche Richtung er gereist ist?«, fragte Ada.

»Das wollte schon der Konsular von mir wissen. Ich konnte ihm wahrheitsgemäß nur antworten, dass Alexandro kein Wort darüber verlauten ließ. Ich glaube, er wusste es selbst nicht genau.«

Nach kurzer Überlegung meinte er:»Sicher fehlt Bissula dem Konsular. Wird sie denn lange wegbleiben? Unter den Handwerkern der Bibliothek geht das Gerücht, dass die Geliebte des Konsulars nicht zurückkehren wird.«

Ada überlegte, ob sie ihn ins Vertrauen ziehen sollte. Da Baard nichts von Bissulas Flucht mit Alexandro zu wissen schien, antwortete sie im Sinne von Hilarius.

»Sie hat ihre Heimat lange entbehren müssen. Sicher wird sie von Konsular Ausonius vermisst, doch für ihn steht seine politische Aufgabe im Vordergrund. Du freust dich bestimmt zu hören, dass das Brunnenmosaik ihn nun täglich beglückt. Er betont oft und gerne, wie sehr alles seiner Vorstellung entspricht, besonders Sironas Lächeln.«

Nun stieg in Baards Gesicht eine ihm sichtlich peinliche Röte. Er senkte den Blick, woraufhin Ada sich schämte, weil sie seine Verlegenheit willentlich herbeigeführt hatte. Sie wollte sich verabschieden, als Baard das Wort ergriff:

»Da ist noch etwas, was in schwierigen Zeiten trösten kann.«

»Du machst mich neugierig, Baard.«

»Ich habe mich christlich taufen lassen.«

»Das überrascht mich. Wo du ebenso wie ich unsere liebe Sirona verehrt hast.«

»Bis vor wenigen Monaten konnte ich mir nicht vorstellen, Christ zu werden. Nun schenkt mir der neue Glaube Kraft und Zuversicht, besonders im Gebet. In meiner Kirchengemeinde hilft jeder dem anderen. Wer möchte, findet dort ein offenes Ohr und Verständnis.«

»Das freut mich sehr für dich. Ich selbst habe an der Messe mehrmals teilgenommen, jedoch nie den Glauben an Sirona verloren. Allerdings ist mir im Juni etwas Merkwürdiges passiert.

»Was denn nur, Ada?«, fragte Baard interessiert.

»Bissula und ich besuchten die sonntägliche Mittagsmesse. Der Konsular hatte darum gebeten, weil sie auf die Sommersonnenwende fiel und mit mehreren Priestern festlich gestaltet werden sollte. Sonst kümmerte sich der Konsular wenig um unseren Glauben und duldete stillschweigend, wenn wir unsere alten Götter verehrten. Ich erinnere mich gut an diesen Tag. Schon der Morgen war schwül, das Atmen mühsam. Ein Unwetter kündigte sich an und dicke Tropfen fielen, aber wir erreichten die Kirche leidlich trocken. Bissula schaute sich um, ich stellte mich neben eine Säule, um dem Geschehen am Altar zu folgen. Während draußen das Gewitter tobte, breitete sich in der Kirche intensiver Weihrauchduft aus. Ich mag ihn, aber in dieser drückenden Atmosphäre machte er mich benommen. Gegen Ende der Messe brach die Sonne durch die Wolken. Sie flutete durch die Fenster auf den Altar und die Priester, die in ihren langen hellen Gewändern an keltische Druiden erinnerten. In diesem Licht empfingen sie mit geöffneten Händen den himmlischen Segen und gaben ihn an die Gemeinde weiter, begleitet von dem überirdischen Gesang eines gemischten Chores. Beinahe hätte ich vor Rührung geweint, wie einige dies bereits taten. Mir war, als erfülle ein mächtiger Geist den Raum. Die Gläubigen reichten einander die Hände mit den Worten ›Friede sei mit dir‹, was wie ein gegenseitiges Versprechen klang. Ich befand mich immer noch an der Säule und wollte gehen, als die Priester den Altarraum verließen und sich unter die Anwesenden mischten. Einer von ihnen, ein junger Mann mit einem zwingenden Blick, näherte sich mir wie der Gesandte einer höheren Macht. ›Er meint doch nicht etwa mich?‹, dachte ich erschrocken. Doch genauso war es. Er ergriff meine linke Hand und versuchte, sie zu öffnen, als wolle er etwas hineinlegen. Aber ich verspürte eine jähe Angst vor dieser unbekannten Gabe und hielt meine Hand fest verschlossen. Nie vergesse ich seinen Blick während des Ringens unserer Hände. Bedauern und Unverständnis lagen darin. Ich verließ die Kirche innerlich aufgewühlt und fand in der darauffolgenden Nacht keinen Schlaf. Mir war, als hätte ich durch meine Ablehnung einen Verlust erlitten. Bis heute muss ich an diesen Priester denken und an das Sonnenlicht im Altarraum. Warum verweigerte ich ihm das Öffnen meiner Hand? Wie denkst du darüber, Baard?«

»Der Priester hat gespürt, dass du auf der inneren Suche bist, und wollte dir den Segen des hohen Tages weitergeben. In dieser Zeit kommt nach dem christlichen Glauben der Heilige Geist über die Gläubigen. Du konntest dich ihm nicht öffnen, weil du noch nicht bereit warst. Hier gibt es kein Richtig oder Falsch.«

Der Dornberger Freund hatte mit viel Empathie gesprochen und Ada bedankte sich. Als sie sich verabschieden wollte, hielt Baard sie ein zweites Mal zurück.

»Wir Christen haben sehr wohl eine gütige Himmelsmutter. Schau dich in aller Ruhe in der Bischofskirche um. Du wirst sie ganz bestimmt entdecken.«

Sie nickte und versprach Baard, dies bei passender Gelegenheit zu tun.

Im späten Oktober nahm Ada am Erntedankfest auf dem Winzerhof teil. Mittlerweile führte Fabala nicht nur das Weingut, sondern war mit Edwins Unterstützung auf dem Weg zur resoluten Geschäftsfrau. Im nächsten Frühling wollten die Geschwister ihre zweite Garküche eröffnen, dieses Mal an der Porta Inclyta. Dort strömten die Menschen aus Colonia und Beda von den Höhen hinunter zur Mosellabrücke. Laut Fabala wollte Edwin neben der Garküche eine Wettannahmestelle einrichten.

Heute Abend war er anwesend und Ada ließ sich auf eine Unterhaltung ein, in welcher die Begegnung am Dornbach vermieden wurde. Edwin war gekleidet wie ein römischer Bürger. Er trug ein glattrasiertes Kinn und seine Hände verrieten die Pflege in einer Therme. Als er gegenüber Segomaros, mit welchem er Latein sprach, erwähnte, dass er für den nächsten Sommer eine Heirat andenke, fühlte Ada einen Stich in der Herzgegend. Sie war erleichtert, als alle ihre Plätze einnahmen und Edwin aus ihrem Blickfeld verschwand. Die Freundin hatte den sympathischen Segomaros zwischen sich und ihren Bruder platziert, als gehörte der Arzt bereits zur Familie. Ada saß Fabala zur Linken mit Blick auf deren Kinder. Der siebenjährige Pentoris war schon am Weinbau interessiert und hielt es für selbstverständlich, dass er später das Weingut leiten würde. Zugleich bewunderte er Segomaros, erst recht seinen Onkel Edwin, der bei den großen Pferderennen eine wichtige Rolle innehatte. Als die Schlafenszeit der zweieinhalbjährigen Pettia nahte, musste diese ihrer Patentante Ada regelrecht entrissen werden. Unterdessen schäkerte Fabalas Stieftochter Mira unverhohlen mit dem kaum erwachsenen Sohn eines Winzers, was niemand außer Ada zu befremden schien. Der Freundin und Segomaros stand die Zufriedenheit auf den rundlichen Gesichtern. Fabala hielt ihr neues Glück ganz offensichtlich fest, während Ada versuchte, das aufkeimende Selbstmitleid zu unterdrücken.

Die Gesindeunterkunft bot auch den Erntehelfern eine Schlafstelle. Dort hausten noch immer fünf Akrobaten aus Griechenland, die während der Lese auf dem Winzerhof gearbeitet hatten. Nun suchten sie eine Bleibe über Winter, weil sie die Erlaubnis erhalten hatten, für die Dauer eines Jahres in Treveris aufzutreten, vor allem im nächsten Sommer, wenn das große Fest stattfinden sollte. Die militärischen Triumphzüge wurden nicht mehr durchgeführt, weil sie zu sehr der Verehrung der römischen Götterwelt gedient hatten. An den Markttagen zeigten die griechischen Artisten schon jetzt ihre Kunststücke auf dem Forum. Dabei war der junge Pavlos zum Liebling der Zuschauer geworden. Selbst Ada bewunderte den Jüngling, von dem man sich erzählte, er sei aus Griechenland geflohen.

Nach dem kräftigen Essen meinte Fabala zu Ada: »Kaum zu glauben, dass dieser göttergleiche Jüngling in meinen Weinbergen gearbeitet hat. Gleich wird er mit seinen Freunden ein paar Lieder aus der griechischen Heimat vortragen. Singen kann er nämlich auch.«

So lauschte man den melodischen Männerstimmen und den schmelzenden Soli des schönen Pavlos. Segomaros, der ein wenig Griechisch verstand, bemerkte mit melancholischer Miene: »Sie singen vom blauen Meer, von ihren unsterblichen Göttern auf dem *Olymp* und von der Liebe.«

Ada verließ den Winzerhof zu später Stunde, im Ohr den Klang südlicher Melodien und im Herzen eine neue Sehnsucht nach dem unbekannten Meer. In Anbetracht der Dunkelheit bat Fabala, Edwins Begleitung anzunehmen. Dieser blieb unterwegs ungewohnt einsilbig, obwohl Ada sich redlich um eine Unterhaltung bemühte. Als sie den Wachposten vor der Villa Sabina erreichten, verabschiedete er sich betont förmlich und unterließ sogar den üblichen Händedruck.

In ihrem Zimmer fragte sich Ada verwirrt, was sie von ihm erwartet hatte, wollte sich jedoch nicht eingestehen, dass Edwin sie beschäftigte. Hatte sie ihn bisher als den Spender der kleinen Statue vermutet, so erschien ihr dies jetzt abwegig. Möglicherweise würde er nächstes Jahr gemeinsam mit seiner Frau bei Fabalas Winzermahl sitzen. Bei dieser Vorstellung fühlte sich Ada unendlich allein.

Angeregt durch Baard, besuchte sie nun öfters die christliche Messe und lauschte den Predigten. Die Gemeinschaft in der Bischofskirche tat ihr wohl, ebenso die Gesellschaft der jungen

Frauen, von denen einige zur gebildeten Oberschicht gehörten. Trotzdem fühlte Ada kein Bedürfnis, sich der öffentlichen Taufe zu unterziehen. Dem Konsular schien ihr Interesse am Christentum gleichgültig zu sein. Manchmal traf sie in der Kirche auf Baard. Dann verrieten seine Augen liebevolle Sehnsucht und Ada bedauerte, seine Gefühle nicht erwidern zu können.

An einem Dezembertag mit vereinzelten Schneeflocken besuchte Ada das Forum und begab sich danach in die Bischofskirche. Nur wenige Betende waren anwesend, ein Priester ordnete etwas im Altarraum. Sie benetzte ihre Hand in einem Becken mit geweihtem Wasser, tupfte aber kein Kreuz auf Stirn und Brust. Danach schritt sie durch den riesigen Raum und atmete die balsamische Würze des Weihrauchs, die von der letzten Messe herrührte. In einer Seitenkapelle ergänzte ein Öllämpchen das diffuse Licht eines kleinen Fensters. Ada hatte diesen Raum bisher nie betreten, weil die Tür in den schmiedeeisernen Gitterstäben stets verschlossen gewesen war. Heute stand sie ein wenig offen. Ada schlüpfte hindurch und setzte sich auf den einzigen Betschemel. Obwohl sie in dem dämmrigen Raum allein war, spürte sie die Gegenwart eines Wesens. An der Stirnwand stand ein Steintisch, bedeckt von einem grünen Webtuch, darauf die Skulptur einer jungen Frau aus dunkel glänzendem Holz. Sie saß auf einem schlichten Thron mit vier Kugelpfosten und schien mit geschlossenen Augen und gelöstem Gesicht nach innen zu lauschen, gleichzeitig hinaus in die Welt. Unter ihrer Krone fiel das Haar glatt auf die Schultern und den strengen Faltenwurf ihres Gewands. Die feingliedrigen Hände schützten den auf ihrem Schoß sitzenden Knaben, obwohl sie ihn kaum berührten. Das Kind blickte Ada an, die rechte Hand segnend erhoben. Die Skulptur strömte eine tiefe Ruhe aus, die den Raum erfüllte bis in den letzten Winkel. Neben der Öllampe stand eine Tonschale mit getrockneten Blüten, die Längswand war von Votivtäfelchen bedeckt. »Maria hat geholfen« las Ada immer wieder.

Ein lautloses Weinen, dem sie nichts entgegensetzen konnte, erfasste sie. Als es vorüber war, fragte sich Ada erschöpft, wer diese stille Königin Maria war, die ihr Kind so anrührend behütete und in ihrer Ausstrahlung an Sirona am Dornbach erinnerte. Sie verließ die Seitenkapelle und wandte sich zum Portal. Dort sprach der Priester mit einem Gläubigen. Ada wartete, weil sie ihm eine Frage stellen wollte. Als er nach seiner Unterredung auf sie zukam, erkannte sie ihn und erschrak.

»Du möchtest etwas erfahren. Vielleicht kann ich dir antworten.«

Heute besaßen seine Augen nichts Drängendes, sondern einen warmherzigen Ausdruck. Er schien sich nicht an ihre Begegnung während der Mitsommermesse zu erinnern. Trotzdem kämpfte Ada mit der Versuchung, etwas Belangloses zu sagen, um die Kirche möglichst schnell verlassen zu können. Dann fasste sie Mut.

»Diese Skulptur in der Seitenkapelle, die Königin mit dem kleinen Jungen: Wer ist diese Maria, die so vielen Menschen geholfen hat? Ich habe die Täfelchen gelesen.«

Der Priester betrachtete sie zunächst aufmerksam, bevor er antwortete: »Das ist Maria, unsere liebe Himmelskönigin. Sie ist die irdische Mutter des Gottessohnes, aber Gott, der Allerhöchste, ist sein Vater.«

»Ich habe schon viel über den christlichen Gott gehört. Ist diese Maria denn keine Göttin? Sie trägt doch eine Krone und sitzt auf einem Thron.«

»Maria ist zwar keine Göttin, besitzt jedoch große Macht. Sie ist nicht nur die Mutter Gottes und die Königin des Himmels, sondern die große Mutter von uns allen. Unter ihrem Mantel dürfen wir Menschen uns geborgen fühlen. Du kannst ihr deine Sorgen vortragen und sie um Beistand bitten. Sie wird dich trösten, denn ihre Liebe versteht alle Kümmernisse. Ich habe dich des Öfteren hier gesehen. Möchtest du in unsere Bibelstunden kommen? Dort kannst du vieles aus der Heiligen Schrift erfahren, so auch über Maria und ihren Sohn Jesus Christus, den Allmächtigen Gott. Wenn man unsere Religion von Grund auf versteht, kann man ihr mit Überzeugung folgen. Maria wird dich führen.«

Ada verließ die Kirche mit einem singenden Glücksgefühl, als sei sie innerlich und äußerlich befreit. Sie dachte an ihre Göttin Sirona. Konnte es sein, dass Sirona und Maria ein und dieselbe waren? Wenn diese christliche Königin die Menschen so sehr liebte und beschützte, konnte sie sich ihr beruhigt anvertrauen.

Bald darauf gehörte Ada zur christlichen Gemeinde der Bischofskirche. Ihre offizielle Taufe sollte nach dem Geburtsfest des göttlichen Kindes stattfinden, zusammen mit weiteren Gläubigen im Rahmen eines feierlichen Gottesdienstes.

Ausonius begrüßte Adas Entschluss und überreichte ihr mit sichtlicher Rührung eine Gabe der Kaiserin: eine Kette mit einem zierlichen Goldkreuz. Ada fühlte sich geehrt. Constantia erwartete im Januar ihr Kind. Hoffentlich war der Kaiser bis dahin zurück.

Niemand freute sich über Adas bevorstehende Taufe offensichtlicher als Baard, dafür zeigte sich Fabala enttäuscht. Trotzdem umarmte sie die Freundin und wurde plötzlich ungewohnt sentimental.

»Ach Ada, unsere keltischen Götter werden bald vergessen sein. Vielleicht ist es gleich, was wir glauben, solange wir Halt und Trost finden. Wenn diese Maria und Sirona so vieles gemeinsam haben, ist wahrscheinlich in allen Religionen eine Wahrheit enthalten.«

Ada musste unwillkürlich lächeln:»Selbst das Philosophieren gelingt dir, Fabala.«

Dunkle Tage

Vor dem sonntäglichen Gottesdienst inspizierte Ausonius seinen winterlichen Garten, in dem das kahle nebeltriefende Geäst der Bäume dominierte. Hier und da leuchteten die Sternblüten des Helleborus, aber der Konsular hätte ihr unbeflecktes Weiß niemals angerührt. Die giftige Pflanze war ihm suspekt, obwohl sie in heilkundigen Händen zu Medizin gegen Gicht, Fallsucht oder Schwermut wurde. Zurzeit schmückte die reinweiße Blume unter ihrem neuen Namen »Christrose« die Altäre.

Ein Eichhörnchen im tiefbraunen Winterfell ließ eine Nuss in den verharschten Schnee fallen, um gleich darauf an einem Stamm emporzuhuschen. Die dunklen Ohrpinsel, die diesen Tieren im Winter wuchsen, glichen einer Sturmfrisur und erheiterten Ausonius.

»Hinter all diesen possierlichen Bewegungen steht die immerwährende Sorge um Nahrung«, sinnierte er. »Leben heißt kämpfen und am Ende bleibt alles zurück.«

Die längsten Nächte waren vorüber und der Januar wurde mit jedem Tag ein wenig heller. In zweieinhalb Monaten würde der Frühling einziehen. »Es geht aufwärts«, sagte man, als müsste diese Zeitspanne möglichst schnell zurückgelegt werden. Dabei verrann kostbare Lebenszeit.

In wenigen Tagen würde Gratian eintreffen, hoffentlich vor der Geburt des Thronfolgers oder einer kaiserlichen Prinzessin.

Ausonius war in moderater Stimmung. Nach Bissulas Flucht hatte er mit Rachsucht und Trauer gekämpft. Danach ließ ihn ein zäher Husten um seine Gesundheit fürchten. Er schwächte ihn und wirkte gleichzeitig als Katharsis, ebenso ein Weinkrampf, der ihn im Dezember heimsuchte. Zum Glück war er allein. Schließlich wichen die dunklen Gedanken der Einsicht, dass er eine viel zu junge Frau an sich gebunden und noch dazu vernachlässigt hatte.

Hoffentlich konnte er wenigstens Ada im Haus behalten. Er förderte sie wie bisher und, da er schon dabei war, auch den schüchternen Mosaizisten aus Dornberg. Welch eine Begabung schlummerte in diesem Dorfjungen! Nicht dem überheblichen Werkstattinhaber, sondern seinem Gesellen war das Kunstwerk gelungen. Nach dem Augustusfest würde er dem inzwischen zum Meister Ernannten einen weiteren Auftrag erteilen. Die häusliche Therme bot sich an. Ausonius schwebte eine badende Schöne vor. Er schmunzelte. Wer solche Vorstellungen hegte, war weder alt noch krank. Wenigstens tastete die christliche Religion den mythologischen Götterhimmel nicht an. Eine allzu fromme Darstellung in einem Raum der Körperpflege erschien Ausonius wenig inspirierend. Die Kunst musste frei bleiben und dieser Baard sollte sich endlich ein ordentliches Latein aneignen, wollte er in guten Häusern arbeiten und sich Hoffnung auf Ada machen. Der Unterricht war doch preiswert zu haben und wurde von der römischen Verwaltung gefördert.

Dem Konsular gefiel der Gedanke, Ada und den talentierten Handwerker später in seiner Nähe zu haben. Die junge Keltin würde sich im Seeklima von Burdigala bestimmt wohlfühlen und auf Baard warteten auch dort gut gefüllte Auftragsbücher. Ada konnte die Post ordnen und so manche Erinnerung mit ihm teilen, wenn er sich an seine stolzen Jahre an der Mosella erinnerte. Hoffentlich wollte sie nach ihrer Taufe nicht ganz im Dienst der Religion stehen, wie das bereits die christlichen Mönche taten. Sie wäre nicht die erste Frau, die in diesem Fall im Elternhaus blieb, weil noch keine Frauenklöster existierten. Ada könnte dann weiter in der Villa Sabina wohnen.

Überhaupt musste er mit Baard ein spezielles Anliegen klären, falls die Reise nach Burdigala erforderlich wurde. Wäre der neue Meister dann in der Lage und bereit, das Sirona-Mosaik abzunehmen, seinen Transport zu begleiten und es anschließend auf dem Anwesen bei Burdigala wieder einzupassen? Die Vorstellung, das liebgewordene Kunstwerk eines Tages in der Kaiserstadt zurückzulassen, behagte Ausonius ganz und gar nicht.

Immer wieder aufs Neue wunderte sich der Konsular über Talente, die im einfachen Volk zu finden waren. Nicht zuletzt dachte er an seinen geliebten Vater Julius, der bereits in jungen Jahren als begabter Sklave auffiel. Sein römischer Herr, ein kinderloser Gutsbesitzer, hatte ihm eine fundierte medizinische Ausbildung ermöglicht, die Freiheit geschenkt und ihm schließlich seinen Besitz vererbt. Dieses Vermögen, darunter das Weingut, ermöglichte dem jungen Arzt die Einheirat in den gallischen Provinzadel. Ausonius verdankte einem Bruder seiner Mutter, Aemilius Magnus Arborius, nicht nur den zweiten Vornamen, sondern den Kontakt zur Kaiserfamilie. Diese hatte den kinderlosen Anwalt und Rhetor Arborius als Prinzenerzieher nach Konstantinopolis berufen, wo er hochgeachtet starb.

Protektion war auf dem Karriereweg von immenser Bedeutung. Ausonius beherrschte dieses Instrument meisterhaft und hatte seine Familie, selbst seinen betagten Vater Julius, mit einträglichen Ämtern ausstatten lassen. Zwar beäugte die alte Machtelite dies mit Argwohn, konnte aber den Aufstieg der Familie Ausonius nicht verhindern. Der Konsular besaß längst ein Netz aus einflussreichen Freunden und Gönnern, nicht zuletzt, weil Gratian den Senat großzügiger als seine kaiserlichen Vorgänger bedachte, was dem Einfluss von Ausonius zugeschrieben wurde.

Erreichte man eine angenehme Position, erschien eine unpassende Eheschließung absurd. Zwar war die Vermischung römischen und germanischen Blutes erlaubt, aber das geltende Bürgerrecht gebot ihr Einhalt. Nur wenige Germanen kamen in seinen Genuss, indessen erleichterte eine militärische Laufbahn den Zugang. Das Bürgerrecht war Voraussetzung für den Erwerb von Grundbesitz, der wiederum die Heirat mit einer römischen Frau ermöglichte. Dieser Weg wurde gerne von fränkischen Soldaten beschritten, die zunehmend hohe Militärämter erreichten.

So war die Ehe von Kalkül bestimmt. Für Ausonius bedeutete sie die Bereitschaft, sich einem geeigneten Menschen lebenslang zu verpflichten. Dies gewährte beiden Seiten Sicherheit, während sich die Tragfähigkeit von Gefühlen als trügerisch erwies. Leidenschaft und erotische Zuneigung konnten eine Beziehung bereichern, die Einhaltung von Regeln sorgte für Verlässlichkeit. Ein Eheversprechen war der offizielle Beweis einer verpflichtenden Partnerschaft. Er hatte Bissula diese verweigert, sie hatte ihm daraufhin ihre Loyalität entzogen. Die in der Kirche gepredigte umfassende Nächstenliebe war weltfremd. Der Mensch besaß ein egoistisches Selbst und keine Religion konnte ihn davon befreien. Jetzt würde Bissula die Nachkommen eines Handwerkers in die Welt setzen und unter Geldsorgen leiden.

Seine Gehässigkeit störte ihn, denn Ausonius war gerne mit sich und der Welt im Reinen. Darum vermuteten manche in ihm einen aalglatten Charakter. Eine verbindliche Art war für alle von Vorteil. Hinter negativen Urteilen verbarg sich oftmals Neid und in diesem die Anerkennung. Vielleicht erzeugte er deshalb so gerne den Anschein, seine Aufgaben mühelos zu meistern, weil dies Bewunderung hervorrief. In Wahrheit war er ein rastloser Arbeiter und ein scharfer Beobachter, der die Menschen gerne in seinem Sinne lenkte.

Bald würden die Sänftenträger erscheinen und ihn zur Bischofskirche bringen. Am heutigen Januarsonntag sollte nach der Messe eine große Taufzeremonie stattfinden. Unter den Täuflingen befand sich Ada. Die Vorfreude auf das Sakrament ließ sie seit geraumer Zeit strahlen, so dass sogar der verknöcherte Hilarius seine Zuneigung entdeckt hatte.

Selbst wenn ihm am Ende nur die Brunnengöttin blieb, dachte Ausonius, musste er dies akzeptieren. Wer durfte im Alter anderes erwarten als die Erinnerung an leuchtende Tage? Er füllte ein wenig Goldwasser in sein Glas und fragte sich, wo Aurifer jetzt sein mochte. Anlässlich seiner Dienstreise im September hatte Ausonius das von Aurifer erwähnte Weingut an der Nava besucht. Tatsächlich war der römische Sol Invictus inmitten von zwölf Tierkreiszeichen ein einzigartiges Kunstwerk. Gleichzeitig genoss der Konsular die Gewissheit, dass das Sirona-Mosaik diesem in nichts nachstand. Leider war der Professor nie in der Villa rustica seines Freundes angekommen. Da er lediglich eine vage Zusage erteilt hatte, schlussfolgerte man, er habe die schnelle Rückreise vorgezogen oder sich einem neuen Ziel zugewandt. Allerdings hatte ein Kräutersammler berichtet, ihm sei an abgelegener Stelle ein weißhaariger Römer begegnet.

»Möglicherweise auf der Suche nach dem keltischen Goldschatz«, schlussfolgerte Ausonius und hielt seinen Gedanken dennoch für abwegig.

Das Goldwasser hatte zu einer täglichen Handlung geführt, was Ausonius' Vertrauen in die Wirksamkeit erhöhte. Überhaupt glaubte der Konsular an die Kraft der Rituale, schon deshalb, weil sie dem Einerlei des Alltags Struktur und Disziplin verliehen.

Mental gestärkt bestieg er die Sänfte und nahm wenig später seinen Logenplatz in der Bischofskirche ein. Dort hing er während des Gottesdienstes unbehelligt seinen Gedanken nach. Gegen Ende sammelten sich die Täuflinge, getrennt nach Geschlechtern, vor dem achteckigen Bodenbecken mit geweihtem Quellwasser. Die Zeremonie verlangte, den gesamten Körper einzutauchen. Die hochgewachsene Ada ließ sich unter den weiblichen Täuflingen leicht ausmachen. Heute Morgen hatte sie eine Tunika und eine *Palla* aus weißem Stoff gewählt, dazu einen ebenfalls weißen Haarschleier und das kleine Kreuz von Constantia. Ihr Lächeln glich dem einer glücklichen Braut, so dass sich der Konsular fragte, worin die Magie des Christentums bestand. Womit erreichte dieser Glaube den innersten Kern so vieler Menschen? Durfte man sich der Religion nicht zu sehr mit dem Intellekt nähern? Übertönte die ständig lärmende Stimme des Verstandes die Wahrheit des Herzens? Er freute sich an Adas Glück und würde ihr einen auf *Pergament* gerahmten Bibelvers von Moses schenken: »Ich will dich segnen und du sollst ein Segen sein.«

Er hatte ihn mit Bedacht gewählt, weil Ada in der Tat ein Segen für sein Haus war.

Plötzlich betrat ein Gardist der Leibwache die Loge und riss den Konsular aus seiner Ruhe. Das verstörte Gesicht des Soldaten verhieß nichts Gutes.

»Die Weissagung« durchfuhr es Ausonius wieder einmal. Er fasste sich mit beiden Händen an die Brust, während er dem Gestammel des Gardisten lauschte.

»Die Kaiserin, schnell ... Krämpfe und Atemnot ... hat nach Euch verlangt. Schnell, die Kaiserin!«

Ausonius schlüpfte in die bereitstehende Kutsche und jagte darin zum Palast, während der Fahrer auf die Pferde einpeitschte. Zwei Sänftenträger brachten ihn im Laufschritt zu den Gemächern der Kaiserin. Im Empfangsraum murmelte ein Priester seine Gebete. Eine weinende Hofdame wartete bereits und eilte mit dem vor Sorge um Constantia aufgelösten Konsular zum Krankenzimmer der Kaiserin. Dort hatte ihr Leibarzt soeben eine gründliche Untersuchung beendet und beriet sich mit seinem Assistenzarzt. Beide zeigten einen verzweifelten Gesichtsausdruck.

Das schwarze Haar der Kaiserin lag in feuchten Strähnen auf den hellen Seidenkissen und rahmte ihr erschöpftes Gesicht. Auf der bleichen Stirn glänzte bereits das Chrisamöl der christlichen Krankensalbung. Ausonius wusste, was dies bedeutete: Der Tod stand im Raum. Constantia konnte kaum noch atmen, Allein ihre

Augen baten den Konsular näher. Erschüttert beugte er sich zu ihr.

»Nach Hause, nach Konstantinopolis ... mit meinem Kind«, stöhnte sie. Er nickte, weil ihm die Stimme versagte.

Um der Kaiserin zu zeigen, dass er alles tun würde, um ihren Wunsch zu erfüllen, umfasste er ihre kleine weiße Hand in der Hoffnung, sie würde seinen Beistand fühlen. Er hielt diese auch dann noch fest, als ein letzter Krampf Constantias Körper schüttelte. Danach war sie tot und mit ihr das ungeborene Kind.

Ein Mann schrie. Seine Klage glich einem schauerlichen Wolfsgeheul. Als Ausonius realisierte, dass er der Verursacher gewesen war, wankte er hinaus. Im Empfangszimmer ließ er sich auf den erstbesten Sitz fallen, weil ihm die Beine versagten. Eine Hofdame flatterte mit einem Becher Wasser herbei, den er angeekelt von sich wies. Als daraufhin eine zweite versuchte, ihm sedierenden Mohnsaft aufzudrängen, schlug er ihr das Mittel aus der Hand und nannte sie »ein giftiges Natterngezücht, dem nicht zu trauen sei«. Erschrocken ließ man ihn in Ruhe, bis der Leibarzt auftauchte und den wachsbleichen Konsular besorgt nach seinem Befinden fragte. Ausonius antwortete nicht, ließ sich aber den Puls fühlen. Als der Mediziner sich nach der Ankunft des Kaisers erkundigte, dessen Leibarzt er ebenfalls war, stieß Ausonius hervor: »Sie ist vergiftet worden.«

Der Arzt, ein hochgeachteter Mann und von dem Geschehen ebenfalls gezeichnet, nahm Platz und flüsterte:

»Ich habe die tote Kaiserin soeben im Beisein zweier Hofdamen ein weiteres Mal untersucht. Alles bestätigt meine anfängliche Vermutung, dass man ihr das Wurzelgift des Helleborus beigebracht hat. Ein wirksames Gegenmittel existiert nicht und das eingeleitete Erbrechen brachte keine Linderung. Kaiserin Constantia hat eine Lähmung des Herzmuskels erlitten.«

Der Arzt war den Tränen nahe.

Immer noch fassungslos fragte Ausonius:»Aber wie und wann konnte ihr das Gift verabreicht werden? Die Kaiserin war Tag und Nacht geschützt.«

»Sie hat gelegentlich ein Medikament gegen Unwohlsein in der Schwangerschaft eingenommen, welches Bitterstoffe enthielt. Wahrscheinlich wurde das Gift dort beigemischt, denn die Speisen der Kaiserin wurden ausnahmslos vorgekostet.«

Ausonius dachte kurz nach, bevor er den Arzt anwies:»Nichts darf über die Todesursache unserer Kaiserin nach außen dringen. Stillschweigen ist oberste Pflicht, damit kein Aufruhr entsteht. Trotzdem müssen Untersuchungen stattfinden. Weitere Anweisungen werden folgen. Haltet Euch bereit.«

Den oder die Schuldigen zu finden, war das Mindeste, was er für Constantia tun konnte. Allerdings waren Giftmorde bis in die höchsten Kreise ein probates Mittel, sich unliebsamer Personen zu entledigen. In den kaiserlichen Familien war man sich dessen seit Jahrhunderten bewusst. Nero war nicht einmal vor der Ermordung seiner eigenen Mutter zurückgeschreckt. In Constantias Fall musste man die Sicherheitslücke finden, die ihren Tod ermöglicht hatte, ohne selbst zum Opfer zu werden. Der Anschlag auf die Kaiserin hatte letztendlich Gratian und seinem eventuellen Thronerben gegolten. Als der Konsular die Sänfte bestieg, musste er sich auf einen Bediensteten stützen.

Im Arbeitszimmer der Villa Sabina sank er erschöpft in seinen Sessel. Vorher hatte er den entsetzten Hilarius mit dürren Worten informiert, um nicht erneut die Fassung zu verlieren. Mittlerweile glich sein Leben einer Kette von Verlusten. Gratian war ihm entglitten, Bissula geflohen, Pina verstorben und Constantia vergiftet worden. Plötzlich erschien ihm seine Angst vor dem Alter obszön und aller Lebensmut fiel von ihm ab. Am liebsten wäre er der Kaiserin auf der Stelle in den Tod gefolgt. Noch dazu fühlte er sich mitschuldig, weil er ihr Unglück nicht verhindert hatte.

Schon früh hatte der Konsular für Constantia eine Beschützerrolle übernommen, zumal ihr rabiater Schwiegervater Valentinian sie lediglich als eine untergeordnete Figur auf dem Spielfeld der Macht betrachtete. Die zu Beginn der Ehe Dreizehnjährige blieb sich selbst überlassen und hätte doch jedem Vater eine wunderbare Tochter sein können. Nun hatte sie mit einundzwanzig Jahren diesen qualvollen Tod erlitten. Um dem Schmerz, der ihn fortwährend anbrandete, zu entkommen, läutete er nach Hilarius. Dieser brachte einen Extrakt aus Mohnkapseln, der seinen Herrn in einen dumpfen Schlaf versetzte. Als Ausonius wie verlangt nach zwei Stunden geweckt wurde, hatte sein Dasein allen Glanz verloren. Er ließ ein Bad richten und seinen Kanzleivorsteher verständigen, sich zur Verfügung zu halten.

Inzwischen war Ada von der Tauffeier der Christengemeinde zurückgekehrt. Ihre Freude begegnete Ausonius' Schmerz, für den er kaum Worte fand. Als Ada das Geschehene erfasste, brach sie in Wehklagen aus. Immer wieder berührte sie das kleine Kreuz und wimmerte Constantias Namen. Der Konsular, der sie noch nie so unglücklich gesehen hatte, ließ die Untröstliche in ihr Zimmer bringen und dort umsorgen.

»Ausgerechnet am Tag ihrer Taufe«, dachte er teilnahmsvoll.

Sein Kopf dröhnte von der Nachwirkung des Opiums, aber das kurzzeitige Vergessen hatte ihn stabilisiert. Er durfte keinen Fehler machen.

Zu seinem Schmerz um Constantia gesellte sich unseligerweise gerade jetzt der bislang unterdrückte um Bissula hinzu. Warum schlug ihm das Schicksal innerhalb weniger Monate Wunden von solchem Ausmaß? Geblieben war hingegen die stetige Sorge um Gratian. Ausonius hatte bereits verfügt, dass ihm die Nachricht vom Tod seiner Gemahlin mittels zweier getrennt reitender Boten überbracht werden sollte. Würde ihm der Kaiser

Vorwürfe machen oder ihn gar für mitverantwortlich erklären? Selbst dies erschien Ausonius im Bereich des Möglichen.

Als Gratian mit seinem Heer eintraf, hatte der Konsular die Trauerzeremonie bereits vorbereiten lassen. Beim Aussprechen des Beileids blieb der Kaiser seltsam kühl. Überhaupt wirkte Gratian gefasst oder er tarnte seinen Schmerz. Zu Ausonius' Erleichterung unterließ er jeglichen Vorwurf hinsichtlich Constantias Schutz, als wüsste er, dass das Menschenmögliche für sie getan worden war. Wie jeder, der die Machtverhältnisse kannte, ahnte bestimmt auch Gratian, dass man seine Gemahlin vor der Entbindung aus dem Weg geräumt hatte. Längst flüsterte man über eine Beteiligung der Altkaiserin. Aber wer wollte Justina eine solche Ungeheuerlichkeit nachweisen? Wenn ihr langer Arm mitgewirkt hatte, war eine Aufklärung mit Lebensgefahr verbunden. Schon aus diesem Grund unterlagen die Verhöre strenger Geheimhaltung. Sie betrafen zuerst Constantias Hofdamen und Bedienstete, führten jedoch zu nichts. Schließlich verschwand der Assistenzarzt, ein junger Franke, woraufhin der Kaiser seinem Leibarzt die Zulassung am Hof entziehen ließ. Offiziell ließ der Palast keinen Zweifel an Constantias natürlichem Tod aufkommen, denn ein Giftmord hätte das Ansehen des christlichen Kaiserhauses beschädigt. Als der Konsular herausfand, dass der untergetauchte Arzt unter dem fränkischen Heermeister Merobaudes als Militärarzt gedient hatte, resignierte er. Merobaudes war als Justinas Vertrauter unangreifbar, bekleidete noch dazu in diesem Jahr das Amt des Konsuls, zusammen mit Flavius Saturninus, einem von Ostkaiser Theodosius ausgezeichneten Militärstrategen.

So begrüßte Ausonius Gratians Entscheidung, seine Leibwache nur noch aus parthischen Legionären zu bilden, weil diese keine Verbindung zu Rom oder Mediolanum besaßen. Bald würde ihn ein neuer Militärzug nach Südosten führen, um Theodosius bei der Niederschlagung erneuter Unruhen zu unterstützen.

»Warum stärkt er den Ostkaiser, während im eigenen gefährdeten Norden ein ehrgeiziger hispanischer Feldherr das Sagen hat?«, haderte Ausonius, der ohne Erfolg versucht hatte, Gratian von einem Feldzug nach Britannien zu überzeugen. Der Kaiser hatte dies brüsk abgelehnt.

Die Trauerfeier zu Ehren Constantias nahm ihren Lauf. Der Leichnam wurde nicht öffentlich aufgebahrt, sondern befand sich in einem geschlossenen Sarkophag aus Stein. Diesen würde man in einen zweiten Sarg aus dem Holz der selten gewordenen Libanonzeder einlassen. Nach Winterende sollte ein Geleitzug Constantias sterbliche Hülle den langen Weg nach Konstantinopolis überführen, damit sie ihre Ruhestätte in der Familiengruft in der Apostelkirche finden konnte. Ausonius war dankbar, dass sich damit Constantias letzter Wunsch erfüllte.

Bereits im Februar hielt es Gratian nicht länger in Treveris.

»Er befürchtet, das nächste Opfer eines Anschlags zu werden«, mutmaßte der Konsular und traute kaum seinen Ohren, als Gratian ihm eröffnete, er beabsichtige eine erneute Heirat. Gleichzeitig stieg Ausonius' Angst, Gratian könne auf den kommenden Heereszügen ungeschützt sein. Wenigstens sagte der Kaiser zu, sich im August zu den ihm gewidmeten Festlichkeiten einzufinden, möglicherweise schon mit einer neuen Gemahlin. Als Ausonius mehr wissen wollte, wich Gratian aus.

Natürlich benötigte der Kaiser einen Thronerben. Trotzdem klangen seine Pläne nach Verrat an Constantia. Waren die häufigen Aufenthalte im Süden wirklich nur der Politik geschuldet gewesen? Kaum gedacht, verwarf Ausonius seine Unterstellung. Der Kaiser war ein frommer Christ. Sicher hätte der Bischof eine davon abweichende Lebensführung getadelt.

Die nicht mehr zu leugnende Distanz zwischen ihm und Gratian verbitterte Ausonius. Warum war er nach Paulinus erneut der Illusion erlegen, das Band zwischen Erzieher und Jüngling sei für alle Zeiten geknüpft? Es setzte ihm zu, wenn Gratian zu verstehen gab, dass er die Kritik seines Präfekten für anmaßend hielt. Ausonius fühlte sich beiseitegeschoben wie ein lästiges Relikt und dachte in seiner Enttäuschung sogar an, sich aus der Politik zurückzuziehen. Unvermittelt erschien ihm das Ende seiner Zeit in Treveris näher als jemals gedacht. Schließlich siegte sein Wille zur Macht.

Im März wurde auf dem Forum verkündet, dass im August zu Ehren Gratians ein großartiges Fest stattfinden würde. Die einsetzenden Vorbereitungen erzeugten eine sofortige Hochstimmung, denn der Monat des großen Augustus versprach neue Lebensfreude und Geschäfte. Der Konsular seinerseits erwartete vor allem die Stärkung der Kaisertreue. Man musste das Volk von den Sorgen der Gegenwart ablenken.

Der schöne Cupido

Entgegen seiner Gewohnheit verzichtete Proxius an diesem Aprilmorgen auf die Sänfte und machte sich selbst auf den Weg zum Forum. Er genoss die Sonne, während der übermütige Wind mit seinen grauen Löckchen spielte. Hin und wieder blieb er kurz stehen und hielt sein Gesicht in die wärmenden Strahlen. Ein Hausdiener würde ihm Clio in die Amtsräume bringen. Seit Eratos Tod im letzten Jahr war sie anhänglich geworden und wartete, wenn sie ohne ihren Herrn ausharren musste. Erato hatte zuletzt unter Erbrechen gelitten und nur noch Wasser zu sich genommen. Nun ruhte ihr weißer Fellkörper in einem mit Seide ausgepolsterten Deckelkörbchen im Rosengarten.

In seiner Trauer um Erato dachte Proxius in diesem Frühling oftmals an die verstorbene Kaiserin, die nicht einmal die Geburt ihres Kindes erleben durfte. Er glaubte dem Gerücht, sie sei keines natürlichen Todes gestorben. Ihr Sarkophag würde Konstantinopolis voraussichtlich erreichen, wenn in Treveris das Augustusfest tobte. Die Menschen hatten Constantia zu ihren Lebzeiten kaum wahrgenommen und so verblasste ihr Andenken schnell. Schon die kurze Staatstrauer betrachteten viele als lästige Unterbrechung des gewohnten Alltags. Was den Kaiser betraf, war die Teilnahme am Trauergottesdienst für seine Gemahlin alles, was die Treverer während seines kurzen Aufenthaltes von ihm gesehen hatten. Wer sich seinen Untertanen so ungern zeigte, durfte sich nicht wundern, wenn diese ihm nicht zujubeln wollten. Proxius schnaubte. Der Hof verheimlichte einen Mord, um keine Unruhen aufkommen zu lassen, und der Konsular schwieg. Lieber plante er ein Fest, um die verlorene Begeisterung für den Kaiser wiederherzustellen. Der Magistrat fragte sich, wo Gratian in den vergangenen Jahren gewesen war. Jedenfalls nicht an der Rhenusgrenze oder in Britannien. Man konnte den Eindruck gewinnen, der mühsam eroberte Norden spiele für den jungen Herrscher nur eine bedeutungslose Rolle. Proxius war gut informiert, denn der Handel mit seinen Verästelungen in die Märkte wusste, wie es um das Imperium stand. Die Spatzen pfiffen Gratians Regierungsschwäche von den Dächern. Durch seine Geschäftskontakte nach Rom und Mediolanum kannte Proxius die Meinung der altgläubigen Senatoren über Gratians politische Ausrichtung. Die Macht der Kirche konnte nur begrenzt werden, wenn man ihn stürzte. In Rom wankte die Kaisertreue, erst recht seit der skandalösen Entfernung des Victoriaaltars aus der Curia. Der Zorn der Senatsaristokratie brannte lichterloh. Sogar die dortigen Christen befürchteten die Rache der geschmähten Siegesgöttin. Proxius war überzeugt, dass man bei jedem künftigen Unheil die Schuld bei Gratian suchen und finden würde.

Trotz allem sorgte sich der Magistrat um den Kaiser. Er mochte den noblen jungen Mann, der nicht gelernt hatte, ohne seine Einflüsterer zu entscheiden. Das war der wichtigste Grund, weshalb der Konsular das Unvermögen seines ehemaligen Zöglings nicht benennen wollte. Lieber stilisierte Ausonius das künftige Fest als Hoffnungsanker. Selbstverständlich besaß ein solches Ereignis Potential. Die Magistrate würden den Gewinn schnellstens für städtische Bedürfnisse investieren müssen, bevor die Staatskasse ihn für die Militärmaschinerie beanspruchte. Treverls benötigte dringend ein drittes Speichergebäude. Außerdem stand die Sanierung der Thermen an, für die das Holz inzwischen aus Germanien herbeigeschafft werden musste.

Für den Seidenhandel waren Feste grundsätzlich profitabel, weil diese nach teurer Kleidung verlangten. Am einträglichsten würde das Augustusfest für das Gestüt werden. Proxius erwartete üppige Wetteinnahmen, denn Rufus gehörte zu den besten Wagenlenkern und das besondere Talent des Rennstallleiters tat ein Übriges, damit die Pferde des Gestüts Armitari begehrte Trophäen einfuhren. Der Dornberger war mit allen Wassern gewaschen. Deshalb kursierten allerlei Gerüchte um ein spezielles Kraftfutter, wenn Edwin die Pferde vorbereitete.

Ein Fest ließ alle frohlocken, die etwas zu verkaufen hatten: Händler, Garküchen, Herbergen. Das Trevi konnte ab August erste Gäste aufnehmen. Die Bauarbeiten verliefen nach Plan. Theaterleute, Schausteller und Musiker würden ebenfalls jubeln. Viele hatten den Winter mit Hilfsarbeiten oder Betteln überstanden. Proxius war zufrieden. Das Fest beflügelte alle und bot die hervorragende Gelegenheit, sein Ansehen als zuständiger Magistrat zu steigern.

Auf dem Forum zeigte sich das gewohnte Markttreiben. In der Nähe der Werkzeughändler hatte sich eine Gruppe gebildet. Neugierig trat Proxius näher und hörte Applaus, verbunden mit Lauten der Bewunderung und ängstlichen Spannung. Die Zuschauer ermöglichten ihrem beliebten Stadtrat umgehend einen Platz in der ersten Reihe.

»Die griechischen Akrobaten«, stellte Proxius fest und erinnerte sich an eine Verlängerung der Aufenthaltsgenehmigung im vergangenen Herbst. Nach dem Winzerhof, den die Schwester seines Rennstallleiters führte, hatten die Griechen ein Winterquartier bei den Theaterleuten gefunden.

Soeben machten sich die Fünf bereit für eine Darbietung. Sie waren schwarz gekleidet bis auf einen Jüngling von höchstens achtzehn Jahren. Dieser trug ein weißes Seidentrikot, was abwärts der roten Taillenschärpe mit schwarzen Federn besetzt war, und lächelte jetzt mit blitzenden Zähnen, die makellosen Gesichtszüge von dunklen Locken umrahmt. Ein olympischer Gott hätte sich keine ansprechendere Gestalt verleihen können, dachte der entzückte Magistrat. Als ihn bald darauf ein Blick aus blaugrünen Augen traf, entzündete er in Proxius eine tiefe Sehnsucht nach Liebe. Der Jüngling erschien ihm noch vollkommener als der von Kaiser Hadrian abgöttisch geliebte Antinoos. In Baiae hatte Proxius die Skulpturen bewundert, die der Kaiser von seinem Günstling an besonderen Aussichten aufstellen ließ. Als Antinoos früh verstarb, erhob ihn der untröstliche Hadrian kurzerhand zum Gott. Eine der Statuen befand sich auf einer weit ins Meer ragenden Landzunge. Dort hatte Proxius während eines Sonnenaufgangs im Brandungsgeräusch seine Lippen auf den salzigen Marmormund gedrückt.

Während der Darbietungen erinnerte ihn der Akrobat nicht nur an Antinoos, sondern ebenso an die Darstellung des bestraften Cupidos auf einem Wandgemälde seines Anwesens. Proxius beschloss, den Jüngling nach dem ein wenig boshaften römischen Liebesgott zu nennen.

Nicht allein der Magistrat hatte Gefallen an ihm gefunden. Insbesondere die Zuschauerinnen bedachten den jungen Mann mit schmachtenden Blicken und warfen ihm Blumen oder Kusshände zu. In Proxius, der liebend gerne das Gleiche getan hätte, meldete sich die Eifersucht und zeigte ihm, dass ihn Cupidos Pfeil tatsächlich getroffen hatte. Der kleine Liebesgott trug immer zwei in seinem Köcher, den vergoldeten der Leidenschaft und den in Blei getauchten, der dafür sorgte, dass die Liebenden leiden mussten und sich voneinander abwandten.

Die Griechen blickten auf den Magistrat, als erwarteten sie vor allem dessen Beifall. Empor gehoben von der Körperpyramide seiner Gefährten oder auf deren Rücken balancierend, präsentierte Cupido waghalsige Kunststücke. Danach verschwand er und tauchte kurz darauf in einem glänzend schwarzen Oberteil auf, um eine neue Darbietung auf dem Seil zu zeigen. Dieses hatte man zwischen zwei Marktgebäuden angebracht. Cupidos Hand- und Fußgelenke waren nun mit bestickten Lederbändern geschmückt und seine Locken mit einer Perlenkette. Über die Schultern führte ein Halfter auf den Rücken und hielt zwei Flügel aus dunklen Federn. Als er mit geschlossenen Augen eine konzentrierte Haltung einnahm, erschien er Proxius wie ein dunkler Engel, der gleichermaßen Tugend und Laster verkörperte. Der Magistrat malte sich aus, wie der Jüngling die zur Faust geballten Hände öffnete und die Krallen eines Raubvogels freigab. Wie gerne würde er sich von ihnen davontragen lassen. Stattdessen bestieg Cupido das Seil und tänzelte unter Beifall mit einem vergoldeten Stab hin und her. Schließlich warf er die Flügel ab und sprang mit einem Salto vor die Füße seiner Bewunderer. Mittlerweile war deren Zahl gestiegen. Junge Frauen, aber auch gewichtige Matronen und Männer, applaudierten und riefen dabei den Namen »Pavlos«. Proxius wiederum schmetterte ein »bravo Cupido« dagegen. Dem Jüngling schien der Name des schalkhaften Liebesgottes zu gefallen, denn er verbeugte sich zu Proxius hin, was dessen Herz hüpfen ließ.

Wenig später nahm der Magistrat in seinen Amtsräumen die sehnsüchtig wartende Clio in Empfang und befasste sich wie üblich mit städtischen Aufgaben. Dazwischen wanderten seine Gedanken zu Cupido. Entgegen seiner Gepflogenheit, seinen Tag nicht vor seiner Gemahlin auszubreiten, berichtete er Julia am Abend von seinem Erlebnis.

Zu Proxius' Überraschung antwortete ihm diese:»Ich konnte bereits einem Auftritt der Griechen zusehen. Tatsächlich zieht dieser Pavlos die Augen auf sich. Sieht er nicht aus, als sei er unserem Gemälde entstiegen? Bestimmt wird auch er die Menschen in Liebesqualen stürzen.«

Julia blickte in Richtung des Bildes.

»Wir könnten ihn ja Cupido nennen, liebste Julia«, scherzte Proxius,»ich glaube, der Name passt zu ihm.«

»Warum nicht?«, lachte Julia.»Er soll der verwöhnte Sohn eines Athener Architekten sein. Angeblich hat er im Olympischen Hain für die diesjährigen Spiele trainiert, als sich die Frau eines Politikers in ihn vernarrte. Da solche Liebeshändel vor den Spielen strikt verboten sind, hat man ihn hinausgewiesen, woraufhin er sich einer Artistengruppe anschloss.«

Proxius war zwar froh, einiges über den Jüngling zu erfahren, störte sich aber am Informationsvorsprung seiner Gemahlin. »Ich wundere mich über Euer diesbezügliches Wissen.« »Man spricht über ihn. Ein Händler von der Peloponnes hat ihn erkannt und das Gerede verbreitet. Auch Männer klatschen gerne über dies oder jenes. Jedenfalls lockt der hübsche Bengel die Zuschauer an.«

Proxius fühlte sich durchschaut, was ihn nicht hinderte, sich weiter mit dem jungen Griechen zu befassen. Hatte der Konsular nicht von einem chinesischen Flugkörper aus Seide gesprochen? Im Amphitheater war jede Attraktion willkommen. Schon stellte sich der Magistrat vor, wie der schöne Cupido mit weißen Seidenflügeln aus dem Hause Armitari über der Arena kreiste. Eine solche Sensation würde die Menschen von den Sitzen reißen und von ihren Zukunftsängsten ablenken. Das Grollen einer Zeitenwende war überall zu hören. Die Völker waren in Bewegung geraten und machten die Grenzen unsicher. Wie gut, dass Treveris nicht noch näher am Rhenus lag.

Von neuer Energie getragen, beschloss Proxius, dem Konsular sowie den Organisatoren des Festes eine Sondervorstellung der griechischen Athleten zu ermöglichen. Dazu bot sich ein Gastmahl im Garten der Villa Armitari an, ergänzt von artistischen Darbietungen. Er würde seine Gemahlin um die Vorbereitung bitten. In diesen Frühlingstagen erschien ihm Julia stiller als sonst. Vielleicht könnte die neue Aufgabe sie etwas aufmuntern.

Der fliegende Jüngling

Im Mai trafen sich die Entscheidungsträger des Augustusfestes in der Villa Armitari. Inzwischen hatte Konsular Ausonius die Schirmherrschaft übernommen. Julia ließ ein Mahl richten, bei dem, trotz der fortgeschrittenen Jahreszeit, von der Kanalküste herangeschaffte und in Eis gekühlte Austern serviert wurden. Sie selbst nahm nicht dran teil, wollte jedoch bei den anschließenden Darbietungen der Akrobaten zugegen sein.

Bei der Begrüßung stellte Julia betroffen fest, wie hager der Konsular geworden war. Er erschien ihr so grau wie der Bart, den er sich seit neuestem wachsen ließ.

Besorgt dachte sie bei sich: »Die letzten Monate haben Ausonius sichtlich zugesetzt. Hoffentlich wird das Fest ihn ablenken, dazu die Ehre, dass die Bibliothek danach seinen Namen tragen wird. Vielleicht die letzte Anerkennung, die er von seinem geliebten Kaiser erhalten wird.«

Julia bewunderte Ausonius sowohl für sein Wissen als auch für seine äußere Erscheinung, obwohl es ihm in ihren Augen an der gewissen aristokratischen Eleganz fehlte, für die es Generationen brauchte. Zu Beginn seiner Zeit am Kaiserhof hatte er gerne seinen außergewöhnlich hohen Wissensstand gezeigt. Das beeindruckte zwar den rüden Valentinian, nicht aber die alte Machtelite, die insgeheim über den Bildungsdünkel des Emporkömmlings aus der gallischen Provinz spottete. Ihr war der Aufstieg des Erziehers durch die Gunst der beiden Kaiser ein Dorn im Auge. Man sah darüber hinweg, weil sich durch Ausonius' Einfluss vieles angenehmer gestaltete. Manch einer hatte nach dem Tod des despotischen Altkaisers aufgeatmet. Aber nun merzte sein Sohn den alten Götterglauben aus, was das innere Gleichgewicht des riesigen Imperiums ins Wanken brachte. Julia fragte sich, in welchem Maß diese Entwicklung den Konsular beschäftigte.

Nach dem exzellenten Mahl begab sich die Gesellschaft auf die Terrasse eines Pavillons und widmete sich, weiter bestens versorgt mit Getränken, den angekündigten Darbietungen. Julia nahm den Platz zur Rechten des Konsulars ein. Während die Athleten letzte Vorbereitungen trafen, verwarf sie den Gedanken, ihn nach Bissula zu fragen. Die Alamannin würde gewiss nicht zurückkehren. Das zeitgleiche Verschwinden des Mosaikmeisters war Julia zur Kenntnis gelangt, als Proxius diesem einen weiteren Auftrag erteilen wollte, woraufhin sie eins und eins zusammenzählte. Der Konsular würde über die unpassende Verbindung hinwegkommen. So kam Julia auf Constantia zu sprechen, ebenfalls ein heikles Thema.

»So eine liebenswerte junge Frau«, klagte Ausonius. »All die einsamen Jahre im Palast und am Ende ein früher Tod.«

Offensichtlich ging ihm Constantias Schicksal sehr nahe und so sagte Julia teilnahmsvoll: »Ich war entsetzt und bin bis heute darüber betrübt. Niemand hat unserer Kaiserin den Thronfolger mehr gewünscht als ich. War sie denn so krank?«

»Ach, was geschehen ist, lässt sich nicht mehr ändern. Richtig ist, dass Constantia von fragiler Gesundheit war, dennoch …«

Er brach ab und Julia wartete. Aber Ausonius wandte sein fahl gewordenes Gesicht ab und schwieg.

»Also doch«, dachte sie entsetzt, »die junge Kaiserin ist beseitigt worden«, und fragte:

»Und der Kaiser? Er soll wieder geheiratet haben. Ich kann das fast nicht glauben.«

»Ach, am liebsten würde ich kein Wort darüber verlieren, liebste Julia, denn Constantias Sarkophag ist noch auf dem Weg nach Konstantinopolis. Das Leben geht weiter und unser Kaiser braucht einen Erben. Hoffentlich werden wir Gratians neue Gemahlin im Sommer empfangen können. Wir wissen nicht viel über *Laeta*.«

Julia versuchte, sich ihre Enttäuschung über Gratians schnelle Wiederheirat nicht anmerken zu lassen. »Hoffentlich möchte die neue Kaiserin nicht in Rom oder gar in Mediolanum leben. Das wäre bedauerlich für unsere noble Stadt und ihren imperialen Glanz.«

Der Konsular blickte in die Weite des blühenden Gartens und Julia dachte, dass er mit seiner Antwort, wenn überhaupt, unbestimmt bleiben würde. Sie täuschte sich.

»Mittlerweile genießt dieser Magnus Maximus in Britannien ein gefährlich hohes Ansehen, eine besorgniserregende Entwicklung. Begeisterte Soldaten schüren seit jeher die Machtgelüste ihrer Feldherren.«

»Dieser Kommandant der britannischen Truppen ist nicht der Einzige, der Gratian gefährlich werden könnte.«

»Was wollt Ihr damit sagen?«

»Mein Gemahl besitzt gute Verbindungen zur römischen Elite. Bis jetzt sind nur wenige Senatoren zum Christentum konvertiert. Fast alle blieben Anhänger der Siegesgöttin und fühlen sich durch die Entfernung ihres Altars gedemütigt. Überdies hat Gratian Roms Stadtpräfekt Symmachus in Mediolanum abgewiesen wie einen lästigen Bittsteller. Man sagt, Bischof Ambrosius habe die Begründung der kaiserlichen Ablehnung formuliert, eine weitere Kränkung der Senatoren. Ihnen ist der wachsende Einfluss der Kirche ein Ärgernis. Dazu kommt, dass Justina ihren eigenen Sohn als Hauptkaiser des Westens sehen will. Proxius ist beunruhigt.«

Der Konsular hob die Brauen, doch Julia fuhr fort:

»Verzeiht meine Offenheit, lieber Ausonius. Sie entspringt ausschließlich der Sorge um unseren geliebten Kaiser und unser Paradies an der Mosella, in dem wir so viele gute Jahre verbracht haben.«

»Das werden wir auch weiterhin tun, liebe Julia. Unser Kaiser ist ein starker Herrscher. Niemand weiß das besser als ich. Erinnert Euch an seinen grandiosen Wintersieg über die Alamannen.« Ausonius lächelte. »Beschäftigen wir uns mit der nahen Zukunft. Wenn wir Gratian mit einem Festzug ehren, wird er spüren, dass er nach wie vor unser aller Hoffnungsträger ist. Das wird ihm Flügel verleihen.«

»So soll es sein, lieber Konsular«, stimmte Julia zu. »Zum Thema Flügel können wir nun einen Jüngling aus dem Olympischen Hain bewundern. Ein wenig erinnert er mich an unser Wandgemälde, das Euch einst zu Versen über Malerei und Literatur inspiriert hat.«

»Cupido cruciatus? Das macht mich neugierig. Der Magistrat hat mir von einem Federkleid berichtet, vielleicht ein Symbol für die hochfliegenden Pläne junger Männer. Ich erinnere mich gut an diese stürmische Zeit. Allerdings hat mein Aufstieg erst in späten Jahren begonnen.«

Julia hatte Gratian im Sinn, als sie antwortete: »Nur wenige erwählt sich das Schicksal, um sie über die irdischen Hürden zu tragen.«

Gleich darauf wandte sich die Aufmerksamkeit den Artisten zu.

Zwischen zwei Bäumen hatte man ein Seil gespannt. Zuvor waren Äste entfernt und eine Sandgrube angelegt worden. Die Griechen hatten ihren Auftritt an den vorangegangenen Tagen mehrmals geprobt, zeitweise in Anwesenheit des Magistrats, der sich ansonsten nie um die Vorbereitung seiner Feste kümmerte. Jetzt beobachtete er mit faszinierter Miene die Ballkünste, Überschläge und Hebefiguren. In Bewegung glich Cupido einem lebendigen Kunstwerk. Nie zuvor hatte Julia einen schöneren Jüngling gesehen. Das Spiel seiner Muskeln rief Bewunderung hervor, sein Gesicht besaß noch die weichen Züge der Jugend, sein betörendes Lächeln schien sowohl ihr als auch den übrigen Anwesenden zu gelten.

»Erinnert er nicht an Antinoos?«, fragte Proxius.

Julia nickte. »Seine Augen leuchten wie das Meer in Baiae.«

Clio, die zufrieden auf Proxius' Schoß ruhte, schien Cupido ebenfalls zu bewundern und gab kleine Laute von sich, als wollte sie ihren geliebten Herrn in seinem Urteil bestärken. Julia streichelte Clio unwillkürlich über das weiße Köpfchen, aber die Hündin nahm ihre Zärtlichkeit nicht zur Kenntnis.

Der für gewöhnlich zurückhaltende Konsular applaudierte, als Cupido seine Kunststücke zeigte und danach per Salto in die Arme seiner Freunde sprang. Damit war seine Darbietung nicht zu Ende, denn er federte in großen Sprüngen zum nahen Nymphäum, balancierte mit einem schalkhaften Lächeln auf dem Beckenrand, schließlich auf dem Rücken des marmornen Delfins, um sich schlussendlich gemeinsam mit seinen Gefährten zu verbeugen. Dabei glitten seine Augen über die Gäste. Sie trafen auf Julia und hielten ihren Blick über das schickliche Maß hinaus fest. Zuletzt legte Cupido die Hände auf sein Herz und bedankte sich in wohltönendem Griechisch bei seinem Gönner.

Julia ließ die Artisten mit Speisen und Getränken versorgen und erfuhr, dass Proxius ihnen gegen etwas Hilfe im Gestüt eine Unterkunft zugesagt hatte, darüber hinaus die Einrichtung eines Übungsplatzes. Somit blieb den Griechen eine erneute Quartiersuche erspart.

Kurz darauf verließ Julia das Festkomitee, um nach dem Garten zu sehen. »Zu viel Wein«, murmelte sie, als sie ihre Verwirrung spürte.

Bald würden sich die ersten Rosenknospen öffnen. Einige Apfelbäume blühten noch. Sie bog einen Zweig zu sich herab und atmete den feinen Duft, als eine elementare Freude über sie hereinbrach. Ihr war, als hätte Cupidos Blick daran mitgewirkt.

Hoffnungen und Spiele

Wenige Tage nach der Zusammenkunft in der Villa Armitari erhielt Ausonius den Besuch des Magistrats in seiner Kanzlei. Proxius Lucullus Armitari kam schnell zu seinem Anliegen. »Wären die Griechen nicht geeignet für einen Auftritt in der Arena des Amphitheaters? Ich denke an die Spiele nach dem Eintreffen des Geleitzuges. Viele vermissen die alten Kämpfe Mann gegen Mann. Das Volk liebt den Nervenkitzel und in Festlaune zittert es mit Vorliebe um seine Favoriten.«

Ausonius fühlte sich durch die vorausgegangene Einladung zu einer Zustimmung gedrängt. Außerdem störte ihn die törichte Begeisterung des Magistrats für den jungen Athleten. Proxius sollte sich gedulden.

Er machte eine vage Geste. »Ich lasse mir die Sache durch den Kopf gehen. Indessen ist das Amphitheater kein Ort wie jeder andere.«

Der so Abgespeiste überspielte seine Enttäuschung.

»Das weiß ich! Deshalb befasse ich mich ja mit einer völlig neuen Idee, werter Konsular.«

»Und die wäre?«

»Ich denke daran, seidene Flügel herstellen zu lassen.«

»Für diesen Griechen?«, fragte der Konsular belustigt.

»Nicht nur, aber auch. Statt der Federn und Gurte schwebt mir das Konstrukt zweier Flügel vor, bespannt mit einer besonders dicht gewebten Seide. Alles andere wiegt zu schwer.«

Ausonius wunderte sich über die Ernsthaftigkeit, mit welcher der reiche Seidenhändler über das Kostüm eines Akrobaten nachdachte.

»Ihr wollt den jungen Mann doch nicht etwa abstürzen lassen?«

»Natürlich wäre keine große Distanz möglich, aber ich bin nicht der Erste, der sich mit solchen Plänen befasst. Ihr selbst habt derlei Versuche in China erwähnt.«

Kopfschüttelnd dachte der Konsular, dass der Magistrat dabei war, seinen Realitätssinn einzubüßen. Oder war der Einfall nicht ganz so abwegig? Schließlich drehten sich Aurifers Zeichnungen um dieses Thema. Er fragte nach.

»Im fernen Osten handelt es sich nicht um Experimente mit Menschen. Habt Ihr eine nähere Vorstellung von einem solchen Gebilde, geschätzter Armitari?«

»Beim Fliegen spielt der Luftwiderstand eine entscheidende Rolle. Unser Handelshaus bezieht aus China eine außergewöhnlich reißfeste Seide, die noch dazu kaum etwas wiegt. Kein anderer Stoff besitzt solche Vorzüge. Man könnte einen filigranen Rahmen bespannen. Sein Holz sollte biegsam sein und leichter als Lindenholz. Wahrscheinlich wäre die Pappel am besten geeignet.«

»Oder asiatischer Bambus«, ergänzte Ausonius zu seiner eigenen Überraschung. »Das stabile Gras ist außen hart und innen weich, das Gegenteil von Holz. Die Chinesen benutzen es für ihre Flugdrachen. Wir erwähnten die Zeichnungen bereits.«

»Sie interessieren mich außerordentlich. Würdet Ihr mir eine Kopie zeichnen lassen? All dies ist kein Zufall. Außerdem schätzt unser Kaiser christliche Symbole. Cupido könnte ihn an einen himmlischen Boten erinnern.«

Der Konsular zögerte. »Der griechische Artist besitzt zweifellos eine große Anhängerschar. Erst einmal sollten die jungen Leute an ihrem Auftritt arbeiten. Vielleicht lässt sich zwischen der schmalen Ost-West-Seite der Arena eine Seilvorrichtung bauen.«

»Wenn ein Windstoß in die Flügel fährt, könnte Cupido die Balance verlieren«, überlegte der Magistrat. Unerwartet war nun auch der Konsular bei der Sache, als würde er mit Proxius einen jugendlichen Plan aushecken.

»Er darf nur kurze Zeit auf dem Seil bleiben und könnte nach dem Absprung durch den Luftwiderstand seiner Flügelspanne sozusagen abwärts schweben, um auf einem bestimmten Punkt zu landen.«

Gleich darauf schüttelte er den Kopf. »Die Fantasie geht mit uns durch, lieber Armitari. Das kommt davon, wenn man als Kind vom Fliegen geträumt hat.«

»Welcher Junge hat das nicht?«, erwiderte der Magistrat und setzte eifrig hinzu: »Jedenfalls sollte sich ein Konstrukteur der Sache annehmen.«

Nach der Unterredung fühlte sich Ausonius wie damals als Junge an der Garumna, als er den Goldschatz heben wollte, und dachte: »Der *Homo ludens* liebt sowohl das Spiel als auch das Abenteuer. Ein sicheres Ziel reduziert die Fantasie. Manches gelingt, weil vorher das Unmögliche versucht wird.«

Er würde den Magistrat bestärken. Jeder Plan entwickelte seine eigene Dynamik. Schon früh hatte er sich den Wahlspruch gegeben: »Die Hälfte einer Aufgabe besteht darin, sie begonnen zu haben.«

In der Villa Armitari war Ausonius nicht entgangen, welche Schlüsse man aus den gesellschaftlichen und politischen Veränderungen zog und dass man insgeheim mit der Vorstellung spielte, wieder einem erfahrenen Kaiser zu dienen. Gratian wurde als politische Spielfigur wahrgenommen. Julia hatte mit Recht angedeutet, dass er als sein Erzieher zu dieser Außenwirkung beigetragen hatte. Seine Stärke beruhte auf Gratians Labilität. Nun agierte der Kaiser im Licht der Öffentlichkeit im Sinne der Kirche, während sich der Bischof im Hintergrund hielt. Mit Schrecken erkannte Ausonius, dass im Falle eines Umsturzes nicht nur Gratian in vorderster Reihe der Gefährdeten stand, sondern auch er selbst als sein offizieller Stellvertreter.

Nicht allein das! Auf der germanischen Rhenusseite war bekannt, dass das gegenüberliegende römische Gebiet den größten

Teil des Jahres ohne Schutz des kaiserlichen Heeres war. Die dreisten Raubzüge der fränkischen Großstämme beschädigten bei der gallischen Bevölkerung den Glauben an einen starken Staat. Wer seine Grenzen nicht verteidigen konnte, war nicht der Beschützer seines Volkes und Landes. Aber was geschah mit den immensen Steuergeldern, fragten sich die enttäuschten Bürger? Ausonius erkannte, dass der Boden für eine Usurpation bereitet war. Er musste unbedingt dafür sorgen, in diesem Fall nicht selbst zur Zielscheibe zu werden. Gelang das Fest, würde er als sein Schirmherr in guter Erinnerung bleiben.

Bald darauf hatte der Magistrat einen Techniker ausfindig gemacht, der seinen Unterhalt mit der Konstruktion von Sonnensegeln bestritt. Der findige Mann zeigte sich von dem ungewöhnlichen Auftrag begeistert und entwarf einige Gebilde aus Bambusstäben, geformt wie die Schwingen eines Raubvogels. Diese Konstrukte sollten mit Seide bespannt werden, nicht zu straff, damit sich der Stoff aufblähen konnte. Inzwischen war der euphorische Magistrat vom Gelingen des Vorhabens überzeugt, während Ausonius nach wie vor Zweifel hegte. Trotzdem sagte ihm eine Ahnung, in der Arena des Amphitheaters würde sich im August etwas Außergewöhnliches ereignen.

Zuvor sollte ein Probesprung aus geringer Höhe stattfinden. Gelang dieser, würde Cupido nach Ankunft des Geleitzuges das Hochseil in der Arena betreten, mit den Armen in das Flügelkonstrukt schlüpfen und nach dem Absprung während des kurzen Gleitfluges die Sandgrube ansteuern. Ein Misslingen musste in Kauf genommen werden. Wichtig war, dass die Zuschauer den Atem anhielten. Zum Abschluss sollte sich der junge Grieche vor der kaiserlichen Loge verbeugen und durfte sich von der Menge feiern lassen.

Bis zum Ende des Festes konnten mutige Burschen kurze Flüge von einer Absprungstelle auf der Mauer des Amphitheaters unternehmen. Unter den städtischen Fabrikbesitzern fänden sich genügend willige Sponsoren, versicherte Proxius, der in seiner Rolle als Erfinder aufging. Ausonius wiederum stellte sich Gratian und Laeta vor, wenn ihnen die bis auf den letzten Platz gefüllte Arena zujubelte.

Wie mochte Gratians zweite Gemahlin aussehen, dunkelhaarig und elfenhaft wie Constantia oder hellhaarig und groß gewachsen? Er wusste lediglich, dass sie in Rom geboren war und eine mildtätige Mutter namens Pisamena besaß. Angeblich befand sich Laeta im Gefolge ihres Gemahls und natürlich wurde in Anbetracht der raschen Hochzeit über eine Schwangerschaft gerätselt. Der kaiserliche Geleitzug würde sich nach der Ansprache vor der Bibliothek in Bewegung setzen und im Amphitheater enden. Teilnehmen würden die üblichen Ehrengäste sowie Vertreter der politischen und geistigen Elite, der Kirche und des Militärs, weiterhin Musiker und Chöre, Ehrenjungfrauen und Vertreter der einzelnen Berufsstände.

Die Spiele im Amphitheater in Anwesenheit des Kaiserpaares sollten der abschließende Höhepunkt sein. Zwar ächtete Gratian die Gladiatorenkämpfe, hatte aber nichts gegen Tierhetzen einzuwenden. Diese erinnerten ihn an seine geliebte Jagd. Insgeheim kritisierte Ausonius die immensen Kosten für Bären, Löwen und Tiger, damit diese in der Arena gegeneinander kämpfen oder auf menschliche Gegner treffen konnten, darunter zum Tode Verurteilte. Sogar Freiwillige meldeten sich bei ausgelobten Geldprämien oder wegen des möglichen Prestigegewinns. Der Konsular konnte solchen Massenspektakeln nichts abgewinnen, weil sie nach seiner Auffassung niedere Instinkte bedienten. Mit dieser Sichtweise befand er sich in bester Gesellschaft. Schon Kaiser Marcus Aurelius und Seneca hatten ihre Verachtung schriftlich bezeugt. Als die Gladiatorenschulen schließen mussten, weil Gratian ihnen die staatlichen Gelder entzogen hatte, war Ausonius erleichtert gewesen. Bis dahin galt die teure Ausbildung in den Kampfarten Mann gegen Mann als eine

Art Wissenschaft. Manche Schwertfechter erlangten große Berühmtheit, ihre Grabsteine stellten sie in Rüstung und Siegerpose dar. Der Konsular erinnerte sich mit Abneigung an die verschiedenen Waffengattungen. Von den sieben Kombinationen waren die Kämpfe zwischen dem Retiarius und seinem Verfolger, dem hochgerüsteten Secutor, am beliebtesten. Der Retiarius agierte mit Netz, Dolch und einer wuchtigen Dreizackgabel, den linken Arm und die linke Schulter geschützt. Der Secutor trug Kurzschwert, Hand-, Arm- und Beinschutz, dazu den Schild der Legionäre. Sein glatter, mit kleinen Löchern versehener Visierhelm erinnerte mit seinem gebogenen Kamm an eine Raubfischflosse. Während der Secutor den Nahkampf suchte, setzte der Retiarius seine Schnelligkeit ein, um dem Gegner das Netz überzuwerfen. Zu Valentinians Zeiten hatte sich Ausonius diesen Schaukämpfen nicht entziehen können und abgeschlagene Gliedmaßen sowie hervorquellende Därme sehen müssen. Der christliche Altkaiser zeigte sein Vergnügen lautstark, ebenso seinen Ärger über die Schiedsrichter. Einige landeten anschließend im Kerker. Wollte ein Gegner nicht aufgeben, blieb nur das Töten des einen durch den anderen. Manche Zuschauer wurden von einem regelrechten Blutrausch erfasst, als wäre der tote Kämpfer das Opfer für eine grausame Gottheit.

»Dabei lauert die Bestie im Menschen«, wusste Ausonius. In Valentinians Feldzügen hatte er auf beiden Seiten Unvorstellbares gesehen. Den kriegerischen Altkaiser ließ dies unberührt und der neunjährige Gratian musste die Gräuel mitansehen, obwohl sein Erzieher davon abriet.

»Ein Thronfolger muss aus Stahl geschmiedet sein«, lautete Valentinians Devise, während das Entsetzen in Gratians Kindergesicht stand. Aber das Volk schätzte die Despoten, weil es sich von ihnen beschützt fühlte. Die Absicherung des riesigen Reiches war immer weniger zu leisten. Allerdings konnte man dies nicht eingestehen, weil es im Umkehrschluss bedeutet hätte, von

Landgewinnen abzusehen und auf die Schätze eroberter Regionen zu verzichten. Aus diesen hatte das Imperium über Jahrhunderte seinen Reichtum gespeist, wobei der Ausbeutung stets die kostspielige Sicherung der erweiterten Grenzen gefolgt war.

Mitte Juni, die Vorbereitungen für das Fest waren bereits fortgeschritten, brachte die Taubenpost eine aufrüttelnde Nachricht aus Britannien. Magnus Maximus war von seinen römischen Soldaten zum neuen Kaiser ausgerufen worden. Nun befand sich der Usurpator auf dem Weg zur britannischen Südwestküste, um auf das gallische Festland überzusetzen. Zunächst zweifelte Ausonius am Wahrheitsgehalt dieser Meldung. Als sie sich bestätigte, erfasste ihn Panik. Wie lange würde es dauern, bis Magnus Maximus die ungeschützte Residenz erreichte? Nicht auszuschließen war dann, dass das von Gratian enttäuschte Volk dem Usurpator zujubelte in der Hoffnung auf sichere Grenzen und die Rückkehr der Religionsfreiheit.

Kurz darauf erhielt Ausonius eine weitere Nachricht. Danach war Gratian im Südosten umgekehrt und auf dem Weg nach Norden, um den größenwahnsinnigen Umstürzler zu schlagen. Das entspannte Ausonius auf der Stelle, denn nichts anderes stand bevor als Gratians schneller Sieg. Hatte dieser nicht mit neunzehn Jahren gezeigt, welch hervorragender Feldherr er sein konnte? Jetzt würde er den Vermessenen, dessen Tod unausweichlich war, in die Schranken weisen. Es schien nicht einmal erforderlich, dass Ostkaiser Theodosius zu Hilfe eilte. Das hieß, an Gratians Überlegenheit bestand kein Zweifel.

Ausonius rügte sich für seine Befürchtungen. Die Vorstellung, ein militärischer Vorgang in Britannien könnte seinem Kaiser gefährlich werden, war lächerlich und entsprang der jahrelangen Sorge. Das Augustusfest würde einen siegreichen Gratian feiern, und zwar in Treveris, seiner ersten Residenz.

259

Die Stunde der Sonne

Der Juni mit seinen langen Tagen galt Julia als der schönste Monat. In den Kirschbäumen leuchtete das satte Rot der Früchte und der Rosengarten stand in seiner üppigsten Blüte. Allein die Florarose, nach der römischen Blütengöttin benannt, hielt ihre Knospen noch geschlossen. Julia hoffte, sie würden sich am heutigen Tag der Sommersonnenwende öffnen und ihren einzigartigen Duft freigeben.

Sie dachte an ihren Vater in Rom. Für ihn, einen Sol-Invictus-Anhänger, besaßen die längsten Sommertage eine eigene Energie. Er war ein kluger und liebenswerter Mann, dabei seiner Gemahlin von Herzen zugetan. Beide bedauerten die Kinderlosigkeit ihrer Tochter im fernen Treveris. Im letzten Brief hatten sie wie so oft mit großem Stolz über ihre Enkelkinder in Rom berichtet, was Julia in diesem Jahr besonders zusetzte. So vermutete sie richtig, Proxius habe mit der Unterbringung der griechischen Akrobaten nicht nur sich selbst, sondern auch sie aufheitern wollen.

Bis vor zwei Jahren war Julia täglich ausgeritten, oft in Edwins Begleitung. Sein souveräner Umgang mit Pferden und seine Gesellschaft hatten ihr Sicherheit geschenkt. Nachdem er sich einvernehmlich zurückgezogen hatte, war das gemeinsame Ausreiten seltener geworden und schließlich unterblieben. Allein unterwegs zu sein, machte Julia wenig Freude und missfiel zudem Proxius, der die Umgebung außerhalb der Stadtmauer für unsicheres Gelände hielt.

So war Julia an diesem Mittsommermorgen über sich selbst erstaunt, als sie ihre Stute satteln ließ. Im Stall und auf der Koppel bemerkte sie das Fehlen von Hector, wusste aber, dass Proxius Cupido die Erlaubnis erteilt hatte, den edlen Hengst einmal täglich zu reiten. Aus der vorwurfsvollen Miene des Stallmeisters, in dessen Aufgabenbereich diese Verantwortung fiel, schloss Julia, dass die Entscheidung ihres Gemahls diesen verstimmt hatte.

»Kein Wunder«, dachte sie, »Hector ist nach seiner siegreichen Zeit als Leitpferd das wertvollste Zuchttier des Gestüts. Proxius hätte dem Jüngling diese Gunst nicht erweisen sollen.«

Als der Stallmeister nun erneut seine Missbilligung zum Ausdruck brachte, wies Julia ihn dennoch im Sinne ihres Gemahls zurecht.

»Warum denn nicht? Der junge Athlet ist ein exzellenter Reiter und dir bleibt Zeit für Wichtigeres.«

Die Luft war noch frisch, doch der Morgentau trocknete bereits auf den Gräsern, als Julia heiterer Stimmung vom Gelände ritt. Bald bot sich ihr der Ausblick auf die stillgelegte Kultstätte des *Mercurius* und auf Edwins Anwesen, das fern und friedlich in der Sonne lag. Sie dachte an die glücklichen Stunden, die sie mit ihm an einer verwunschenen Stelle der Mosella verbracht hatte. Zwei Leugen, bevor der Fluss die südlichen Ausläufer der Stadt erreichte, war sein Wasser so klar, dass man davon trinken konnte. Jedenfalls hatte Edwin dies behauptet und vor Julias Augen des Öfteren getan.

»Bestimmt wäre es angenehm, die hohe Mittagsstunde dort zu verbringen«, überlegte sie und erinnerte sich mit Wehmut an Edwins Umarmungen. Zu jener Zeit hatte sie die versteckte Uferstelle in Erinnerung an Baiae »die Venusbucht« genannt. Entschlossen wandte Julia ihr Pferd in südliche Richtung, zunehmend geblendet von der steigenden Sonne.

Am Himmel zerfloss eine letzte Wolke zu einem Gespinst und milderte kurze Zeit die fast senkrecht einfallenden Strahlen. Dann vertiefte sich das Blau erneut in den Mittagshimmel. Bald darauf erkannte Julia die ehrwürdige Eiche, die ihnen damals als Landmarke gedient hatte. Von hier lag das Schilf, welches den

Fluss verbarg, nur einen Steinwurf entfernt. Erstaunt bemerkte sie eine Spur und band ihr Pferd an einen Baum, damit das Tier im Schatten grasen konnte, während sie sich durch das Binsenkraut pirschte. Als sie Hector erspähte, hielt sie inne. Der schwarze Hengst stand angeleint unter einer Weide und hob den edlen Kopf, als hätte er sie gewittert. Julia wandte sich zum Fluss. Ihr Herz schlug höher, als sie Cupido entdeckte. Er lag am Ufer, das Gesicht zur Sonne gewandt, die Arme unter dem lockigen Haar verschränkt. Soeben benetzte eine winzige Welle seine Zehen.

»Er träumt«, flüsterte Julia und glaubte selbst zu träumen, als sie ihre Reitkleidung abstreifte und sich Cupido näherte. Seine bronzefarbene Schönheit machte sie atemlos und weckte in ihr den Wunsch nach Berührung. Stattdessen blieb sie einige Schritte entfernt im sonnenwarmen Sand des Flussufers stehen.

Da öffnete der schöne Grieche die Augen. Er schwieg, als er Julia entdeckte. Auch bei ihr stellten sich keine Worte ein, so dass sie, einem Impuls folgend, die sonnenglänzende Mosella betrat. Als das Wasser ihre Hüften umspielte, vernahm sie den sehnsüchtigen Ruf ihres Namens. Cupido war ihr bis auf wenige Armlängen gefolgt. Seine Augen spiegelten den Himmel und sein Lächeln versetzte Julia in sommerliche Sorglosigkeit.

»Es ist, als sei er vom Olymp herabgestiegen«, dachte sie hingerissen.

»Seht, liebste Julia, die Sonne!«

Er blickte, die Augen mit der Hand beschirmend, nach oben. Dort gleißte der gewaltige Lichtkörper in allen Feuerfarben über der Landschaft.

»Der Sonnengott, wir sind in seinem Bann!«, rief Julia euphorisch und alle Bedenken lösten sich auf.

Sie berührte Cupido zuerst und glitt danach in seine Umarmung, woraufhin sich beide dem lichtsprühenden Fluss überließen, zwei Berauschte der hohen Stunde. Schließlich wandten sie sich zum Ufer.

»Gott Pan hält seine Mittagsruhe im Schilf und niemand darf ihn stören«, flüsterte Cupido. Julia lächelte.

Als sie zurückkritt, spürte sie die Erfüllung in jeder Faser. Heute war sie die Rose und hatte das Empfinden, von innen zu erblühen und zu leuchten. In der Villa Armitari bat sie ihre Dienerin, ein Bad zu richten. Die luxuriöse Atmosphäre des Raumes bot sich an, die Gedanken zu ordnen.

So betrat Julia wenig später das Badehaus mit dem türkisfarbenen Mosaikboden und einer lebensgroßen Statue der Aphrodite. Sie verehrte die aus dem Meer geborene und von Zeus in den Olymp erhobene schönste Göttin als Sinnbild der Liebe und Verführung. Während das heiße Wasser aus einer Wandleitung in eines der Becken sprudelte, wurde Julia entkleidet. Die germanische Dienerin prüfte die Wassertemperatur, träufelte Lavendelöl hinzu und streute frische Rosenblätter ein. Dann half sie ihrer römischen Herrin beim Einstieg und verließ den Raum.

Die duftende Wärme des Wassers war ein Genuss. Julia entnahm ihrer Kugelflasche aus Baiae ein wenig Rosenöl, betupfte Stirn und Busenansatz, um sich danach mit geschlossenen Augen an die funkelnde Mosella zu versetzen. Dabei glitten ihre Fingerspitzen immer wieder liebkosend über ihren im Wasser schimmernden Körper.

Nach dem Bad wählte sie eine rosafarbene Tunika und einen Schulterschleier, betonte ihre Augen mit Kajal und ordnete das Haar. Sie lächelte in ihren perlenbesetzten Handspiegel, ein Geburtstagsgeschenk ihrer Mutter, und suchte den Rosengarten auf.

Dort war das Erhoffte geschehen. Zwei Knospen der Florarose hatten sich geöffnet. Der durchsichtige Himmel war ein unendlicher Raum, während die Sonne in den Südwesten gewandert war, ein glühender Ball mit scharfen Rändern. Julia nahm auf ei-

263

ner Gartenliege Platz. Ganz dem längsten Tag des Jahres hingegeben bewunderte sie einige Schmetterlinge, die sich lautlos über die Blüten bewegten oder mit geöffneten Flügeln niederließen. Schließlich glitt sie in eine tiefe Verbundenheit mit dem allumfassenden Sein.

Pfauenschreie und Vorahnungen

Im Sommer erinnerte Treveris den Magistrat an Rom. Dass die Kaiserstadt dennoch überschaubar blieb, schenkte ihr in seinen Augen einen exklusiven Reiz. In der Tat war die nördliche Hauptstadt von erlesener Schönheit. Ähnlich wie im Tiber in Rom lag auch in Treveris eine Insel im Fluss. Der Hafenbetrieb hätte sie gerne für seine Zwecke vereinnahmt, aber Kaiser Valentinian ließ indische Pfaue darauf ansiedeln, deren Fleisch seiner Hofküche vorbehalten war. Die großen Hühnervögel lebten im Freien und schliefen in den mächtigen Maronenbäumen. Während der Balzzeit gellten die Schreie der Hähne bis weit in die Nacht. Angelockt von fütternden Menschen, flogen die schwerfälligen Tiere manchmal ans städtische Ufer. Dort lachte Proxius einmal über einen Pfauenhahn, der seine Schleppe vor einer Henne zu einem schillernden Rad aufschlug. Während die Umworbene seelenruhig ihre Körner aufpickte, absolvierte der Hahn seinen schwerfälligen Balztanz, bis die Henne aus dem Bereich des Majestätischen flüchtete. Proxius fragte sich, ob der blaugrüne Federfächer lediglich beeindrucken oder eine vieläugige Gefahr vortäuschen sollte. So sehr er diese Vögel bewunderte, so unangenehm waren ihm ihre Schreie. In diesem Sommer schrillten sie wie eine Warnung.

In der Innenstadt verstummten gegen Abend die Räder der Karren, die tagsüber ohne Unterlass durch die Straßen und Gassen polterten. Die hellen Abende lockten ins Freie. Die Menschen promenierten am Flussufer oder durch die Laubengänge, andere saßen in heiterer Stimmung vor den Weinstuben. Selbst streunende Hunde lagen zufrieden im Abendlicht.

Proxius liebte es, sich im Sommer in der offenen Sänfte über den Decumanus oder die Einkaufsstraßen tragen zu lassen. In der Via Rosa blühten die Rosenstöcke, am üppigsten vor der Niederlassung seines Seidenhandels. In dieser luxuriösen Ladenstraße fanden sich edle Stoffe und Einrichtungsgegenstände, dazu Schmuck und Kunsthandwerk in meisterlicher Ausführung. Die davon angelockten Damen flanierten in ihren hübschesten Sommerkleidern, immer neugierig auf die wechselnden Auslagen.

Während sich ihre Herrschaft dem Sehen und Gesehenwerden hingab, wartete die dazugehörige Dienerschaft mit Kutschen und Sänften auf einem der dafür vorgesehenen Plätze, erfreut über die Gelegenheit, ein ungestörtes Schwätzchen zu halten.

Mittlerweile glich die Stadt einem Bienenstock. Täglich trafen weitere Gäste ein, dazu Schauspieler, Musiker, Dirnen und Liebesdiener. Um die Sicherheit der Innenstadt zu gewährleisten, hatte Proxius als verantwortlicher Magistrat vor der südlichen Stadtmauer bewachte Zeltunterkünfte einrichten lassen. Die Anzahl der bewaffneten Cohortes, manche zu Pferd oder mit scharfen Hunden, war erhöht und durch Streifengänger verstärkt worden. Außerdem sahen die Vigiles der städtischen Feuerwehr regelmäßig nach dem Rechten.

Ungeachtet dieser Maßnahmen blieben manche Straßen gefährlich, so im Hafenviertel. Dort häuften sich, vornehmlich nachts, Diebstähle und Raub. Die aggressiven Hundekämpfe mit ihren Wetten, Saufgelagen und Schlägereien trugen erheblich dazu bei. Trotz dieser Auswüchse stieg die Vorfreude. Die Treverer liebten es, Feste zu feiern und die Sorgen des Alltags zu vergessen. Dann galt die Weisheit der geheimnisvollen *Etrusci*, welche der Magistrat gerne zitierte: Der schöne Augenblick ist ewig.

Obwohl ihn die Festplanung in Anspruch nahm, beschäftigte sich Proxius gedanklich mit Cupido. Wie konnte er ihm näherkommen, ohne sich bloßzustellen oder zum Gespött zu machen? Er wusste nicht einmal etwas über die Zukunftspläne des jungen

Mannes, der sich vornehmlich im Kreis seiner Gefährten bewegte. Überwältigt zeigte sich Cupido von der Erlaubnis, auf Hector auszureiten. Der Hengst akzeptierte ihn, denn der Grieche wusste mit ihm umzugehen. Proxius seinerseits setzte sich darüber hinweg, dass diese Entscheidung den zuständigen Stallmeister kränkte.

Offensichtlich hatte der schöne Athlet eine ordentliche Schulbildung absolviert. Angeblich fragten sich sogar seine Gefährten, warum er das Vagantenleben gewählt hatte. Angeregt von Julia, gestattete Proxius den Griechen eine tägliche kostenfreie Mahlzeit zusammen mit den Arbeitern des Gestüts. Seine Gemahlin ließ übrig gebliebene Speisen dorthin bringen.

So schmachtete der verliebte Magistrat vor sich hin. Gelegentlich nahm Julia an den Proben teil und inspirierte zu neuen Kunststücken. Dann fragte sich Proxius, ob Cupido sich womöglich zu ihr hingezogen fühlte, konnte aber weder bei ihm noch bei seiner Gemahlin eindeutige Anzeichen erkennen.

Der Juli brachte nach einem heißen Beginn schwere Gewitter, mit denen Starkregen einsetzte und tagelang vom Himmel stürzte. Ständig nahten Wolkengebilde von Westen und schütteten ihre nasse Fracht über das Flusstal. Die Mosella wurde ihrer Wassermassen nicht mehr Herr, was selbst in den Wintermonaten kaum geschah, und staute das Wasser der Abflussrinnen zurück. In der Innenstadt quoll der Unrat über Straßen und Plätze, was wiederum die Ratten anlockte. Auf unbefestigten Wegen bildete sich Morast und im Gestüt sammelte sich das Wasser auf den Koppeln. Wenn die Tiere sich nicht in ihren Stallungen aufhielten, harrten sie als triefende Nebelgeister auf der Weide aus. Die Griechen blieben unsichtbar, dennoch wusste Proxius, dass sie ihre Proben an einer geschützten Stelle des Forums zeigten und ihre südlichen Sehnsuchtslieder in den Weinstuben sangen.

Eines Morgens war der nasse Spuk vorbei. Die Sonne brach glühend durch das Grau, der Himmel blaute auf und die Natur dampfte die Feuchtigkeit in das überfließende Licht. All dies befreite Proxius von der Angst, das Augustusfest könnte wortwörtlich ins Wasser fallen. Erleichtert sandte er Sol Invictus seinen Dank. Obgleich er sich in der Öffentlichkeit als Christ zeigte, wäre ihm nie eingefallen, den neuen Gott um etwas zu bitten, geschweige denn, ihm für eine Wohltat zu danken.

Bester Laune beschloss er, sich zu Fuß auf den Weg zur Brücke zu machen, um den Wasserstand zu inspizieren, als man ihn zum Gestüt rief. Sein Kutscher brachte ihn zu den Weiden, wo der Stallmeister bereits auf ihn wartete. Hector lag unweit seiner Koppel hinter einer Heckenansammlung und hob, als er die Stimme seines Herrn erkannte, den schwarzen Kopf. Seine tiefdunklen Augen, die mit ihrem hellen Irisring wie riesige, sanfte Menschenaugen blickten, sagten Proxius, dass Hector wusste, was ihm bevorstand.

Ein Reiter sprengte heran und der Magistrat erkannte den Leiter seines Rennstalls. Natürlich hatte man diesen rufen lassen, obwohl Hector nicht mehr bei den Rennen eingesetzt wurde. Edwin blieb lediglich, einen offenen Splitterbruch des rechten Sprunggelenks festzustellen.

»Die Schlingen einer Brombeerhecke.« Mehr brachte Proxius in seinem Schmerz nicht hervor.

Offensichtlich hatte sich Hector nach dem Absprung vom aufgeweichten Untergrund in den Schlingen der Dornenhecke verfangen und war gestürzt.

»Wer hat gewagt, ihn bei diesem Boden über die Hecke zu jagen?«, donnerte der Dornberger.

Sein zornrotes Gesicht mit den pochenden Schläfenadern verhieß nichts Gutes.

Proxius machte eine beschwichtigende Geste, welcher der wütende Kelte widerstrebend Folge leistete, und stellte endlich die Frage, die von ihm erwartet wurde.

»Was ist mit dem Reiter? Ist er verletzt?«

Die Angst vor der Antwort ließ ihn den Atem anhalten.

Diese gab der Stallmeister:»Der griechische Tölpel liegt auf seinem Strohsack. Er hat mehr Glück gehabt als der arme Hector.«

Sein Gesicht verriet, dass er liebend gerne Cupido an Hectors Stelle gesehen hätte. Während Proxius seine Erleichterung verbarg, ließ Edwin keinen Zweifel an seiner Meinung. »Bei Epona! Man sollte ihm die Beine brechen. Nichts anderes hat dieser Bastard verdient.«

Seine eisblauen Augen glitzerten vor Wut. Der Stallmeister duckte sich unwillkürlich ab, selbst Proxius befürchtete einen Ausbruch. Er hatte seinen Rennstallleiter noch niemals so außer sich gesehen, obwohl er wusste, dass in den keltischen Treverern ein Teil germanisches Blut floss und sie sich wie diese ihrer Kampfeslust rühmten. Er beschloss, sich nicht auf Edwins Furor einzulassen, sondern die Unterkunft der Griechen aufzusuchen, um sich einen persönlichen Eindruck zu verschaffen. Außerdem fiel ihm die Entscheidung schwer, was mit Hector geschehen sollte. Der Kutscher beförderte Proxius den kurzen Weg zur Schlafbaracke, damit dieser weder seine feinen Lederschuhe noch den Saum seiner Tunika beschmutzen musste.

Cupido blutete aus mehreren Verletzungen, zum Glück hatte eine das rechte Auge verfehlt. Gerade versorgten ihn zwei seiner Gefährten, bange vor dem, was von Seiten des Gestütsherrn geschehen würde. Als Cupido diesen erkannte, drehte er das Gesicht zur Seite und stammelte unter Tränen:

»Verzeiht mir, verehrter Magistrat. Ich habe jede Strafe verdient. Wie geht es Hector? Er hatte sich nach der langen Regenzeit so sehr auf einen Ausritt gefreut. Aber ich hätte das heute niemals wagen dürfen.«

Der Jüngling war ein Bild des Jammers.

»Hector muss getötet werden«, stieß Proxius hervor.

Cupido wimmerte, als gelte diese Aussage ihm selbst, und schlug die Hände vors Gesicht. Proxius verließ den Raum und empfand trotz seines Mitgefühls Zorn, nicht zuletzt auf sich selbst. Was hatte er sich dabei gedacht, sein wertvollstes Pferd einem waghalsigen Jüngling anzuvertrauen? Der Grieche vernebelte ihm den gesunden Menschenverstand. Das musste aufhören! Er war auf dem Weg, sich lächerlich zu machen. Zum Glück war Cupido nicht schwer verletzt. Seine Wunden würden heilen und seinem Äußeren nichts anhaben.

Der Magistrat bestieg erneut die Kutsche und traf unterwegs auf Julia. »Hector«, sagte sie und wischte einige Tränen fort. »Edwin wartet auf Euer Wort. Er wird tun, was getan werden muss.«

Julia war auf dem Weg zur Unterkunft, und zwar in Begleitung einer stämmigen Frau, die einen Deckelkorb trug. Proxius erkannte in ihr die Heilerin Brigga, auf deren Wissen seine Gemahlin seit Jahren vertraute, und fragte sich, wer Julia so schnell über das Geschehen informiert hatte. Auf jeden Fall sorgte sie dafür, dass Cupido in kundige Hände kam. Er lag ihr also am Herzen.

Als Proxius kurz darauf wieder bei Hector ankam, gestand er sich ein, dass allein der Tod ihn erlösen konnte. So nickte er Edwin zu, der seinen Schmerz nicht verbarg. Ihn verband vieles mit dem schwarzen Hengst. Er hatte seine Geburt begleitet und sein Potential sofort erkannt. Auf seine Anordnung hin behandelte man das Fohlen wie ein Kleinod. Später herrschte er Rufus an, wenn dieser bei Hector die Peitsche einsetzte. Einmal hatte der Hengst nach einem Rennen aus den Nüstern geblutet. Als der daraufhin zur Rede gestellte Rufus selbstherrlich von sich gab, es handele sich lediglich um das übliche Nasenbluten nach einem Rennen, hatte Edwin ihm mit einem Peitschenhieb geantwortet und erklärt, Hector habe aus der Lunge geblutet. Zwar trübte der Vorfall das Einvernehmen, doch schließlich akzeptierte Rufus Edwins Autorität. Nicht zuletzt, weil sie seine und Hectors Siege ermöglichte. Jetzt wandte sich Proxius ab und dachte an Hectors ruhmreiche Vergangenheit. Kurz darauf hörte er ein letztes Wiehern, gleichzeitig Edwins Schrei. Danach gab es nirgendwo einen Trost.

Statt, wie in der Frühe vorgesehen, den Weg zum Forum zu nehmen, ließ sich Proxius nach Hause bringen. Dort servierte ihm der Hausdiener auf Anordnung einen schweren Roten. Als Julia an die Tür klopfte, war Proxius bereits beim dritten Glas. Sie nahm ungebeten Platz und zu seiner Verwunderung empfand er ihre Gegenwart als Beistand.

»Wer ist meine Gemahlin nach all diesen Jahren in Treveris?«, fragte sich der alkoholisierte Magistrat. Das fünfzehnjährige Mädchen, das er einst in Rom geheiratet hatte, saß ihm jetzt als gereifte Frau gegenüber. Bestimmt empfand Julia Bitterkeit über die Art ihrer Ehe. Als sie sich ihm gleich darauf zuwandte, entdeckte er in ihrem feinen Gesicht ausschließlich liebevolle Anteilnahme.

»Hector hat ausgelitten und ist zu Epona gegangen«, sagte sie mit belegter Stimme.

Proxius konnte nicht antworteten und so fuhr seine Gemahlin fort: »Cupido geht es gut. Seine Wunden sind versorgt. Er wird seine Künste bald wieder zeigen können.« Sie zögerte. »Vielleicht sollte er zukünftig mit seinen Gefährten im Amphitheater trainieren. Andere tun dies vor ihren geplanten Festauftritten in der Arena ebenfalls. Im Gestüt wird man ihm Hectors Tod anlasten. Edwin ist außer sich.«

Proxius brachte noch immer kein Wort hervor, sondern nickte lediglich zum Einverständnis. Julia erhob sich und berührte ihn vor dem Verlassen des Raumes tröstend an der Schulter. Als sich die Tür hinter ihr schloss, ließ er seinen Schmerz zu.

Zwei Tage später verließen die Griechen das Gestüt. Für den Magistrat war es ein Leichtes gewesen, ihnen eine neue Unterkunft zuweisen zu lassen, in der sie in Gesellschaft von Schaukämpfern und Akrobaten waren. Außerdem vermittelte ihnen das Training in der nahen Arena einen realen Eindruck von dem bevorstehenden Auftritt vor etwa zwanzigtausend Zuschauern.

Viele, darunter Proxius, waren von der Arena des Amphitheaters fasziniert. Sie besaß eine ellipsenförmige Fläche, die eine hohe Einfassungsmauer von den Zuschauern abgrenzte. Vor allem war sie eine mit komplizierter Technik ausgestattete Bühne, unter der sich ein Maschinenkeller mit gewaltigen Gewichten für das Heben und Senken eines großen kreuzförmigen Bühnenteils befand. Bei Tierhetzen war es beliebt, Landschaften nachzubilden und sie je nach Spielbedarf hervorzuheben wie ein Gebirge und abzusenken wie ein Tal oder eine Schlucht. Allein dieser Vorgang war ein Spektakel und verhalf den Tierkämpfen zu größter Beliebtheit.

In der Vergangenheit hatte die Arena von Treveris auch anderes geleistet. So wusste Proxius aus den Schriften der Historiker, dass sie vor über hundert Jahren der Stadtbevölkerung als Schutzwall gegen grausame Germanenhorden gedient hatte. Zu jener Zeit war Treveris weitgehend zerstört worden. Nicht zuletzt erhob der prächtige Wiederaufbau Treveris zur Residenzstadt. Der Gedanke, vom Tode bedroht mit so vielen Menschen eingepfercht zu sein, trieb Proxius den Schweiß auf die Stirn.

Sogar der Präfekt verschaffte sich einen Eindruck von den Proben und wirkte ungewöhnlich gereizt. Seine über den Dingen stehende Gelassenheit schien dahin, so dass Proxius vermied, ihm die Frage nach der Ankunft des Kaisers zu stellen.

Als die Probeflügel zum Einsatz kamen, ließen sie Cupido durch den Luftwiderstand etwas schweben und ohne Blessuren in der Sandgrube ankommen. Selbst wenn er am Festtag wesentlich höher absprang, würde ihm die aufgeblähte Seide eine ordentliche Landung ermöglichen. Was der griechische Athlet seinerseits über den Einsatz dachte, wusste Proxius nicht. Jedenfalls tat er wie ihm geheißen und befand sich, wie seine Gefährten und viele andere, im Sog der Vorbereitungen.

Vor seinem Abflug wollte Cupido ohne die hinderliche Flügelkonstruktion einige Kunststücke auf dem Seil zeigen, um die Zuschauer anzuheizen. Das gefiel Proxius, nicht aber die Idee der Spieleplaner, während dieser Phase einen dressierten Bären einzulassen. Der Magistrat lehnte den Vorschlag strikt ab, obwohl es hieß, im Falle einer Gefährdung würden die Tierpfleger sofort eingreifen. Proxius kannte das Gesetz der Arena: Die Begeisterung steigt mit der Gefahr für Mensch und Tier! Nicht wenige Bürger bedauerten, dass die Todesstrafe *Damnatio ad bestias* auf Betreiben der Kirche weggefallen war.

Seit Hectors Tod unterdrückte Proxius seine Neigung zu Cupido und glaubte schließlich, sie überwunden zu haben. Mit Freude sah er, dass sich die Hauptstadt schmückte und ihre herrlichen Bauten und Plätze zur Geltung brachte. Die malerische Tallage an der Mosella mit den roten Sandsteinwänden und steilen Weinlagen rundete das Bild ab. Die Auszeichnung *Roma secunda* gebührte Treveris zu Recht. In diesen Julitagen störten Proxius nicht einmal die Schreie der Pfauen.

Trotzdem beschlich ihn die Ahnung einer bevorstehenden Änderung. Ihm war, als sei das baldige Augustusfest die Abschiedsfeier einer leuchtenden Zeit. Sein diffuses Unbehagen ließ ihn immer häufiger an die Rückkehr in die südliche Heimat denken. Nach dem Fest würde er mit Julia reden.

Plötzlich tauchten Gerüchte auf, von denen niemand wusste, wie sie in die Stadt gelangt waren. Darin zog der siegreiche Heerführer Magnus Maximus von Britannien nach Gallien, um die Kaiserstadt einzunehmen. Gleichzeitig rätselte man über den Aufenthaltsort des rechtmäßigen Kaisers, bis verlautete, Gratian sei auf dem Weg zur Kanalküste, um Maximus zu schlagen. Traf all dies zu, war die Bevölkerung bald nicht nur der gewohnten Bedrohung von Osten, sondern einem inneren Machtkampf ausgeliefert. Was würden die Menschen tun, wenn der Usurpator einmarschierte? Nicht ausgeschlossen, dass die von Gratian Enttäuschten den Hispanier mit offenen Armen empfingen. Proxius stellte sich die Usurpation als eine riesige Woge vor, die vom nördlichen Meer heranflutete und im Herbst die Residenz erreichen konnte. Oder war sie, um bei den Elementen zu bleiben, eine Flamme, die einen gallischen Flächenbrand entfachen konnte? Der Konsular gab sich verschlossen und Proxius nahm sich vor, ihn bei passender Gelegenheit um eine wahrheitsgemäße Stellungnahme zu bitten. Diese hatte er sich durch seine langjährige Loyalität verdient.

»Natürlich ist der Kaiser auf dem Weg nach Norden«, hörte er bald darauf von Ausonius. »Schließlich erwarten wir ihn. Sollte sich ihm ein hispanischer Heerführer in den Weg stellen, dürfte das Gratians Ankunft kaum verzögern. Das Fest findet statt und kein anderer als er wird unser Kaiser sein.«

»Also doch«, dachte Proxius. »Wieder einmal handelt es sich nicht um Gerüchte und der Präfekt spielt die Gefahr herunter.«

Allerdings hatte Ausonius mit echter Überzeugung von Gratians Stärke gesprochen und Proxius seinerseits wollte ihm mangels weiterer Informationen Glauben schenken. Dabei riet ihm seine innere Stimme immer dringender, die gefährdete Stadt zu verlassen. Er dachte nach.

Wenn die Residenz an einen Usurpator fiel, würde der Handel auf unbestimmte Zeit darniederliegen, ebenso die städtische Verwaltung. Die Niederlassung konnte wie vor seiner Zeit in Treveris mit einem hier ansässigen Geschäftsführer weiterbestehen. Hingegen musste das Gestüt abgewickelt werden. Die kaiserliche Armee würde den Großteil der Pferde ankaufen, wobei sich ein Bankier um die anschließende Eintreibung des Kaufpreises kümmern musste. Die nächste Rennbahn befand sich in Lugdunum. Proxius wusste von mindestens zwei Gestüten, die an wertvollen Tieren interessiert waren, vielleicht sogar am Gestüt selbst, um eine Niederlassung in der Kaiserstadt zu unterhalten. Sein Rennstallleiter war in Lugdunum kein Unbekannter und konnte die Verhandlungen einleiten, gleichzeitig erfahren, wie man im gallischen Süden über die Zukunft dachte. Die großen Rennen würden in der ersten Festwoche stattfinden. Danach stand Edwins Reise nichts mehr im Wege. Er selbst war während des Festes unabkömmlich.

Stellte sich Proxius die Landkarte des Imperiums vor, lag Gallien in einer Zange zwischen Magnus Maximus im Nordwesten und dem von Südosten heranziehenden Heer des Kaisers. Plötzlich dachte Proxius an die von Gratian geschmähte römische Siegesgöttin und erschrak zutiefst.

Würde Victoria über das Schicksal des Kaisers entscheiden?

Sieger und Verlierer

Ada läutete die Türglocke des Winzerhofes. Kurz darauf erschien Fabala aus dem Küchengarten. Erfreut legte sie die mit Erde behafteten Zwiebeln ab und säuberte die Hände an der Schürze. Sie umarmte die Freundin und wies auf die Sitzbank am Eingang. Eine Magd brachte zwei Becher mit Holundersaft.

»Gut, dich zu sehen, Ada. Außerdem erspart mir dein Besuch eine Mitteilung.«

»Oh, was tut sich Neues?«

Ada blickte die lächelnde Fabala aufmerksam an.

»Edwin hat zu einem Sommerschmaus in die Via Colonia eingeladen. Er möchte sein Haus und den Garten zeigen. Ich glaube, er ist stolz auf das, was er dort mittlerweile geleistet hat.«

»Präsentiert er uns bei dieser Gelegenheit auch seine zukünftige Frau?«

»Sei nicht spottlustig, Ada. Du weißt, dass die Hochzeit aufgeschoben wurde, womöglich ganz ausfallen wird.«

»Warum denn eigentlich? Ist etwas passiert?«, fragte Ada neugierig. »Bis jetzt hast du nichts über den Grund berichtet.«

Fabala atmete hörbar ein, bevor sie stirnrunzelnd erklärte: »Stell dir vor, der Brautvater besteht plötzlich auf Edwins öffentlicher Taufe. Außerdem soll der Bund von einem christlichen Priester gesegnet werden. Beides missfällt meinem Bruder. Er verehrt, wenn überhaupt, nur Taranis, während die *Secundinier* seit Generationen fromme Christen und großzügige Spendengeber der Kirche sind. Allerdings verdienen sie an den Stoffen für die Altartücher und Priestergewänder gutes Geld, sagt jedenfalls mein Bruder.«

Ada ärgerte sich über Fabalas Seitenhieb auf das Christentum.

»Spendenfreudigkeit ist etwas Gutes. Nur so kann die Kirche die Bedürftigen unterstützen, was sie tut.«

»Vorausgesetzt, die Armen besuchen den christlichen Gottesdienst«, konterte Fabala.

Das ließ Ada nicht gelten. »Das stimmt nicht, Fabala. Bei den kirchlichen Speisungen wird nicht nach dem Glauben gefragt. Warum will sich Edwin denn nicht seiner künftigen Frau zuliebe taufen lassen? Sicher wird die Braut eine ordentliche Mitgift erhalten.«

»Bist du nicht ein wenig boshaft, Ada?«, fragte Fabala mit spitzer Stimme.

Ada entschuldigte sich umgehend. Fabala verzieh ihr und bekannte:

»Ich denke, der Brautvater hat die Sache mit der Taufe vorgeschoben, weil er für seine Tochter einen neuen Bewerber im Auge hat, einen kaiserlichen Hofbeamten.«

»Was meint die Braut dazu? Ist sie einverstanden?«

Fabala hob die Schultern. »Ich denke, mein Bruder gefällt ihr. Was soll sie tun? Wir Frauen gehorchen den Vätern und später den Ehemännern.« Sie schmunzelte. »Diesbezüglich hat die Witwenschaft klare Vorteile. Edwin würde auch hier zu gerne mitentscheiden, aber da kennt er mich schlecht.«

Ada wusste um das Selbstbewusstsein ihrer Freundin. So fragte sie lediglich: »Wie geht es dir mit all deinen Aufgaben?«

Das war Wasser auf Fabalas Mühle.

»Die Trauben gedeihen wegen der vielen Regentage äußerst bescheiden. Schau dir diese Zwiebeln an! Jede zweite ist in der Erde verfault. Edwin hat mir von einer schlimmen Getreidemissernte in Italien erzählt. Man rechnet mit einer Hungersnot und glaubt an die Rache der römischen Siegesgöttin Victoria. Angeblich hat unser Kaiser sie beleidigt.«

»Für uns Christen ist dieses Denken dummer Aberglaube. Hoffentlich wird er nicht unnötig geschürt«, meinte Ada besorgt.

»Hier hat das Getreide ebenfalls gelitten«, stellte Fabala bekümmert fest. »Doch dafür kann unser Kaiser nichts. Wenn uns ein schöner Spätsommer beschieden ist, müssen wir nicht um den diesjährigen Wein bangen.«

»Und die beiden Garküchen?«, wollte Ada wissen.

»Sie wirtschaften nicht schlecht. Unsere nächste wird irgendwann an der neuen *Porta Alba* eröffnet, wahrscheinlich während des Festes. Der künftige Pächter ist ein tüchtiger Mann aus Belginum, ein Verwandter von Segomaros. Er arbeitet in einer Militärküche in Bingium und erhält dort nur unregelmäßig seinen Lohn. Mein Bruder wird ihm trotzdem auf die Finger schauen. Edwin ist geschäftstüchtig.«

Sie lachten und Ada bemerkte mit einem Augenzwinkern: »Das liegt in der Familie.«

Fabala fuhr fort: »Ich lasse mir nicht gern in meine Arbeit hineinreden. Am wichtigsten ist, dass es den Kindern gut geht. Zum Glück interessiert sich Pentoris für den Weinbau. Die flatterhafte Mira ist jeden Tag in einen anderen Burschen verliebt. Edwin will sie nächstes Jahr an einen Winzersohn verheiraten. Dann wird sie fünfzehn.«

»Er sollte ihr Zeit lassen«, bemerkte Ada mit einem vorwurfsvollen Unterton.

»Leicht gesagt, denn Mira drängt. Sie hat, was ihre Vorstellung von der Ehe betrifft, Flausen im Kopf. Allerdings muss ich dir eine Neuigkeit erzählen. Oder willst du raten, Ada?«

Fabala legte eine vielsagende Pause ein.

»Du weißt, wie du mich foltern kannst. Hast du einen neuen Weinberg gekauft?«

Die Freundin schüttelte den Kopf und versagte sich ein Lachen.

»Nun sag schon, Fabala!«

»Segomaros möchte wieder heiraten.«

Nun staunte Ada tatsächlich. »Sicher hast du abgelehnt.«

»Ach, das war gestern. Er ist so fürsorglich, das erfreuliche Gegenteil von Siretos. Wozu warten? Sonst schnappt ihn mir womöglich eine andere weg.«

Ada schüttelte verwundert den Kopf:»Natürlich hast du recht, Segomaros ist ein Glücksfall.« Sie erhob sich, um ihre Rührung zu verbergen, vielleicht auch die Angst, am Ende allein zurückzubleiben.

Eine Woche später traf Ada in Edwins Anwesen auf eine bunte Gesellschaft, darunter Gäste aus dem Pferdesport, Handwerker mit ihren Familien, Fabala und Segomaros. Sogar Baard war gelöster Stimmung. Ein von allen, besonders von Mira, bewunderter Gast war der berühmte Rennfahrer Rufus mit seiner hübschen Frau Cordelia und dem Söhnchen Glauco. Selbst hier umgab den Römer die Aura eines Siegers. Er schien die ihm gewidmete Aufmerksamkeit zu genießen und scherzte über seine Siege, während sich Glauco mit einem bemalten Holzschwert als Gladiator gebärdete. Die Kinder redeten ebenfalls über das Augustusfest und Mira schwärmte von dem griechischen Akrobaten, der im letzten Herbst bei der Weinernte geholfen hatte.

Als Tisch diente eine große Marmorplatte auf einem Eichengestell. Edwin hatte sie in einer Wassermühle an der Erubris zuschneiden lassen. Heute war sie beladen mit geräucherten Forellen und Flusskrebsen, Schafskäse, Brennnesselgemüse mit pochierten Eiern, Leber mit Linsen, Hirschgulasch in Holundersoße, Brot und Pfannkuchen, Nüsse in Salz- und Honigteig. Edwin ließ es an nichts fehlen und Fabala steuerte einen erfrischenden Albus bei. An alles war gedacht.

»Wie passend wäre dieser Ort für eine Familie«, dachte Ada und fühlte sich durchschaut, als sie Fabalas Blick begegnete.

Auch hier sorgte die Freundin für die Gäste, während sich Segomaros um die Kinder kümmerte. Trotzdem wurde er ständig von Erwachsenen und deren Fragen zu allerlei Gebrechen gestört, bis ihn die resolute Fabala von seinen kostenlosen Konsultationen erlöste. Wie erwartet zeigte Edwin Haus und Grundstück. Im Stall standen sogar zwei Pferde. Immer wieder suchte er Adas Augen. Dann spürte sie, wie sehr es ihm um ihre Anerkennung ging. Als man sich zum Haus wandte, wo die Nachspeisen warteten, blieb er mit Ada am Brunnen zurück, als wolle er dort das zwischen ihnen schwelende Zerwürfnis bereinigen.

»Hier ist ein guter Platz, um nachzudenken oder miteinander zu reden«, bemerkte er. Sie nickte und betrachtete eine beschädigte Steinplatte mit dem Relief einer jungen Frau.

»Wie schön«, bewunderte sie.

»Die Göttin des hiesigen Tales. Das Bildnis lag im Schutt eines Waldtempels. Sie erinnerte mich an dich.« Er lächelte.

Ada errötete und wich seinem Blick aus.

»Gut, dass du ihr Bild hierhergebracht hast. Sie wird dein Haus beschützen«, meinte sie verlegen.

Edwin zeigte auf eine mit Schmiedeeisen verzierte Ruhebank: »Eine Arbeit meines Vaters, sein Geschenk zum Einzug.«

»Er beherrscht seine Handwerkskunst wie kein zweiter in Belginum und ist sicher stolz auf dich und deinen Erfolg in Treveris«, lobte Ada, die unvermittelt Herzklopfen spürte.

Sie nahmen Platz. Ein Schweigen trat zwischen sie, in dem Ada den Eindruck gewann, Edwin suche nach den richtigen Worten. Schließlich unterbrach sie selbst die Stille.

»Uns Dornbergern ist diese Flussseite fremd. Du hast hier dein neues Zuhause gefunden. Alles ist dir hervorragend gelungen.«

»Ich kann sehen, wenn die Sonne über den Höhen unserer alten Heimat aufsteigt. Hier bringen mich selbst meine Pferde nicht mehr weg.«

»Bis heute konnte ich mir nicht vorstellen, wie angenehm diese Mosellaseite ist«, bestätigte Ada, woraufhin er sich ihr zuwandte.

»Ich bin froh, dass wir uns wieder verstehen. Inzwischen bedauere ich mein Verhalten an der Sironaquelle. Es hatte mit den Römern zu tun. Ich war enttäuscht, dass sich das mir liebste Mädchen aus Dornberg im Haus des Konsulars so wohl fühlt und dort beinahe selbst zu einer Römerin geworden ist. Seither habe ich viel nachgedacht.«

»Dabei sagt man, dass du die Römerinnen durchaus schätzt«, entfuhr es Ada. Sie wollte ihn necken, aber der Ton ihrer Bemerkung geriet zum Vorwurf.

Edwin schien diesen überdeutlich herauszuhören, denn statt einer Antwort fragte er:»Womit konnte dich das Christentum so schnell überzeugen? Gerade du hast unsere Sirona von Kind an verehrt. Oder ist dein neuer Glaube dem Konsular geschuldet?«

Ada empfand seine Fragen als verletzend, entschied sich aber für eine wahrheitsgemäße Antwort.

»Ich fühlte mich einsam. Als ich den christlichen Glauben näher kennenlernte, fasste ich Vertrauen in die göttliche Fügung. Meine Ängste vor der Zukunft lösten sich auf. Die Christengemeinde ähnelt einer Familie. Das Gefühl, ein Teil von ihr zu sein, schenkt mir Sicherheit. Baard ergeht dies ebenso.«

»Die Christen fühlen sich unter Gratian viel zu stark«, sagte Edwin.»Der Kaiser hat ihre Religion mit seiner Macht verbunden, obwohl viele Menschen ihrem alten Glauben anhängen. Man hält sogar den Konsular für einen Augenchristen.«

Ada schüttelte den Kopf.»Das ist nicht wahr. Selbstverständlich vertritt er die Gesetzgebung des Kaisers. Darüber hinaus ist er vom Christentum überzeugt und denkt, dass vieles aus den alten Religionen in ihm weiterleben kann.«

»Ich erlebe das anders. Seine Anhänger zerstören die alten Kraftorte oder überziehen sie mit christlichen Symbolen. Wir beide sollten besser nicht darüber streiten. Lass uns lieber von anderen Dingen reden. Was meinst du, Ada?«

Sie nickte, woraufhin er sich erhob, um einige Walderdbeeren zu pflücken. Die niedrige Pflanze, die gleichzeitig blühte und Früchte trug, hatte ihr grünes Netz um den Brunnen gelegt. Edwin kostete eine kleine rote Beere und legte Ada die restlichen mit einer liebevollen Geste in die Hand.

»Sie schmecken nach unserer Kindheit auf den Höhen«, sagte er lächelnd.

Ada ihrerseits erkannte in der aromatischen Süße, wie sehr sie den selbstbewussten Jungen bereits in Dornberg bewundert hatte, obwohl er seine groben Scherze mit ihr trieb. Womöglich spielte Edwin auch jetzt mit ihr.

Sie erhob sich ebenfalls und bemerkte mit widerstreitenden Gefühlen: »Wir sollten zurückkehren. Man wird den Gastgeber vermissen.«

Aber Edwin blieb stehen und meinte nach einem Räuspern: »Niemanden könnte ich mir hier besser vorstellen als dich, Ada.«

Dabei blickte er nicht sie an, sondern in Richtung seines Hauses, das man an dieser Stelle nicht sehen konnte. Ada wartete plötzlich mit einer wilden Hoffnung auf weitere Worte, eine Frage oder Geste, die eine gemeinsame Zukunft bedeutet hätten. Stattdessen stellte sich ein merkwürdiges Schweigen ein. Sie wagte nicht, es zu brechen, weil das von Edwin Gesagte zu wenig war, gleichzeitig zu viel.

So dachte sie beschwörend, als könnte er ihren Wunsch fühlen oder hören: »Umarme mich, so umarme mich doch endlich!«

Zu ihrer maßlosen Enttäuschung wandte sich Edwin zum Gehen, als sei damit alles gesagt: »Du hast recht, die Gäste warten.«

Ada folgte ihm, verwirrt und zunehmend zornig. Einige Male stolperte sie und ihr war, als liefen sie einander endgültig davon.

Ihrer aufgewühlten Verfassung zum Trotz erhob sie bald darauf ihren Becher wie die übrigen Gäste. Vielleicht lachte sie ein wenig zu laut über ihre gescheiterte Hoffnung hinweg, da Fabala sie mit einem fragenden Blick bedachte.

»Baard ist schon gegangen. Du hast sein Fehlen nicht einmal bemerkt. Hat dich mein Bruder so durcheinandergebracht? Das sähe ihm ähnlich.«

Die Freundin wirkte besorgt, als fürchte sie ein neuerliches Zerwürfnis.

»Ach Fabala, das Leben ist kompliziert.«

Um weiteren Fragen bezüglich Edwin zu entkommen, sagte Ada:»Baard sollte ein neues Mosaik in der Villa Sabina gestalten. Nun will der Konsular lieber warten. Etwas ist mit ihm.«

»Was soll mit ihm sein? Natürlich wartet er. Wir alle warten, und zwar auf den Kaiser. Gratian ist ein Geist, von dem nur noch erzählt wird.«

Ada schüttelte den Kopf.

»Das meinte ich nicht. Zufällig konnte ich sehen, wie der Konsular mit Baard vor dem Sirona-Mosaik stand, als überlege er, das Kunstwerk von der Wand zu nehmen.«

»Ist das denn möglich? Was könnte der Präfekt mit den winzigen Teilchen anstellen?«

»Baard könnte sie bergen und an anderer Stelle wieder zusammenfügen.«

Fabala machte ein ungläubiges Gesicht, als sie fragte:

»Denkst du an seinen Alterssitz am Ozean? Ich glaube nicht, dass der Konsular dorthin zurückkehren wird. Die Residenz würde ihm fehlen und das Warten auf unseren Kaiser. Der Konsular müsste eigentlich wissen, wann genau Gratian eintreffen wird. Es heißt, das neue Kaiserpaar wird zugegen sein, wenn der griechische Akrobat als seidener Vogel abspringt. Mira redet von nichts anderem.«

Ada reagierte belustigt.»Erinnere dich an uns beide in diesem Alter. Du hast damals wochenlang von einem hübschen Händler geschwärmt, dem du nur ein einziges Mal begegnet bist.«

Fabala ließ sich nicht ablenken.

»Warum fragst du den Konsular nicht einfach, ob etwas mit dem Kaiser nicht stimmt?«

»Weil er nicht über ihn reden will! Er ist unnahbar geworden, geradezu launisch, nicht nur mir gegenüber.«

Fabala zupfte an ihren Ohrläppchen.»Edwin wird nach der Rennwoche nach Lugdunum reisen. Dort weiß man vielleicht mehr über die Politik.«

»Während des Festes?«, fragte Ada überrascht.

»Ja, denn die Armitaris wollen nach Italien zurückkehren. Mein Bruder soll den Verkauf der Pferde abklären. Wenn er zurück ist, erfahre ich mehr.«

Ada schwieg. Sie fühlte sich auf schwankendem Boden.

Gegen Abend versammelten sich alle um die Feuerstelle vor der ehemaligen Steinmetzwerkstatt. Eine Witwe aus der Nachbarschaft, deren Augen an Edwin hingen, hatte Haselnusszweige mit Teigröllchen umwickelt. Damit röstete man Stockbrot, eine beliebte Beilage zum Eintopf. Die Kinder wurden ermahnt, weder das Brot noch sich selbst zu verbrennen, was einigen Erwachsenen bald darauf mit dem heißen Eintopf geschah.

Später erzählte Edwin von seiner ersten Zeit in Treveris, um danach mit herausforderndem Gesicht in die Runde zu fragen:

»Dieses Stück Land habe ich von römischen Erben gekauft. Aber wem gehörte es zuvor? Einst war das ganze treverische Land das Eigentum unserer Vorfahren. Inzwischen besitzen deren Nachkommen keine Krume mehr.«

Schließlich fügte er in der rauen Sprache des Berglandes, die einige Anwesende zum Glück nicht verstanden, hinzu: »Eines Tages müssen sie unser Land verlassen, der Kaiser, der Konsul, die ganze römische Bande.«

Er hob den Becher: »Hoch lebe das Land an der Mosella!«, woraufhin die Anwesenden dies ebenfalls taten, einige mit betretenen Mienen. Die Stimmung hatte sich geändert.

Ada war erleichtert, als Fabala laut sagte: »Egal, was geschieht: Wein wird immer getrunken.«

Was man ihr lachend bestätigte und sich erneut zutrank.

Vor der beginnenden Verabschiedung verschenkte Edwin einige Platzmarken für das Eröffnungsrennen. Da man den berühmten Rennfahrer Rufus nun persönlich kannte, löste dies Jubel aus. Später, als lediglich noch eine kleine Runde am Feuer saß, fragte Fabala nachdenklich:

»Was soll werden, wenn die Römer tatsächlich abziehen? Die Franken werden kommen. Sie sind …«

Edwin fiel ihr ins Wort:»Auf keinen Fall sind sie die von den Römern verspotteten Barbaren. Sie haben Könige, Fürsten und eine Schrift. Ohne den fränkischen Militärgeist wäre Gratians Armee am Ende.«

Segomaros, der eine fränkische Großmutter hatte, mischte sich ein.

»Nicht wenige Germanen können inzwischen lesen und schreiben. Die Klöster breiten sich auch dort aus und geben ihr Wissen weiter. Auf der anderen Rhenusseite leben ebenso Handwerker und Bauern, welche Viehzucht betreiben. Zwar kennen sie nur unwirtliche Feldwege, aber sie nutzen die Flüsse und besitzen riesige Wälder. Diese sind ihr eigentlicher Reichtum, den die Römer neidvoll im Auge haben. Genug der Politik. Edwin schenkt uns heute seine Gastfreundschaft. Ich bin froh, ihn bald zum Schwager zu haben.«

Damit beendete der kluge Segomaros das hitzige Thema und schmeichelte gleichzeitig Fabala und Edwin.

Für Ada endete der Besuch in der Via Colonia damit, dass sie beim Abschied Edwins bärtige Wange fühlte.

An den Tagen danach hätte Ada gerne die Zeit angehalten, denn das Gefühl der Geborgenheit in der Villa Sabina löste sich zunehmend auf. Ihr war, als bewege sich eine Gefahr auf sie zu. Außerdem sorgte sie sich, ebenso wie Hilarius, um die Gesundheit des Konsulars, denn dieser wirkte angeschlagen

Ada hatte ihre Beschreibung der heimatlichen Kräuter abgeschlossen und mit dem dazugehörigen Herbarium in die Bibliothek gegeben. Dort würden Skriptoren und Illustratoren alles auf teures Pergament übertragen. Der Konsular überreichte ihr einige Goldmünzen, darunter einen wertvollen alten *Aureus* mit dem Bildnis des Kaisers Augustus und drei Solidi mit Gratians Profil. Ada nähte sie in den Saum eines Unterkleides, eine Handlung, die mit dem Wort»Krieg« verbunden war, das seit kurzem in der Christengemeinde umging. Bei der Überreichung der

Münzen hatte ihr der Konsular einen unerwarteten Vorschlag gemacht.

»Meine Rückkehr nach Burdigala rückt näher, obwohl dies noch unbestimmte Zeit dauern kann. Möchtest du mitkommen, Ada? Ich würde mich darüber freuen. In Burdigala könntest du meinen Sekretär unterstützen. Für den Fall einer Heirat oder einer Rückkehr an die Mosella würde ich dir eine Mitgift ausrichten. Wie denkst du darüber?«

Ada war so überrascht, dass sie zunächst nicht antworten konnte.

»Hast du andere Pläne?«, fragte der Konsular.

Natürlich hatte sie diese nicht. Ganz gleich, in welche Richtung sie ihre Zukunft dachte, nie zeigte sich eine hoffnungsvolle Tür. So nahm sie das Angebot des Konsulars dankbar und erleichtert an. Als sie jedoch später allein in ihrem Zimmer darüber nachdachte, erschreckte sie die Vorstellung, Treveris zu verlassen. Ihre Eltern würden traurig sein, wenn sie davon erfuhren. Sie planten einen Stadtbesuch, um ein paar Festtage mitzuerleben. Die gute Fabala hatte ihnen ein Quartier im Winzerhof angeboten. Und Edwin? Der Gedanke an ihn war bittersüß und erleichterte ihr die Entscheidung für Burdigala. Sie musste etwas Neues wagen.

Am ersten Augustsonntag eröffnete Konsular Ausonius die Festwochen in der Aula Palatina. Während er im Innenraum vor geladenen Ehrengästen und Honoratioren sprach, versammelten sich viele Stadtbewohner vor dem Eingang des riesigen Gebäudes, unter ihnen Ada, Fabala und Segomaros, um dort auf ihn zu warten. Offiziell war verlautet, dass der Kaiser am 25. Tag des Monats mit seinem Geleitzug im Amphitheater eintreffen würde. Trotzdem hatten die Menschen am heutigen Eröffnungstag auf sein Erscheinen gehofft. Einige riefen, als sich das Portal öffnete: »Wo ist der Kaiser? Wir wollen den Kaiser sehen!«

So fiel die zweite Rede des Konsulars denkbar kurz aus. Danach gaben Fanfaren das Signal zum Aufbruch in Richtung Forum.

Man hatte an die Kinder gedacht. Städtische Bedienstete verschenkten Süßigkeiten und Spielzeug. Die Erwachsenen erhielten Getränke, Priester verteilten gesegnete Zweige und riefen zur Taufe auf. Selbst die Ärmsten spendeten ihnen kleine Münzen, wussten sie doch, dass die Kirche ein Herz für sie hatte. Um die Mittagszeit fand bei Sonnenschein im Namen der städtischen Curia eine Speisung statt, nach der sich die Menge zerstreute. Weinstuben und Läden waren geöffnet, Musiker und Gaukler sorgten für gelöste Stimmung, aber der größte Teil der Menschen strömte zum Circus, wo am frühen Nachmittag das mit Spannung erwartete Eröffnungsrennen stattfinden sollte.

Die riesige Anlage lag im Nordosten der Stadt und besaß die Form eines langgezogenen Rechtecks, dessen obere Schmalseite abgerundet war. Der Circus von Treveris war etwa 338 Passus lang, 68 Passus breit und fasste an die 25.000 Zuschauer. In seinem Inneren befand sich die 405 Passus lange sandbedeckte Rennbahn und führte um die 135 Passus lange Spina, eine Trennmauer in der Mitte. Während eines Rennens, das etwa eine Viertelstunde dauerte, musste die Spina siebenmal umrundet werden, weshalb sich auf dem jeweiligen Ende die *Meta* befand, eine Wendemarke aus Sandstein, daneben eine klappbare Zählvorrichtung für die Runden. In Treveris waren dies sieben Eier und sieben Delfine aus Bronze. In der geraden Mauer der südwestlichen Schmalseite lag der Eingangsbereich. An seiner Innenseite befanden sich die Startboxen, darüber die Sitzplätze der Veranstalter, Preisrichter und der Rennleitung. An diesem Tag oblag sie einem hohen Beamten des Kaiserhofes.

Nur wenige Städte besaßen einen Circus. Treveris war stolz auf seine Anlage, die der Stadt viele Gäste zuführte. Die nächste Rennbahn befand sich in Lugdunum, eine weitere im südlich gelegenen Arelate. Ada erinnerte sich an die Berichte des Konsulars über den Circus Maximus in Rom, der die unvorstellbare Zahl von 200.000 Plätzen besaß und Zählvorrichtungen aus Silber. Fabala, Segomaros und sie selbst hatten keine Eile. Dank Edwin besaßen sie gute Plätze in der Mitte einer dritten Seitenreihe, noch dazu in der Nähe eines Ausgangs zu den verschiedenen Erfrischungsräumen. Als sie ankamen, war der Einlass in vollem Gange, aber die Aufseher hielten die Besucher, welche seit Tagesanbruch auf die kostenlosen Plätze lauerten, weiterhin zurück. Dagegen wurden hochgestellte Gäste durch einen bewachten Nebeneingang geleitet, der mit der ersten Reihe verbunden war. Diese »Senatoren- oder Kaiserloge« genannten Plätze waren von den anderen separiert. Die Loge des Kaisers befand sich ebenfalls hier und glich einem griechischen Säulentempelchen. Heute würde Konsular Ausonius in seiner Eigenschaft als kaiserlicher Präfekt dort Platz nehmen. Inzwischen hatte sich der Himmel angenehm bewölkt, so dass die Sonnensegel nicht zum Einsatz kamen.

Nach dem Einlass suchten Ada und Fabala ein Andenkenlädchen in einem der Erfrischungsräume auf und kauften Stofffähnchen in der roten Farbe des Gestütes Armitari sowie einige Souvenirs. Für Mira fand sich ein geschnitzter Rufus in roter Farbe, Fabala erstand drei rote Sitzkissen. Segomaros behielt unterdessen die Startboxen im Auge. Bald fragten sich die drei, was sich dahinter abspielte. Edwin tauchte auf und prüfte den Sandbelag, der den Aufschlag der eisenlosen Hufe milderte. Er trug eine rote Tunika und winkte ihnen zu. Danach verbeugte er sich.

»Dies galt nicht uns, sondern der schönen Julia Armitari«, kommentierte Fabala seine Geste und wies diskret zur ersten Reihe. Dort nahm die elegante Römerin soeben Platz, das Kleid mit einer leuchtend roten Schärpe geschmückt.

»Ihr Gemahl sitzt über den Startboxen bei den honorigen Gestütsherren«, erklärte Ada, die wegen Edwin die Schmalseite mit den Boxen beobachtete.

Der Lärm wurde quälend und erzeugte durch Stimmen, Trommeln und Pfeifen eine allgemeine Vibration, während die Ordner ihre Anweisungen in Sprachrohre schrien. Derweil stand Segomaros vor den Wettannahmen in einer Warteschlange, um die ihm erteilten Aufträge zu erledigen.

Ada betrachtete die lange schmale Steininsel der Spina, die den Sand der Rennbahn teilte. Sieg und Niederlage entschieden sich in den engen Kurven an den Enden mit den Wendemarken. Noch vor drei Jahren hatten bunt bemalte Abbilder der römischen Götter auf der Mauer gestanden und mit starren Steinaugen in die Arena geblickt. Unter Gratian waren sie den Statuen römischer Kaiser gewichen, unterbrochen von Marmorlöwen und Pflanzkübeln. Die Freiplätze mit schlechter Sicht gehörten wie üblich den Besitzlosen und Sklaven.

»Schau doch, die blonden Männer mit dem auffallenden Medaillon! Woher kommen sie?«, fragte Fabala.

»Das sind ehemalige Kriegsgefangene aus Germanien«, wusste Ada. »Das Medaillon weist sie als Unfreie aus. Manche von ihnen können sich freikaufen. Jedenfalls hat der Konsular dies offiziell gestattet. Bevor das Bürgerrecht verliehen wird, vermerkt man die Freilassung in einer Schriftrolle.«

»Der edle Konsular«, bemerkte Fabala daraufhin mit einem unergründlichen Lächeln, »ist ein großzügiger Mann. Nicht zuletzt durch ihn hat Treveris gute Jahre erlebt.«

»Das stimmt«, pflichtete ihr der zurückgekehrte Segomaros bei und zeigte auf die kaiserliche Loge, in der Konsular Ausonius soeben eintraf.

Der ihm geltende Beifall war verhalten. Erneut hörte man Rufe nach dem Kaiser. An der *Meta prima* begann der lautstarke Umzug der Wagenlenker, Rennstallbesitzer und Funktionäre. Ihm folgten die Grußworte und Ansprachen, zuletzt der kirchliche Segen. Anschließend ließ der Konsular unter Trommelwirbel das weiße Starttuch fallen, das bejubelte Signal zum Beginn der Rennen.

Kurz darauf rasselten die Metallgitter der Startboxen in die Höhe und gaben die Bahnen frei für die ersten vier Gespanne. Die zweirädrigen Rennwagen, die Mäntel ihrer peitschenschwingenden Fahrer und das Geschirr der Pferde trugen die Farben ihrer Gestüte.

»Schaut nur, die Roten, Rufus ist gar nicht der Fahrer!«, rief Fabala enttäuscht.

»Die besten Wagenlenker starten nach der Pause, ebenso die schnellsten Pferde«, informierte Segomaros. »Das treibt die Wetteinsätze in die Höhe. Die aufgeheizte Atmosphäre macht die Menschen leichtsinnig. Kein Wunder, all diese Fähnchen und Bänder: blau, grün, weiß und rot.«

Die Wertung der ersten Rennen ging an Weiß. Dann folgte eine Pause für die nächsten Wetten. Andere Zuschauer suchten die Erfrischungsräume auf, um sich mit Getränken und kleinen Speisen zu versorgen oder über die Wetten zu debattieren. Die Stimmung stieg, ebenso der Lärmpegel, aber Ada nahm diesen kaum mehr wahr. Ein jeder musste schreien, um gehört zu werden, und der Würzwein mundete mit jedem Schluck besser, obwohl Fabala das Gegenteil behauptete. Endlich waren alle zu ihren Plätzen zurückgekehrt. Ada erkannte Edwin in der Nähe der *Carceres.* Er schien letzte Anweisungen zu geben.

»Ihm entgeht nichts«, sagte Fabala und Segomaros lachte über ihren schwesterlichen Stolz.

Der Platz von Julia Armitari war noch leer. Den Inhabern der Logenplätze stand ein bewachter Erholungsraum zur Verfügung. Ada wusste von Bissula, dass dort Leckerbissen und teure Weine serviert wurden. Die Fanfaren verkündeten den Fortgang und alle Blicke richteten sich auf die Startboxen. Von dort bis zum Beginn der Spina waren die Bahnen markiert, um das frühe Kreuzen der Gefährte zu verhindern. Danach entschieden während der sieben Runden die Geschicklichkeit der Wagenlenker und die Schnelligkeit der Pferde. Gegner durften behindert oder abgedrängt werden. Zickzackfahren und Touchieren der Konkurrenten erzeugten den größten Beifall. Die Metallgatter polterten nach oben und die Vierergespanne schossen heraus, die farbigen Mäntel der Wagenlenker flatterten im Fahrtwind. Diesmal trug Rufus den roten und führte Pegasos im Gespann. Beide wurden mit tosendem Applaus empfangen. Ada, Fabala und Segomaros riss die Euphorie von den Sitzen. Nach der ersten Runde führte Blau, Rufus fuhr an dritter Stelle hinter Grün. Die Hufe wirbelten den feinen Sand auf.

»Warum ist Pegasos auf der Innenseite des Gespanns?«, wunderte sich Segomaros. Er gehörte zu denen, die die Spiele trotz aller Begeisterung kritisch sahen, vor allem als Manipulation der Massen.

»Wegen der Fliehkraft in den Kurven. Deshalb muss das stärkste Pferd an der Innenseite sein«, bedeutete ihm Fabala, die durch Edwin eine wahre Kennerschaft entwickelt hatte.

»Seht doch, der blaue Wagen fällt zurück und Rufus überholt den grünen. Vielleicht schafft er die nächste Runde als Zweiter«, rief Ada, was tatsächlich an der *Meta secunda* eintrat. In der vierten Runde holte Rufus weiter auf und in der fünften fuhren Blau und Rot auf gleicher Höhe, Rufus an der Außenseite, in der die Kurve ausladender genommen werden musste. In der sechsten Runde schaffte er es mit einem kleinen Vorsprung an die Spitze und benutzte die Peitsche.

Der jeweilige Stand ließ sich auch an der Bewegung der Fähnchen ablesen. Ada sah, dass Julia Armitari sich erhoben hatte und eine anfeuernde Bewegung mit einem roten Band machte, aber der blaue Wagen versuchte vehement, erneut die erste Stelle zu erobern. Dabei touchierte er den roten und beschädigte mit seiner Achsenspitze das rechte Rad von Rufus Gefährt. Dieses geriet ins Schleudern, fuhr jedoch als Erstes in die siebte und letzte Runde.

»Er siegt, er siegt!«, schrie Fabala, woraufhin alle drei aufsprangen und die roten Fähnchen schwenkten.

Da! Was war das? An der letzten Meta berührten sich Blau und Rot erneut. Funken sprühten. Rufus wurde aus dem Wagen geschleudert und an den um seine Taille geschlungenen Zügeln hinterher geschleift. Zwar konnte er sich mit einem mitgeführten Dolch davon befreien, blieb aber auf der sandigen Erde zurück, während sein Gespann in den Sieg brauste, dicht gefolgt von Blau. Die roten Fähnchen stiegen in die Höhe, Trompeten und Pfeifen schrillten. Zugleich sah die entsetzte Ada, dass Julia Armitari die Arme sinken ließ, während ein kollektiver Schrei aufstieg. Sowohl das grüne als auch das weiße Gespann donnerten über Rufus hinweg. Er war verloren. Zwei Helfer luden ihn auf eine Bahre, als sei sein Körper nur noch ein hinderlicher Gegenstand.

»Der schöne junge Rennfahrer, seine bedauernswerte Frau«, jammerte Fabala und Ada pflichtete ihr unter Tränen bei:»Welch ein Unglück für den kleinen Glauco.«

Segomaros war ebenfalls schockiert und Ada sagte leise:
»Er war so verliebt in seinen Ruhm und in das Leben. Es hieß, er fliege über den Sand.«

Kurz darauf folgten die nächsten Rennen, an denen das Gestüt Armitari mit wechselnden Fahrern und Pferden beteiligt war, als wäre das Unglück nicht geschehen. Schließlich wurde der Gesamtsieg ermittelt. Er ging an die Blauen und damit an den Wagenlenker, der Rufus' Tod verursacht hatte. Mit Siegerkranz und Palme legte er die umjubelte Ehrenrunde ein, bevor er die Rennbahn durch die Porta Triumphalis auf der halbrunden Schmalseite verließ.

Segomaros kümmerte sich um die Auszahlung der Wetten auf Pegasos. Die Summen waren erfreulich, aber nicht sonderlich hoch, weil viele auf ihn gesetzt hatten. Inzwischen hatte sich herumgesprochen, dass Rufus seinen Verletzungen erlegen war.

»Mira wird untröstlich sein, wenn sie davon erfährt«, seufzte Fabala.»Sie wollte unbedingt mitkommen. Gut, dass ich ihr dies nicht erlaubt habe.«

»Wichtig ist allein der Sieg«, stellte Segomaros resigniert fest.

»Und die Sieger, wozu man die Verlierer braucht«, fügte Ada traurig hinzu.

Glauco fiel ihr ein. Wie gut, dass Fabalas Kinder mit Segomaros einen Beschützer bekommen würden.

Auf dem Heimweg empfand sie tiefe Niedergeschlagenheit. Gab es überhaupt Siege, die zu Frieden und Verständnis führten? Sie dachte an Gratian und fühlte erneut dieses namenlose Dunkle.

Julias Geständnis

Proxius wusste, dass der stetig lauernde Tod den Wagenrennen ihre geheime Faszination verlieh. Der Jubel labte sich an der Lebensgefahr.

Nach Rufus' Unfall war er Edwins Vorschlag gefolgt und hatte den jungen Aurelius an die erste Stelle seiner Wagenlenker gestellt. Der Sieg eines führerlosen Gespanns war ungewöhnlich, doch die rote Quadriga war ohne Rufus ins Ziel gerast und von Edwin vor den Boxen gestoppt worden. Umso mehr begeisterte sich die Menge für Pegasos und kürte ihn zum Sieger ihrer Herzen. Die Souvenirläden reagierten umgehend. Beliebt wurden aus Holz geschnitzte Herzen oder flache Rhenuskiesel, auf denen jeweils ein roter Pegasos prangte.

Ohne die Antwort in letzter Konsequenz wissen zu wollen, fragte sich Proxius, womit Edwin die hohe Leistungsbereitschaft seiner Pferde erzielte, zumal er die Peitsche sparsam einsetzen ließ. Möglicherweise knabberte Pegasos vor den Rennen einen Kaiserpilz oder er erhielt potenzsteigernde Futterzusätze.

»Letztendlich zählt der Sieg«, stellte auch Proxius fest.

Bei Rufus' Bestattung spürte er, wie nahe ihm dessen Tod ging. Der Wagenlenker hatte trotz seines christlichen Glaubens Herkules verehrt, aber der griechische Held und Beschirmer der Sportstätten hatte Rufus im Stich gelassen. Erfreulicherweise musste seine Witwe Cordelia keine finanzielle Not leiden. Wie alle erfolgreichen Rennfahrer hatte er ein Vermögen angehäuft. Der Magistrat wusste, wie sehr Julia den kleinen Glauco bedauerte. Wie oft hatte sie ihn mit Spielzeug oder einer Süßigkeit erfreut. Nun war dem Jungen der bewunderte Vater genommen worden und Proxius fühlte mit nagender Bitterkeit, wie gerne er

selbst Vater geworden wäre. Niemals würde er sein Kind heran-
wachsen sehen oder sein Lebenswerk in die Hände eines Sohnes
legen können. Auch Julia hatte diesen Wunsch begraben müssen.
In diesem Bedauern fühlte sich Proxius seiner Gemahlin plötzlich tief verbunden.

Das Augustwetter blieb trocken und heiß. Die Nächte brachten
keine Abkühlung. Der hell strahlende Sirius kündigte bereits die
Hundstage an, die als die letzten großen Sommertage galten. Unterdessen füllte das Fest die Kassen, indem es den Menschen das
Geld aus den Taschen zog.

Geld suchte das Geld, wie Wasser stets zueinander floss, sinnierte Proxius. In diesem Sommer verstärkte sich sein Hang zur
Philosophie und er dachte über die Vereinbarkeit von Gegensät-
zen nach. Wo floss Hass in die Liebe, wo Trauer in Freude, wo
verbanden sich Sieg und Niederlage wie bei Rufus und Pegasos?
Später würde er die großen Denker lesen. Leider standen erst
einmal andere Dinge an. Hoffentlich geriet der Dornberger auf
seinem Weg nach Lugdunum nicht in einen militärischen Konflikt, denn mittlerweile bewegte sich Magnus Maximus von der
Küste ins Landesinnere. Würde er mit seiner Armee den rechtmäßigen Kaiser bezwingen? Hoffentlich stand am Ende kein
Blutvergießen»Römer gegen Römer« bevor.

Der Magistrat beschloss, trotz des laufenden Festes eine Gedenk-
stunde für Rufus abhalten zu lassen. Julia begrüßte dies und ließ
die Eingangshalle des Gestüts mit weißen Blüten und roten Fah-
nen schmücken. Auf dem neuen Mosaikboden, der den verun-
glückten Wagenlenker mit Pegasos abbildete, wurden Duftlampen entzündet und erfüllten den großen Raum mit Weihrauch
und Myrrhe. Schließlich erschien Glauco an der Hand seiner
Mutter und die Anwesenden konnten ihr Mitgefühl nicht verbergen. Als Aurelius mit Pegasos eintraf, bemerkte Proxius, dass

Julia die Halle verließ. Sichtlich angegriffen kehrte sie erst während seiner Laudatio auf Rufus zurück. Drei Musiker spielten eine sentimentale Abschiedsmelodie. Diese und das tieftraurige Kindergesicht von Glauco rührten alle zu Tränen. Julia stand währenddessen so dicht hinter dem Jungen, als hätte dieser zwei Mütter.

Am Ende der Feier fragte der besorgte Magistrat nach: »Ihr seid so blass, teure Julia. Lasst Euch Rufus' Tod nicht zu nahegehen oder hat Euch der Weihrauchduft zugesetzt?«

»Macht Euch keine Sorgen, lieber Proxius. Die Hitze in der Halle war unangenehm. Beinahe freue ich mich auf den hiesigen Herbst.«

»Ihr wisst aber, dass wir dann im Süden sein werden. Die militärische Bedrohung wächst mit jedem Tag. Erst recht ist unsere Kaiserstadt gefährdet.«

»Dennoch denke ich, Ihr müsst erst einmal ohne mich reisen. Alles geht viel zu schnell. Am besten, Ihr fahrt voraus. Ich werde Euch im nächsten Jahr folgen. Was sollte mir hier geschehen?«

Proxius konnte das soeben Gehörte nicht fassen und wurde entgegen seiner Art ungehalten.

»Werte Julia, soviel ich weiß, wart Ihr mit unserer baldigen Abreise mehr als einverstanden. Zum Glück steht ein Käufer für die Villa Armitari bereit, was in diesen Zeiten nicht selbstverständlich ist, und hoffentlich wird es unserem Rennstallleiter gelingen, in Lugdunum einen Interessenten für das Gestüt aufzutreiben.«

»Ich sagte bereits: Ich werde hierbleiben, Proxius.«

Julia war erneut bleich geworden und stieg vor den Augen des sprachlosen Magistrats in die wartende Kutsche, um ohne Rücksicht auf ihren Gemahl das Zeichen zur Abfahrt zu erteilen.

Diesem stieg das Blut zu Kopf. Noch dazu machte ihn der Ärger kurzatmig, erst recht, als er bemerkte, dass ein junger Pferdepfleger über den Disput seiner Herrschaft grinste. So befahl Proxius dem Unverschämten mit majestätischer Geste, ihm ein

Pferd zu bringen und in den Sattel zu helfen. Während er zu seinem Anwesen trabte, versuchte er sich an verständnisvollen Gedanken. Bestimmt hing seine Frau an ihrem Rosengarten und an ihrer exponierten Stellung. Zweifellos verspürte sie Bedenken vor der langen Reise, was allerdings nicht zu der Julia passte, die er kannte. Die Entscheidung, die nördliche Hauptstadt zu verlassen, war gemeinsam und aus gutem Grund gefallen. Erst gestern hatte er von einem Soldaten der Palastgarde gegen eine kleine Zuwendung erfahren, ein Stafettenreiter habe die Nachricht überbracht, Gratian ziehe durch das Rhodanustal in Richtung Lutetia Parisiorum. Dort würde er auf seinen Herausforderer treffen.

In der Villa Armitari angekommen, ließ sich Proxius nach einem Imbiss zum Forum tragen. Er sah in seinen Amtsräumen nach dem Rechten und besuchte danach sein Handelshaus, um den künftigen Leiter der Niederlassung zu treffen. Anschließend flanierte er durch die Stadt, die heute ein wenig festmüde wirkte. Selbst der Circus bot nach Abschluss der Rennen nur noch Reiterspiele und langweilige Theaterstücke. Mittlerweise konzentrierte sich das Geschehen auf das Amphitheater, die Augustustherme und das Ufer der Mosella. Gut zu wissen, dass der 25. August als Höhepunkt nahte. Hoffentlich geschah nicht auch noch Cupido ein Unglück. Nach Rufus' Tod fürchtete der Magistrat ein weiteres Desaster und wünschte, es hätte diese wahnwitzige Idee mit den Seidenflügeln niemals gegeben.

Am späten Nachmittag war Proxius zurück und ließ seine Gemahlin zu einem gemeinsamen Abendessen bitten. Hatte Julia am Morgen erschöpft gewirkt, so glich sie nun einer blühenden Rose. Ihre Augen glänzten, ebenso ihr Haar, ihr Busen wirkte üppiger als sonst. Jedenfalls musste er sich keine Sorgen um ihre Gesundheit machen und so ging Proxius in medias res.

»Liebe Julia, warum wollt Ihr Treveris nicht mehr verlassen? Hatten wir beide nicht aus gutem Grund die Rückkehr nach

Baiae entschieden? Unterwegs könnten wir die kalten Monate in Arelate verbringen. Unsere dortige Niederlassung besitzt alle Annehmlichkeiten. Was also hält Euch hier?«

»Eigentlich nur der Rosengarten«, erwiderte Julia. »Aber er hat nichts damit zu tun.«

»Und was soll mir diese Antwort sagen?«, schnaufte Proxius, kurz davor, die Geduld zu verlieren.

»Weil es sich um etwas anderes handelt. Etwas Neues und Wunderbares, das in mir wächst und Euch kränken könnte. Dieses Neue muss bleiben. Nichts sonst ist möglich. Lieber würde ich zu meinen Eltern nach Rom zurückkehren.«

Proxius fasste sich an die Schläfen. Er rieb sich die Augen und legte zuletzt die Hände aufs Herz. Alles in ihm pochte und wallte. Er verließ die Kline und bewegte sich schwer atmend durch den Raum, ohne seinen Aufruhr besänftigen zu können.

Endlich stieß er hervor: »Wer war es?«

»Die Sonnenwende, dieses Licht …«

Er musste sich beherrschten, um Julia nicht zum ersten Mal während ihrer Ehe anzuschreien, und zischte: »Eure Antwort erscheint mir unangemessen.«

»Und doch ist sie wahr, lieber Proxius. Alles war so leuchtend und leicht. Dann traf ich ihn am Ufer der Mosella und er erschien mir wie das Geschenk dieses hohen Tages. Verzeiht, denn ich weiß, Ihr habt Euer Herz an ihn verloren.«

Proxius schnappte nach Luft. Also doch! Seine Gemahlin und Cupido. Wie sehr hatte er sich nach ihm gesehnt. Nun fügte man ihm diese Enttäuschung zu, diese Qual der Eifersucht.

»Liebst du ihn denn?«

Er bemerkte nicht einmal, dass er die vertraute Anrede ihrer ersten Zeit benutzte.

»Er hat mich in dieser Lichtstunde bezaubert, als sei er mir dort zu meinem Glück begegnet. Seither verspüre ich keinen Wunsch nach seiner Gegenwart. Glaube mir, ich spreche die Wahrheit.«

Julia war ebenfalls zum Du übergegangen. Ihre Augen baten ihn um Verständnis, zugleich erschien sie Proxius kampfbereit wie eine Löwin und nicht im mindesten schuldbewusst. Kopfschüttelnd murmelte er:»Ein Kind von Cupido.« Während er im Raum umherwanderte, wiederholte er diese vier Worte wie eine Beschwörungsformel. Schließlich nahm er neben Julia Platz und betrachtete seine Gemahlin, als sähe er sie zum ersten Mal. Ihr Gesicht zeigte weder Angst noch Bedauern. Da fasste er sie bei den Schultern.

»Möchtest du wissen, Julia, was mir bei Rufus' Trauerfeier durch den Kopf ging?«

»Sicher hatte es mit Glauco zu tun«, antwortete sie und berührte unwillkürlich seine Hand.

»Das ist richtig. Dieser vaterlose Junge und unser Wunsch nach einem Kind. Vielleicht kann Cupidos Geschenk uns beide glücklich machen. Wir könnten das Geschehene als Beginn einer neuen Gemeinsamkeit annehmen.«

Julia überlegte. Dann lächelte sie, nickte und legte die Hände über ihren noch flachen Leib. Ihre schützende Geste ließ in Proxius Freude und Verantwortungsbereitschaft aufsteigen.

»Wir werden unsere Pläne noch einmal gründlich überdenken. Auf jeden Fall müssen wir auf deine Gesundheit achten.«

Julia erhob sich sichtlich erleichtert:»Ganz gewiss bin ich nicht krank, lieber Proxius, und unser Kind wird gesund zur Welt kommen. Das fühle ich. Da nun zwischen uns alles im Reinen ist, können wir gerne reisen. Das Weitere wird sich fügen. Wir sollten zuversichtlich sein.«

So beschloss Proxius, sich seiner neuen Zukunft als Familienvater zu stellen. In Baiae würde es ohne Bedeutung sein, wer in Treveris oder Mediolanum auf dem Thron saß, erst recht, wer der Vater seines Kindes war.

Die blaue Taube

Das Fest forderte Ausonius täglich mehr. Heute stand ihm der anstrengendste Tag bevor mit der Einweihung der Bibliothek und dem sich anschließenden Festzug. Die lauter werdenden Rufe nach dem Kaiser quälten ihn. Die Treverer ahnten nicht, dass Gratians Heer unmittelbar vor einer Entscheidungsschlacht stand. Auf seinem Weg nach Lutetia hatte es Überläufer zu Magnus Maximus gegeben, eine hochgefährliche Entwicklung, denn der Usurpator erhielt nur dann eine Chance auf die Machtergreifung, wenn Gratians Heer nicht zum rechtmäßigen Kaiser stand. Ausonius fragte sich händeringend, warum Theodosius keinen militärischen Beistand leistete. War er von Gratians Sieg restlos überzeugt oder würde er auch Magnus Maximus anerkennen? Ohne Gratian wäre Theodosius der ranghöchste Regent des Imperiums. Wie Maximus war er lediglich ein hispanischer Heerführer, als er sich vor fünf Jahren nach einem wichtigen Sieg selbst zum Kaiser des Ostens erklärte. Damals hatte Ausonius Gratian geraten, Theodosius anzuerkennen, um den rebellischen Osten zu befrieden. Mittlerweile genoss der Ostkaiser große Akzeptanz und baute seine Macht aus. Justina käme Gratians Sturz ebenso gelegen, denn Maximus konnte später immer noch beseitigt werden. Dann wäre der Weg für ihren Sohn Valentinian zum alleinigen Westkaiser frei.

In diesen heißen Augusttagen wurde Unmögliches denkbar.

Aufs Tiefste enttäuscht war der Konsular, weil Gratian die Laudatio anlässlich der Einweihung der Ausonius-Bibliothek nicht halten würde. Gedanklich hatte er diese Ehrung stets mit der Anwesenheit seines Kaisers verbunden als krönende Anerkennung seiner Jahre in Treveris. Statt Gratian stand nun lediglich ein römischer Senator zur Verfügung.

Bereits gestern war die bemalte Marmorstatue, geschaffen vom besten Bildhauer der Bischofskirche, auf einem Sockel vor der Bibliothek aufgestellt und mit einer Stoffhülle versehen worden. Diese würde Magistrat Armitari während des Festaktes entfernen. Dazu war die künftige Ausonius-Bibliothek von den berühmten Bibliotheken des Imperiums mit einigen wertvollen Erstausgaben beglückwünscht worden, da sie nun zu ihrem elitären Kreis gehörte. Der Konsular hatte für seine Verdienste um ihren Ausbau eine Originalhandschrift von Horaz erhalten. Trotz gewisser Zweifel an deren Echtheit jubilierte sein innerer Schatzsucher.

So befreite Magistrat Armitari am Morgen des 25. August einen überlebensgroßen Konsular von seiner Verhüllung. In der Hand trug die Statue die Rute der Grammatik und auf dem Haupt einen Kranz aus Eichenlaub als Sinnbild für die Krone der Dichtkunst. Insgeheim verband Ausonius mit der Eiche die Kraft druidischer Lehren. Der römische Senator gab sein Bestes mit einer beeindruckenden Rede, mit welcher er die herausragenden Verdienste des Konsulars für Gallien und das Imperium würdigte.

»Mit dieser Rhetorik kann er es zum Konsul bringen«, dachte Ausonius anerkennend, zugleich ein wenig herablassend.

Der Magistrat überreichte einen Silberteller mit dem Motiv der Kaiseraula und fand dazu Worte höchster Wertschätzung für Ausonius' Unterstützung der Stadt und der Region. Danach folgten weitere Reden und Grußbotschaften. Gepriesen zu werden, war Balsam für die Seele des Konsulars, ebenso die liebevollen Worte, die sein Sohn Hesperius für ihn fand. Dieser war vom Kaiser in die Leitung der Präfektur eingebunden worden, eine Sonderregelung für Gallien, Italien und *Pannonien,* die Ausonius entlastete, ohne ihn zu entmachten. Gleichzeitig empfahl sie Hesperius für höchste Ämter. Leider würde sein Sohn nicht am Umtrunk in der Aula der Hochschule teilnehmen. Wegen der politischen Entwicklung wollte Hesperius seine Reise nach Mediolanum bereits am Nachmittag antreten.

Nach der kurzen Feier bestieg Ausonius die offene Sänfte, um an Gratians Stelle die Pompa zu begleiten. In ihr hatte jede Gruppe einen festen Platz. Die ansonsten dem Kaiser vorbehaltene Sänfte war heute aufwendig geschmückt. Ihr folgten politische und kirchliche Würdenträger, Angehörige des Adels, Militär und Fabrikbesitzer, darüber hinaus Handwerker, Händler und Bauern mit ihren Familien. An der Spitze des Zuges sorgten berittene Ordnungskräfte dafür, dass dieser den Weg zum Amphitheater ohne Zwischenfälle nehmen konnte. Unterwegs zeigten sich die Gebäude herausgeputzt, festlich gekleidete Frauen verteilten Süßigkeiten oder warfen Blumen in die Zuschauer.

Die Rufe nach dem Kaiser verstummten nicht, aber nun vernahm Ausonius darin Schmähungen und seinen eigenen Namen. Betroffen fragte er sich, welche Gefahr in dieser Menschenmasse lauerte. Im Amphitheater ließ er sich erleichtert in die Kaiserloge bringen und blickte um sich. Die Plätze füllten sich mit einer lauten und schwitzenden Menge, von welcher sich der Konsular regelrecht bedroht fühlte.

Wieder einmal war ihm eine Festrede auferlegt. Während er sprach, wurden einige Störenfriede hinausgeführt. Die darauffolgenden Ansprachen und Begrüßungen erzielten kaum mehr Aufmerksamkeit, weil Pfiffe durch die Arena schrillten und die Trommeln einsetzten. Der Worte überdrüssig, empfingen die Zuschauer die ersten Tierkämpfe mit Klatschen, Trampeln und Gejohle. Schließlich senkte sich der bewegliche Teil der Bühne ab, Gaukler und Artisten erschienen, um die für den Umbau notwendige Pause zu füllen.

»Nichts Neues«, dachte Ausonius erschöpft. Die Schwüle setzte ihm zu. Hin und wieder winkte er apathisch in die Menge, die ihm heute außergewöhnlich aggressiv erschien. Gleichzeitig verspürte er ein diffuses Unwohlsein, hervorgerufen durch unzählige Augen und Stimmen. Um sich abzulenken, heftete er seinen Blick auf die beiden Maste mit dem Hochseil, das über die abgesenkte Bühne führte. Er erinnerte sich an den Auftritt der Griechen und sehnte sich inständig nach seiner gewohnten Mittagsruhe. Benommen ließ er sich gekühltes Wasser bringen, weil sich ein hämmernder Kopfschmerz meldete.

Die Hebebühne stieg auf, nun als karge Landschaft einschließlich der Sandgrube für den griechischen Athleten. Dieser zeigte sich kurz auf dem östlichen Mauergang, der an dieser Stelle einen Teil der Stadtmauer bildete. Als Cupido gleich darauf die Arena betrat, empfing ihn tosende Begeisterung. Er erkletterte an einer Strickleiter einen Mast und verhielt auf dessen winziger Plattform. Das Federkostüm erinnerte Ausonius plötzlich an einen Rabenvogel, aber der Menge schien es zu gefallen. Vor allem Frauen spendeten Applaus und bliesen mitgeführte Gänsefedern in die Luft. Die große Trommel setzte ein. Mit den ersten Schlägen betrat der Jüngling das Seil, zunächst vorsichtig, danach dem schneller werdenden Rhythmus folgend. Er zauberte ein rotes Band hervor und wagte einen Sprung, der ihn fast das Gleichgewicht kostete. Anschließend fasste er einen schmalen Holzreifen, der an der Plattform hing. Die Trommel verstummte, als der Grieche durch den Reifen sprang und das Seil verfehlte. Ein kollektiver Aufschrei gellte in das Oval der Arena, denn Cupido konnte das Seil gerade noch fassen und erkletterte es erneut, um einen weiteren Versuch mit einem zweiten Reifen zu wagen. Der erste lag in der Sandgrube. Diesmal glückte ihm das Kunststück und lautstarker Beifall belohnte seinen Abgang, mit dem er die Arena einstweilen den Darbietungen seiner Gefährten überließ. Diese zogen sich fluchtartig zurück, als ein Bär aus einem der tunnelartigen Zugänge trottete.

Der Konsular erinnerte sich, dass Magistrat Armitari diesen Vorschlag der Spielleitung strikt abgelehnt hatte. Als nun ein Tierkämpfer den Bären mit einem Speer traktierte, erhob sich der

Magistrat wild gestikulierend in seiner Loge, die im Sichtfeld des Konsulars lag.

Als wisse er nichts von einem Bären, erschien Cupido jetzt mit einer geschlossenen Flügelkonstruktion auf dem Rücken und erkletterte den Mast. Auf dem Podest breitete er mittels seiner Arme die seidenen Flügel aus und ähnelte darin einem weißen Schmetterling mit schwarzem Leib. Während der Magistrat vehement abwinkte, reagierte das Publikum mit Enthusiasmus. Als sich Julia erhob und die Hände vors Gesicht schlug, wusste Ausonius, dass sich die Spielleitung zugunsten der Sensationslust über Proxius hinweggesetzt hatte. In Ausonius' Augen war dies ein Angriff auf die Autorität eines städtischen Würdenträgers. Er würde das Verhalten abstrafen lassen, getreu Ovids Wahlspruch »Wehret den Anfängen«.

Inzwischen balancierte der Jüngling erneut auf dem Seil, beeinträchtigt durch seine Flügel. Jeder kleine Windstoß konnte ihn davonwehen. Tatsächlich zogen von den westlichen Höhen dunkle Wolken heran.

»So flieg doch!«, brüllten die Schaulustigen. »Du griechischer Feigling, spring gefälligst!«

Cupido schien seine Opferrolle realisiert zu haben und zog sich auf die kleine Plattform zurück. Der Bär näherte sich der Sandgrube und die Menge hatte ihre anfängliche Bewunderung vergessen. Stattdessen wurde die Verhöhnung unflätiger. Trotz allem wagte sich der Athlet wieder auf das Seil, unter ihm die Grube, der Bär und ein Tierkämpfer. Dieser zog sich zurück, als das Tier begann, seine braune Masse im Sand zu wälzen. Ein Blitz zuckte durch die Schwüle, gefolgt von einem krachenden Donnerschlag. Der Bär erhob sich brüllend auf die Hinterbeine und fiel danach auf alle Viere. Geifer tropfte ihm aus dem Maul, denn der Tierkämpfer hatte ihm eine deutlich erkennbare Wunde beigebracht.

Was jetzt geschah, ließ Ausonius an seiner Wahrnehmungsgabe zweifeln. Der Grieche verließ das Seil, kletterte mit geschlossenen Flügeln wieselflink abwärts und verschwand in einem der röhrenartigen Zugänge. Kurz darauf zeigte er sich mit offenen Schwingen auf der Stadtmauer und flog mit einer Windbö unter Blitz und Donner davon. Oder war er aus Furcht vor der Menge gesprungen? Der Konsular dachte an seinen kindlichen Albtraum. Indessen bestand der Abgrund hinter der östlichen Begrenzung des Amphitheaters aus Walddickicht mit üblen Abfällen und dornigem Unterholz. Wenn der Grieche nicht tief gestürzt war, hing er jetzt in einem der Baumwipfel, während die Menge sich nicht nur um die Anwesenheit des Kaisers betrogen sah, sondern ebenso um eine schaurige Attraktion. Sie richtete ihre Verwünschungen nun auch gegen Gratian und Rom, Ausonius und die Magistrate, gegen den Christengott und seine Priester. Der Volkszorn, gespeist aus vielerlei Entbehrungen, überschwemmte die Arena. Während der Bär seinen Peiniger attackierte, begannen die ersten Schlägereien. Dazu fielen taubeneigroße Hagelkörner vom Himmel, gefolgt von Eisregen.

Ausonius erkannte, dass er sich in Sicherheit bringen musste, und gab seinen Vigiles ein Zeichen. Wie durch ein Wunder brachten ihn diese unbehelligt zur Villa Sabina. Dort ordnete er an, sein Anwesen Tag und Nacht schützen zu lassen. Ab heute gehörte es zu den am höchsten gefährdeten in Treveris.

Er dachte an die zwanzigtausend Menschen, die sich zurzeit aus der Arena über die Innenstadt ergossen, und ließ die Sicherheitskräfte anweisen, die Ordnung notfalls mit Waffengewalt durchzusetzen. Trotz des Unwetters bildeten sich randalierende und plündernde Horden, deren Geschrei selbst bei geschlossenen Fenstern zu hören war. Hätte er wenigstens gewusst, wie es um seinen Kaiser stand. Die Angst um ihn erschwerte Ausonius das Atmen. Hörte sie denn niemals auf?

Ada fiel ihm ein. Hoffentlich war sie unverletzt auf dem Winzerhof ihrer Freundin eingetroffen. Er informierte die Wache, sie jederzeit einzulassen. Der Tod des Griechen konnte verschmerzt werden.

Ada erschien am nächsten Vormittag. Sie war heil aus der entfesselten Menge herausgekommen und berichtete, dass die Ordnungskräfte für Ruhe sorgten. Einige Stadtbewohner gingen bereits ihrer Arbeit nach. Kurz darauf ließ Ausonius sie zu sich rufen, um sie eingehend zu befragen. Als sich aus Adas Antworten nichts Neues ergab, bemerkte er:

»Vermutlich befindet sich der geflüchtete Akrobat im Dickicht hinter der Mauer. Hätte ihn die Menge erwischt, wäre es ihm noch übler ergangen.«

Ada errötete: »Er ist in Sicherheit.«

»Wie kannst du das wissen, Ada?«, fragte Ausonius erstaunt.

»Weil er um Mitternacht an die Pforte des Winzerhofes klopfte. Er hat dort im vergangenen Herbst als Erntehelfer gearbeitet. Der Bär habe ihn erschreckt, berichtete er, ebenso die Wut der Menge. In seiner Not sei er einfach von der Mauer gesprungen und, getragen von seinen Flügeln und einer Gewitterbö, im Geäst einer Tanne gelandet. Er habe sich befreien können und die zerfetzten Flügel dem Baum überlassen. Meine Freundin hat den Unglücksraben mit Arbeitskleidung und Proviant ausgestattet. Er wollte schleunigst zurück in seine südliche Heimat.«

»War er denn nicht verletzt?«, wunderte sich Ausonius.

»Schon, aber auf dem Winzerhof befand sich ein Arzt. Er hat den jungen Mann versorgt und ihm darüber hinaus die Locken geschnitten. Niemand wird ihn erkennen. Fabala hätte das zerrissene Federkleid zu gerne einer Vogelscheuche in der Falkenlay übergestreift.«

Ausonius versuchte ein Lachen.

»Gut, dass der junge Mann entkommen konnte. Der Volkszorn ist unberechenbar, wenn er sich seine Opfer sucht.«

Nach dem Gespräch mit Ada trank er ein wenig Goldwasser zur mentalen Stärkung. Heute fiel es ihm schwer, auf die Wirkung zu vertrauen. Dabei war der Glaube die Essenz. Wo er fehlte, versiegte die Energie. Allmählich kehrte seine innere Ruhe zurück. Schließlich war er ein Mann der Pflicht. Auch sie verlieh innere Kräfte.

Er ließ das offizielle Ende des Festes verkünden, dazu die Nachricht, Gratian sei dabei, seinen Herausforderer vernichtend zu schlagen. Etwas anderes wollte sich der Konsular nicht vorstellen, geschweige denn verbreitet wissen. Inzwischen hatte ein Stafettenreiter gemeldet, der Kaiser habe Lutetia erreicht. Auf seinem Weg hätten einige Städte ihre Tore verschlossen und sich geweigert, Gratians Armee zu versorgen. Die Desertion halte an. Der Kaiser denke deshalb an den Rückzug nach Lugdunum in sein *Castrum*.

Trotz dieser Ungeheuerlichkeiten hoffte Ausonius auf bessere Nachrichten. Eine Taube benötigte für die Entfernung von Lugdunum nach Treveris etwa sechs Stunden, vorausgesetzt, sie wurde nicht das Opfer eines Greifvogels oder eigener Schwäche.

Gegen Mittag befiel den Konsular eine große Müdigkeit und nötigte ihn zu einem Erfrischungsschlaf. Hilarius weckte ihn mit der Nachricht, ein Offizier des kaiserlichen Nachrichtendienstes warte mit einer soeben eingetroffenen *Brieftaube*. Man habe dem Präfekten den Weg zum Palast ersparen wollen.

»Führe ihn in den Empfangsraum!«, sagte der Konsular, noch benommen vom Schlaf.

Die Taube stammte aus dem Militärlager in Lugdunum, wo im Auftrag des Kaisers Tauben unterschiedlicher Heimatschläge gehalten wurden. Ihre Nachrichten trugen sie auf dem Rücken, der Brust oder, wie diese hier, am linken Fuß. Hilarius breitete ein Tuch über einen Beistelltisch, woraufhin der Offizier den Käfig öffnete und den Vogel auf das Tuch setzte. Die Taube besaß ein blauschimmerndes Gefieder und mit hellen Mustern gezeichnete Flügelränder. Obwohl sie von dem langen Flug ermattet war, reckte sie den Hals und blickte mit ihren schwarzroten Augen um sich, als wolle sie den Inhalt ihrer Botschaft ebenfalls erfahren.

Der Offizier fasste behutsam den kleinen Fuß mit dem Kassiber und Ausonius stellte verwundert fest:

»Diese rosafarbenen Zehen mit den Krallenspitzen sehen ja aus wie eine kleine Hand mit drei Fingern und dem hinteren Zeh als Daumen.«

Kaum hatte er dies gesagt, stieg die Erinnerung an Pinas Worte auf: »Vier Finger bringen dir die Botschaft.«

Die Weissagung presste ihm die Eingeweide zusammen. Während er nach Atem rang, befiel ihn ein starkes Zittern. Hilarius stützte ihn, bis der Offizier einen Sessel herbeigeschafft hatte. Dann brachte der besorgte Diener auf Geheiß seines Herrn eine Lupe und reichte das winzige Schriftstück an, das der Offizier aus der Schutzhülle befreit hatte. Ausonius entfaltete es mit Mühe und entzifferte die Botschaft:

»Castrum Lugdunum 25. August: Gratian enthauptet«

»Gestern also«, stammelte der Konsular und ließ die zerknitterte Nachricht fallen wie glühendes Eisen. Aschfahl gab er ein Zeichen, woraufhin Hilarius den Soldaten samt Käfig und Taube hinausführte. Wenig später brachte der Diener ein Beruhigungsmittel. Als er vorschlug, einen Arzt zu rufen, winkte Ausonius herrisch ab: »Lass mich allein!«

Das Mittel beendete zumindest das Zittern.

Dafür meldete sich Pinas Stimme, als säße Ausonius erneut mit ihr am Tisch: »Ein Haupt auf einer Lanze, in den Straßen der Stadt, an einem Fluss. Überall Menschen, Soldaten, Geschrei. Ein Flaumbart. Vier Finger bringen dir die Botschaft.«

Hatte sie nicht zwei Flüsse und einen heißen Tag erwähnt? Ganz sicher war der gestrige Tag in Lugdunum ebenso heiß gewesen wie in Treveris, außerdem lag die Stadt an einer Flussmündung. Die Weissagung war also eingetroffen! Welche Hybris, dass er geglaubt hatte, das Schicksal überlisten zu können. Der Schock saß tief, kaum gemildert durch den Mohnsaft. »Merobaudes«, raste es Ausonius durch den Kopf. Gewiss steckte Justinas militärischer Intimus hinter dieser Schändlichkeit und war übergelaufen, woraufhin ihm die Soldaten folgten. So war der Krieg! Bald würde der fränkische Verräter an der Seite von Magnus Maximus in der Residenz eintreffen. Zweifellos hatte Merobaudes dazu beigetragen, den jungen Kaiser aus dem Weg zu räumen. Maximus konnte Gratians Thron besteigen, kampflos oder sogar mit Jubel empfangen.

Für den Konsular war keine Linderung seines Verlustschmerzes in Sicht. Mit Gratian war ihm nicht nur der Kaiser, sondern ein Sohn entrissen worden. Er hatte dem Kronprinzen die Zuwendung gegeben, die ihm der herrische Valentinian versagte. Ausonius fragte sich, ob er auf das Eingreifen des Ostkaisers warten sollte, verwarf diesen Gedanken jedoch. Das erhöhte die Gefahr, Maximus als ein Relikt aus Gratians Regierungszeit in die Hände zu fallen. Ausonius gestattete sich lediglich ein kurzes Schluchzen um Gratian. Dann stellte er sich der Realität.

Ihm graute davor, Ada das Schreckliche zu offenbaren. Ein Segen, wenn sie ihm ins ruhige Burdigala folgte, fernab der schrecklichen Geschehnisse. Auch der Magistrat musste informiert werden. Dies verlangte schon die alte Verbundenheit mit Julia. Zudem würde es Proxius erleichtern, seinen griechischen Schützling in Sicherheit zu wissen. Hilarius konnte das Unerledigte abwickeln, bevor er ihm folgte. Den Immobilienverkauf sollte Hesperius veranlassen.

Wenn Magnus Maximus sich tatsächlich in Treveris festsetzte, konnte Theodosius jederzeit gegen ihn ins Feld ziehen. Zuletzt hieß es, der Ostkaiser sehe Gratians Politik kritisch. Zunächst stand der zwölfjährige Valentinian II. vor Magnus Maximus an oberster Stelle des Westreiches und war zudem durch die Eheschließung seiner Schwester Galla mit Theodosius dessen Schwager geworden. Botenreiter konnten, wenn überhaupt, frühestens in drei Tagen eintreffen. Gewiss war die Taubenpost von einem der letzten Getreuen Gratians veranlasst worden. Aber wer hatte das Unsägliche getan? Von den eigenen Soldaten gemeuchelt zu werden, galt als Schande. Deshalb wollte Ausonius diese Möglichkeit lieber nicht in Betracht ziehen.

»Gratians Haupt auf einer Lanze! Wer hat meinen Kaiser so entehrt?«, klagte er in seinem Arbeitszimmer. Nach dem christlichen Glauben war Enthaupteten die Auferstehung am Jüngsten Tag verwehrt.

Ausonius wollte sich erheben, war aber zu schwach. Er bat Hilarius um ein wenig Wein und Fladenbrot. Gratian war verloren und er selbst musste die Stadt verlassen, in der er seinen beiden Kaisern mit ganzer Kraft gedient hatte. In abgrundtiefer Verzweiflung raufte sich der Konsular die Haare.

Der Rabenhügel

Am Ende der Rennwoche stand das Gestüt Armitari an dritter Stelle. Edwin war überzeugt, mit Rufus wäre der zweite Rang möglich gewesen. Nun waren die Blauen und die Grünen erfolgreicher, zwei alteingesessene Gestüte, die über eine große Anzahl von Pferden verfügten. Dessen ungeachtet hatte das relativ kleine Gestüt Armitari in den letzten Jahren exzellente Leitpferde gezüchtet. Das machte seinen Erwerb attraktiv, ebenso die Gelegenheit, sich mit ihm in der Kaiserstadt zu etablieren. Die Rennen des Augustusfestes hatten Edwin finanziell gut gestellt. Dafür war die geplante Verbindung mit einer Tochter der Secundinierfamilie gescheitert. Ihr Vater hatte einem Hofbeamten den Vorzug gegeben, was Edwins Stolz verletzte und seinen Ärger hervorrief. Was bildete sich dieser Tuchhändler ein, dessen Vorfahren aus Belginum stammten? War seine Familie doch nur durch Geschäftemacherei mit römischen Tuchfabrikanten zu Vermögen gekommen. Zugleich fühlte Edwin Erleichterung, denn die junge Frau galt als verwöhnt und anspruchsvoll. Er war frei und hatte sich dennoch nicht für Ada entscheiden können, obwohl ihn die Vorstellung, ein Anderer könnte sie für sich gewinnen, übellaunig machte.

All dies ging ihm durch den Sinn, während er seine Mission in Lugdunum vorbereitete. Laut Proxius gab es dort zwei ernsthafte Kaufinteressenten.

Das alte Handelszentrum am Zusammenfluss von *Rhodanus* und *Arar* war eine honorige Stadt. Ein verheerender Brand hatte ihren beeindruckenden Wiederaufbau ermöglicht. Aus der Zeit davor stammte der älteste Aquädukt Galliens, der sein Wasser aus den Goldenen Bergen in die Stadt brachte. Vor allem am Ufer des Arars hatten sich zahlreiche Handwerker angesiedelt, mehr noch als in Treveris. Sie fertigten sogar Bleirohre für die Wasser-leitungen. Entlang der Kais lagen die großen Handelshäuser, ins-besondere für das Wein- und Olivengeschäft. Von Lugdunum aus war das große Rom über den Rhodanus und das Meer schnell zu erreichen. Die Flussschiffer pflegten rege Handelsbe-ziehungen mit den Schiffern von Mosella und Rhenus. Kaiser Gratian hatte das Castrum in Lugdunum selten besucht. Es lag auf der Mündungsinsel und diente der militärischen Versor-gung. Außerdem war es seit Urzeiten ein Versammlungsort der keltischen Stammesfürsten, die dort ihre Ergebenheit vor den rö-mischen Kaisern bekräftigten. Für die 260 Leugen von Treveris nach Lugdunum benötigte ein Reiter etwa acht bis zwölf Tage.

Edwin traf am 23. August ein und bezog eine Herberge auf dem Hügel rechts des Arars. Die Erhebung bot eine grandiose Rundsicht auf die Stadt, die beiden Flüsse sowie die sich kreu-zenden Fernstraßen. Sie führten in den Süden oder Westen zum Meer und nach Hispanien, in den Norden nach Treveris, Colonia und Britannien, sowie nach Osten zu den Alpenpässen. Im dor-tigen Hochgebirge entsprang der Rhodanus, vereinte sich in Lugdunum mit dem von Norden kommenden Arar und wurde schiffbar. Der imposante Hügel mit den beiden Amphitheatern bildete das Gründungszentrum der Stadt und war dem kelti-schen Lichtgott Lug geweiht. Seit jeher ein Kultort, wurde er im gallischen Volksmund »der Hügel der Raben« genannt. Bis zu Gratians Gesetzgebung zugunsten des Christentums befand sich auf ihm ein viel besuchtes Heiligtum der Erdmutter Kybele. Ihr wurde hier trotz des Verbotes weiter gehuldigt.

Am Tag nach der Ankunft beschloss Edwin die Erkundung der Innenstadt. Er wechselte über eine Ararbrücke auf die Mün-dungsinsel und passierte das prächtig bemalte Gebäude der Hochschule. Leider war ihm eine solche Schulbildung nicht ver-gönnt gewesen. Erst Julia hatte ihm verdeutlicht, welch hohen Status diese in der römischen Gesellschaft genoss.

Während der Reise war ihm die seltsame Unruhe unter den Menschen aufgefallen. In den Herbergen sprach man offen über die Unfähigkeit des Kaisers und die Hoffnung auf einen neuen Regenten. Dabei fiel immer wieder der Name Magnus Maximus. In Lugdunum stand dieses Thema über allen anderen. Erst kürzlich war Gratian mit seinem Heer in Richtung Lutetia vorbeigezogen, angeblich, um dort gegen Maximus zu siegen. Seither waberten die unterschiedlichsten Gerüchte durch die Stadt. So hieß es, ein Verwaltungsbeamter habe Gratians Heermeister Andragathius auf dem militärischen Gelände des Castrums erkannt. Andere raunten, allein Gratian wolle sich dorthin zurückziehen, denn sein Heer sei bereits zu Maximus übergelaufen.

Edwin seinerseits blieb überzeugt, dass Gratian siegen würde. War dieser nicht seit jeher ein Liebling der Götter? Trotzdem beunruhigte ihn die angespannte Atmosphäre. Eine Usurpation würde die Ordnung zerstören, vor allem in Treveris. Wer wollte dies mit allen sich daraus ergebenden Konsequenzen?

Am Nachmittag besuchte er einen Rennstall außerhalb der Stadtmauer. Sein detaillierter Bericht über das Gestüt Armitari stieß auf ernsthaftes Interesse. Der Eigentümer erwog sogar, nach Treveris zu reisen, um an Ort und Stelle mit Proxius zu verhandeln.

Am darauffolgenden Morgen des 25. August plante Edwin einen Besuch der Rennbahn. Der Circus von Lugdunum lag unterhalb des Rabenhügels nahe dem rechten Ufer des Araro. Unterwegs begegnete ihm Militär. War Gratian tatsächlich in der Stadt? Vor dem Gelände des Castrums sprach Edwin einen Wachsoldaten an, woraufhin dieser ihm drohte und ein grimmiges »Scher dich weg!« hören ließ. Empört setzte der Dornberger seinen Weg fort und erkundigte sich an einer Garküche nach Neuigkeiten. Statt einer Antwort hörte er wüste Beschimpfungen, die Gratian galten: »Dieser Hundesohn. Kybele wird ihn vernichten. Brennen soll er in seiner christlichen Hölle. Wir haben genug von ihm.«

Edwin war bestürzt. In der Kaiserstadt waren solche Reden nicht einmal von Betrunkenen zu hören. Überall gab es kaisertreue Augen und Ohren. Zudem war man stolz auf die Residenz, welche die Bedeutung der Stadt, ihre Sicherheit und den Wohlstand der Region ausmachte. Offen gezeigter Kaiserhass wie in Lugdunum war in Treveris unvorstellbar. Zwar hielt man Gratian im Vergleich zu seinem Vater Valentinian für unreif und schwach, aber sein Präfekt Ausonius hatte bisher eine funktionierende Ordnung garantiert. Edwin glaubte nicht an positive Veränderungen unter einem neuen Kaiser. Dieser würde das gallische Land ebenso mit Steuern und Abgaben überziehen wie seine Vorgänger.

Schwüle Hitze quälte die Stadt. Kurzfristig zeigte sich in den graugelben Wolken ein Wetterleuchten und weckte Hoffnung auf abkühlenden Regen. Stattdessen lichtete sich die Atmosphäre, während die Unruhe auf den Straßen und Plätzen wuchs. Menschen diskutierten lautstark, ob der Kaiser auf der Flucht vor Magnus Maximus sei oder sich in seinem Castrum auf der Mündungsinsel versteckt hielt. Andere bezeichneten beides als Unsinn, Gratian sei dabei, Maximus vernichtend zu schlagen. Überall tauchte Miliz auf und sorgte für Beklemmung. Edwin änderte seine Absicht und besuchte statt der Rennbahn ein Gestüt, das mit Proxius verbunden war. Der Eigner und zwei seiner Söhne empfingen den Besuch aus der Kaiserstadt mit Zuvorkommen. Man wusste bereits, warum er sich in Lugdunum aufhielt, und bekundete Kaufinteresse. Allerdings wollte man in der ungeklärten politischen Situation keine Entscheidung treffen. Niemand zweifelte daran, dass Gratians Regentschaft auf dem Spiel stand. Edwin verließ das Gestüt am späten Nachmittag und gestand sich ein, dass seine Mission gescheitert war.

Immer wieder stiegen Raben in den mittlerweile rötlichen Himmel, kleine schwarze Kreuze mit krächzenden Rufen. Edwin erinnerte sich nicht, in Treveris jemals so viele dieser schwarzen Vögel gesehen zu haben. Übler Laune und innerlich aufgewühlt betrat er eine ihm empfohlene Taberna. Er setzte sich zu den Gästen und bestellte Wein. Kaum stand dieser auf dem Tisch, erhob sich draußen ein Tumult, woraufhin alle ihre Getränke leerten und hinausstürzten. Der Krawall entsprang einer Menschenschlange, deren Teilnehmer in unterschiedlichen Dialekten herumschrien. Während Edwin zur Spitze des Zuges drängte, den römische Soldaten bildeten, vernahm er Verwünschungen gegen Gratian und Hochrufe auf Maximus. Immer mehr Schaulustige sammelten sich am Straßenrand. Dies hier war alles andere als ein Festzug, wie er heute in Treveris stattfinden sollte, dachte Edwin schockiert. Schließlich erreichten die Menschen das Hügelplateau, über dem ein Rabenschwarm kreiste. Da reckte ein stämmiger Soldat eine Lanze empor, kein *Spiculum*, sondern die mächtige *Hasta* der Berittenen. Auf ihrer langen Spitze befand sich etwas, das aussah wie eine behaarte Frucht. Als Edwin das Ungeheuerliche erkannte, das Schlimmste, was er jemals gesehen hatte, erfasste ihn ein Grauen. Am Ende des Wurfspießes befand sich Gratians Haupt. Als der Dornberger sich zu einem neuerlichen Blick auf das Unvorstellbare zwang, musste er gegen ein Würgen ankämpfen und war damit nicht allein. Es erschien Edwin unbegreiflich, dass diesem römischen Auserwählten, dem schon aufgrund seiner Geburt alles zugefallen war, eine solche Schmach widerfuhr. Die eigenen Soldaten schändeten ihren Kaiser in aller Öffentlichkeit. Den Kopf vom Körper zu trennen, galt als ewiger Fluch, die größte Demütigung, die man einem Feind zufügen konnte.

Edwin empfand aufrichtiges Mitleid und war gleichzeitig entrüstet. Diesen Tod hatte Gratian nicht verdient. Noch dazu musste diese Schandtat mit dem Einverständnis der römischen Heerführer erfolgt sein. Ein beispielloser Vorgang. Dafür gab es nur eine Erklärung: Der Hass auf den jungen Kaiser musste unvorstellbar groß gewesen sein.

Immer mehr Menschen drängten auf den Hügel, um sich anzuschließen. Schließlich strömte der Umzug in eines der Amphitheater und folgte in der Arena längere Zeit dem emporgereckten Spieß. Wenn Gratians Kopf nahte, schrien die Umstehenden wie von Sinnen auf, spuckten oder klatschten, andere übergaben sich. Edwin war wütend, dass man sogar Kinder in dieser Hölle beließ. Als sich der Zug hinaus und bergab bewegte, suchte er die Herberge auf. Bald würde die gesamte Stadt einem Hexenkessel gleichen. An Verhandlungen war nicht mehr zu denken. Proxius musste das verstehen. Edwin erinnerte sich, wie oft man Gratian in Treveris vergeblich erwartet hatte. Jetzt würde Magnus Maximus an die Mosella ziehen und die Residenz einnehmen. Der hiesige Aufruhr konnte sich dort fortsetzen. Ada schwebte in Gefahr, denn gewiss würde man den Konsular und dessen Haus nicht verschonen. Vielleicht waren sogar Fabalas Winzerhof und das Haus in der Via Colonia bedroht oder die Villa Armitari sowie das Gestüt.

Edwin brach unverzüglich auf und trieb sein Pferd an. Trotzdem verging eine Woche, bis er die Kaiserstadt erreichte. Als erstes besuchte er das Haus des Präfekten, aber die Wachen wiesen ihn ab. Im Winzerhof erfuhr er, was sich zugetragen hatte. Über Gratian gab es zahllose Gerüchte, von denen keines so ungeheuerlich war wie die Wahrheit. Die entsetzte Fabala schlug vor, das Domus des Konsulars gemeinsam aufzusuchen. Wie erhofft, wurde Edwin aufgrund ihrer Freundschaft mit Ada vorgelassen. Ein Soldat führte ihn in das ebenfalls bewachte Atrium. Von dort brachte ihn ein Diener in einen Empfangsraum. Kurz darauf erschien Ada, gefolgt von Konsular Ausonius. Der Präfekt wirkte krank und um Jahre gealtert. Ada zitterte so stark, dass Edwin sie am liebsten in die Arme genommen hätte. Obwohl der Konsular ihn drängte, wahrheitsgemäß zu berichten, ging Edwins Schilderung über seine Kräfte. Am Ende wankte er, gestützt auf seinen Diener, hinaus, während die wachsbleiche Ada in lautes Weinen ausbrach.

Nach geraumer Zeit brachte sie hervor:»Wie konnte Gott dies zulassen?«

»Gott hat damit nichts zu tun. Seine eigenen Soldaten haben ihn gemeuchelt. Welche Schande. Er war noch so jung.« Ada nickte.»Magnus Maximus wird bestimmt in einigen Wochen hier eintreffen. Gut, dass der Konsular dann auf dem Weg nach Burdigala sein wird. Er rechnet nicht mit großen Kampfhandlungen, da Gratians Heer bereits übergelaufen ist.«

»Du kannst selbstverständlich bei meiner Schwester wohnen«, sagte Edwin und rechnete mit Adas Erleichterung über seinen Vorschlag.

»Danke, das wird nicht nötig sein. Ich habe Fabala bereits angedeutet, dass ich den Konsular begleiten werde. Er hat mir dies vorgeschlagen. Sonst hätte ich nicht gewusst, was aus mir werden soll.«

Edwin reagierte fassungslos.

»Aber das ist unmöglich! Eine so lange Reise in dieser unsicheren Zeit ist viel zu gefährlich. Außerdem: Was willst du im Süden, so weit weg von deiner Heimat und von uns allen?«

Ada wirkte gefasst, als sie antwortete:»Meine Eltern werden Verständnis haben, wenn ich nicht nach Dornberg zurückkehre, und Fabala hat wahrlich andere Sorgen.«

Zorn über Adas Ablehnung stieg in Edwin auf.

»Willst du sein wie diese Römer, die jetzt das Land verlassen, um sich in Sicherheit zu bringen? Du bist keine von ihnen und wirst unglücklich werden. Du gehörst hierher.«

»Das ist nicht wahr! Niemand braucht mich hier. Das habe ich oft genug feststellen können.«

»Ich brauche dich, Ada!«, stieß Edwin hervor und erkannte jählings die Wahrheit in seinen Worten, obwohl er sie zum ersten Mal ausgesprochen hatte.

Ada blieb still. Als er auf sie zutrat, wich sie zurück.

»So glaube mir doch! In Lugdunum ist mir klargeworden, wie wichtig du für mich bist. Vor allem aus Sorge um dein Wohl bin ich so schnell zurückgeritten. Nun willst du unser Land verlassen.«

Ada rang sichtlich um Fassung, bevor sie mit belegter Stimme antwortete:»Danke, Edwin. Lange habe ich auf solche Worte gewartet. Aber mein Entschluss steht fest. Ich werde den Konsular nach Burdigala begleiten.«

Sie verließ den Raum wie eine Flüchtende. Edwin wollte ihr folgen, doch da stand schon Ausonius' Diener bereit und bedankte sich im Namen seines Herrn mit einer wertvollen Münze. Er begleitete den Dornberger zum Ausgang, wo ihn ein Wachposten in Empfang nahm und zur Grundstückspforte brachte.

Erst jetzt spürte Edwin seine bleierne Müdigkeit, dazu die brennende Enttäuschung über Adas Verhalten. Er musste sich zwingen, die Villa Armitari aufzusuchen, um Proxius und Julia zu berichten.

Dort fühlte sich der entsetzte Magistrat in seiner Entscheidung bestätigt. Da die Verhandlungen in Lugdunum gescheitert waren, wollte er Pferde und Gelände notfalls unter Wert an die rivalisierenden Gestüte in Treveris verkaufen.

Nach Tagen intensiven Nachdenkens ergriff Edwin trotz der unsicheren Lage die Gelegenheit, einen kleinen Teil des Gestüts zu erwerben. Proxius gewährte ihm Kredit. Darüber hinaus sagte er den Armitaris zu, sich um das Gestüt zu kümmern, bis ein Notar die anstehenden Verkäufe abgewickelt hatte. Zu Edwins Erstaunen war Julia ungeachtet der Situation schöner denn je. Sie strahlte von innen. Die baldige Rückkehr nach Italien schien sie glücklich zu machen.

In der Folgezeit hatte Edwin viel zu tun. Das half ihm, den Schmerz um Ada zu verdrängen. Sie hatte sich für das Römertum und Konsular Ausonius entschieden, dessen Abreise Edwin als eine Flucht aus der politischen Verantwortung erschien.

Unterdessen war die Gräueltat von Lugdunum bekannt geworden. Aber die Menschen sprachen nicht gerne über ihren toten Kaiser. Es war, als wollten sie nicht an dessen Schändung erinnert werden. Sie machten sich lieber Mut auf die Zukunft unter dem gefeierten Magnus Maximus. Je mehr Zeit sich dieser auf dem Weg nach Treveris ließ, umso erwartungsvoller sah man ihm dort entgegen. Während die Entscheidungsträger die Stadt verließen, hofften viele Bürger auf die Rückkehr der alten Religionen.

Edwins Vertrauen in den guten Lauf der Dinge war erschüttert. Seit Lugdunum gehörte er zu den Zweiflern. Alles konnte geschehen, selbst den Lieblingen der Götter.

In Pinas Haus

Nach Edwins Besuch lief Ada weinend in ihr Zimmer und warf sich aufs Bett. Schließlich glitt sie in einen dumpfen Schlaf. Als sie erwachte, stand die Sonne im Westen und Gratians Verhängnis kehrte in ihre Vorstellung zurück. Sie sah den Hügel, hörte das Geschrei der Raben und das Gejohle der Meute. Als ihr die Lanze an der Spitze des Höllenzuges erscheinen wollte, hielt sie den Atem an und blickte mit flackernden Augen im Zimmer umher, um das Abscheuliche abzuwehren.

Das Wenige, was sie in der Kutsche mit sich nehmen wollte, lag auf einem Sessel bereit und erinnerte daran, dass ihre Zeit in Treveris zu Ende ging. Hier war sie mit Bissula unter der Obhut des Konsulars erwachsen geworden und glücklich gewesen. Bestimmt hatten sich die Zukunftswünsche der Freundin erfüllt. Jetzt würde sie selbst dem Konsular folgen, ähnlich einer gehorsamen Tochter.

Erschöpft dachte Ada daran, wie sehr sie Edwins Verhalten in der Vergangenheit enttäuscht hatte. Ihr Zusammentreffen an der Sironaquelle lag fast zwei Jahre zurück. Wahrscheinlich war die kleine Bronzestatuette seine nicht eingestandene Entschuldigung. Die Unterredung in Edwins Garten auf der anderen Flussseite hatte zu nichts geführt und sie bestärkt, den Neubeginn in Burdigala zu wagen. Das heutige Bekenntnis seiner Zuneigung kam zu spät und war seinem Erlebnis in Lugdunum geschuldet. Im Spätherbst würde Magnus Maximus die Kaiserstadt für sich beanspruchen. Die Reise ans Atlantische Meer war die notwendige Flucht vor einer unwägbar gewordenen Zukunft.

Ein Klopfen riss Ada aus ihren Gedanken. Hilarius stand vor der Tür, das graue Gesicht von Müdigkeit gezeichnet.

»Der Konsular bittet dich zu sich. Du findest ihn in seiner Bibliothek.«

Er saß in seinem ausladenden Lesesessel, versorgt mit einer Decke und einem Fußschemel. Auf dem Beistelltisch standen ein Zinnkrug und das kostbare Netzglas aus Colonia.

»Sein geliebter Roter von der Garumna«, dachte Ada und machte unwillkürlich einen Knicks.

Der Konsular wies auf den Besucherstuhl und zog an einer Klingelschnur. Gleich darauf bat er Hilarius um ein weiteres Glas und zitierte danach einen etruskischen Trinkspruch: »Heute trinken wir Wein. Morgen kann alles zu Ende sein.«

Ein trauriges Lächeln umspielte seinen Mund, als er sagte: »Mit diesem Roten redet es sich leichter.«

Er blickte sich um. »All dies muss zurückbleiben, Ada. Darum dieser gemeinsame Augenblick, bevor unsere geschützte Welt in Scherben fällt.«

Ada nahm Platz und musste ebenfalls lächeln, als sie den zweiten Reim in Folge hörte.

Hilarius brachte ihr ein Glas und schenkte ein. Das satte Rot funkelte und würde sie bald von innen wärmen. Sie erhob das Glas mit zitternder Hand und sagte tröstend:

»Wir behalten unsere Erinnerungen im Herzen, lieber Konsular. Wer könnte sie uns nehmen?«

Ausonius schaute sie prüfend an: »Du hast wieder geweint, Ada. Ab heute müssen wir mit dem Wissen um das Ungeheuerliche leben.«

Sie konnte nichts erwidern und wich seinem Blick aus, um die erneut aufsteigenden Tränen zu vermeiden.

Schließlich fragte er: »Was hatte dieser Edwin mit dir zu besprechen? Sicher handelte es sich um die bevorstehende Reise.«

»Ach, ich glaube ...«

»Wollte er, dass du hierbleibst?«, unterbrach sie der Konsular und fragte, während Ada auf der Suche nach den richtigen Worten die Handflächen gegeneinanderpresste, mit eindringlicher Stimme weiter:

»Was ist der wichtigste Grund, weshalb du Treveris verlassen möchtest? Oder willst du mir keine Absage erteilen? Du solltest aufrichtig sein.«

»Ach, verehrter Konsular, eine klare Antwort hierauf fällt nicht leicht. So vieles ist mit dieser Entscheidung verbunden. Dabei weiß ich: Die Zukunft ist überall ungewiss.«

»Das ist das Wesen der Zukunft, liebe Ada. Ich musste erfahren, dass der unbefugte Blick dorthin keine Erlösung bringt. Im Gegenteil. Wir müssen unseren Weg meistern. Vielleicht hat ihn der große Eine für uns bestimmt und wir werden geführt, um Erfahrungen zu machen. Du solltest deiner inneren Stimme folgen. Ich bin alt und unter Maximus ein gefährdeter Mann. Hilarius wird nun doch mit mir reisen, ebenso der junge Mosaikgestalter aus deinem Dorf. Der neue Meister sollte sich einige Zeit in der Welt umsehen.«

Ada staunte. »Selbstverständlich freue ich mich für Baard. Für mich ist die Vorstellung, Treveris zu verlassen, nicht einfach. Die Villa Sabina war mir eine zweite Heimat. Wo sollte danach mein Platz sein? Meiner Freundin Fabala möchte ich in diesen unsicheren Zeiten nicht zur Last fallen.«

»Ich wüsste möglicherweise einen Ort für dich, Ada. Seltsam, dass er mir nicht früher eingefallen ist. Das ändert nichts daran, dass ich dich gerne mit mir nehmen würde. Mein Angebot gilt nach wie vor.«

»Wo könnte dieser Ort denn sein?«, fragte Ada verwundert.

»In Pinas Haus natürlich. Es gehört mir noch und steht seit Professor Aurifers Abreise leer. Das Grundstück ist von einer Mauer umfriedet. Für Pina hatte ich das Häuschen mit einer Heizung ausstatten lassen. Einem Burschen wie diesem Edwin dürfte es nicht schwerfallen, dir Brennholz zu besorgen. Der Kräutergarten wird dich begeistern.«

Ada lächelte. Die Worte des Konsulars gefielen ihr.

»Du erhältst eine kleine Aussteuer und hättest deinen Hausstand«, fuhr er fort. »Bleibe, solange du möchtest. Du bist mir nichts schuldig. Im Gegenteil habe ich dir zu danken. Du warst Bissula stets eine liebevolle Gesellschafterin und danach hat mir deine Gegenwart in schwerer Zeit wohlgetan. Du bist klug und tüchtig. Deine heimische Kräuterkunde wird gerne genutzt. Überlege dir meinen Vorschlag, Ada, ich reise bald. Wenn du dich später anders entscheiden möchtest, wärest du in Burdigala jederzeit willkommen. Ich hinterlege das Reisegeld bei meinem Bankier.«

Ada, die mit dieser Wendung nicht gerechnet hatte, brachte ihren Dank zum Ausdruck, den der Konsular gerührt abwehrte. Erst einmal war sie froh. Die neue Option schob die Entscheidung hinaus.

Am nächsten Tag ging Ada entlang des Altbachs zu Pinas ehemaligem Refugium. Der Konsular hatte ihr die Schlüssel überlassen, damit sie alles ungestört in Augenschein nehmen konnte. So öffnete sie an diesem Septembernachmittag die schmale Mauerpforte. Der Obstgarten duftete nach reifen Pflaumen und Äpfeln. Einige Früchte lagen bereits auf der Erde, umschwärmt von Wespen. Pinas Beete standen in wucherndem Grün, Bienen und Schmetterlinge gaukelten über letzte Blüten. An einem Gitter rankte eine noch blühende Alraune, die bald rote Früchte tragen würde. Ihre Wurzel wurde als Erdmännlein bezeichnet, weil sie an kleine Menschenkörper erinnerte. Ada wusste, dass die giftige Alraune als Zauberpflanze und in der Heilkunst benutzt wurde. Mit leiser Stimme benannte sie Pinas Kräuter und kannte sie alle. Wie schön wäre es, hier einige zu ergänzen. Das Grundstück war überraschend groß und besaß einen Brunnen. Sie setzte sich auf eine Bank, das Gesicht der Sonne zugewandt, und schloss die Augen. Alle Geräusche erschienen ihr friedlich: das Summen um den verblühten Lavendel, das Gebrumm einiger Hornissen, der Klang einer fernen Frauenstimme. Dachte sie über die östliche Stadtmauer hinaus, war sie auf den Höhen ihrer alten Heimat. Hinter dem Amphitheater stiegen die Weinberge an und boten ihre Rebstöcke der von Süden und Westen einfallenden Sonne dar. Hier befand sich die Falkenlay und reifte der baldigen Ernte entgegen. Es wurde Zeit, die Tür zum Inneren des Hauses aufzuschließen. Ada öffnete die Fenster und ließ das weiche Licht ein. Sie entdeckte einen Webteppich, wenige Möbel und in einer abgeteilten Nische ein leeres Bettgestell. Ein paar Schreibutensilien erinnerten an den letzten Gast. Sicher hatte der Konsular sie zur Verfügung gestellt. Auf einer Kommode lag die Skizze einer Landschaft, darauf ein gläserner Briefbeschwerer. Einige Gegenstände gehörten der verstorbenen Pina, darunter zwei Ozeanmuscheln und ein Granitmörser. Bestimmt hatte sich die Seherin im Altbachtal wohlgefühlt. Nun schien der Raum auf Belebung zu warten.

Erfreut über alles, was sie gesehen hatte, schloss Ada kurz darauf das Refugium ab und blickte zum linken Mosellaufer. Dort verlief die Via Colonia und führte in zahlreichen Kehren hinauf nach Beda. Ada erfasste die Stelle, an der Edwins Anwesen liegen musste. Ausgerechnet er hatte in Lugdunum gesehen, wie grausam das Schicksal wüten konnte. Wenn der christliche Gott alles lenkte, warum hatte er Gratians Schande nicht verhindert? War doch das Christentum durch ihn über alle Religionen des Imperiums erhoben worden. Der Kaiser war gestorben wie ein Märtyrer, gleichzeitig erschlagen wie ein räudiger Hund.

Traurig geworden machte sich Ada auf den Weg in die Bischofskirche. Nur wenige Gläubige hatten sich an diesem sonnigen Frühherbsttag eingefunden. Zielstrebig betrat sie die dämmrige Seitenkapelle der Himmelsmutter Maria. Ein Öllämpchen warf sein Licht auf eine Vase mit Astern. Im Gesicht der stillen Königin schien ein Lächeln angedeutet. In ihren Händen war der mächtige Gottessohn ein Kind, das mütterlich beschützt wurde. Ada dachte an Gratian und neue Tränen flossen. Inständig bat sie Maria darum, dass der junge Kaiser trotz seiner Schändung in das Reich Gottes eingehen durfte. Gerade er hatte seinem

Glauben unschätzbare Dienste erwiesen. Hier vor der großen Mutter wurde das Irdische klein. Getröstet verließ Ada das wuchtige Gotteshaus und erreichte bald darauf die Villa Sabina, wo sie den Konsular um ein Gespräch bitten ließ.

»Lass mich raten«, meinte dieser mit einem wissenden Blick. »Du wirst hierbleiben. Einerseits habe ich dies befürchtet, andererseits darauf gehofft. Oder täusche ich mich?«

»Ihr habt recht, verehrter Konsular. Nach der Besichtigung von Pinas Haus und dem sich anschließenden Besuch der Bischofskirche erscheint es mir richtig, in Treveris zu bleiben. Ich gehöre hierher. Verzeiht mir bitte.«

»Aber Kind, was hätte ich dir zu verzeihen?«, antwortete Ausonius und Ada sah, dass er seine Rührung nicht verbergen konnte.

Der Abschied fiel schwer. Gut zu wissen, dass sie dem Konsular folgen konnte. Als er die Kutsche bestieg, war es Ada, als habe er ihr zum letzten Mal die Hand gereicht.

Kurze Zeit danach bezog sie Pinas Haus. Der Konsular hatte ihr viele nützliche Dinge für den eigenen Hausstand überlassen. Als Fabala erfuhr, dass die Freundin in ihrer Nähe bleiben würde, brachte sie von ihrem besten Wein. Ein überraschendes Geschenk erhielt Ada von Edwin, einen goldbraunen Wolfsspitzwelpen aus Dornberg. Lachend meinte er: »Auf jeden Fall brauchst du hier einen männlichen Schutz.«

Der kleine Hund erinnerte Ada an Kira und gewann umgehend ihr Herz. Sie würde nicht einsam sein.

Epilog

An der Porta Media warf Ausonius einen letzten Blick auf die Kaiserstadt, um sich danach erschöpft zurückzulehnen. Weder seine Reisekleidung noch die Kutsche verrieten seinen hohen Status. Das Gefährt passierte die Handwerksbetriebe, danach die südlichen Gräberfelder und setzte anschließend den langen Weg nach Burdigala fort.

Vor fünfzehn Jahren war er nach Valentinians Alamannenfeldzug in einer wesentlich nobleren Kutsche vom Rhenus über das neblige Navabergland an die Mosella gereist, um in Noviomagus ein Schiff nach Treveris zu besteigen, eine gute Einstimmung auf die Jahre in der Residenz. Das Flusstal hatte seine Poesie beflügelt und erschien ihm nach der kriegerischen Zeit in den Diensten des Altkaisers als eine paradiesische Landschaft.

Ausonius gewöhnte sich nur schwer an das ständige Rattern und Schütteln, obwohl ihn der treue Hilarius während der langen Fahrt so gut wie möglich versorgte. Seinen treverischen Immobilienbesitz hatte der Konsular einem Verwalter übergeben. Um den Verkauf würde sich sein Sohn Hesperius kümmern, ausgenommen das Haus im Altbachtal.

Die Trauer um den Kaiser und der Abschied von Treveris machten Ausonius zu schaffen, auch das Verhalten der Bürger, die Gratians Andenken nicht schnell genug tilgen konnten. Sie zerschlugen kaiserliche Statuen und Büsten und warfen die Trümmer auf Schuttplätze oder in den Fluss. Besonders in den Nächten setzte Ausonius die Sorge zu, Gratians würde keine ehrenvolle Bestattung erhalten. Dabei war die vorher allgegenwärtige Sorge um ihn vorüber. Er musste ihn loslassen.

Gut zu wissen, dass Ada in Pinas Haus geborgen war. Sie wollte ihren Weg in Treveris suchen.

Dem Kutscher war die Vermeidung riskanter Straßen gelungen, bis auf einen Zwischenfall. Ein Militärposten des Usurpators wäre um ein Haar zum Verhängnis geworden. Hilarius rettete die Situation, indem er versicherte, dass sein Herr ein erkrankter Wissenschaftler sei, welcher sich nach einem Lehrauftrag auf der Rückreise befand. Eine Goldmünze sowie die Bemerkung, in der Residenz freue man sich auf Magnus Maximus, trugen maßgeblich zur Weiterreise bei.

Der Zwischenfall beschäftigte Ausonius. War es nicht ein Scheitern, am Ende eines großartigen Aufstiegs auf solche Art zurückzukehren? Während die Kutsche Handelsstraßen, Pflaster- und Hohlwege passierte, verglich der Konsular die Niederlagen und Siege seines Lebens. Als nach Lugdunum die Gefahr einer Entdeckung vorüber war, atmeten Ausonius und Hilarius auf, zumal man in den Herbergen glaubte, der Usurpator werde zuerst nach Rom ziehen.

Derweil die Leugensteine bezeugten, dass die Kutsche sich unaufhörlich nach Südwesten bewegte, zogen Siedlungen und Wasserläufe, Felder und Weiden vorbei. Schließlich begann der Konsular, vom Ozean und den Rebenhängen seiner Heimat zu träumen.

Oft saß Hilarius neben dem Kutscher und schien die Fahrt zu genießen, während der milde Oktober ein Leuchten auf die Landschaft legte.

Der junge Baard reiste in einem Maultierkarren hinterher und führte das sorgfältig in Teile zerlegte Sirona-Mosaik mit sich. Der Konsular wollte den neuen Meister ermuntern, die Mosaizisten in Rom oder Griechenland zu besuchen. Allerdings gab es zuvor einiges in Burdigala zu tun. Vielleicht wohnte Ada noch in Pinas Haus, wenn der dann welterfahrene Baard zurückkehrte. Bei diesem Gedanken lächelte Ausonius in sich hinein.

Bedauerlicherweise waren Lesen und Schreiben während der Fahrt nicht möglich. So blickte Ausonius hinaus und dachte an Heraklits *panta rhei,* wenn die Landschaft ihn ermüdete. Glitt er in Wachträume, zog hinter seinen geschlossenen Lidern die Zeit in Treveris vorüber. Sie hatte ihm einen fulminanten Höhenflug beschert. Selbst im Traum spürte Ausonius den Schmerz um Gratian. Sein Tod erschien ihm als das Ende einer geordneten Zeit. Hoffentlich blieb die großartige Stadt an der Mosella von Unheil verschont.

Pina hatte nicht nur der Frevel an ihrer Sehergabe bedrückt, sondern auch das Wissen um Gratians Schicksal. Wie kühl war er über ihren Kummer hinweggegangen und über Bissulas Wunsch nach Anerkennung durch die Ehe.

Neben diesen bitteren Erkenntnissen tauchten die hellen Zeiten auf. An Bissula zu denken, wurde ihm zur Freude, war sie seinem Herzen doch nahe gewesen.

An einem von Herbstsonne übergossenen Nachmittag träumte der Konsular in der monoton dahinfahrenden Kutsche von seinem Weingut und erblickte das Mosaik der keltischen Göttin. Geradezu lebendig erschien sie ihm vor dem Hintergrund fruchtbarer Weinberge, nicht diejenigen der Garumna, sondern die malerischen Steillagen der Mosella. Sirona trug ein Körbchen mit Rosen und reichte ihm daraus eine der himmlisch duftenden Blüten. In dem reinen, zugleich wissenden Lächeln der Göttin erkannte Ausonius Bissula und Constantia, Julia und Ada.

Beglückt nahm er die Rose entgegen und fühlte, wie alles Dunkle einer tiefen Dankbarkeit wich.

Cladem, non satiata, vincere velit Venus cordibus vestris.

Besiegen, nicht befriedigen,
will Venus die Herzen.

Decimus Magnus Ausonius

GLOSSAR

Actium: Schlacht bei Actium 31 v. Chr. vor der griechischen Westküste; beendete die Römische Republik; Octavian, der spätere Kaiser Augustus, siegte über Marcus Antonius und Kleopatra.

Alamannen: westgermanischer Volksstamm.

Alamannisches Meer: Bodensee; von den Römern Lacus Brigantinus genannt.

Albus: heute Elbling, eine säurebetonte Rebsorte; bereits von den Römern im Moselgebiet angebaut (albus = weiß)

Alexandria: in der Antike die wichtigste Stadt nach Rom; Zentrum von Handel, Wissenschaft und Bildung; berühmter Leuchtturm (Pharos) und bedeutende Bibliothek.

Ambrosius von Mediolanum: 337 Trier bis 397 Mailand; römischer Politiker, später Bischof; bedeutender Kirchenlehrer.

AMO TE: Ich liebe dich.

Amphitheater: Rundtheater der Antike ohne geschlossenes Dach; evtl. mit Sonnensegel (Velum).

Anderswelt: Jenseitsbezeichnung in der keltischen Mythologie.

ANIMA FELIX VIVAS: Lebe mit glücklicher Seele. Hier die Inschrift einer Glasflasche. Eine solche wurde 1822 im toskanischen Populonia gefunden. Die Populonia-Flasche (Original im Corning Museum of Glass in New York) gilt als Meisterstück antiker Glaskunst aus dem 3. bis 4. Jh. n. Chr.

Anima mundi: Weltseele; nach Platon ist der Einzelne durch seine Seele mit dieser Seele des Universums verbunden.

Apicius: hier der Feinschmecker Marcus Gavius Apicius, etwa 25 vor bis 40 nach Chr.; Verfasser des ältesten römischen Kochbuchs; Seneca nannte ihn einen Verschwender.

Apollo: auch Apollon (griechisch) oder Apoll (deutsch); olympischer Gott des Lichtes, des Frühlings, der sittlichen Reinheit und Vernunft, Gott der Heilung, Weissagung und Künste, Anführer der Musen; Sohn von Zeus und Leto.

Apollo Grannus: gallisch Apollo Grannos; keltischer Heilgott und Partner der keltischen Heilgöttin Sirona.

Apuleius: 123 bis 170; Schriftsteller, Redner und Philosoph; Hauptwerk »Der goldene Esel« mit der Erzählung »Amor und Psyche«.

Aquileia: deutsch Aquileja, Kleinstadt in der ital. Provinz Udine; im römischen Reich von hoher Bedeutung; frühe Bischofsstadt und Endpunkt der antiken Bernsteinstraße.

Arar: der Arar; römischer Name der Saône.

Arborius: Aemilius Magnus Arborius, ca. 270 in Aquitanien, verst. nach 330 in Konstantinopel; Bruder von Ausonius' Mutter; Rhetor und Anwalt, Betreiber einer Grammatikschule; ab 329 Erzieher eines Kaisersohnes in Konstantinopel.

Argentovaria: römische Militäranlage und Zivilsiedlung zwischen Straßburg und Basel.

Arelate: das antike Arles.

Arianer: Anhänger der christlichen Lehre des Arianismus, nach ihrem Vertreter Arius (260 bis 336) benannt; betrachtet das trinitarische Dogma der Dreifaltigkeit Gottes als Irrlehre und Jesus nicht als gottgleich.

Asklepios: auch Äskulap, bedeutet »herausgeschnitten«; griechischer Gott der Heilkunst; er wurde aus dem Mutterleib geschnitten.

Atrium: rechteckiger Raum im Zentrum des Hauses; Licht erhielt er über ein offenes Oberlicht im Dach (Compluvium), darunter befand sich ein Wasserbecken (Impluvium).

Augustus: lateinisch »der Erhabene«; Ehrentitel der römischen Kaiser von 27 v. Chr. (erstmals Octavian) bis zum 7. Jh. n. Chr.; »Augusta« war die weibliche Ehrenbezeichnung für Ehefrauen und nahe Verwandte des Kaisers.

Augustustherme: im Roman der Name für die Barbarathermen in Trier; die zweitgrößte Anlage im Römerreich nach den Caracalla-Thermen in Rom; 172 x 240 m, erbaut ca. 150 bis 200 n. Chr.; Versorgung durch die Ruwerwasserleitung.

Aula Palatina: Konstantinbasilika; erbaut 310 n. Chr.; Palastaula und Audienzhalle der römischen Kaiser im 4. Jh.; heute ist die Kaiseraula die »Ev. Kirche zum Erlöser«; 67 m lang, 27,5 m breit, 33 m hoch; UNESCO-Welterbe Trier.

Aureus: Mz. Aurei; Goldmünze (8,19 g) mit hohem Feingehalt; 27 v. Chr. bis zu Beginn des 4. Jh.; durch den Solidus ersetzt.

Ausonius: Decimus Magnus Ausonius, 310 bis ca. 394; Dichter und Universalgelehrter der römischen Spätantike; unterrichtete in seiner Heimatstadt Bordeaux Rhetorik und Grammatik; Christ ohne Berührungsängste mit den Altreligionen; um 368 von Kaiser Valentinian I. an den Kaiserhof zu Trier berufen als Erzieher des Kronprinzen Gratian; startet eine politische Karriere; Konsulwürde in 379; sein literarisches Werk gilt als Zeitspiegel; sein Kleinepos *Mosella* ist von hoher regionalgeschichtlicher Bedeutung; nach Gratians Tod in 383 widmet sich Ausonius auf seinem Weingut bei Bordeaux weiterhin der Literatur (siehe Verzeichnis »Wichtige Werke«).

Azurit: Kupfererz; früher Bergblau genannt; zur Römerzeit auch im saarländischen Wallerfangen (Blaulochgrube) abgebaut; zu Ägyptisch-Blau verarbeitet, u.a. als Azuritpuder zur Betonung der Augen.

Baiae: antikes Heilbad und Erholungsort am Golf von Neapel; heutiger Nachfolgeort ist Baia, ein Teil der Stadt Bacoli.

Beda: das heutige Bitburg.

Belgica Prima: römische Provinz mit Hauptstadt Trier; 297 n. Chr. gegründet und im 5. Jh. unter fränkischer Herrschaft aufgelöst; umfasste u.a. das Mosel- und Nahegebiet bis zum Rhein, in dem die keltischen Treverer lebten.

Belginum: heute ein Archäologie- und Freilichtmuseum bei Wederath an der Hunsrückhöhenstraße; thematisiert die römische Siedlung »Vicus Belginum« an der Straße von Trier nach Bingen, die heutige »Ausoniusstraße«.

Bertriacum: keltischer Name für Bad Bertrich in der Eifel; bereits seit römischer Zeit eine Glaubersalztherme.

Bilch: gehört zur Unterfamilie der Siebenschläfer.

Bingium: römischer Name der Stadt Bingen am Rhein.

Bissula-Verse: Ausonius' Liebeslyrik über das Schwabenmädchen Bissula; es existieren verschiedene Übersetzungen; einige Verse (hrsg. 1824 von F. Lindemann) finden sich im Romantext.

Britto: Bischof von Trier, bezeugt ab 374 bis zu seinem Tod um 386; in 382 gallischer Repräsentant an der Synode von Rom unter Papst Damasus I.

Burdigala: römischer Name der Stadt Bordeaux.

Carceres: Startanlage vor der Rennbahn.

Cardo maximus: städtische Nord-Süd-Verbindung; in Trier vom Nordtor (heute Porta Nigra) zum Forum und weiter zur südlichen Porta Media.

Carpe diem: »Nutze den Tag«.

Castrum: auch Kastell; römisches Militärlager.

Cicero: Marcus Tullius Cicero; 106 bis 43 v. Chr.; berühmtester Redner Roms; Konsul, Anwalt, Schriftsteller und Philosoph.

Codices: Ez. Codex; die neue Buchform der Spätantike löste die Schriftrollen ab; ein von zwei Holzbrettchen umgebener Block gehefteter oder gefalteter Papyrus- oder Pergamentblätter.

Cohortes urbanae: städtische Sicherheitspolizei.

Colonia: kurz für Colonia Claudia Ara Agrippinensium, römischer Name für Köln.

Comes: römischer Amtstitel.

Constantia: ca. 361 bis Anfang 383; Enkeltochter von Alleinherrscher Konstantin I. (der Große) und Tochter des Ostkaisers Constantius II. (ein Sohn Konstantins); Eheschließung mit Gratian in 374; ihr Leichnam wurde nach Konstantinopolis überführt und am 1.12.383 beigesetzt.

Contionacum: das römische Konz.

Cruciniacum: das römische Bad Kreuznach

Cuculla: auch Kukulle, Kapuzenmantel aus dunklem Wollstoff oder Leder; von Legionären als Wetterschutz getragen.

Cunctos populos: (an alle Völker) hier Dreikaiseredikt; wurde am 28. Februar 380 von den römischen Kaisern Gratian, Theodosius und Valentinian II. in Thessaloniki verabschiedet; beendete die Religionsfreiheit und machte den Glauben an die Dreieinigkeit zur alleinigen Staatsreligion.

Cupido cruciatus: Ausonius-Gedicht über ein Wandgemälde in einem Trierer Wohnhaus; das Bild zeigte die Bestrafung des in der Unterwelt gefesselten Liebesgottes Cupido durch Venus für das von ihm verursachte Liebesunglück vieler Frauen; das Gedicht vergleicht Poesie und Malerei.

Curia: lateinisch für Rat; Versammlungsort der Volksvertreter, auch des römischen Senats.

Damnatio ad bestias: Verurteilung zu den wilden Tieren; Hinrichtungsart im Römischen Reich.

Decumanus maximus: Hauptstraße Ost-West; in Treveris zwischen Mosellabrücke und Aula Palatina (40 römische Fuß breit = 12 Meter); doppelt so breit wie der Cardo maximus.

Denar: römische Münze (ab 211 v. Chr.); zunächst aus Silber, später aus Kupfer; Vorläufer des Pfennigs.

Dioskurides: Pedanios Dioskurides; griechischer Arzt im 1. Jh. n. Chr.; Militärarzt unter den Kaisern Claudius und Nero; berühmtester Pharmakologe des Altertums und Verfasser zahlreicher Schriften, darunter »De materia medica«.

Divodurum: im 4. Jh. auch »Mettis« genannt; das heutige Metz.

Domina: Herrin des römischen Hauses.

Domus: die Domus, das Haus; oft ein Atriumhaus mit Peristyl.

Dorsum canis: für »Hunderücken«; das Mittelgebirge des Hunsrücks in Rheinland-Pfalz und Saarland.

Emblema: Mz. Emblemata; feine Bildmosaike; sie werden in separaten Setzkästen angefertigt und in die großen Mosaike eingelassen.

Epikur: 341 bis 270 v. Chr., griechischer Philosoph und Entwickler der hedonistischen Lehre.

Erubris: römischer Name der Ruwer; Nebenfluss der Mosel.

Etrusci: Etrusker oder Etrurier; antikes Volk im nördlichen Mittelitalien; seine Kultur wurde nach der römischen Eroberung spätestens im 1. Jh. v. Chr. romanisiert.

Falerner: Rebsorte, rot und weiß, im antiken Italien aus dem Anbaugebiet Kampanien um Neapel; lange lagerfähig; von Dichtern gerühmt; kräftig im Geschmack von herb bis süß.

Fascia: Bandage; in der Antike auch das von römischen Frauen getragene Brustband.

Fatum: römischer Begriff für Schicksal und Fügung; Ordnungsbegriff der Weltgeschichte.

Faustianer: edelste Sorte des Falerners (siehe dort); höherer Alkoholgehalt als die meisten anderen Weine.

Forum: Marktplatz einer römischen Stadt, umgeben von öffentlichen Gebäuden.

Furor teutonicus: römischer Ausdruck des Dichters Lucanus, 39 bis 65 n. Chr., für die germanische Angriffslust.

Galenus von Pergamon: ca. 130 bis ca. 215 n. Chr., griechischer Arzt und Anatom; bedeutendster Arzt des Altertums.

Gallia Belgica: die nordöstliche der drei gallischen Provinzen; die beiden anderen waren Gallia Lugdunensis in der Mitte und Gallia Aquitania im Südwesten; Belgica umfasste den Norden und Osten Frankreichs, das westliche Belgien, die westliche Schweiz, den Jura und das Moselgebiet; Hauptstadt war Trier.

Gallien: zur Zeit der römischen Eroberung der von Kelten besiedelte Raum in Zentraleuropa

Garum: auch Liquamen genannt, Fischsauce nach unterschiedlichen Rezepturen als Salzersatz.

Garumna: lateinisch für die Garonne.

Gebück: undurchdringliche Hecke; die Stämme junger Bäume (oft Buchen) werden nach unten gebogen (gebückt) und verflochten; auch Dornengewächse; die Schutzwirkung wurde oftmals durch Gräben oder Wälle verstärkt.

Goldene Zahl: auch »Goldener Schnitt« genannt oder nach Euklid »die Zahl Phi« (orientiert sich an den Werken des griechischen Bildhauers Phidias); das harmonische Teilungsverhältnis einer Strecke oder Größe in Mathematik, Architektur und Kunst, in der Natur oder beim menschlichen Körperbau.

Gratian: Flavius Gratianus, 18.04.359 in Sirmium bis 25.08.383 in Lugdunum; nach dem Tod seines Vaters Valentinian von 375 bis 383 Hauptkaiser des Weströmischen Reiches; residierte in Trier; besiegte 378 bei Argentovaria (nahe Colmar) die Alamannen; beendete 380 die Religionsfreiheit zugunsten des Christentums; legte in 382 den Titel »Pontifex Maximus« ab und ließ den Altar der Siegesgöttin Victoria aus dem römischen Senat entfernen (wahrscheinlich unter dem Einfluss von Bischof Ambrosius); nach der Flucht vor Usurpator Magnus Maximus am 25.08.383 in Lugdunum (Lyon) von seinem Heermeister Andragathius enthauptet; das Haupt wurde zur Schau gestellt; Gratian gilt als stark beeinflusst von seinen Beratern, darunter vor allem sein Erzieher und Präfekt Ausonius sowie Bischof Ambrosius; Gratians Grablege ist ungewiss.

Hadrian: Publius Aelius Hadrianus, 76 bis 138 n. Chr.; von 117 bis 138 römischer Kaiser; in dieser Zeit herrschte weitgehend Frieden; ließ Hadrianswall in Schottland erbauen sowie Befestigungen an Rhein und Donau.

Hasta: römischer Speer, besonders die bis zu 4 m lange Lanze; im 4. Jh. nur noch bei der Kavallerie verwendet.

Hauptmünzstätte: Die 293 n. Chr. wiedereröffnete Münzstätte in Treveris war eine Hauptmünzstätte des Reiches; über 150 Jahre wurden Münzen für 40 Kaiser bzw. Usurpatoren geprägt sowie die entsprechenden Kaiserinnen und Söhne; Moneta Palatina (Gold und Silber) und Moneta Publica (Bronze).

Hispanien: die iberische Halbinsel.

Hollerbaum: nach Frau Holle; alte Bezeichnung für den Holunderstrauch.

Homo ludens: der spielende Mensch.

Horaz: Quintus Horatius Flaccus 65 bis 8 v. Chr.; bedeutender Dichter der Augusteischen Zeit; Vorbild für Humanismus und Klassizismus;»carpe diem« geht auf ihn zurück.

Horrea: Ez. Horreum; Speicherhaus, Lager.

Impluvium: Auffangbecken, oftmals kunstvoll gestaltet, in der Mitte des Atriums für das Regenwasser unter der Dachöffnung (Compluvium).

Insula: Mz. Insulae, Häuserblock in den meist rechtwinklig angelegten römischen Städten mit bis zu 6 Geschossen.

Justina: Flavia Justina Aviana, 340 bis 388 n. Chr.; von 370 bis 375 die Gemahlin Kaiser Valentinians I.; in jungen Jahren kurz mit Usurpator Magnentius verheiratet; war eine enge Freundin von Gratians Mutter Marina Severa, der ersten Gemahlin Valentinians, die er für Justina verließ; Justinas Vater sowie ihr erster Ehemann fanden den Tod unter Constantius II., Vater von Gratians Gemahlin Constantia; Justina ist die Mutter von Valentinian II., Gratians Halbbruder und minderjährigem Mitkaiser; die einflussreiche Arianerin galt als Gegenspielerin des trinitarischen Bischofs Ambrosius; ihre Tochter Galla wurde 387 die zweite Gemahlin von Kaiser Theodosius.

Kaiserthermen: großflächig geplante Badeanlage; Baubeginn Ende des 3. Jh. n. Chr., vor der Fertigstellung als Palast des Valentinian I. und als Reiterkaserne genutzt; Fundort des Polydus-Mosaiks; heutige Mauerreste bis zu 19 Meter hoch; gehört zum UNESCO-Welterbe Trier

Kiepe: Rückenkorb, meistens aus Weidenruten; mit Henkeln ein Tragekorb für zwei Personen.

Kithara: Saiteninstrument der griechischen Antike, besonders für festliche Anlässe.

Kline: Ruhe- und Speiseliege mit aufgebogenem Kopfende.

Konsul: Mz. Konsuln; jährlich zwei Konsuln vom römischen Volk gewählt, später vom Kaiser ernannt; das Konsulat war das höchste zivile und militärische Amt der Laufbahn; obwohl seine

Macht in der Kaiserzeit beschnitten war, genoss das Amt höchstes Ansehen; die Kaiser pflegten es mindestens einmal zu bekleiden; ein Jahr begann am 1. Januar und erhielt seinen Namen von den amtierenden Konsuln; ein Konsul war Träger der Toga picta (purpurne Toga mit goldenen Sternen).

Konsular: Bezeichnung für einen ehemaligen Konsul; diese gehörten weiterhin zur senatorischen Elite.

Laeta: zweite Gemahlin Kaiser Gratians; Hochzeit in den ersten Monaten des Jahres 383 n. Chr.

Langmauer: 72 km lange römerzeitliche Befestigungsmauer eines Domänenbezirkes, errichtet unter Kaiser Valentinian I. im Kreis Trier-Saarburg bei Kordel.

Lanze: jede Art von Speer; Stoßwaffe für den Nahkampf, aber auch Wurfwaffe (siehe Hasta und Spiculum).

Laren: oder Penaten; die Seelen der Vorfahren, die als Schutzgeister eines römischen Hauses fungierten; der Kult ging auf vorzeitliche Hausbestattungen zurück.

Laugona: römischer Name der Lahn.

Legion: In der Spätantike veränderte sich die Legion durch eine Heeresreform; die Anzahl wurde auf 60 erhöht, ihre Sollstärke auf etwa 1000 Soldaten reduziert.

Legionär: Ab der späten Kaiserzeit 350 bis 450 n. Chr. dienten neben römischen Legionären reichsfremde Foederati in der Armee; nach der Dienstzeit, oft früher, erhielten sie das Bürgerrecht; damalige Ausstattung: Kammhelm, Langschwert, runder oder ovaler Schild, Kettenhemd, Militärtunika, lange Hosen, geschlossene und genagelte Schuhe.

Lentienser: alamannischer (germanischer) Stamm nördlich des Bodensees.

Leuge: antikes Längenmaß; eine Leuge sind 2,22 km.

Liberta/Libertus: freigelassene Kriegsgefangene oder Sklaven.

Liktor: Mz. Liktoren, Amtsdiener mit der Funktion eines Personenschützers.

Limes: Mz. Limites, lateinisch für Schneise/Grenzweg; militärisch gesicherte Grenze des römischen Imperiums vom 1. bis 6. Jh. n. Chr., wenn natürliche Grenzen fehlten.

Lugdunum: römische Hauptstadt der Provinz Gallia Lugdunensis; das heutige Lyon.

Lukrez: Titus Lucretius Carus, ca. 99 bis 53 v. Chr.; römischer Dichter und Philosoph; sein Werk »De rerum natura« ist eine wichtige Quelle zur Philosophie Epikurs.

Lupanar: Bordell im römischen Reich.

Lutetia: Lutetia Parisiorum; antiker Name von Paris.

Magister militum: Heermeister/-führer; Oberbefehlshaber eines Verbandes des beweglichen Feldheeres.

Magnus Maximus: Flavius Magnus Maximus, um 335 bis 388; in 383 von römischen Truppen in Britannien zum Kaiser proklamiert, weil sich diese von Gratian im Stich gelassen fühlten; trifft bei Paris auf Gratian, der nach Lyon flieht und dort erschlagen wird; Ostkaiser Theodosius erkennt Maximus als Augustus des Westens neben Valentinian II. an; der christliche Maximus residiert in Trier, sichert die Rheingrenze und gilt als beliebter Herrscher; schließlich zieht er gegen Valentinian II. über die Alpen; dieser flieht zu seinem Schwager Theodosius, der Maximus 388 besiegt und hinrichten lässt; Maximus' Sohn wird ermordet; Theodosius setzt Valentinian II. erneut als Kaiser des Westens ein.

Marina Severa: verstorben vor 375, Gemahlin Kaiser Valentinians I. und Mutter Gratians; nach der Scheidung und Valentinians Eheschließung mit Justina vom Trierer Kaiserhof verwiesen.

Medicamina faciei femineae: Ovids Lehrgedicht über die Verschönerung des weiblichen Gesichts; nur in wenigen Texten erhalten; in seiner Ars Amatoria verweist er darauf.

Mediolanum: das römische Mailand.

Menetekel: Vorzeichen (Warnung) eines Unheils; aus der Bibel, als Gott König Belsazar den Untergang ankündigte.

Mercurius: römischer Götterbote, Gott der Händler und Diebe.

Merobaudes: verst. 383 oder 388, fränkischer Herkunft; von Valentinian I. in 375 zum Magister militum ernannt; an der Ausrufung von Valentinian II. zum Mitkaiser beteiligt; nachgesagt wird ihm Einfluss auf Gratian; bekleidete das Konsulat in 377 und 383 (Gratians Todesjahr); lief wahrscheinlich in 383 zu Magnus Maximus über.

Meta: Meta prima und Meta secunda: die beiden auf der Spina befestigten Wendemarken einer Rennbahn.

Mithras: römische Gottheit; mythologische Personifizierung der Sonne; nicht gleichzusetzen mit dem römischen Sonnengott Sol Invictus; der Mithraskult stammte aus Persien und kam über Kleinasien und Griechenland nach Rom; er wurde nur von Männern (vor allem Soldaten) ausgeübt.

Moretum: einfaches Gericht, vorwiegend aus Schafskäse, Olivenöl und Knoblauch.

Mosaizist: Kunsthandwerker, der Mosaike gestaltet.

Mulsum: Aperitifwein aus altem herbem Wein, dem Honig zugesetzt wurde.

Museion: Bibliothek und wissenschaftliche Forschungsstätte in Alexandria; ursprünglich eine heilige Stätte der Musen.

Nava: keltisch für Nahe, mündet bei Bingen in den Rhein.

Neapolis: Neapel.

Nikander: auch Nikandros von Kolophon, um 197 bis 133 v. Chr.; griechischer Arzt, Dichter und Grammatiker; gilt als Verfasser der ältesten Werke über Giftkunde, darunter 630 Verse über mit dem Mund aufgenommene Gifte, deren Wirkung und Gegenmittel.

Noviomagus: römischer Name für Neumagen an der Mosel.

Nymphäum: antikes Brunnenhaus, den Nymphen geweiht.

Olymp: höchstes Gebirge Griechenlands (2918 m), Kalksteinmassiv an der Ostküste; in der griechischen Mythologie der Sitz der olympischen Götter.

Olympische Spiele: in der Antike von 776 v. Chr. bis 393 n. Chr. alle vier Jahre im Heiligen Hain von Olympia im NW der Halbinsel Peloponnes; im Roman müssten die nächsten Spiele in 385 stattfinden, rechnet man von 393 zurück; ab 1894 begannen die Olympischen Spiele der Neuzeit.

Opus caementitium: Vorläufer des Betons; eine Mischung aus Steinen, Sand, gebranntem Kalkstein, Puzzolane und Wasser härtet zu einem druckfesten und wasserdichten Stein aus; kann in Formen gegossen werden; beim Bau von Wasserleitungen, des Kolosseums und des Pantheons verwandt.

Ornamenta: römische Auszeichnung, verbunden mit Privilegien und Vergünstigungen.

Ovid: Publius Ovidius Naso, 43 v. bis 17 n. Chr.; mit Horaz und Vergil einer der drei großen Poeten der Augusteischen Klassik; Liebesgedichte, Sagen und Klagelieder; Einfluss auf Mittelalter und Barock; in seinem Hauptwerk »Metamorphosen« (Verwandlungen) interpretiert er die Sagen über die Entstehung der Welt.

Panta rhei: alles fließt; dem griechischen Philosophen Heraklit (um 520 bis 460 v. Chr.) zugesprochen und steht für das ständige Werden durch Wandel.

Palaestra: ein gesandeter Trainingsplatz, z.B. für Ringer.

Palla: fußlanges römisches Übergewand der Frauen.

Pannonien: von 9 bis 433 n. Chr. römische Provinz; umfasste Teile des heutigen Ungarn, Serbien, Slowenien und Kroatien.

Parthischer Bogen: Bogen aus Holz, Sehnen und Tierhorn, für den Schuss in vollem Galopp, auch nach hinten; Schusstechnik der Parther (iranisches Volk).

Passum: süßer Trockenbeerensaft aus Kreta.

Passus: römisches Längenmaß, ein Doppelschritt von 1,48 m; im Roman der 52 Meter tiefe römische Brunnen auf dem Kloppberg in Bingen sowie die Maße der Rennbahn.

Pater familias: das männliche Familienoberhaupt (Hausherr).

Patria potestas: die väterliche Gewalt, die dem Pater familias über Personen und Sachen oblag; erst mit seinem Tod wurden Söhne und Töchter »gewaltfrei«.

Paulinus von Nola: 354 bis 431 n. Chr.; stammte aus einer römischen Senatorenfamilie; in Bordeaux von Ausonius erzogen; wandte sich früh dem Christentum zu; Schriftsteller, Statthalter, in 410 Bischof von Nola in Kampanien.

Paulus: Paulus von Tarsus; vermutlich 10 v. bis 60 n. Chr.; griechisch gebildeter Jude mit römischem Bürgerrecht; einer der ersten Theologen des Christentums; verstand sich als Apostel, obwohl er Jesus nie begegnete; bereiste den östlichen Mittelmeerraum als Missionar; seine Briefe und Schriften bilden Teile des Neues Testaments.

Pavimentarius: ein Mosaikarbeiter, der den Estrich vorbereitet.

Pecunia non olet: Geld stinkt nicht; geht zurück auf Kaiser Vespasian (9 bis 79 n. Chr.), der die Latrinensteuer einführte, weil Urin ein wertvoller Gerbstoff war.

Pergament: Beschreibstoff aus bearbeiteter Tierhaut.

Peristyl: rechteckiger Hof, oftmals mit Innengarten, umgeben von einem Säulengang.

Pfaueninsel: die Moselinsel (Pferdeinsel) vor der Trierer Innenstadt steht unter FFH-Schutz (Flora-Fauna-Habitat der EU).

Pharos: nach der Insel Pharos vor Alexandria benannter Leuchtturm; galt als siebtes Weltwunder und als höchstes Bauwerk der Welt; um 282 v. Chr. fertiggestellt.

Platon: 428 bis 348 v. Chr., griechischer Philosoph; Schüler des Sokrates, später Lehrer von Aristoteles; setzte mit seiner Ideenlehre philosophische Maßstäbe; Höhlengleichnis.

Plotinus: 205 bis 270 n. Chr., römischer Philosoph; Begründer des Neuplatonismus und einer Philosophenschule in Rom; lehrte in griechischer Sprache und genoss hohes Ansehen.

Plutarch: um 45 bis 125 n. Chr.; griechischer Schriftsteller, Geschichtsschreiber und Philosoph in der Tradition Platons; sein bekanntestes Werk sind die »Parallelbiographien«, eine Gegenüberstellung von Griechen und Römern.

Polydusmosaik: ca. 3. Jh. n. Chr.; heute im Rheinischen Landesmuseum Trier; stammt aus einem Gebäude unter den Kaiserthermen.

Pompa: lateinisch für Geleit; Festzug anlässlich von Spielen, Begräbnissen, Festtagen, Triumphen.

Pompeji: antike Stadt am Golf von Neapel; im Jahre 79 n. Chr. durch einen Ausbruch des Vesuvs untergegangen.

Pomponius Mela: ca. 15 n. Chr. in Spanien geboren; antiker Geograph und Kosmograph; seine »Chorographia« ist das älteste geographische Werk auf Latein und hochgeschätzt von Gelehrten; beschreibt darin auch Trier und den Taunus.

Pontifex Maximus: im römischen Reich der ranghöchste Priester; mit Kaiser Augustus ging der Titel an die römischen Kaiser über; Kaiser Gratian legte ihn 382 ab; ab dem 5. Jh. von den Päpsten geführt.

Porta Alba: weißes Tor (Wisport); südöstliches Stadttor zur Entlastung des Amphitheaters; im späten 4. Jh. eingefügt.

Porta Inclyta: das einschließende Tor; westliches Stadttor an der Römerbrücke, im 2. Jh. n. Chr. errichtet; prächtige Gestaltung der Außenfassade.

Porta Martis: Tor des Mars; das nördliche Stadttor, die heutige Porta Nigra.

Porta Media: oder Porta Mediana, das südliche Stadttor.

Prätoriumspräfekt: oder Prätorianerpräfekt, Praefectus: lateinisch für Statthalter; ab 312 n. Chr. Leiter der obersten Verwaltungsebene unter dem Kaiser, so Ausonius für Gallien, Britannien und Hispanien.

Priscillian: ca. 340 geboren und 385 als erster Häretiker des Christentums in Trier hingerichtet; Bischof von Avila; Mystiker und Gründer einer asketischen Bewegung, die innerhalb der Kirche auf starke Ablehnung stieß.

Pro captu lectoris habent sua fata libelli: Der Leser bestimmt das Schicksal der Bücher.

Quästor: Ende des 4. Jh. eine Art Justizminister.

Quintilianus: auch Quintilian; Marcus Fabius Quintilianus, 35 bis 96 n. Chr.; römischer Rhetoriklehrer; Plinius der Jüngere und der Satirendichter Juvenal waren seine Schüler.

Rhenus: der Rhein.

Rhetor: ein Meister der überzeugenden Redekunst; Begründer und Entwickler der Rhetorik war der griechische Gelehrte Aristoteles, 384 bis 322 v. Chr.

Rhodanus: der Rhodanus; römischer Name der Rhône.

Roma Secunda: Bezeichnung der Römer für Trier.

Rosmerta: keltische Wohlstandsgöttin mit Füllhorn; Gefährtin des Mercurius; sie wurde besonders im gallischen Nordosten verehrt.

Säckung: im römischen Reich eine gesetzliche Bestrafungsform; der Verurteilte wurde in einem Sack zusammen mit einem Tier (Schlange, Affe, Katze, Hund) ertränkt.

Sapa: Traubensirup.

Saravus: der Saravus; römische Bezeichnung für die Saar.

Schafberg: im Roman die Bezeichnung für den Petrisberg östl. der Innenstadt, bis 1823 Martinsberg; mit 265 m ein Aussichtsberg.

Secundinier: Familie von Großgrundbesitzern und Tuchfabrikanten in Augusta Treverorum/Treveris; errichtete sich im 3. Jh. ein monumentales Grabmal, die noch erhaltene Igeler Säule an der Bundesstraße 49 in der Ortsmitte von Igel.

Seneca: Lucius Annaeus Seneca, 4 v. bis 65 n. Chr.; römischer Philosoph, Dramatiker, Politiker, Naturforscher und einer der meist gelesenen Schriftsteller seiner Zeit.

Sirona: keltische Göttin der Heilung und des Nachthimmels; vorwiegend an Quellen im Mosel-Mainz-Gebiet verehrt; römische Entsprechung ist wahrscheinlich Diana; Partnerin des keltischen Heilgottes Apollo Grannus.

Sol Invictus: unbesiegter Sonnengott der römischen Mythologie; der 25. Dezember (unter Cäsar Tag der Wintersonnenwende) galt als sein Geburtstag und wurde von den Christen übernommen, um die heidnischen Feiern zu unterbinden; unter Gratian und Theodosius wurde die Verehrung von Sol illegal.

Sol-Invictus-Mosaik: 1895 in Münster-Sarmsheim an der Nahe ausgegraben (19 x 14 Meter); stammt aus dem 3. Jh. n. Chr. und schmückte den Apsidensaal einer römischen Villa rustica; zeigt auf feinstem Marmor den römischen Sonnengott Sol Invictus mit vier sich aufbäumenden Rossen; heute im LVR-LandesMuseum Bonn.

Solidus: Goldmünze, ersetzte 309 n. Chr. den Aureus; von Konstantin dem Großen eingeführt; war bis zum 12. Jh. die für Europa maßgebliche Währung.

Spiculum: Wurfspeer der Spätantike; angeblich germanischen Ursprungs; ersetzte ab ca. 250 n. Chr. das Pilum; Länge 1,80 m; als Stoßlanze und Wurfspeer einsetzbar.

Succinum: auch Electrum oder Honigstein; römische Bezeichnungen für Bernstein; die Germanen nannten ihn Glesum.

Surrentiner: Surrentino; Weißwein vom Vesuv/Kampanien; gelobt von Plinius, Horaz und Vergil.

Taberna: Mz. Tabernae; im antiken Rom die Bezeichnung für Gasthäuser, Schankstuben und Läden.

Tablinum: Repräsentations- und Empfangsraum mit Gartensicht und Büsten der Vorfahren; durch Holzelemente oder Vorhänge vom Atrium getrennt.

Tacitus: Publius Cornelius Tacitus, um 56 bis 120 n. Chr.; römischer Historiker, Rhetor, Senator und Konsul; schrieb u. a.»De origine et situ Germanorum« (Land und Ursprung der Germanen, kurz»Germania«)

Tanach: Tenach; jüdische Bibel (entspricht dem Alten Testament), enthält u.a. die Tora und die Bücher Mose.

Taranis: der Donnerer; keltischer Gott des Himmels und des Wetters; stand an der Spitze des keltischen Götterhimmels.

Taubenpost: älteste Flugpost; schon von Cäsar gern genutzt; im 4. Jh. ausgebaut; zeitweise waren 5000 Brieftauben im Einsatz für militärische, politische und wirtschaftliche Zwecke.

Tessellarius: Mosaikleger (Mehrzahl: Tessellarii).

Tessera: Mz. Tesserae; Bezeichnung für die kleinen Mosaiksteine aus Keramik, Stein, Glas u. ä.

Theodosius der Große: 347 Cauca in Spanien bis 395 in Mediolanum; 379 bis 394 Ostkaiser des Römischen Reiches und während seiner letzten Monate Herrscher des Gesamtreiches; siedelte viele Goten unter eigenen Herrschern an; wie Gratian maßgebend für die Durchsetzung des Christentums.

Thomasevangelium: theologische Sammlung von 114 Jesusworten, Szenen und Dialogen, die nicht in die Bibel aufgenommen wurden; im 2. Jh. entstanden; gibt den Jünger Thomas als Autor an, wurde aber nicht von diesem verfasst.

Titus Petronius Arbiter: auch Petron genannt, 14 bis 66 n. Chr.; römischer Senator; Autor des Satyricons.

Toga: Kleidungsstück des römischen Bürgers; etwa 6 m langer und 2,5 m breiter Stoff; über der Tunika um den Körper geschlungen; ab dem 4. Jh. zu besonderen Anlässen.

Tolosa: römischer Name für Toulouse, Hauptstadt der Provinz Gallia Narbonensis.

Treveris: das heutige Trier; die älteste Stadt Deutschlands; als »Augusta Treverorum« vor mehr als 2000 Jahren von Römern gegründet; ab dem 3. Jh. »Treveris« genannt; die Treverer (lateinisch Treveri, gallisch Treviri) waren ein keltischer Volksstamm in Nordostgallien; laut Geschichtsschreiber Tacitus bestanden Kontakte ins rechtsrheinische Germanien.

Triklinium: Triclinium; altrömisches Speisezimmer mit einem von Klinen umgebenen Esstisch; oft zum Garten oder Atrium hin geöffnet.

Trinitarier: Anhänger der Trinitätslehre; in der christlichen (katholischen) Theologie die Wesenseinheit Gottes in drei Personen, die eine unauflösbare Einheit bilden.

Tunika: übliches Kleidungsstück der Römer, bei Männern bis zu den Knien, bei Frauen bis zu den Knöcheln; von einem Gürtel gehalten; Hosen trugen nur die Barbaren.

Tympanon: antike Handtrommel.

Usurpation: widerrechtliche Eroberung (durch einen Usurpator) der staatlichen Gewalt.

Valentinian I.: Flavius Valentinianus, 321 bis 375 n. Chr.; sicherte Rhein- und Donaugrenze; bekennender Christ; in 364 von seinen Truppen zum Kaiser proklamiert; verstieß seine erste Frau Marina Severa, Gratians Mutter, um Flavia Justina Aviana zu heiraten, die Mutter seines Sohnes Valentinian II.

Valentinian II.: Flavius Valentinianus, 371 bis 392 n. Chr.; römischer Westkaiser, davon Mitkaiser bis zum Tode seines Halbbruders Gratian; wurde mit 21 Jahren erhängt in seinem Palast in Vienne (32 km südlich von Lyon) aufgefunden.

Veni creator spiritus: lateinisch für »Komm Schöpfer Geist«.

Vergil: Publius Vergilius Maro, 70 bis 19 v. Chr.; lateinischer Klassiker der Schullektüre; bedeutendster Autor der römischen Antike und der augusteischen Literatur; Werke: Bucolica, Georgica; seine Aeneis mit dem Gründungsmythos Roms gilt als Nationalepos.

Vierhornsattel: leichter römischer Sattel ohne Steigbügel.

Vigiles: Feuerwehr und Wachen; vigiles urbani waren Angehörige der Feuerwehr oder einfachen Polizei.

Villa rustica: Landgut mit landwirtschaftlichem Betrieb; im Ro man ein Weingut an der Nahe.

Villa urbana: römisches Landhaus mit städtischem Komfort, zu dem manchmal ein kleiner landwirtschaftlicher Betrieb gehörte.

Vitruv: Marcus Vitruvius Pollio, geb. ca. 80 v. Chr.; Architekt und Ingenieur; am Bau von Kriegsmaschinen beteiligt; schrieb 10 Bücher über Architektur und widmete sie Kaiser Augustus, der wiederum Vitruvs Studien förderte.

Bissula-Verse: Liederzyklus mit Liebeslyrik über das Schwabenmädchen Bissula; es existieren verschiedene Übersetzungen.

Caesares: Gedichte über die Kaiser.

Cento nuptialis: Erotisches Hochzeitsgedicht (ca. 374 n. Chr.) im Auftrag des Kaisers anlässlich Gratians Hochzeit mit Constantia.

Cupido cruciatus: Beschreibung eines Gemäldes in einem Trierer Privathaus.

Eclogae: Gedichte

Fasti

Gratiarum actio: Ausonius' formale Dankesrede an Kaiser Gratian für die Verleihung des Konsulats für das Jahr 379, gehalten in der Aula Palatina zu Trier.

Griphus ternarii numeri: Gedicht in 90 Hexametern über die Zahl Drei in verschiedenen Wissensgebieten und in der Poesie.

Ludus Septem Sapientum: Das Spiel der Sieben Weisen.

Mosella: Kleinepos aus 483 Hexametern; genießt hohe regionalgeschichtliche Bedeutung; geschrieben ca. 371 n. Chr. als Auftragswerk für Altkaiser Valentinian, um vermögende Römer in die Moselregion zu locken und den Senat von den immensen Kosten der dortigen Grenzsicherung zu überzeugen; das Gedicht wurde in den damaligen Werksausgaben nicht grundsätzlich geführt, da es als Werbekatalog galt.

Ordo urbium nobilium: Lobreden über Städte des Römischen Reiches, z. B. Trier und Mailand.

Parentalia: Porträts in Versform über verstorbene Verwandte, beginnend mit Vater und Mutter, sowie die Professoren von Burdigala; entstanden zwischen 380 und 390.

Precationes variae: Gebete und Fürbitten.

Technopaignion: Gedichte und Gedanken über die Formensprache der Dichtkunst.

Versus Paschales: Ostergebet für Altkaiser Valentinian mit nizänischem (katholischem) Trinitätsbekenntis.

Tyranni: verloren gegangene Kaiserdichtung

Briefwechsel: u.a. mit der Familie, Paulinus von Nola und Symmachus.

LITERATUR

Andreae, Bernard: Antike Bildmosaike; Philipp von Zabern Verlag, Mainz am Rhein 2003

Antike Welt: Zeitschrift für Archäologie und Kulturgeschichte (verschiedene Hefte und Autoren); Philipp von Zabern Verlag

Apicius: Über die Kochkunst; Philipp Reclam jun. Verlag, Stuttgart 1991

Apuleius: Der goldene Esel; Fischer Taschenbuch Verlag, Frankfurt am Main 2008

Ausonius: Decimus Magnus Ausonius: Mosella; Philipp Reclam jun. Verlag, Stuttgart 2000

Bauer, Rudolf: Trier – Rom des Nordens; Paulinus Verlag, Trier 2015

Brandt, Hartwig: Das Ende der Antike; C. H. Beck Verlag, München 2001

Coşkun, Altay: Die gens Ausoniana an der Macht - Untersuchungen zu Decimus Magnus Ausonius und seiner Familie; Plekos 4, 2002 – Elektronische Zeitschrift für Rezensionen und Berichte zur Erforschung der Spätantike

Cunliffe, Barry: Die Kelten und ihre Geschichte; Deutsche Ausgabe im Gustav Lübbe Verlag, Bergisch Gladbach 2004

Dahm, Lambert: Trier – die Stadt der Römer; Verlag für Geschichte und Kultur, Trier 2014

Demandt, Alexander: Geschichte der Spätantike. Das Römische Reich von Diocletian bis Justinian; C. H. Beck Verlag, München 2018

Fritsch, Thomas: Der Herr des Ringwalls; Druckerei Faber, Mersch in Luxembourg

Gerlach, Gudrun: Zu Tisch bei den alten Römern; Konrad Theiss Verlag, Stuttgart 2001

Ghetta, Marcello: Spätantikes Heidentum – Trier und das Trevererland; Kliomedia Verlag, Trier 2008

Gruber, Joachim: 16 Jahre Ausonius-Forschung 1989 - 2004 – ein Überblick; Plekos 7, 2005 - Elektronische Zeitschrift für Rezensionen und Berichte zur Erforschung der Spätantike

Haywood, John: Die Zeit der Kelten – Ein Atlas; Zweitausendeins Verlag, Frankfurt am Main 2002

Heinen, Heinz: Trier und das Trevererland in römischer Zeit Band 1; Hrsg. Universität Trier, Spee-Verlag, Trier 2002

Hoffmann, Peter: Römische Mosaike im Rheinischen Landesmuseum Trier; Schriftenreihe des Rheinischen Landesmuseums Trier 1999

Junkelmann, Marcus: Gladiatoren; Tessloff Verlag, Nürnberg 2010

Juvenal: Satiren; Philipp Reclam jun. Verlag, Stuttgart 1969

Knapp, Robert: Römer im Schatten der Geschichte; Klett-Cotta Verlag, Stuttgart 2012

König, Ingemar: Der römische Staat; Philipp Reclam jun. Verlag, Stuttgart 2009

Kuhnen, Hans-Peter (Hrsg.): Das römische Trier; Konrad Theiss Verlag, Stuttgart 2001

Maier, Bernhard: Die Kelten; C. H. Beck Verlag, München 2003

Ovid: Ovids Liebeskunst; Emil Vollmer Verlag, Berlin 1954

Pies, Liselotte: Marcus in Treveris; Rheinisches Landesmuseum Trier, Trier 2007

Pörtner, Rudolf: Mit dem Fahrstuhl in die Römerzeit; Econ-Verlag, Düsseldorf und Wien 1959

Regionalkommission der Museen Trier, Saarbrücken, Metz, Luxemburg: (Schriftenreihe) Die Römer an Mosel und Saar; Philipp von Zabern Verlag, Mainz am Rhein 1983

Rheinisches Land: (Sammlung) Die Römer am Rhein; Stollfuss Verlag, Bonn

Rheinisches Landesmuseum Trier: Religio Romana – Wege zu den Göttern im antiken Trier; Schriftenreihe, Trier 1996

Storl, Wolf-Dieter: Die Pflanzen der Kelten; Knaur Taschenbuch Verlag, München 2010

Tacitus: Germania; VMA-Verlag, Wiesbaden

Ternes, Charles-Marie: Die Römer an Rhein und Mosel; Philipp Reclam jun. Verlag, Stuttgart 1975

Uebel, Katharina und Buri, Peter: Römische Spiele; Regionalia Verlag, Rheinbach

Vandenberg, Philipp: Der Gladiator; Wilhelm Heyne Verlag, München 1982

Werner, Achim: Keltische Kostbarkeiten; Konrad Theiss Verlag, Stuttgart 2011

Stadtplan Trier im 4. Jh.: Im Internet findet sich unter »Trier im 4. Jahrhundert Heimat und Welt Kartenansicht« eine informative Karte des Westermann Verlages.

Zu den wichtigsten Personen der Handlung:

Folgende Figuren sind frei erfunden und leben nur in diesem Buch: Ada und Fabala, Edwin, Baard und Alexandro, Proxius und Julia Armitari, ebenso Aurifer, Cupido, Pina und Rufus.

Als historische Persönlichkeiten treten auf: der Dichter und Politiker Ausonius, Kaiser Gratian und Kaiserin Constantia, Bischof Ambrosius, Altkaiserin Justina und das Alamannenmädchen Bissula. Ihre Rollen im Roman sind rein fiktiv. Weiterführende Informationen zu geschichtlichen Daten und Ereignissen finden sich im Glossar.

Dank an:

Liselotte und Herbert Pies für das Lektorat und den achtsamen Blick auf historische Daten und lateinische Worte; Liselotte für Museumsbesuche und nützliche Informationen über das römische Trier; Ernst J. Hacker für wichtige Recherchen, die Mitentwicklung von Orten und Figuren, Textprüfung und Beratung; Carla Capellmann für das Korrektorat, hilfreiche Hinweise und gemeinsame Erkundungen in Trier; Christel Bühner für sorgfältiges Testlesen und wertvolle Anregungen; Conny Würtz für die professionelle Covergestaltung und das sensible Eingehen auf meine Wünsche; meinen Mann für Verständnis und Unterstützung in Zeiten intensiver Schreibarbeit.